La prêtresse de Partholon

P. C. CAST

La prêtresse de Partholon

LUNA

Titre original :
DIVINE BY CHOICE
publié par Luna®

Traduction de l'américain par ALICE BOUCHER

83/85 boulevard Vincent Auriol 75646 PARIS CEDEX 13.
ISBN 978-2-2808-3835-1 — ISSN 1775-6480

PREMIÈRE PARTIE

1.

Alors que je m'engageais sur le chemin, je sentis les ténèbres frémir et onduler — comme de l'encre noire coulant sur une feuille noire. Frissonnant d'appréhension, je scrutai l'obscurité autour de moi. Rien. Rien qu'une nuit vide et sans étoiles, balayée par un vent glacial.

Pas de doute, je perdais la tête.

La guerre contre les Fomores avait pris fin plusieurs mois auparavant. Donc, aucun démon ailé ne rôdait dans les parages avec l'idée de me sauter dessus au moment propice. Et puis, zut ! Je me trouvais quand même au beau milieu de mon temple qui, en plus d'être une merveille architecturale, était aussi solide qu'une forteresse. Alors, si un esprit malveillant décidait de lâcher dans la nature des créatures cauchemardesques — dans ce monde-ci, on ne pouvait jurer de rien —, j'étais parfaitement en sécurité. Sérieusement, la chose la plus grave qui puisse me tomber sur le coin du nez, c'était d'être adorée et vénérée au-delà de toutes limites décentes. Malgré tout, je me sentais très oppressée. Ce n'était pas la première fois que j'avais l'impression que quelque chose clochait.

Je remontai lentement le chemin dallé de marbre en réfléchissant à cet étrange sentiment de prémonition qui me taraudait depuis... depuis combien de temps au juste ?

Je comptai mentalement. Deux, non, trois semaines, peut-être ? La nourriture m'écœurait, ce qui était franchement bizarre, vu que j'adorais manger. Mais ça, on pouvait le mettre sur le compte d'un virus ou du stress. Et puis, cette façon idiote que j'avais de sursauter devant chaque ombre comme si le mal était tapi là, prêt à bondir et à m'étrangler... Certes, je venais de sortir d'une guerre atroce où les bons — rangés derrière ma bannière, évidemment — avaient dû affronter d'horribles démons pour sauver le monde de l'esclavage et de la destruction. Rien que ça. Alors, il y avait de quoi tendre les nerfs d'une fille sensible comme moi, non ? Surtout quand la fille en question était une prof d'anglais sympa et modeste qui, du jour au lendemain, s'était vue propulsée au rang d'Incarnation d'une déesse, dans un monde qui tenait plus de l'Ecosse ancienne et de la Grèce mythique que de Broken Arrow — banlieue de Tulsa, Oklahoma, Etats-Unis. A présent, la guerre était finie, les démons anéantis, et le monde avait retrouvé sa tranquillité habituelle. En principe. Alors pourquoi est-ce que j'avais l'impression que des monstres étaient là, dans les ténèbres, à me guetter de leurs yeux glauques et malfaisants ?

J'avais une migraine à anéantir n'importe quel crâne d'Incarnée !

J'inspirai profondément pour calmer mes pensées en ébullition, et goûter la paix et la sérénité qui m'enveloppaient toujours quand j'approchais du monument élevé à la mémoire de MacCallan. De hautes colonnes élégantes entouraient un piédestal de marbre sculpté sur lequel reposait une urne imposante où brûlaient nuit et jour des huiles odorantes.

Ce soir, une fumée argentée s'élevait en volutes paresseuses vers le trou circulaire au centre du dôme. Je gravis lentement les trois marches qui menaient à l'urne, admirant l'éclat doré de la flamme qui contrastait avec les ténèbres sans étoiles de la nuit. J'avais exigé un monument sans murs — juste une colonnade, une coupole et le feu éternel. L'homme qui était honoré ici aurait aimé, je crois, ce symbole de liberté. Une brise légère jouait dans mes cheveux et je frissonnai, silencieusement reconnaissante à Alanna de m'avoir d'office enveloppée dans mon manteau bordé d'hermine — bien que le mémorial ne fût qu'à quelques pas de mes appartements.

— Dame Rhiannon !

Une jeune servante surgit entre les colonnes et s'approcha à pas rapides avant de plonger dans une gracieuse révérence.

— Puis-je vous apporter du vin chaud ? La nuit est fraîche.

— Non.

Distraite, je lui jetai à peine un regard et cherchai son nom dans ma mémoire.

— Merci, Maura. Je n'ai besoin de rien. Vous pouvez retourner vous coucher.

Elle me sourit timidement.

— Oui, Dame.

Puis elle rougit.

— Vous m'appellerez si vous avez besoin de quoi que ce soit ?

J'esquissai un sourire las.

— Je n'y manquerai pas.

Elle s'éloigna et je me tournai vers l'urne.

— Tu vois, lançai-je d'un ton sarcastique à la flamme vive et claire, le problème avec les jeunes, c'est leur exubérance.

Je haussai les épaules.

— Oui, évidemment…, repris-je. C'est *moi* que tu dois trouver exubérante.

N'obtenant aucune réponse — en fait, je n'en attendais pas —, je poussai un soupir et m'assis sur la plus haute marche de l'autel. Rabattant soigneusement les pans du manteau sur moi, je posai mon menton sur mes mains.

— En vérité, comment savoir ce que tu penserais exactement ? Je ne te connaissais pas vraiment.

Poussant un nouveau soupir, je triturai avec agacement une boucle de cheveux qui me chatouillait la joue.

J'avais espéré que la sérénité de l'endroit apaiserait l'effervescence de mon esprit. Ce soir, pourtant, je n'y arrivais pas. Je frottai machinalement ma tempe droite, à l'endroit où des aiguilles lancinantes trouaient ma peau, au rythme de mes battements de cœur.

Un léger coup de vent souleva ma cape et je sentis les poils se hérisser sur ma nuque. Je tournai la tête pour vérifier le lacet de cuir qui maintenait mes tresses épaisses, quand un mouvement visqueux dans l'ombre retint mon attention. Oubliant aussitôt mes problèmes de coiffure, je me dressai, prête à châtier quiconque se permettait de troubler mon intimité.

— Qui va là ? demandai-je d'une voix impérieuse.

Silence.

Je scrutai les ténèbres autour de l'autel. Des nuages bas voilaient le ciel noir. L'unique lumière provenait de la flamme qui brûlait avec constance devant mes yeux. Tout semblait parfaitement normal — à l'exception de la totale noirceur de la nuit, qui s'accordait exactement à mon humeur. Nulle créature sinistre ne frétillait ou ne rampait dans l'ombre.

Cela devait être le vent dans les arbres proches, amplifié par mon imagination en délire. Rien de plus et…

Un autre frémissement fugace attira mon regard.

Je tournai rapidement la tête, mais non… Ce n'étaient que ténèbres sur ténèbres — de l'encre noire coulant sur du papier noir, encore et encore. Je frissonnai de nouveau, tandis qu'un souvenir me revenait soudain à la mémoire. C'était Alanna qui m'avait dit… Quoi ? Ah oui, quelque chose à propos de dieux sombres qu'il valait mieux ne pas nommer. Mon estomac se contracta. De quoi avais-je peur ? Je ne fréquentais aucun dieu sombre, et en plus, j'ignorais à peu près tout de ces créatures malfaisantes. Pourtant, rien que d'y penser, je me sentais terrifiée jusqu'au bout des cheveux. Pas de doute, quelque chose clochait.

Cela durait depuis des semaines, cette espèce de sensation bizarre, trop profonde pour être de la tristesse et trop dense pour être seulement un sentiment de solitude. Désespérée, j'enfouis mon visage dans mes mains.

— Si seulement tu étais vivant, papa… J'ai tellement besoin de te parler de tout cet enfer, qui bouillonne en moi.

« Ce n'est pas ton père, railla une petite voix intérieure. Et ce n'est pas franchement ton monde. Intruse. Usurpatrice. Tricheuse. »

— Si, c'est mon monde ! criai-je, révoltée, avant de fondre aussitôt en larmes.

Ma voix heurta de plein fouet la nuit noire avant de rebondir sur les colonnes et de me revenir, semblable à l'écho sinistre d'un glas. Je sursautai et restai là, le cœur battant la chamade. Puis, saisie par ma réaction inattendue, j'éclatai de rire.

— Mais qu'est-ce que je fais, assise ici, à crier dans la nuit et à voir des monstres partout ?

La colère qui vibrait dans ma voix balaya aussitôt mon humeur morose. Au moment où j'essuyai mes larmes, rassérénée, je vis la pleine lune surgir au-dessus de la cime des arbres. La beauté irréelle de l'astre éternel me fit sourire de plaisir.

— Ça m'est égal de ne pas être née ici… J'aime ce monde. C'est là que je veux vivre. C'est chez moi, ajoutai-je avec force.

Et en effet, c'était chez moi, désormais. Si je m'étais

retrouvée ici, c'était parce que Rhiannon, Incarnation d'Epona, déesse celtique des chevaux, avait décidé de faire un tour dans l'Amérique du XXIe siècle. En conséquence de quoi, moi, Shannon Parker, prof d'anglais, aussi intelligente que fauchée et heureuse de vivre à Broken Arrow, j'avais été propulsée dans l'espace et le temps grâce à un sortilège. Il y avait maintenant six mois de cela, j'avais eu un horrible accident de voiture et m'étais réveillée à Partholon. C'est-à-dire dans une dimension parallèle où la mythologie et la magie remplaçaient la technologie et la science. Inutile de dire que cela fait un drôle d'effet… Surtout que les gens de ce monde-ci ressemblaient étrangement aux gens de ce monde-là, histoire de compliquer encore les choses. Autrement dit, ils avaient un air familier, un comportement familier, mais en réalité, ils n'étaient pas du tout familiers. En fait, c'est là qu'entre en jeu le monument élevé à la mémoire de MacCallan, mon « père ».

Une vague de tristesse me submergea soudain, non seulement parce que mon petit papa adoré à moi se trouvait dans l'autre monde, mais aussi parce que son double, ici, c'est-à-dire MacCallan, géniteur de Rhiannon, avait été brutalement assassiné peu après mon arrivée. Grâce aux pouvoirs de ma Déesse, j'avais pu assister à sa fin et alerter ainsi mon nouveau peuple de l'invasion imminente d'un mal terrifiant. Si ma raison me disait que Lord MacCallan n'était pas mon vrai père, mon cœur me tenait une chanson différente. MacCallan avait été un chef de clan et un guerrier. Mon père, lui aussi, était un meneur d'hommes — jeunes, le plus souvent. Et son champ de bataille favori, c'était le terrain de foot. Donc, impossible de ne pas me sentir liée à cet homme qui ressemblait tellement à mon père.

— La vie est bien compliquée, parfois, lançai-je en me levant.

Je tapotai doucement l'urne. Les cendres de MacCallan n'étaient pas ici. Le guerrier reposait parmi ses hommes, sous les ruines calcinées de son château. Cependant, j'avais éprouvé le besoin de faire ériger ce monument en son honneur pour lui témoigner ce respect que je voudrais voir accorder à la mémoire de Richard Parker. J'avais appris pas mal de choses sur Rhiannon, et des choses qui m'avaient mortifiée et embarrassée. Mais une chose est sûre, elle aimait son père. En tout cas, en ce qui me concernait, aujourd'hui, j'appréciais d'être Dame Rhiannon, Haute Prêtresse de Partholon, Incarnation bien-aimée d'Epona. Et pas de doute, Rhiannon devait « apprécier » d'être une prof d'anglais, malmenée et sous-payée à Broken Arrow…

Je ris en me dirigeant vers le temple de ma Déesse.

Elle devait aimer le changement, vu qu'elle avait encore essayé de changer de place avec moi, quelques mois plus tôt.

Le souvenir de cette tentative avortée me dégrisa. Je n'étais peut-être pas née dans ce monde, mais j'y étais irrévocablement liée. Ce peuple, désormais, était le mien. Et Epona était ma Déesse. Je fermai les yeux et, silencieusement, lui adressai une rapide prière. *Epona, s'il te plaît, aide-moi à rester.*

Mon estomac se contracta soudain. Je rouvris brutalement les yeux. Je tenais l'explication. Rhiannon recommençait. Elle essayait de me chasser d'ici, de me renvoyer dans mes pénates pour reprendre sa petite vie d'autrefois. Et cette sensation bizarre, c'était Epona qui m'avertissait de rester sur mes gardes.

L'idée de perdre Partholon — ce mari et ce peuple que j'avais appris à aimer — me replongea aussitôt dans un état dépressif. Ah non, trop, c'était trop ! Un souffle de vent caressa mes joues et gonfla doucement les pans de mon manteau. Je frissonnai. Pourquoi est-ce que je m'obstinais à imaginer des créatures dissimulées dans les replis de la nuit ? Manifestement, j'étais devenue la proie d'hallucinations.

Mon homme était parti depuis un mois pour inspecter les terres et vérifier que le peuple se remettait de la guerre, et moi, je perdais la tête. Magnifique !

Je redressai les épaules et regardai droit devant moi. Rhiannon était en Oklahoma. Moi, je me trouvais à Partholon. Et cela ne changerait pas. Il suffisait juste que je montre les dents chaque fois que ce sentiment de malaise pointait le bout de son nez. Quant aux nœuds que s'obstinait à faire mon estomac… Je ne savais pas… J'avais dû attraper une horreur de virus. Cela, ajouté au fait que j'étais une toute jeune mariée et que mon cher et tendre était en voyage à l'autre bout du pays. De toute façon, il reviendrait bien un jour ou l'autre. Et tout rentrerait dans l'ordre.

En tout cas, c'était ce que je me répétais tout en

évitant soigneusement de regarder les ombres sournoises qui s'agitaient sur mon passage. La lumière douce du temple brilla devant moi et j'accélérai le pas en sifflotant très fort le thème de *The Andy Griffith*.

2.

Malheureusement, le lendemain, ça n'allait pas beaucoup mieux.

— Beurk !

Je recrachai la fraise enrobée de chocolat dans le creux de ma paume.

— Quel goût bizarre !

Je reniflai la chose avec suspicion. Ça ressemblait à un morceau de chair crue. Je grimaçai en direction de mon amie, qui tenait aussi, auprès de moi, le rôle d'assistante. C'est-à-dire qu'elle connaissait tout et tout le monde à Partholon, et que cela m'aidait à ressembler un peu moins à un poisson perché dans un arbre et un peu plus à une Incarnation divine.

Après une énième nuit blanche, je n'avais pas la moindre envie que mon estomac s'offre une grande scène d'empoisonnement. Il était déjà assez perturbé comme ça. Alanna choisit une fraise sur le plat joliment présenté, la huma, puis croqua prudemment dedans.

— Mmm…

Elle se lécha les lèvres et me lança le regard du chat qui vient de s'empiffrer de crème.

— Ça devait juste être celle-là. Celle que je viens de manger était absolument délicieuse.

Et elle enfourna prestement le reste dans sa bouche.

— Oui… L'unique fraise pourrie, c'était pour moi, évidemment, grommelai-je en attirant le plat vers moi et en optant pour une friandise qui avait l'air particulièrement alléchante.

Je mordis délicatement dans le chocolat.

— Beurk !

Je recrachai le morceau dans ma main, à côté de l'autre.

— Non mais, c'est vraiment ignoble !

Je tendis la moitié intacte à Alanna.

— Goûte-le et sois gentille : dis-moi que je ne suis pas folle.

Alanna, amie fidèle et accessoirement super-organisatrice de la fête qui aurait lieu ce soir à Partholon, planta le bout de ses dents dans le chocolat. Je l'observais avec intensité, guettant sa grimace et m'écartant prudemment pour ne pas être dans le champ de tir quand elle cracherait l'immondice.

J'attendis.

Et attendis encore.

Elle leva vers moi ses yeux de biche veloutés et je fronçai le nez.

— Ne me dis pas que c'est bon, grondai-je.

— Rhéa, je t'assure, c'est délicieux.

Elle me tendit le bonbon. L'écœurante odeur fraise-chocolat irrita mes narines et je grimaçai.

— Garde-le. Sans façon.

— Tu n'as pas l'air de te sentir mieux, commenta Alanna avec inquiétude. Heureusement que Carolan rentre ce soir avec ClanFintan. Ces nausées durent depuis trop longtemps à mon goût.

C'est cela. Une petite consultation chez le « médecin » local. Sans pénicilline, sans tests sanguins, ni rayons X… Et inutile que je fasse part de mes inquiétudes à Alanna, vu que le docteur en question était son mari.

Une petite servante trottina jusqu'à nous.

— Ma Dame…

Elle effectua un élégant plongeon devant moi.

— Laissez-moi nettoyer votre main !

— Merci…

J'attrapai la serviette humide.

— … mais je pense que je peux me débrouiller seule.

Avant qu'elle ne m'envoie un regard « vous-venez-de-piétiner-mon-ego », j'ajoutai :

— Et j'apprécierais que vous m'apportiez quelque chose à boire.

— Oh, ma Dame ! Tout de suite !

Son visage était rose de plaisir.

— Apportez un gobelet à Alanna, également, lançai-je tandis qu'elle courait accomplir mes désirs.

— Bien, ma Dame, répliqua-t-elle en inclinant la tête, avant de disparaître par la porte qui conduisait aux cuisines.

C'était agréable, parfois, d'être l'Incarnation Adorée d'Epona. Enfin… plus que parfois. Je vivais dans le luxe, j'étais vénérée par tout un peuple et je disposais d'une véritable armée de servantes dont l'unique but, dans la vie, était de satisfaire le moindre de mes besoins. Mes armoires regorgeaient de tenues plus sexy les unes que les autres et mes tiroirs débordaient de bijoux. Des bijoux plus sublimes les uns que les autres…

Il fallait bien l'admettre : tout ça dépassait nettement les moyens d'une petite prof de l'Oklahoma.

Je finis de m'essuyer la main et levai les yeux pour découvrir le visage soucieux d'Alanna.

— Oui ? demandai-je, un brin agacée.

— Tu es très pâle en ce moment.

— Oui, c'est comme ça que je me sens. Pâle.

Comprenant que je venais d'adopter un ton bougon, je tentai d'esquisser un sourire.

— Ne t'inquiète pas, Alanna. J'ai juste un peu de… de…

J'hésitai.

— … de fièvre, achevai-je avec soulagement. C'est ça, de fièvre.

— Depuis deux semaines ? Je t'ai observée, Rhéa. Tes habitudes alimentaires ont changé. Et j'ai l'impression que tu as perdu du poids.

— Bah, ce n'est qu'un rhume. Et ce temps n'arrange rien.

— Rhéa, c'est bientôt l'hiver.

— Quand je pense qu'en débarquant ici, j'ai cru que c'était le printemps éternel…

Je montrai la frise qui ornait le mur près de nous.

On y voyait une jeune femme qui me ressemblait, chevauchant une jument argentée, tandis qu'une douzaine de servantes en tenue légère — peu propice au service, il fallait bien le dire — s'égaillaient autour de moi en jonchant le sol de fleurs.

Le rire cristallin d'Alanna résonna.

— Rhiannon choisissait toujours les rituels du printemps et de l'été comme motifs pour ses fresques. Elle aimait, disons... être vêtue de peu.

— Et pire que ça, grommelai-je.

Je n'avais pas mis longtemps à réaliser que s'il existait une ressemblance morale entre certaines personnes de Partholon et leur double dans l'autre monde — par exemple, entre Alanna et ma meilleure amie Suzanna — cela ne se vérifiait pas toujours. Et pour être franche, Rhiannon était particulièrement détestable. Avec Alanna, nous étions arrivées à la conclusion que la différence, entre elle et moi, tenait à l'éducation reçue. Rhiannon avait été élevée comme une grande prêtresse gâtée, tandis que moi, si je m'étais comportée comme une sale gosse, mon père m'aurait sérieusement corrigée. On m'avait appris la discipline et inculqué un certain nombre de principes. Rhiannon, elle, avait été élevée pour devenir une enquiquineuse ! Tous ceux qui l'avaient côtoyée la détestaient ou la craignaient. Ou les deux à la fois. Elle n'avait aucune morale et s'octroyait tous les droits.

A Partholon, trois personnes seulement savaient que je n'étais pas Rhiannon : Alanna, son mari Carolan et le mien, ClanFintan. Quant aux autres, ils croyaient que ma personnalité avait amorcé un virage à 180 degrés quelques mois auparavant — c'est-à-dire très exactement quand j'avais adopté le diminutif de Rhéa. Parce que ç'aurait été du plus mauvais effet, s'ils avaient découvert que l'objet de leur vénération était directement importée du XXIe siècle (et de Broken Arrow, Oklahoma). Sans compter qu'à ma surprise la plus totale, la déesse Epona m'avait clairement adoptée comme son Elue adorée.

— Hum…

Un délicat toussotement me ramena sur terre.

— Les servantes disent que tu es restée très longtemps près du mémorial de MacCallan, hier soir.

L'inquiétude était perceptible dans la voix d'Alanna.

— J'aime cet endroit. Tu le sais.

Le souvenir sinistre des ténèbres plus noires que l'encre me fit frissonner rétrospectivement, et j'évitai le regard perspicace de mon amie.

— Alanna, tu te rappelles cet homme dont tu me parlais, le laquais de Rhiannon ? B… quelque chose ?

— Bres, rétorqua Alanna sans chercher à dissimuler son mépris.

— C'est ça. Tu disais qu'il adorait… euh… des dieux sombres, non ?

Elle plissa les yeux.

— Oui. Bres dispose de pouvoirs octroyés par le Mal et les Ténèbres. Pourquoi penses-tu à lui, tout à coup ?

Je haussai les épaules d'un geste que j'espérais nonchalant.

— Je ne sais pas. Peut-être à cause de ces nuits noires et froides.

— Rhéa, cela m'inquiète que tu…

Heureusement, le bruit de pas légers sur le sol de marbre interrompit mon amie.

— Votre vin, ma Dame.

La nymphette tendit un plateau où étaient posées deux coupes en cristal remplies de ce que j'espérais être mon merlot préféré.

— Merci…

Je fouillai dans ma mémoire à la recherche de son prénom, tout en saisissant un verre et en tendant l'autre à Alanna.

— … Noreen.

— A votre service, ô Elue d'Epona !

Elle se retira aussi légèrement qu'elle était venue, sa chevelure rousse flottant au vent.

— Au retour de nos époux.

J'espérais que le toast que je venais de proposer détournerait la conversation vers un autre sujet que ma santé. Alanna choqua son verre contre le mien en rougissant subitement.

— A nos époux.

Elle me sourit doucement et trempa ses lèvres dans le vin.

— Beurk ! grimaçai-je en recrachant le vin que je venais d'ingurgiter. C'est imbuvable !

Je humai le breuvage et me pinçai le nez en reniflant l'odeur rance.

— Pourquoi est-ce qu'on me donne tout ce qui

est pourri ? Ça ne veut plus rien dire d'être l'Elue d'Epona ?

L'agressivité inhabituelle de ma voix me surprit moi-même. Bon sang, pourquoi est-ce que j'avais toujours l'impresssion d'être au bord des larmes ?

— Laisse-moi goûter, Rhéa.

Alanna prit ma coupe, huma à son tour le vin, puis avala une grande gorgée.

Et une autre.

— Alors ?

La colère continuait à bouillonner en moi.

— Il est délicieux.

Les yeux d'Alanna me scrutèrent.

— Rien d'anormal.

Je m'effondrai sur une chaise près de la table du banquet, déjà surchargée.

— Je suis en train de mourir, dis-je sombrement. J'ai un cancer, une tumeur au cerveau, un anévrisme, je ne sais pas…

Une sensation de brûlure dans la gorge m'indiqua que j'étais de nouveau sur le point de concurrencer les chutes du Niagara.

— Rhéa…

Alanna s'assit près de moi et me prit doucement la main.

— Peut-être que tu as des problèmes avec tes humeurs. Après tout, tu as vécu beaucoup de choses depuis ton arrivée dans notre monde.

Avec mes humeurs ? Et la prochaine fois, elle proposera de me saigner ou de percer des trous dans mon crâne pour évacuer les « mauvaises humeurs » ? Là, je n'étais pas d'accord. Le Moyen Age, non merci ! J'essayai désespérément de me rappeler comment on fabriquait de la pénicilline à partir d'un moule à pain.

— Carolan saura t'aider.

Elle me tapota la main d'un air rassurant.

— C'est ça, Carolan trouvera ce qui ne va pas.

La technologie, ici, ils ne savaient pas ce que c'était. Et l'école de médecine est un concept inconnu. Au pire, Carolan marmonnera des incantations et me fera boire un jus de morve de grenouille.

En somme, j'étais mal partie.

— Je suis sûre qu'un bon bain chaud te fera du bien.

Elle se leva et me tira par la main.

— Viens, je vais t'aider à choisir une jolie robe et des bijoux.

Elle se tut et m'observa. Je gardais les yeux obstinément fixés sur mes pieds.

— Le joaillier est passé ce matin, reprit-elle. Pendant que tu étais avec Epi. Je lui ai demandé de laisser quelques-unes de ses nouvelles pièces. Si je me souviens bien, il y avait une adorable paire de boucles d'oreilles en diamant et une splendide broche en or.

Je me levai en soupirant.

— Si tu insistes…

Puis nous nous sourîmes et sortîmes de la salle. Alanna connaissait ma faiblesse pour les bijoux et savait qu'il n'y avait rien de tel pour me radoucir. Ma jument exceptée. Epi, que j'avais baptisée de ce nom en l'honneur d'Epona, était mon équivalent dans le règne chevalin. Elle aussi était l'Elue de la Déesse.

La relation qui nous unissait, Epi et moi, était aussi magique qu'exceptionnelle.

— Hé !

Une idée venait de me frapper tandis que nous longions le couloir vers les thermes.

— Peut-être que je me sens toute chose à cause de ce qui attend Epi !

Ma jument devait être accouplée à un étalon au moment de Samhain, la veille du premier novembre — comme c'était la tradition tous les trois ans. A Partholon, trois est un chiffre magique. Alanna me l'avait expliqué. Quand arrivait la troisième année, l'incarnation chevaline d'Epona copulait pour assurer la fertilité de la terre. Or, le premier novembre tombait dans deux jours et Epi était inhabituellement nerveuse depuis l'arrivée de son compagnon, la semaine précédente.

— Rhiannon n'avait pas un comportement différent pendant la période de reproduction d'Epi.

— Oui, mais est-ce l'attitude normale des Elues d'Epona, ou bien Rhiannon est-elle trop égoïste pour se soucier de quoi que ce soit, les changements d'humeur de sa jument y compris ?

Alanna ouvrit la bouche et je repris très vite :

— A moins qu'étant elle-même en chaleur, Rhiannon ait été incapable de voir la différence.

Nous éclatâmes de rire toutes les deux et je sentis la tension qui m'habitait se relâcher un peu.

De chaque côté de la porte de la salle de bains se tenaient deux de mes délicieux guerriers. Cela, difficile de s'en plaindre… Epona étant une déesse de la guerre, elle disposait par conséquent d'un « personnel » exclusivement composé d'individus virils et super sexy. Je notai au passage que les gardes avaient ajouté une tunique de cuir à leur tenue d'été qui consistait... disons en un pagne de taille XXS. Je ne pus m'empêcher de soupirer à l'idée de tous ces muscles vigoureux désormais dissimulés.

Certes, j'étais mariée. Mais quoi, je ne suis pas non plus une fille insensible ! La beauté m'a toujours émue.

L'odeur chaude et minérale des thermes, uniquement éclairés par des chandelles, m'enveloppa. La vapeur bienfaisante qui s'élevait du bassin, le doux bouillonnement de l'eau claire, le murmure cristallin de la cascade — tout invitait à la paresse et à la détente. Mon corps douloureux n'aspirait plus qu'à une chose : se glisser dans les profondeurs moites et se laver de toutes les angoisses accumulées.

J'ôtai la robe à capuchon que je portais pour me protéger du froid humide de l'automne, et j'eus une pensée reconnaissante pour Alanna qui s'affairait à délacer mes sous-vêtements de soie. Lentement, je glissai dans l'eau chaude et m'allongeai sur la surface lisse de mon rocher favori. Je fermai les yeux et entendis Alanna envoyer une servante chercher une infusion aux herbes. Me rappelant mon dégoût subit pour le vin, je grimaçai. Jusque-là, je me serais damnée pour un verre de vin rouge soyeux en bouche et profond en gorge.

Peut-être que je prenais de l'âge.

Je secouai mentalement la tête. Trente-cinq ans et

demi, ce n'est pas vieux. Et puis, j'avais décidé depuis longtemps d'être comme ces vieilles dames excentriques qui portent des tas de bijoux, se coiffent à la mode, boivent du vin en connaisseuses et meurent subitement d'une maladie de vieilles dames — mon option : une rupture d'anévrisme indolore après un repas sublime. Donc, il fallait que je commence à m'entraîner dès maintenant en vue de cet âge d'or.

Pour la millième fois, j'essayai de me convaincre que j'avais juste attrapé une saleté de rhume. Que ça me déprimait, et faisait passer mon imagination en mode délire. Evidemment, considérées en plein jour, les sinistres ombres de la nuit dernière paraissaient franchement ridicules. Et ce soir, ClanFintan serait de retour à la maison. Je pourrais enfin me blottir dans ses bras, ce qui aurait un effet inévitablement positif sur mon moral en berne. Enfin, c'était ce que je me disais. Les quatre semaines de son absence m'avaient paru atrocement longues — un mois sans téléphone ni e-mails, c'était à vous anéantir ! Nous n'étions mariés que depuis six mois, mais son départ avait laissé un vide immense en moi, et je me sentais à peu près comme une cloche sans battant. Autant dire que je ne savais plus très bien où j'en étais. En fait, j'avais l'impression d'être piégée dans une dimension alternative à la *Star Trek*.

— Tiens, essaye ça.

Alanna me tendit une tasse remplie d'une infusion odorante.

— Ça fera du bien à ton estomac.

Je humai le breuvage avec prudence. L'odeur douce

des herbes et du miel chatouilla agréablement mes narines, et j'avalai une gorgée avec délice.

— Merci, ô amie fidèle, je me sens déjà mieux.

Si je le dis, c'est que c'est vrai… Si je le dis, c'est que c'est vrai… Si…

— La servante dit que les sentinelles ont aperçu les guerriers de ClanFintan.

C'était une vraie amie, Alanna.

— Ils seront bientôt là. Je le savais ! ajouta-t-elle d'une voix vibrante. Carolan avait déclaré qu'ils seraient de retour quelques jours avant Samhain.

Les yeux brillants d'excitation, elle avait l'air d'une jeune mariée impatiente. Et je me sentais à peu près dans le même état. Attrapant le savon, je laissai mon esprit baguenauder autour des épaules solides de mon époux, de sa poitrine lisse et vigoureuse, de…

— Par Epona, comme il me manque ! soupirai-je.

— Et moi, comme Carolan me manque…, dit doucement Alanna.

Nous nous sourîmes.

— Passe-moi l'éponge. Il faut que je sois douce, douce, douce pour ce soir… Et que je trouve une robe à faire pâlir de jalousie Cindy Crawford.

Parce que je tenais tout de même à rester habillée un certain temps.

Je versai le savon — mon préféré, celui qui sentait la vanille — sur l'éponge et commençai à me frotter.

Alanna se mit à fouiller dans mes armoires, à la recherche de la tenue idoine.

— Ça sera magnifique de revoir Victoria, aussi.

La Grande Chasseresse me manquait. Ses obligations l'entraînaient constamment en voyage, et j'avais été heureuse d'apprendre par un courrier Centaure — un équivalent du Poney Express, sauf que le cavalier est intégré à la monture — qu'elle s'était jointe à la troupe de mon époux et qu'elle reviendrait avec eux. Nous étions devenues très proches, et j'espérais que le Temple d'Epona serait pour elle un second foyer.

— Peut-être que Dougal recommencera à sourire.

Les yeux d'Alanna pétillaient de malice.

— Tss, tss… On l'a vu sourire, mauvaise langue.

— Oh, c'était un sourire, cette espèce de grimace ?

Sa voix se fit plus taquine encore.

— Et moi qui pensais qu'il avait les mêmes problèmes d'estomac que toi !

Je hochai la tête.

— Pauvre Dougal… Entre toi et ClanFintan qui passe son temps à le chambrer sur Vic, pas étonnant qu'il soit rouge pivoine en permanence.

— A ton avis, que s'est-il exactement passé entre ces deux-là ?

— Un coup de foudre. J'ai remarqué qu'ils étaient tous les deux absents du Temple, juste avant le départ de Vic. Comme par hasard. Ça, plus l'air de chien battu de Dougal et sa façon de piquer un fard chaque fois qu'on parle de Vic devant lui… A mon avis, on tient un vrai couple d'amoureux.

Alanna gloussa.

— Ma foi, il est charmant quand il rougit.

— Voyez-vous ça !

Je lui envoyai de l'eau et elle s'écarta promptement.

— Moi, je ne rougis jamais.

— C'est ça, tu ne rougis pas, et moi, je ne jure pas comme un charretier !

Nous éclatâmes de rire.

— Passe-moi la serviette, s'il te plaît.

Je me séchai vigoureusement, résolue à être en pleine forme pour ce soir.

— Je suis heureuse que ClanFintan ait convaincu Dougal de rester ici et qu'il lui ait donné la charge de construire le nouveau quartier des Centaures. Au moins, ça lui évite de se morfondre.

Dougal avait perdu un frère, quelques mois auparavant. Et puis, la Centaure de son cœur, la Grande Chasseresse Victoria en personne, avait visiblement décidé de briser cet amour naissant pour retourner à son ancienne vie. Notre Dougal avait par conséquent besoin de s'occuper l'esprit.

— Tu sais, Rhéa, ce n'est peut-être pas un hasard si Vic a rejoint nos guerriers. Peut-être qu'elle cherchait une raison de revenir ici.

Elle se pencha vers moi et haussa les sourcils, ce qui lui donna nettement l'air d'un lapin blond.

— Je veux dire, vers Dougal.

— J'espère que tu as raison.

J'achevai le séchage et passai une main respectueuse sur le sublime tissu doré que me présentait Alanna.

— Ils forment un couple formidable, et on se moque pas mal que Dougal soit plus jeune qu'elle. De toute façon, tout prétendant au cœur de Vic a intérêt à être jeune *et* athlétique.

Alanna éclata de rire. Je m'enveloppai dans la serviette et m'installai douillettement dans mon fauteuil pendant que les mains habiles d'Alanna s'efforçaient de dompter ma chevelure rousse.

— Je crois que j'ai besoin d'une bonne coupe, marmonnai-je.

Je fis un rapide calcul mental. Cela faisait six mois que j'étais ici, et avant d'être catapultée dans la quatrième dimension, je n'étais pas passée entre les mains d'un professionnel depuis au moins plusieurs semaines. S'il me voyait dans cet état, Rick en aurait une attaque. Je l'entendais encore : « Je ne comprends pas pourquoi les nanas laissent d'autres nanas tripoter leurs cheveux. Forcément, elles sont en rivalité. Donc, elles feront tout pour que tu aies l'air d'une sorcière. Tandis que moi, tu vois, ça ne me dérange pas du tout si tu es fabuleuse, ma chérie. Après tout, on ne chasse pas sur les mêmes terres… » Il fallait reconnaître qu'il n'avait pas tort.

Je croyais me souvenir que ClanFintan m'avait sorti un propos du même genre, quelques mois auparavant.

— Ecoute, lançai-je au reflet d'Alanna dans le miroir. Un petit coup de ciseau de temps en temps, ça ne fait pas de mal. Ces fourches, ça me donne l'impression de sortir tout droit d'une retraite de Pentecôtistes, achevai-je avec une grimace.

Habituée à mes bla-bla sur l'Autre Monde, Alanna ne réagit pas. Et même, elle avait plutôt l'air d'apprécier mes bavardages, maintenant qu'elle savait que je ne lui sauterais pas au visage. Littéralement, je veux dire. Enfin, tout ça ne résolvait pas mon problème capillaire, à la solution duquel je réfléchis intensément pendant qu'Alanna finissait de me coiffer et de me maquiller.

Quand j'avais commencé à vivre dans ce monde-ci, je m'étais sentie terriblement gênée par les soins que me prodiguait Alanna. Comme elle ressemblait trait pour trait à ma meilleure amie, ça avait un côté presque sacrilège de la laisser me coiffer, m'habiller, me chouchouter. J'avais fini par comprendre que c'était son travail. D'un strict point de vue technique, Alanna était mon esclave. Sauf qu'évidemment, j'avais envoyé promener tout ça. Mon ego et moi-même avions décrété qu'elle était mon assistante personnelle et qu'en conséquence, nous la laisserions s'occuper de moi comme elle l'entendait.

Je l'avoue : j'aime *beaucoup* qu'elle s'occupe de moi.

De toute façon, Suzanna a toujours été calée sur les « trucs de dame ». Remarquez qu'elle n'aurait pas pu faire autrement : elle est née et elle a grandi dans le Mississippi, donc dans le Sud. Ce n'est qu'adulte et déjà formée que Suzanna-Scarlett a été transplantée en Oklahoma. Donc, le côté grande dame et crinoline, cela doit être génétique trans-dimensionnel, vu qu'Alanna est elle aussi très Scarlett — le caractère excepté.

Mon amie me pressa doucement l'épaule pour me signaler qu'elle en avait fini avec le pomponnage. Je me mis debout et levai les bras pendant qu'elle m'enfilait la robe de soie dorée qu'elle m'avait présentée tout à l'heure. D'un geste expert, elle arrangea les plis autour de mon corps pour mettre en valeur mes courbes et mes longues jambes.

— Pose ton doigt là, le temps que je trouve une broche.

Je retins le tissu souple sur mon épaule gauche, tandis qu'Alanna fouillait dans la cassette qui débordait d'une multitude de choses dorées et brillantes.

— Là...

Elle me tendit l'objet.

— Ooooh, dis-je en gémissant de plaisir, qu'elle est belle !

C'était une réplique miniature de mon mari : un guerrier centaure tenant à deux mains une arme en diamant, avec une chevelure sauvage et des muscles en abondance, virils et chevalins.

L'ensemble avait l'air si vivant que je crus un instant le voir frémir.

— Waouh !

Je regardai Alanna l'agrafer au tissu.

— C'est fou ce que ça lui ressemble...

— Hmm, c'est ce que je m'étais dit aussi.

Elle se pencha de nouveau sur la cassette et en retira une nouvelle paire de boucles d'oreilles. Deux sublimes anneaux incrustés de pierres précieuses.

— Et ça, ça devrait définitivement te remonter le moral, lança-t-elle d'un ton convaincu.

Chaque fois qu'elles captaient la lueur des chandelles, les boucles lançaient littéralement des éclats de feu.

— Elles ont dû coûter cher, commentai-je en appréciant leur poid avant de les accrocher.

— Effectivement, mais…

— Rien n'est trop beau pour l'Elue d'Epona ! achevâmes-nous de concert.

Alanna me tendit ensuite un diadème d'or, incrusté d'ambre poli, et je le glissai dans mes cheveux. On aurait dit qu'il avait été littéralement conçu pour moi. Comme si, depuis toujours, il avait été écrit quelque part que le destin de Shannon Parker serait de bénéficier des faveurs d'Epona — et d'assumer des responsabilités, comme me le rappela une petite voix. Franchement, il n'était pas étonnant que je me sois mise à adorer ce monde-ci ! Outre un mari de rêve et des amis loyaux, je me trouvais à la tête d'un peuple qui m'avait accordé toute sa confiance. Et, détail non négligeable, le salaire de Grande Prêtresse était nettement plus intéressant que celui de prof d'anglais dans l'Oklahoma. Cela dit, même un vendeur de hamburgers est mieux payé, ce que la chère Rhiannon de mon cœur avait dû découvrir sans qu'on lui fasse un dessin.

— Tu es splendide. Pâlotte, mais belle à ravir.

— Merci, rétorquai-je avec une grimace.

Deux coups fermes retentirent sur la porte.

— Entrez ! lançai-je.

Noreen, la pétulante nymphette, se précipita à mes pieds.

— Maîtresse ! Les sentinelles ont aperçu les guerriers au-dessus de la falaise occidentale !

Elle se tut, essoufflée.

— Rhéa, ton manteau.

Alanna posa sur mes épaules la cape bordée d'hermine et s'enveloppa dans son propre manteau. Je sentais mon cœur battre à tout rompre dans ma poitrine, tandis que les deux femmes s'écartaient pour me laisser passer. Je tournai à gauche, en direction de mes appartements, puis longeai le couloir vers la grande cour intérieure du Temple d'Epona.

Le garde ouvrit les portes et je pénétrai dans l'espace réservé à la déesse, suivie d'Alanna et Noreen.

— Epona soit louée !

— Que tous les dieux vous bénissent, Dame Rhiannon !

— Gloire à l'Elue d'Epona !

Je souris et agitai joyeusement la main en direction des jeunes filles et des gardes qui accouraient pour former autour de moi une longue haie respectueuse. Je dépassai la fontaine au cheval, nimbée d'une buée de gouttelettes argentées, et atteignis le majestueux portail de l'enceinte du Temple. Au-dehors se pressait une foule nombreuse venue accueillir les valeureux guerriers, et je fus envahie par une vague de gratitude et de fierté.

Le Temple d'Epona est bâti sur un plateau, et son entrée principale est orientée vers l'ouest. Levant les yeux au-dessus du peuple assemblé, je sentis les battements désordonnés de mon cœur s'accélérer encore devant le spectacle magnifique qui s'offrait à moi. Dans le ciel d'un bleu pur s'étiraient les longues traînées roses et violettes laissées par le soleil rougeoyant qui se couchait à l'horizon. Les silhouettes sombres des guerriers se détachaient nettement sur ce fond majestueux. Longeant la falaise occidentale, l'armée semblait avancer comme un seul homme — torrent à la force irrésistible, mais au cours souple et gracieux. Plus elle approchait, plus les Centaures se distinguaient des cavaliers, et par instants, elle brillait littéralement de mille feux : les perles des vestes de cuir des Centaures scintillaient au gré des mouvements, tandis que les brides argentées des chevaux et les casques des soldats captaient les derniers rayons du soleil. Ils galopaient en rangs serrés, derrière la bannière de Partholon — une jument couleur d'argent se cabrant sur un fond pourpre — qui claquait fièrement au vent.

Comme elle arrivait devant l'esplanade, l'armée effectua un impeccable mouvement de flanc. Avec la fluidité de l'eau, les guerriers se séparèrent en deux colonnes et entourèrent la foule en liesse venue les acclamer.

Soudain, je songeai à mon père et à sa passion pour le football. Son équipe était si impressionnante qu'elle attirait un public qui dépassait largement les clubs de lycée. Un jour, il avait décidé de remercier ce public fidèle en lui offrant un vrai spectacle. Les joueurs étaient entrés sur le terrain en formations compactes : ils feintaient et tournaient les uns autour des autres en un ballet élégant et complexe. Mon cœur se serra de nostalgie, et j'éprouvai le regret poignant que mon père ne fût pas là pour partager ce merveilleux moment avec moi. A travers les larmes qui embuaient mes yeux, je vis mon centaure de mari rompre le rang, et s'avancer de sa démarche souple et vigoureuse vers l'esplanade où je me tenais.

Oui, pas de doute, mon père aurait adoré cet homme-là.

Inspirant profondément, je retins la nausée qui menaçait de me submerger et redressai les épaules. J'étais censée incarner une déesse, non ? Prenant un air altier — menton levé, front de marbre et sourire énigmatique —, je le regardais s'approcher tandis que les clameurs peu à peu s'apaisaient pour laisser place à un silence respectueux. ClanFintan parcourut rapidement l'espace qui nous séparait, et pourtant, j'eus l'impression que le temps suspendait son cours. Je dévorais littéralement des yeux cet être, mi-homme mi-cheval, auquel j'unissais désormais ma destinée avec un consentement frisant la frénésie. Un monstre, lui ? De tous les êtres que j'avais croisés au cours de ma tumultueuse existence, les Centaures étaient les plus exquis de ce monde et de l'autre.

Et parmi eux, mon époux était un prince. Un maître.

Grand — avec mon mètre soixante-dix tout compris, j'atteignais à peine sa poitrine large et solide. Les cheveux aussi noirs et sauvages que ceux d'un conquistador espagnol, noués en catogan dans le dos. Le visage ferme et volontaire, adouci par quelques mèches rebelles. J'écarquillai les yeux, et tant pis pour l'air altier : comme il ressemblait à Cary Grant, avec ses pommettes bien dessinées et sa fossette romantique sur le menton !

Je laissai mon regard glisser le long de son corps,

et mon sourire s'accrut involontairement devant ces pectoraux lisses et musclés, à demi nus sous la traditionnelle veste de cuir des guerriers centaures. Comme j'avais eu l'occasion de le vérifier personnellement, la température interne des Centaures était plus élevée que celle des hommes — ce qui, tout aussi personnellement et expérimentalement, ne manquait pas de me faire fondre. Le froid de l'air ne le gênait donc pas. A partir de la taille, son corps devenait celui d'un étalon. Son garrot était haut de seize paumes et sa robe couleur bai rappelait le roux chatoyant des glands mûrs, qui virait doucement au noir vers les jambes et la queue. A chacune de ses foulées, les muscles se tendaient et ondulaient. La puissance qui émanait de lui me troubla comme si je le découvrais pour la première fois.

ClanFintan s'arrêta devant moi et, subitement, j'eus l'impression d'avoir rétréci. Me sentant aussi empotée qu'une bûche, et moins déesse incarnée que jamais, je levai la tête.

Grands et légèrement en amande, les yeux de ClanFintan étaient aussi veloutés et profonds qu'une nuit sans lune. A peine pouvais-je distinguer la pupille, au centre de ces océans sombres dans lesquels j'avais l'impression de plonger sans bouée. Mon estomac se convulsa et la nausée reflua de nouveau dans ma gorge.

Je me rappelai soudain ma première réaction quand j'avais compris que j'étais censée coucher avec cet être peu ordinaire. Il y avait de quoi déstabiliser n'importe quelle fille dotée de principes sexuels raisonnables, et normalement hystérique à la vue d'un représentant de l'espèce humaine doté de muscles adéquats et d'un QI convenable. Heureusement, j'avais découvert que mon mari pouvait se métamorphoser à volonté en homme.

Le visage de ClanFintan s'éclaira d'un sourire, et les petites rides que je connaissais si bien se formèrent au coin des yeux. Puis, d'un geste rapide, il me prit la main et, la retournant, embrassa doucement le creux de la paume. Sans me quitter des yeux, il se mit à mordiller délicatement la chair, avant de relever la tête.

— Salut à toi, ô Elue d'Epona !

Sa voix grave et profonde résonna jusqu'à l'autre bout de l'esplanade.

— Ton mari et tes guerriers sont de retour.

L'intonation familière m'enveloppa, me rassura. La tension intérieure qui m'habitait s'envola comme une feuille d'automne. Non, ce n'était pas une espèce de géant étranger qui se tenait devant moi. C'était mon époux, mon amant, mon compagnon.

— Bienvenue à vous, ô guerriers !

En enseignante aguerrie, je savais élever la voix quand il le fallait.

— Bienvenue à toi, ClanFintan, mon maître et seigneur, et Grand Chamane de Partholon !

Et alors que je me lovais entre ses bras chauds, j'entendis les ovations joyeuses de la foule enthousiaste.

— Tu m'as manqué, mon amour.

Les mots vibrèrent littéralement dans ma chair et dans mes os, tandis qu'il se baissait pour cueillir mes lèvres. Le baiser fut aussi bref qu'intense. Et avant que je puisse lui rendre la pareille, il me saisit par la taille et me lança sur son dos. A ce signal, le peuple déferla autour des guerriers pour accueillir père, frère, ami ou époux. Une véritable marée nous entoura et nous poussa joyeusement vers la cour intérieure du Temple. Soudain, un éclat blond cendré attira mon regard et je tournai la tête pour découvrir Victoria, figée et contrainte, devant Dougal. Tous deux se faisaient face, silencieux et indifférents à la foule qui les bousculait. Le beau visage de Vic était serein et impénétrable. La présence du jeune Centaure ne semblait guère l'émouvoir, mais avec le temps, j'avais appris à la connaître, et je savais que la Grande Chasseresse ne laissait jamais transparaître ses sentiments, par respect pour sa fonction et pour ceux dont elle avait la charge. Mais les yeux ne savaient pas mentir, et ceux de Vic brillaient de désir. J'espérais que Dougal y lisait aussi clairement que moi.

La foule nous emporta, ClanFintan et moi, et bientôt, les deux amoureux furent hors de ma vue. Je poussai un soupir et me mis à saluer les guerriers que je reconnaissais sur notre passage. Encore un peu émue par le choc des retrouvailles, je me concentrai sur mon rôle d'Incarnation de la Déesse. Cela, au moins, c'était une chose que je commençais à bien connaître et je crois que je ne jouais pas trop mal mon rôle.

Ce n'est pas un rôle, Bien-Aimée.

Je sursautai comme si une décharge électrique venait de me parcourir. Nom d'un chien, cette télépathie me mettait parfois les nerfs en pelote ! ClanFintan tourna brièvement la tête vers moi, visiblement inquiet, et je pressai doucement son épaule pour le rassurer.

La tension que j'avais ressentie s'était directement communiquée à lui...

Cela faisait plusieurs mois qu'Epona ne m'avait plus parlé, mais je reconnaissais la voix de la Déesse, aussi sûrement que si c'était la mienne.

Nous pénétrâmes dans la cour et mon époux se tourna face à la foule. Doucement, il posa sa main sur la mienne, toujours agrippée à son épaule.

Un peu tendue, je m'éclaircis la gorge et m'efforçais de rassembler mes idées.

— Hum, je... euh...

Le silence se fit et, durant un bref instant, je crus voir une ombre sinistre planer sur la foule. Ça y est, mes hallucinations recommençaient... Plissant les yeux, je scrutai l'espace devant moi. Rien.

— Je... Je...

La célèbre éloquence de Shannon Parker, alias Rhiannon ou Rhéa pour les intimes, était en train de virer au cafouillage désastreux. Vite, je glissai un regard à Alanna. Un bras amoureusement glissé autour de son mari, mon amie me regardait avec un léger froncement de sourcils, manifestement perplexe devant ce trou noir inhabituel.

« Shannon, ma fille, tu n'es pas en train de faire une distribution de bons points. Tu veux seulement inviter ces gens-là à faire la fête. Donc, vas-y. »

— Peuple de Partholon, lançai-je d'une voix encore un peu incertaine. Ce soir, tous les serviteurs d'Epona et leur famille sont conviés à célébrer le retour de nos valeureux guerriers.

A mesure que je parlais, ma voix se raffermissait.

— Venez partager notre joie ! Venez boire et manger en leur honneur !

Un tonnerre d'applaudissements éclata. ClanFintan se tourna vers moi et me sourit. D'un geste tendre, il m'attrapa et me déposa sur le sol, à côté de lui. Puis, posant un bras protecteur autour de mes épaules, il accorda son pas au mien et nous avançâmes ensemble vers la Grande Salle.

— Comment vas-tu, Rhéa ? demanda-t-il doucement.

— Oh, parfaitement, rétorquai-je en essayant de sourire et d'ignorer une nouvelle vague de nausée qui me laissa trempée de sueur.

Nous arrivâmes devant les portes sculptées. Les gardes se penchèrent d'un même mouvement et ouvrirent les lourds battants. La Grande Salle nous accueillit de toute sa solennité.

ClanFintan me conduisit vers les sièges, qui semblaient sortir tout droit de la Rome antique. Je m'installai sur celui qui m'était réservé et mon époux fit de même. Comme le voulait la coutume, nous mangions allongés. Une table étroite posée sur un piédestal était placée entre les deux sièges dont les têtes se touchaient presque.

Je jetai un coup d'œil circulaire sur la salle.

Le brouhaha commençait à s'apaiser. Levant une main pour réclamer le silence, je me redressai et m'apprêtai à entamer la bénédiction. Tout à coup, la pression qui me tendait comme un ressort se relâcha et je souris. Enfin, je me sentais dans mon élément et je retrouvais mon goût de la déclamation. Parce qu'un prof, c'est d'abord ça : le plaisir de parler en public.

— Ô Epona ! Bénie sois-tu pour avoir ramené sains et saufs nos guerriers…

J'entendis un murmure approbateur parcourir la salle. C'était toujours utile, le petit échauffement préliminaire. Je levai légèrement le visage, tendis les bras au-dessus de moi et fermai les yeux.

— Ô Peuple de Partholon ! Je ferme les yeux et aussitôt surgit, derrière mes paupières closes, le souvenir terrible des événements qui ont failli anéantir notre monde bien-aimé, la saison dernière.

Ici, en effet, le temps se mesurait en saisons et en cycles de lune.

— Mais Epona ne nous a pas abandonnés. Dans le murmure de la pluie, dans le chant des oiseaux, sa voix vient jusqu'à nous. Dans le rythme de la lune, dans le souffle de la brise, dans la douce et vivante odeur de la terre, sa présence nous accompagne.

» Ô peuple, alors que nous nous apprêtons bientôt à entrer dans une nouvelle saison, n'oubliez jamais que les bienfaits de la Déesse ne nous sont jamais donnés. C'est à nous, oui, à nous de les découvrir, telles des perles précieuses dissimulées dans le sable.

» Ce soir… Ce soir, nous la remercions avec ferveur des perles qu'elle n'a jamais manqué de nous offrir. »

Je me tus. Mes dernières paroles résonnèrent sur les murs et déclenchèrent les vivats.

— Louée soit Epona !

J'ouvris les yeux, souris avec une modestie ravie à

mon merveilleux public et retrouvai mon siège avec soulagement.

— Emportez ce vin, murmurai-je à la servante attentive, à mes côtés. Et rapportez-moi une infusion.

Elle me regarda, déconcertée. Je pris un air dégagé et d'un petit signe, l'engageai à se dépêcher.

— Qu'est-ce qui ne va pas, Rhéa ?

ClanFintan avait parlé à voix basse, mais son inquiétude était si palpable qu'Alanna et son médecin de mari, installés non loin de nous, me lancèrent un regard soucieux.

— Oh… euh… je…

J'essayai le style guilleret.

— J'ai… disons, des petits tracas digestifs persistants, ces derniers temps.

Ce ne fut pas convaincant. Je passai à l'arme numéro deux : l'autodérision.

— C'est que, vois-tu, mon estomac est à peu près aussi obstiné que moi.

Quelques rires aimables accueillirent ma tentative, mais Alanna, Carolan et ClanFintan restèrent de marbre. « Souris, Shannon. »

— Tu es pâle…

Mon mari hésita et m'observa attentivement.

— Et tu as minci.

— Oh… euh… on n'est jamais assez riche ou assez mince, non ?

— Mmm…

Cela ressemblait à un hennissement. Je changeai de nouveau de tactique.

— Alanna, dis-je en me tournant vers mon amie,

il me semblait que les servantes devaient jouer un peu de musique, non ?

— Oui, Rhéa.

Son sourire était franchement crispé, comme si elle craignait que je ne sois en train de frôler la crise nerveuse.

— Elles attendent ton signal. Comme d'habitude.

De la main, elle me désigna l'estrade où étaient assises six jeunes femmes vêtues de robes de soie, tenant chacune un instrument différent.

J'émis un petit rire vaguement chevrotant.

— Bien sûr, bien sûr…

Bon sang, mais qu'est-ce que j'avais ? Une tumeur au cerveau… J'étais sûre que c'était une tumeur au cerveau. Je levai une main et claquai deux fois des doigts. Le chant cristallin d'une harpe s'éleva. Dès les premières notes, je sentis les larmes me monter aux yeux. Puis les autres instruments se joignirent à la mélodie, dont la tristesse poignante me rappelait la musique celtique. Et là, j'eus carrément envie de me rouler en boule et de pleurer tout mon soûl.

Maintenant, les choses étaient claires. Ça n'allait pas du tout…

Je n'ai jamais été du genre pleurnicheuse. Et même, les femmes qui fondent en larmes à chaque instant m'agacent prodigieusement.

Le tintement des plats qu'on déposait sur les tables me ramena à la réalité. Une chose dégoulinante de sauce et truffée d'ail fut placée devant moi. Je détournai la tête pour arrêter la vague de nausée qui menaçait de tourner à la catastrophe.

J'agrippai le bras d'une servante.

— Emportez-moi ça, lançai-je entre mes dents serrées. Et, euh… apportez-moi…

Je passai frénétiquement en revue tous les aliments consommables sans trop de risque. Tout à coup, je m'illuminai. Le BRAT ! Voilà la solution. Banane, riz, amande, toast. C'était une chose que j'avais apprise au cours d'un job d'été que j'avais effectué dans le service administratif d'un hôpital.

Soulagée, je relâchai mon étreinte.

— Du riz ! Apportez-moi du riz blanc à l'eau.

La servante ouvrit de grands yeux.

— Juste du riz, maîtresse ?

— Euh… et du pain chaud, ajoutai-je en m'efforçant de sourire.

— Bien, maîtresse.

Je la regardai s'éloigner et croisai le regard soucieux de mon mari.

— Bon, alors, et ce voyage ? gazouillai-je sans lui laisser le temps d'exprimer ses inquiétudes. Raconte-moi ! Je veux tout savoir.

J'avalai une gorgée de mon infusion, en priant pour que mon estomac se tienne tranquille.

— Le Donjon du Gardien et le château de Laragon ont-ils retrouvé leur sérénité ? Y a-t-il encore des Fomores ? En as-tu capturé ?

— Rhéa, je t'ai envoyé des rapports hebdomadaires pour te tenir au courant.

— Je sais, mon chéri, mais ce sont les détails qui m'intéressent.

Je souris à la servante qui venait de déposer devant moi un plat de riz blanc.

— Comme il te plaira.

ClanFintan poussa un soupir, se concentra un instant, puis entama son récit tout en avalant des morceaux de cette chose délicieusement écœurante qui avait été servie.

— L'équipe de construction avait déjà tout nettoyé et réparé. Donc, ç'a été un jeu d'enfants que d'installer les nouveaux habitants…

Sans cesser d'écouter, je m'efforçais d'ingurgiter le riz blanc, faisant glisser chaque bouchée avec une gorgée de thé.

— … et pour Laragon, nous devons beaucoup à Thalia et aux Déesses Incarnées de la Muse. Beaucoup d'étudiants, sur le point de passer leurs examens, ont accepté de rester pour aider à l'établissement des nouveaux guerriers et de leur famille.

Il sourit.

— M'est avis qu'un certain nombre de jeunes disciples de la Muse ne reviendront pas à leur Temple.

Le château de Laragon était situé près du grand Temple de la Muse, version partholonienne d'une université exclusivement féminine. Des jeunes femmes exceptionnelles avaient été choisies à travers tout le pays pour y venir et être éduquées par les neuf Déesses Incarnées de la Muse. Ces femmes étaient les plus révérées de tout le pays. Donc, rien d'étonnant si les guerriers s'étaient rapidement adaptés !

Je vis le regard de ClanFintan se troubler.

— Au début, les femmes étaient réticentes à l'idée de s'installer au Donjon du Gardien. J'ai donc décidé de reculer de plusieurs semaines la date de départ de nos troupes. C'est compréhensible. Le souvenir des atrocités commises est encore fort et les nouveaux habitants se sentent vulnérables.

Un frisson parcourut mon dos. Ces atrocités, impossible de les oublier. Elles continuaient à me hanter. Peu après mon arrivée dans ce monde, des espèces de vampires humanoïdes qu'on appelait les Fomores avaient tenté de détruire Partholon. Et ce qui avait été particulièrement ignoble, ç'avaient été les viols que les Fomores mâles avaient systématiquement perpétrés. Les femmes de chez nous donnaient naissance ensuite à des mutants, plus démoniaques qu'humains. Je fermai les yeux au souvenir d'un de ces « accouchements » auxquels j'avais assisté, grâce à Epona et à ces voyages spirituels dans lesquels elle m'entraînait. La mère n'avait pas survécu. En gros, les Fomores considéraient les femmes de Partholon comme de simples incubatrices pour leurs rejetons.

Et ce qu'avait subi le château de Laragon, entièrement détruit après une attaque aussi rapide que brutale, n'était rien en comparaison de ce qu'avait connu le Donjon du Gardien. C'était à partir de là que les Fomores avaient infiltré Partholon, plusieurs mois avant que nous ne découvrions leur présence et leurs intentions. Et c'était là qu'ils avaient établi leurs quartiers généraux. Là encore qu'ils avaient commis des viols à répétition, puis enfermé les femmes de

Partholon jusqu'à ce que les monstres engendrés déchirent littéralement le ventre de leur incubarice pour sortir.

Je regardai mon mari avec tendresse.

— Je suis heureuse que tu sois resté pour que les femmes du Donjon se sentent en sécurité.

Et pour la millième fois, je remerciai silencieusement Epona de nous avoir aidés à éliminer les Fomores. Grâce à une épidémie de petite vérole qui les avait affaiblis et mis à notre merci.

— Je savais que c'était ce que tu aurais voulu.

Ses yeux étaient deux grandes déclarations d'amour.

— Oui, soupirai-je avec romantisme, tu es mon héros…

— J'espère bien, répliqua-t-il avec un sourire, heureux de voir que je ressemblais enfin un peu plus à moi-même.

Et cela me coûtait des efforts. Avec l'air d'un condamné, je regardai la cuillère de riz blanc que je n'arrivais pas à porter à ma bouche.

— Quant à traquer les Fomores survivants, eh bien, ç'a été une autre paire de manches, poursuivit mon mari.

Son beau visage s'assombrit.

— Au cours de nos recherches, nous avons découvert de nombreuses femmes enceintes qu'ils abandonnaient derrière eux.

Il secoua la tête avec tristesse.

— Certaines avaient été infectées par la vérole, et elles étaient dans un tel état de faiblesse qu'elles sont mortes très vite. A celles qui n'en étaient qu'au début de leur grossesse, Carolan a administré une potion qui a chaque fois provoqué un avortement. Malheureusement, la moitié des femmes ont péri pendant l'épreuve.

Je vis son poing se crisper sur sa fourchette.

— Quant à celles qui étaient presque à terme, Carolan ne pouvait rien. Il a simplement atténué leurs douleurs et facilité l'accouchement.

Le regard de ClanFintan se posa sur le Guérisseur, et il baissa la voix.

— Ç'a été dur pour lui, Rhéa, d'accepter son impuissance à sauver tant de femmes.

Je regardai à mon tour Carolan. De fines rides étaient apparues au coin des yeux, et sa main se tendait constamment pour toucher Alanna, comme s'il avait peur qu'elle ne disparaisse s'il ne restait pas en contact. Cet homme était en proie à un immense désespoir.

— Je veillerai à ce qu'Alanna ait beaucoup de temps libre, dis-je.

— C'est une bonne idée.

Ses yeux ardents se posèrent sur les miens.

— Et moi aussi, j'espère que ma femme aura du temps à me consacrer…

— Oh, rétorquai-je, ça tombe bien ! Figure-toi que je connais ta femme et…

Là, c'était le moment de sortir mon plus beau sourire. Sauf qu'une vague de nausée plus forte que les précédentes annula tous mes plans.

— … elle m'a dit… Oh… !

Me tournant brusquement — j'eus au moins la

présence d'esprit d'éviter le côté de ClanFintan —, je me penchai et vomis toutes mes tripes. J'éclaboussai une servante qui ne s'était pas écartée assez vite. Pas de chance.

Haletante et légèrement étourdie, je me rendis compte qu'un silence pesant s'était installé. J'essuyai ma bouche d'une main tremblante et me figeai littéralement. Qu'est-ce que c'était, là, par terre ? Le sol de marbre était constellé de milliers de petites choses blanches. On aurait dit... On aurait dit... Oh non ! Des vers !

Une nouvelle série de spasmes me secoua, et je vomis cette fois sur Victoria et Carolan accourus à mes côtés.

— Oh, je... je suis désolée...

Mes mots s'entrechoquaient dans ma bouche et je ne voyai plus très clair à travers mes yeux embués de larmes. Bêtement, je me dis que ce serait bien que je me lève... Et aussitôt, la salle se mit à tournoyer comme une toupie infernale. J'avais du mal à respirer et, tout à coup, mes genoux flanchèrent sous moi.

— Là, ça va aller, Rhéa.

La voix de Victoria se fraya un chemin à travers le brouillard qui m'enveloppait. Doucement, elle m'aida à me rallonger sur mon siège.

Mes yeux papillonnèrent. Mes lèvres remuèrent sans proférer aucun son.

J'étais en train de mourir. De cracher toutes mes tripes jusqu'à ce que mort s'ensuive. J'étais perdue.

Et c'était horrible de mourir comme ça.

Soudain, je sentis les bras vigoureux de ClanFintan

qui me soulevaient et, à travers mes cils à moitié collés, je fus terrifiée par la pâleur de son teint.

— Non, marmonnai-je, il faut que je dise à Vic…

Ma voix était rauque et sifflante, et j'avais l'impression de l'entendre de très loin. Comme une aveugle, je tendis la main au hasard et la Chasseresse la saisit.

— Vic, soufflai-je. Aime-le.

Je vis ses yeux s'arrondir de surprise.

— On se fiche pas mal de ce que les gens disent… et tu sais, l'âge, ça n'a aucune importance, ma vieille…

Elle voulut retirer sa main et je m'accrochai de toutes mes faibles forces.

Hé, je suis en train de mourir, moi, donc pas question qu'elle se sauve ! Les mourants, tout le monde sait ça, ont des droits imper… impresic… *Imprescriptibles*. Bref… J'avais des choses à dire, et j'étais bien déterminée à en faire profiter le monde pendant que j'en faisais encore partie. Après quoi, je pourrais vomir en paix jusqu'à l'Apocalypse.

— Tu as besoin de lui. Alors, arrête de fuir et accepte le don magnifique de l'amour.

Ses traits ne bougèrent pas. Seules ses épaules, toujours fièrement redressées, se voûtèrent légèrement.

Je pressai une dernière fois sa main et la libérai.

— Je me sens mal, geignis-je en laissant aller ma tête contre la poitrine de ClanFintan.

Sa belle voix profonde et veloutée résonna.

— Guérisseur, suis-nous.

3.

— Elle est dans cet état depuis deux fois sept jours.

Alanna avait l'air d'être partie pour jaser. Je lui jetai un regard lourd qui ne l'arrêta pas le moins du monde.

— Sauf que jusque-là, elle n'avait jamais été malade en public.

— Je me sens déjà beaucoup mieux. J'ai juste besoin de rester un peu allongée.

Et je n'avais pas eu « besoin » de vomir en direct devant mon peuple et mes amis, ni de voir mon époux m'enlever dans ses bras forts et galoper littéralement jusqu'à ma chambre, talonné de près par Carolan et Alanna.

— J'ai gâché l'ambiance, grommelai-je.

Mon amie ouvrit la bouche.

— Alanna, repris-je en quatrième vitesse, il faut que tu retournes dans la salle pour rassurer tout le monde et dire que j'ai eu… que j'ai eu…

Je lançai un regard interrogateur à Carolan qui refusa de me fournir un terme médical adéquat.

— Un... euh... un dérangement intestinal, achevai-je bravement. Maintenant que Carolan et mon mari sont rentrés, je suis sûre de me rétablir très vite... Voilà.

Alanna fit un geste et j'abattis aussitôt ma carte maîtresse.

— J'ai besoin que tu le fasses pour moi. Le peuple est inquiet.

Son sourire crispé m'indiqua qu'elle avait parfaitement compris ma ruse.

— Je reviendrai dès que j'aurai accompli ma mission, lança-t-elle d'un ton sans réplique.

Elle déposa un rapide baiser sur mon front, pressa doucement le bras de ClanFintan et se pencha vers son mari.

— Je t'en prie, mon amour, murmura-t-elle. Guéris-la.

J'étais peut-être à l'article de la mort, mais mes oreilles fonctionnaient encore.

— Je t'ai entendue, fulminai-je d'une voix aussi terrifiante que le miaulement d'un chaton affamé.

De fait, ma sortie lui fit autant d'effet qu'une claque à un rhinocéros — sauf qu'à ma connaissance, il n'y a pas de rhinocéros à Partholon. Avec un soupir de frustration, je reportai mon attention sur les deux hommes qui m'observaient.

— Pourquoi ne pas m'avoir fait avertir de ton état ? s'enquit ClanFintan, visiblement plus mortifié que furieux.

J'ouvris la bouche pour protester et affirmer que tout cela, c'étaient des broutilles, mais son regard m'indiqua qu'il valait mieux que je ne m'amuse pas à ce petit jeu.

— Je ne voulais pas t'inquiéter. Et puis, je me disais que si je faisais comme si le problème n'existait pas, ce serait comme s'il n'existait pas, hein ?

Un grognement-hennissement ponctua ces paroles. Il me faisait comprendre qu'il trouvait ça parfaitement stupide.

— Je dois t'examiner, Rhéa.

C'était la voix apaisante de Carolan.

— D'accord.

J'essayai de maîtriser le tremblement de mes lèvres. Le Guérisseur se tourna vers mon mari.

— ClanFintan, je t'appellerai quand j'aurai fini de l'examiner.

Un vrai général donnant des ordres à ses troupes, et pas question de désobéir.

— Je préfère rester.

Mon mari pouvait se montrer très buté, quand il le voulait. Carolan répondit avant moi, avec toute la sage certitude de son expérience.

— Rhéa a besoin de son intimité. Mon ami, fais-moi confiance.

Il posa une main apaisante sur l'épaule musclée du Centaure. Leurs regards se croisèrent.

Ce fut ClanFintan qui baissa les yeux le premier. Brusquement, il se pencha et m'embrassa sur le front.

— Je serai dans le couloir. Appelle-moi si tu as besoin de quoi que ce soit.

J'inclinai la tête, et il sortit sans se retourner.

— Merci, dis-je en tentant de sourire bravement à Carolan. Je l'adore, mais tout ça est tellement... tellement bizarre que j'ai vraiment besoin d'intimité.

Le visage grave mais serein, Carolan s'assit près de moi.

— Hum... Intéressant système de couchage, commenta-t-il en désignant le gigantesque matelas posé à même le sol.

— C'est-à-dire que... euh... vivre avec un homme qui se trouve être aussi un cheval requiert... comment dirais-je... de l'imagination dans certains cas. Je veux dire : un cheval aurait du mal à se sentir à l'aise dans un lit normal, non ? D'un autre côté, en tant qu'Elue d'Epona et fille raisonnablement douillette, je mérite un peu mieux que de la paille ou de la sciure, n'est-ce pas ?

Je tapotai le matelas d'un air statisfait.

— Ça, ça nous convient parfaitement.

— Alanna m'a dit que tu avais un mot spécial pour le désigner.

— Oui. Marshmallow.

Je souris.

— C'est une sublime cochonnerie sucrée, genre gros flocon, qu'on mange dans le monde d'où je viens.

Carolan, Alanna et ClanFintan connaissaient ma véritable identité. Et je l'avoue, c'était un soulagement pour moi de pouvoir évoquer mon ancienne vie sans craindre de me trahir. Cela me détendait. D'ailleurs, en parlant de détente... C'était peut-être bien ça que Carolan cherchait à obtenir en me faisant bavarder.

Bénéficier de sa célèbre affabilité était, ma foi, une expérience nouvelle et pas du tout désagréable.

— Bien. Maintenant que je ne fais plus d'hyperventilation, quelle est la suite des événements ?

— Rien de désagréable, assura-t-il. Juste quelques questions, puis je t'examinerai.

La paisible certitude de sa voix apaisa mes nerfs en pelote.

— Essaie de me décrire ce que tu ressens.

Je haussai un sourcil moqueur et Carolan leva aussitôt la main.

— Non, Rhéa. Réponds sérieusement. Si tu n'es pas entièrement sincère, ça me sera difficile de t'aider.

Je poussai un gros soupir.

— Disons que ça dure depuis trois semaines, ou trois fois sept jours comme dirait Alanna. Et ces derniers temps, c'était tellement fort que je n'arrivais même plus à le lui cacher.

J'adoptai un ton plaintif.

— Tu la connais ! Toujours en train de fourrer son nez partout.

— Hum…

Carolan tâta ma gorge d'un geste expert.

— Je sais surtout combien elle peut être tenace quand il s'agit de ceux qu'elle aime.

Cette fois-ci, il prit mon pouls.

— Quand ces purges ont-elles commencé ?

Je le regardai d'un air décontenancé.

— Ces… purges ?

— Ces vomissements, expliqua-t-il.

— Ah ! Mais... euh... je ne faisais pas vraiment exprès.

— Evidemment !

Il me lança un regard choqué. Le bon docteur ne connaissait pas les mœurs des filles du XXIe siècle.

— Donc, je me « purge » depuis un peu plus d'une semaine, mais en fait, j'ai envie de vomir depuis près de trois.

Il ouvrit la vaste sacoche de cuir qu'il transportait toujours avec lui.

— Intéressant, vraiment, ajouta-t-il avec un petit sourire. D'autres symptômes ?

— Eh bien... je... euh... je me sens un peu déprimée et hyper nerveuse.

Cela devait à peu près couvrir tout ce que j'avais éprouvé ces derniers temps, depuis les nausées jusqu'aux hallucinations de la nuit précédente. Carolan me tapota la main d'un air rassurant et sortit de son sac à malices une espèce de long tuyau qui semblait être en papier.

— Assieds-toi et respire profondément, ordonna-t-il.

J'obéis en louchant à moitié sur l'instrument. Carolan se pencha et le posa sur ma poitrine. Un stéthoscope ! Tout n'était pas perdu. Visiblement satisfait de ce qu'il entendait, il reposa le tuyau et poursuivit son auscultation en palpant doucement mon corps. Tout ça sans cesser de me poser des questions. Depuis l'odeur des fleurs que les servantes disposaient chaque jour dans ma chambre jusqu'à la régularité de mes selles.

— Je suis certain que tu as...

— Une tumeur au cerveau ! Je le savais !

Mon estomac se révolta, mes mains devinrent moites, mes lèvres se desséchèrent. C'était le début de la fin. Carolan se mit à rire.

— Non, Rhéa. Tu as quelque chose dans ton corps qui n'était pas là il y a quelques mois.

Ses yeux pétillaient littéralement. J'eus envie de le griffer et de le mordre jusqu'à ce que les étincelles disparaissent.

— Un… un anévrisme ? J'en étais sûre ! J'ai dû passer par un truc radioactif, quand cette garce de Rhiannon m'a fait venir ici, pour prendre ma place…

Je retombai sur mes oreillers, sans chercher à dissimuler le torrent de larmes qui ravageait mon visage.

— Par Epona ! Rhéa, tu veux bien m'écouter ?

Le bon docteur semblait légèrement agacé, mais sa voix guillerette le trahissait. Il était joyeux.

— Tu n'es pas au seuil de la mort. Tu n'es pas malade. Tu es enceinte. Que la Déesse te bénisse.

— Je… quoi ?

— D'après mes estimations, tu devrais accoucher vers le milieu du printemps.

— Moi… Un bébé ?

Je devais avoir l'air totalement idiote. Ce n'était pas ma faute, car mon cerveau était aussi mou que du caramel.

— Tel est mon diagnostic.

Il sourit, rassembla rapidement ses affaires avant de les fourrer dans sa sacoche.

— Une fille, ajouta-t-il paisiblement.

— Une fille ? Comment le sais-tu ?

Je posai mes mains sur ce ventre, qui avait l'air plutôt normal.

— Le premier enfant de l'Elue d'Epona est toujours une fille. C'est un don fait par notre Déesse à toi et à ton peuple.

Là, j'étais sidérée. C'est vrai que le mois dernier, je n'avais pas eu mes règles, mais je m'étais dit que c'était le stress. Apprendre à vivre dans un monde mythologique, être proclamée élue d'une divinité, combattre des hordes de démons… Ma foi, ça demandait qu'on s'y habitue, non ?

Je m'aperçus que Carolan était en train de foncer vers la porte.

— Que se passe-t-il, Doc ?

J'étais au bord des larmes. L'effet hormones, quoi. Maintenant, je comprenais.

— Alanna va vouloir annoncer la merveilleuse nouvelle au peuple de Partholon. La fête va se poursuivre toute la nuit !

Je blêmis et il se mit à rire.

— Ta présence ne sera pas indispensable, mais on portera de nombreux toasts à ta santé et à celle de l'enfant.

La main sur la poignée de la porte, il me dévisagea.

— Toutes mes félicitations, Rhéa. Je suis heureux d'être le premier à souhaiter tout le bonheur du monde à ta fille.

J'entendis un bref murmure dans le couloir, puis ClanFintan entra, le visage soucieux.

— Que se passe-t-il, mon amour ? demanda-t-il

en s'agenouillant souplement près de moi, visiblement troublé par mon air. Que t'est-il arrivé ?

— Toi !

Je laissai échapper un gloussement à demi hystérique. Il fronça les sourcils.

— Moi ? Je… je t'ai fait mal ?

Je tendis la main et effleurai sa joue.

— Tu ne m'as pas blessée. Tu m'as fécondée.

Un instant, il me dévisagea, l'air vide. Puis, son visage s'éclaira progressivement.

— Un enfant !

Sa voix débordait de joie et de fierté.

— Nous allons avoir un enfant ?

— C'est ça.

Je manquais peut-être un peu d'enthousiasme, mais je venais de passer en quelques secondes d'une tumeur au cerveau à un bébé. Rayonnant, ClanFintan prit mes mains et les embrassa doucement au creux des paumes, avant de se pencher et de déposer un baiser passionné sur mes lèvres.

Je détournai la tête.

— Pouah ! Je sens le vomi…

— Je m'en fiche.

— Eh bien, pas moi.

Il s'écarta légèrement et scruta mon visage.

— Rhéa, ça ne te fait pas plaisir ?

— J'ai peur, balbutiai-je avant de réaliser ce que je venais de dire.

Son expression s'adoucit et il me prit dans ses bras solides et réconfortants.

— Ne crains rien, mon amour. Epona prend toujours soin des siens.

Je posai ma joue contre le cuir souple et lisse de sa veste.

— Hum… Je ne veux pas te… te vexer, mais qu'est-ce que… Je veux dire, j'accoucherai de quoi ?

Il resta silencieux et je me mordis les lèvres. J'adorai ClanFintan, et pour rien au monde, je n'aurais voulu le blesser, mais le fait est… C'était un Centaure, mi-homme, mi-cheval, et il était le père de mon enfant. Donc, le croisement de nos patrimoines génétiques m'inquiétait un peu. Surtout vu que c'était moi qui allais accoucher, dans un monde sans césarienne ni péridurale.

— Elle te ressemblera, Rhéa.

— Et qu'aura-t-elle de toi ? murmurai-je, le nez dans sa poitrine.

Il réfléchit un instant, puis répondit paisiblement.

— Mon cœur. Elle aura mon cœur.

Des larmes embuèrent mes yeux et je jetai mes bras autour de lui.

— Alors, elle aura l'essentiel.

Je sentis ses lèvres chaudes sur mes cheveux. Puis, d'un seul coup, il me fit basculer dans ses bras et m'emporta vers la porte.

— Oh, pitié ! Ne m'emmène pas devant… devant toute cette nourriture et tous ces gens.

Hâtivement, je brossai ma robe souillée.

— Non, je t'emmène aux thermes. Ce soir, je m'occupe de ma femme et de ma fille.

Et avec un sourire, il s'engagea dans le couloir. Sur notre passage, les gardes s'inclinaient.

— Que la Déesse vous bénisse, vous et votre enfant, Dame Rhiannon !

Les soldats qui avaient la charge de veiller sur les thermes ouvrirent les portes avec célérité.

— Gloire à Epona et longue vie à votre fille !

Pour un monde dépourvu de télévision et d'internet, cela me surprenait toujours de voir la rapidité avec laquelle les nouvelles se répandaient. J'agitai coquinement la main par-dessus l'épaule de mon époux.

— Merci, les gars !

— Tss, tss. Ne les encourage pas, me réprimanda ClanFintan.

— Ecoute, bientôt, je ressemblerai à une baleine. Et les baleines, c'est bien connu, ça n'est pas très sexy.

— Tiens donc, marmonna-t-il en me déposant sur le bord du bassin.

L'un des nombreux avantages de ma nouvelle condition de Déesse Incarnée, c'était d'avoir à ma disposition vingt-quatre heures sur vingt-quatre une armée de servantes ultra-dévouées qui considéraient comme un devoir et un honneur de m'entourer de luxe. En somme, j'avais droit au meilleur dans tous les domaines — vins, plats, robes, bijoux, chevaux, guerriers... Mais pas de télévision, ni de téléphone, d'ordinateur ou de voiture. Bref, en échange de tout ce luxe, je devais prendre soin de la santé spirituelle du peuple d'Epona. C'est-à-dire, diriger les cérémonies — quasiment les seins à l'air, ce qui m'avait demandé un certain temps d'adaptation, surtout qu'il commençait à faire plutôt frais —, servir de figure de proue, enfin tout ce que la Déesse me demandait de faire. Et que j'essayais d'accomplir de mon mieux, avec mes modestes compétences de prof d'anglais de Broken Arrow.

En tout cas, j'estimais avoir eu la meilleure part du contrat qui incluait aussi une somptueuse salle de bains que je pouvais utiliser dès que l'envie m'en prenait.

— Laisse-moi t'aider.

Les doigts habiles de ClanFintan se substituèrent à mes mains sales qui s'escrimaient sur la broche en diamants.

— Nouvelle ? demanda-t-il en étudiant soigneusement le bijou.

— Oui. C'est la première fois que je la porte, aujourd'hui. Elle te plaît ?

— J'aime qu'elle soit sur ta poitrine.

— Hé là ! Si je me souviens bien, c'est ce genre de propos qui a eu pour effet direct mon état actuel.

Je lui donnai une légère tape. Il hocha la tête tristement.

— Ton monde ne m'a pas l'air aussi raffiné que le nôtre, et par conséquent, si tu veux parler de fécondation, je crois que nous devrions…

— Oups !

En allongeant la main pour lui donner une seconde tape, je venais de faire tomber ma robe souillée. Je vis son regard changer tandis qu'il tendait la main vers mes seins.

— Ils ont changé, murmura-t-il. Ils sont plus pleins, plus… accueillants.

Fasciné, il enserra doucement ma poitrine dans ses paumes.

Même après six mois de mariage, la chaleur de son corps continuait à me surprendre. Ça avait quelque chose… d'érotique, et j'avais beau savoir que c'était purement physiologique — les Centaures ont une température interne plus élevée que celle des hommes —, cela agissait sur moi comme un aphrodisiaque.

Je frémis de plaisir et constatai avec joie que mes nausées s'étaient calmées.

— Tu frissonnes…

D'un geste sensuel, il fit acheva de faire glisser ma robe, puis, brusquement, me fit pivoter vers l'eau claire.

— Savonne-toi.

— Oui. Très romantique, grommelai-je en essayant de me pencher de manière ultra-sexy pour faire glisser mon string.

ClanFintan était en train de farfouiller parmi mes affaires de toilette, ouvrant des pots d'onguent, des flacons de parfum, des bouteilles d'huiles, et les reniflant.

— Le savon à la vanille est dans le flacon doré, lui lançai-je en descendant lentement dans l'eau délicieusement bouillonnante.

ClanFintan se retourna avec un sourire triomphant, le flacon doré à la main.

— J'aime l'odeur de ce savon.

— Je sais. C'est pour ça que je l'utilise.

Nous nous sourîmes. Ses sabots cliquetèrent tandis qu'il s'approchait du rocher favori sur lequel je venais de m'allonger. D'un geste vif, il défit sa veste de cuir et la posa sur le sol, avec le flacon.

— Ne parle plus…

— Oh, mais je…

— Chhhh…

Il posa un doigt sur mes lèvres. Je me tus et le regardai. Je savais ce qui allait venir : le Changement. En tant que Grand Chamane, ClanFintan avait la capacité de se métamorphoser à volonté. C'était un moment fascinant, qui provoquait toujours en moi une sorte de frisson doux-amer. Je ne pouvais faire l'amour avec mon mari que s'il changeait de forme. Alors, quand le chant grave et profond commençait, je sentais monter le désir du tréfonds de mes entrailles. Ce Changement avait sa contrepartie. ClanFintan ne pouvait conserver sa forme purement humaine qu'environ huit heures, et il ne se sentait vraiment à l'aise qu'à l'état de Centaure. Et surtout, la métamorphose était terriblement douloureuse. Lorsqu'il revenait à sa forme première, il restait affaibli plusieurs heures durant. Chaque fois, c'était une preuve d'amour qu'il me donnait.

Le chant s'intensifia. La magie des mots à consonance gaélique irradiait de la voix chaude et veloutée qui les prononçait. ClanFintan leva lentement les bras au-dessus de lui et rejeta la tête en arrière. Ses longs cheveux tombaient souplement sur ses épaules, caressant ses muscles frémissants.

Puis, sa peau lisse se mit à briller et à onduler comme si elle était sur le point de se liquéfier. Je savais que je devais me détourner, qu'une explosion de lumière allait suivre. Mais j'étais incapable de détacher les yeux du visage de mon mari. Un rictus déformait ses traits fermes et nets, comme s'il était à l'agonie. L'éclat qui émanait de lui devint insoutenable et je fermai enfin les yeux. Même derrière mes paupières closes, la lueur blanche qui explosa soudain m'aveugla.

Une obscurité paisible s'abattit sur la pièce. Je l'entendais respirer bruyamment.

— ClanFintan ?

Ma voix tremblait légèrement. Je ne pouvais m'empêcher d'être effrayée par l'effort que cette métamorphose lui coûtait, et j'avais peur qu'un jour, il ne puisse plus résister à la douleur.

— Je… Je t'ai dit…, souffla-t-il d'une voix rauque et haletante, de ne pas t'inquiéter.

— Je sais, mon amour, mais je déteste te voir souffrir.

— C'est… c'est un prix que je ne regrette pas de payer.

Je clignai plusieurs fois des yeux pour chasser les petites boules lumineuses qui dansaient encore dans mon champ de vision, et je distinguai enfin mon mari. Il était agenouillé à l'endroit même où le Changement avait eu lieu. Il lissa ses cheveux en arrière et, lentement, se mit debout. Un instant, il demeura immobile, rassemblant son énergie et prenant le temps de s'habituer à sa taille humaine, évidemment plus petite.

Enfin, pas si petite que ça… Ses épaules et sa poitrine avaient conservé leur largeur impressionnante. Ses hanches étaient étroites, ses fesses dures et rondes, ses cuisses longues et souples. Bref, il était magnifiquement proportionné.

Il haussa un sourcil.

— Tout est… hum… à sa place ?

Je le regardai, choquée.

— Oh, tu veux dire… que ça pourrait se promener en tous sens pendant que tu te transformes ?

— Bien sûr que non.

Il éclata d'un rire rassurant. De sa démarche chaloupée, il s'avança vers le bassin.

— Je voulais seulement… comment dis-tu, déjà ? Te faire grimper sur le rideau ?

Sa voix avait pris une inflexion traînante. Il imitait l'accent de l'Oklahoma.

— Grimper *aux rideaux*, pas sur le rideau, gros malin !

Je lui envoyai une giclée d'eau.

— Et tu sais très bien que j'essaye de me débarrasser de cette fichue façon de parler.

Heureusement que l'Elue d'Epona a droit à beaucoup d'excentricités. Le peuple de Partholon s'était habitué à ma façon bizarre de m'exprimer. J'avais même entendu des servantes dire : « C'est tout à fait Epona, ça », un jour où j'avais été victime de mes anciennes manières de parler.

— Ne change surtout rien. J'adore cette façon lente et paresseuse que tu as de faire sonner les mots.

— Je ferai toouut ce que tu veeuux, mon amoouur ! rétorquai-je en nasillant.

Et j'étais sérieuse. Un mois, c'est long, non ? J'étais

vraiment très contente qu'il soit rentré. Et que mon estomac se soit calmé. Enfin, pour le moment.

— Bien.

Il attrapa la grosse éponge posée sur le rebord du bassin et versa dessus une quantité généreuse de savon.

— La première chose que je voudrais que tu fasses pour moi, c'est de te détendre. La seconde, de me laisser m'occuper de toi.

Son regard glissa le long de mon corps.

— De vous deux.

J'avais oublié. Ce rappel de la réalité me cloua sur place. Désormais, j'étais deux, et cela n'avait rien d'évident d'admettre que je portais la vie en moi. Plongée dans mes pensées, c'est à peine si je sentais l'éponge rouler doucement sur mes épaules.

ClanFintan continua à s'activer silencieusement autour de moi, levant un bras pour le savonner, puis l'autre. Sans interrompre ma rêverie, il fit glisser l'éponge sur mon cou, puis sur ma poitrine et jusqu'à la pointe dressée de mes seins.

— Ça te fait du bien ? murmura-t-il.

— Hmm, c'est parfait, absolument parfait.

— Alors, je continue, répliqua-t-il avec un sourire.

L'éponge poursuivit son chemin le long de mes hanches, de mes cuisses, de mes mollets. Puis je sentis les doigts de ClanFintan s'emparer de mon pied droit qu'il se mit à masser doucement. Je grognai de plaisir.

— Tu vois, je n'ai pas oublié ce que tu aimais.

Il passa au pied gauche. Nirvanesque.

— Merci, ô Déesse ! murmurai-je avec force.

Il y a peu de choses qu'une femme aime plus qu'un massage des pieds. Sauf une augmentation de salaire, peut-être, mais en Oklahoma, le premier est plus facile à obtenir que la seconde.

Un peu trop rapidement à mon goût, il reprit l'éponge et la fit glisser en sens inverse. Quand elle fut revenue à son point de départ, je me sentis d'une propreté excessive pour une femme qui avait des pensées aussi peu chastes.

Je m'assis et observai mon mari.

— Tu es belle, murmura-t-il.

J'enserrai ses hanches dans mes jambes, puis, glissant mes bras autour de son cou, je me frottai contre lui. Mes seins durcirent au contact de sa peau chaude.

— Alanna ferait bien de prendre garde. Question bain, tu es un assistant de premier ordre.

Au lieu de répondre, il se pencha sur moi et s'empara de ma bouche. Ses mains remontèrent dans mon dos et me plaquèrent contre lui. Une onde de plaisir parcourut mon corps à mesure que celui-ci retrouvait les sensations familières. Le goût salé-sucré des lèvres, la forme souple des muscles, la peau lisse et humide, si brûlante que j'aurais été incapable de dire où commençait son corps et où finissait le mien.

— Hmm, tu m'as tellement manqué, mon amour…

Sa voix était rauque de désir. Je sentis le bas de mon ventre s'enflammer.

— Comment ai-je pu oublier la chaleur de ta peau ? grognai-je en le mordillant.

— Par Epona, je devrais être doux avec toi, mais je…

— Je te promets de ne pas me briser.

Ses mains se glissèrent sous mes fesses. D'un mouvement fluide, il me souleva et plongea en moi. Je m'agrippai à sa bouche, mordant et suçant sa langue. Nous étions aussi affamés l'un de l'autre que si le mois d'absence avait duré une éternité. Le rythme s'accéléra soudain, et avant que j'aie le temps de penser à quoi que ce soit, les spasmes de l'orgasme m'emportèrent au moment où je sentais en moi les pulsations chaudes et liquides de sa jouissance. Haletant, ClanFintan me fit doucement basculer, et je me retrouvai sur lui tandis qu'il s'allongeait sur le rocher. Nous restâmes enchevêtrés, laissant nos corps retrouver la mémoire de leur accord si parfait.

— Hmm… Ma chérie, je compte bien reprendre cette petite conversation une fois que nous nous serons séchés et que je t'aurai ramenée à notre marshmallow.

Je sentais sa poitrine vibrer contre ma joue.

— J'adore la façon dont tu dis « marshmallow », murmurai-je. C'est comme si tu parlais d'un tapis magique, de quelque chose de spécial et de mystérieux.

Il me donna une pichenette sur le bout du nez.

— Je ne sais pas à quoi ressemble un vrai marshmallow.

— Oh, tu sais quoi ? Je vais essayer de concocter une recette et de l'expliquer au cuisinier. Ce serait génial de pouvoir les rôtir sur le feu.

ClanFintan écarquilla les yeux.

— Mais il faudrait une énorme cheminée !

— Mon amour, un marshmallow est plus petit que mon poing. C'est juste notre matelas qui est énorme ! gloussai-je, avant de plaquer mes deux mains sur la bouche.

Trop tard. Un rot sonore venait de m'échapper.

— Oups ! Je suis désolée, je ne…

Un autre borborygme m'interrompit.

— Ton estomac ?

L'inquiétude perceptible de ClanFintan atténua légèrement mon sentiment d'humiliation.

— Hum… Je crois que je devrais sortir de l'eau et boire de cette infusion qu'Alanna a fait préparer pour moi. Je me sens de nouveau un peu nauséeuse.

ClanFintan sortit souplement du bassin, puis se pencha pour me tirer à lui. Il me déposa près des serviettes et entreprit de me sécher vigoureusement.

— Hé là ! Tu m'arraches la peau ! m'étranglai-je.

— J'avais peur que tu n'aies froid.

— Ça va parfaitement comme ça, merci.

Bizarre, comme ma peau était subitement ultra-sensible. Les hormones, c'est tout de même perturbant.

— Le Changement me séchera.

Et il me décocha un sourire indulgent qui disait : « Je comprends ta saute d'humeur, ma chérie, et je ne suis pas vexé. » Mais toute la question était de savoir s'il tiendrait neuf mois comme ça. Parce que mon corps me réservait peut-être bien d'autres surprises…

— Merci, je…

— Chhh…

Je n'avais pas remarqué qu'il s'était éloigné et qu'il

avait commencé à chantonner. J'achevai donc en silence : « … suis désolée » et abritai mes yeux derrière la serviette pour observer la transformation. Le retour à la forme centaure était toujours plus rapide. Sa peau se mit à briller et onduler, et cette fois, je fermai les yeux avant l'explosion lumineuse. Quand l'obscurité revint, j'abaissai prudemment la serviette.

— Tu m'as vraiment manqué, soupirai-je en détaillant l'être splendide qu'était mon mari.

— Moi aussi, répliqua-t-il avec un petit sourire. Et n'oublie pas : je suis né pour t'adorer.

Il s'approcha de moi et je me sentis toute petite tandis qu'il me prenait dans ses bras solides.

— Sans toi, murmura-t-il en plongeant ses yeux dans les miens, je ne suis pas complet. Oui, c'est bon d'être de retour.

Je connaissais désormais suffisamment ce monde de magie pour savoir qu'il disait vrai. Par un merveilleux tour du destin, Epona l'avait choisi pour être mon époux avant même que je n'atterrisse ici.

— Oui, dis-je, c'est bon que tu sois de retour.

Je me blottis contre lui et il me souleva comme si je ne pesais guère plus qu'un enfant.

— Tu sais, je peux marcher, dis-je sans conviction.

J'aimais tellement le sentiment de sécurité que me procuraient ses bras…

Il écarta une boucle légère qui chatouillait ma joue.

— Fais-moi plaisir, je viens juste de rentrer.

Il donna un coup de sabot contre l'impressionnante

porte, et le chêne vibra comme une cloche de métal. Mes petits guerriers favoris ouvrirent la porte. Hélas, ils s'empressèrent aussitôt de détourner les yeux. Ils craignaient évidemment de s'attirer les foudres de mon cher et tendre époux. Je resserrai la serviette autour de moi et agitai gaiement la main par-dessus l'épaule de mon Centaure préféré. Ravie, j'eus droit en retour à de rapides sourires.

— Hum, tu les gâtes…

— Oh, ils sont si mignons ! Et puis tu sais, tu n'as rien à craindre. Je ne suis pas Rhiannon, moi, je ne dors pas avec tous les porteurs de tuniques en cuir ultra-sexy.

— Si tu veux mon avis, elle ne devait pas beaucoup dormir.

— Oh !

Je donnai une tape sur son épaule.

— Tu sais très bien ce que je veux dire. Moi, je suis une épouse fidèle. Parfaitement ! Madame Loyale, c'est moi.

— Ah, je croyais que c'était Merlot.

Je blêmis.

— Ne prononce plus jamais ce mot.

C'était nouveau, ça, cette aversion pour le vin. Il était probable qu'Epona avait décrété que je ne devais pas faire mariner ma fille dans l'alcool les neuf premiers mois de sa vie. Je suppose que je devais lui en être reconnaissante — ce que je ne manquerais pas de faire dès que ces nausées auraient cessé.

La chambre avait été préparée en notre absence. Les draps du lit avaient été changés, et une dînette pour deux avait été servie dans l'alcôve à demi dissimulée derrière des rideaux de velours pourpre, qui donnait sur le jardin intérieur. Je m'approchai de la table et pointai un nez suspicieux vers les denrées disposées sur les plats. Mes narines n'ayant rien détecté d'offensant, je poussai un soupir et sursautai en entendant un bruit bizarre derrière moi. Je fis volte-face pour découvrir mon époux dont les épaules tressautaient comme s'il essayait de retenir un éclat de rire.

— Quoi ? lançai-je, un rien vexée. Qu'est-ce qui te fait rire ?

— Je n'aurais jamais imaginé te voir un jour approcher une table débordante de nourriture avec la prudence d'un chat devant une bassine d'eau.

Mon goût effréné pour la bonne chère avait toujours amusé mon époux. Plus d'une fois, il m'avait dit que j'avais l'appétit d'une chasseresse centaure, ce qui ne lui déplaisait pas du tout. Contrairement à moi. Raison pour laquelle, d'ailleurs, je me forçais régulièrement à faire de l'exercice.

— Très drôle. Enfonce dans ton petit crâne subtil que j'ai déjà vomi sur un Centaure, ce soir, et que je peux très bien recommencer.

Nous nous assîmes de part et d'autre de la table. Je décelai avec soulagement la main délicate et attentionnée d'Alanna derrière les mets préparés. La haute soupière de grès était emplie d'un brouet clair et très légèrement parfumé, et une panière posée près de mon assiette contenait des tranches de pain grillé et des rondelles de bananes. Comme boisson, j'avais droit à la fameuse décoction d'herbes. ClanFintan, lui, avait droit à du poulet froid et un assortiment de fromages. Nul riz, ni légumes frits, épicés ou dégoulinants de sauce.

— Alanna est décidément très avisée, commenta mon époux en attrapant une cuisse de poulet.

Je me versai un peu de brouet et piochai avec hésitation dans le pain.

— Hmm… La connaissant, elle doit déjà être en train de tricoter des layettes.

Nous nous sourîmes. J'avalai une gorgée de soupe avec circonspection.

— Donc, tu disais que l'expédition avait été un succès ? demandai-je en priant pour que mon estomac ne fasse pas des siennes.

— Ecoute, quand nous sommes partis, le château de Laragon était en plein essor. Les champs étaient de nouveau couverts de ces plantes médicinales dont ils tiraient toute leur gloire autrefois. Au Donjon du Gardien, une fois que les femmes ont réussi à se faire une place, tout est allé très vite. Les nouveaux guerriers sont… vigilants.

Il s'éclaircit la gorge, comme si le mot s'était malencontreusement coincé en cours de route.

— Ainsi que nous l'avions deviné, les habitants précédents avaient progressivement relâché leur attention, et cessé d'assumer leurs fonctions d'observateurs et de défenseurs. Le choc avait été immense lorsqu'ils avaient découvert que les démoniaques Fomores, ennemis traditionnels de Partholon, avaient réussi à se glisser à l'intérieur de leur forteresse qu'ils croyaient impénétrable. Or, le Donjon du Gardien avait pour charge de défendre l'unique passage possible à travers les montagnes. On s'était beaucoup interrogé sur la façon dont l'invasion avait débuté.

Je haussai un sourcil interrogateur.

— Les armes étaient rouillées, brisées. Les terrains de tournoi étaient envahis par les mauvaises herbes, ce qui confirmait toutes nos craintes. A savoir qu'ils ne s'exerçaient plus depuis longtemps aux armes.

Le front de ClanFintan se barra de rides soucieuses.

— Par contre, ils ne manquaient ni de vin, ni de bière. Et leurs cuisines regorgeaient de mets délicats et raffinés.

— En somme, ils passaient leur temps à boire et manger ?

— Ce n'est pas tout. Nous avons découvert des... des peintures qui représentaient...

Il se tut. Sauf que maintenant, j'avais vraiment envie de savoir ! Mon propre Temple était orné de fresques sur lesquelles j'apparaissais, plus vraie que nature et tout juste vêtue d'un pagne. Sans parler des nymphettes à demi nues qui folâtraient tout autour — dans la réalité et sur les fresques. Je me demandais ce qui pouvait bien choquer un Centaure habitué à la nudité et à la sexualité affichée d'un monde franchement matriarcal.

— Allez, dis ! Elles montraient quoi, ces peintures ?

— Des séances de souffrance qu'ils s'infligeaient mutuellement.

— Hmm...

La tiédeur de ma réaction avait dû surprendre mon

époux. Je ne devais pas oublier que lui, le bienheureux, n'avait pas grandi avec MTV.

— Je veux dire, pendant l'acte sexuel. Et puis, plusieurs indices prouvent qu'ils commerçaient avec un dieu sombre.

J'eus soudain l'inquiétant pressentiment que la question que j'avais posée à Alanna, un peu plus tôt dans la journée, n'avait pas été simplement motivée par la curiosité ou le hasard. Je fronçai le nez. Je n'aimais pas du tout cela, mais j'étais bien obligée de suivre mon instinct « divin ».

— Un dieu sombre ? Que veux-tu dire ?

Une expression de dégoût passa sur ses traits.

— Parmi toutes les perversions qui étaient représentées là, il y avait des dessins illustrant le Triple Visage des Ténèbres.

— Je ne comprends pas. C'est quoi, ça, le Triple… ?

ClanFintan baissa la voix et la sensation de malaise s'accrut en moi. Nous étions totalement seuls, non ? Alors pourquoi parlait-il tout bas ?

C'est un sujet que je n'aime pas évoquer. Il ne faut jamais prononcer imprudemment le nom d'un dieu sombre. Même si on est un Grand Chamane ou l'Elue d'une Déesse. Néanmoins, en tant que Bien-Aimée d'Epona, on a le droit de connaître la nature exacte de ce que les Fomores et les guerriers décadents du Donjon ont laissé entrer à Partholon.

— Vas-y, lançai-je bravement, pendant que mon cœur dansait follement.

— Pryderi est le Triple Visage des Ténèbres. Les

Anciens racontent qu'autrefois, c'était un dieu à l'égal de Cernunnos, mais qu'il a choisi de régner sur les montagnes et les terres du Nord. La légende dit aussi qu'il était l'époux d'Epona et que la Déesse l'adorait. Puis, il a été saisi par la soif du pouvoir et il a voulu asservir Epona.

La chose à ne pas faire, en somme. Partholon était un monde dirigé par les femmes. Certes, il y avait des dieux, vénérés à la manière de princes consorts, mais leur place était strictement secondaire. Entendons-nous bien : les hommes ne sont pas opprimés. Simplement, ils respectent la Déesse en tant que créatrice et donneuse de vie. Et ils l'honorent à travers chaque femme. C'était précisément ce magnifique équilibre qui faisait toute la beauté de Partholon. Y toucher, c'était tout détruire.

— Qu'a fait Epona ? demandai-je, bien que la réponse me fût déjà connue.

— La colère de la Déesse fut terrible. Elle l'expulsa hors de Partholon avec un courroux tel que le dieu se fragmenta, à la manière d'une âme brisée par un traumatisme violent. D'où les trois visages.

ClanFintan détourna les yeux, visiblement déterminé à ne pas poursuivre, mais c'était trop tard, maintenant : il fallait que je sache.

— A quoi ressemblent ces visages ?

— L'un n'a que des yeux et sa bouche est cousue. L'autre a une gueule de monstre, pourvue de crocs terrifiants, et ses yeux ne sont que de noires cavités. Le troisième, enfin, est d'une incroyable beauté. Et l'on dit que tel était le visage du dieu avant qu'il ne trahisse Epona.

Je sirotai mon breuvage en tentant d'ignorer le tremblement de mes mains.

— Y a-t-il à Partholon des disciples de ce dieu ?

— Non. Ou alors, ils se retranchent dans les parties les plus obscures du royaume.

— Mais le Donjon du Gardien n'est pas une partie obscure de Partholon ?

— Non. Mais ses habitants ont été corrompus. Soit par les Fomores eux-mêmes, soit par la paresse et la cupidité, bien avant l'invasion. L'ordre exact des événements n'est pas clair encore. Ce qui paraît sûr, c'est que Pryderi a exercé sur eux son influence néfaste.

ClanFintan tendit la main et me caressa tendrement la joue.

— Ne t'inquiète pas, mon amour. Pour être sensible au terrible discours du dieu sombre, il faut que l'âme soit prête à entendre ses murmures empoisonnés. Et le Partholon sur lequel règne Epona ne se laisse pas si aisément fasciner par les Ténèbres. Nous n'avons pas à craindre que les nouveaux guerriers du Donjon oublient leur devoir.

— Bien.

Secouant la tête avec énergie, je chassai le sentiment insidieux que la discussion avait instillé en moi.

— Alors, est-ce que tu crois que mon idée va fonctionner ?

Il sourit.

— Oui, l'idée que tu as eue de transformer l'école

du Donjon en centre d'entraînement militaire a beaucoup plu aux habitants.

Vigilance et éducation, c'était une bonne formule, à mon avis.

— Partholon ne faillira plus dans sa mission de protection de Partholon, commenta gravement ClanFintan.

— Les Fomores survivants ne sont pas assez nombreux pour nous agresser de nouveau, n'est-ce pas ?

Ces créatures étaient le mal incarné — des espèces de vampires tout droit sortis des enfers. L'idée qu'ils puissent de nouveau franchir la passe montagneuse gardée par le Donjon me faisait frissonner des pieds à la tête.

— L'épidémie de vérole et les pertes qu'ils ont subies durant les combats les ont extrêmement affaiblis. Cependant, je crois que nous devons nous préparer à leur retour.

— Oh, tu penses qu'ils ont emmené avec eux des femmes enceintes ? demandai-je, horrifiée.

Les yeux chauds de ClanFintan s'assombrirent.

— J'espère que non.

Ce qui n'était pas une réponse franchement positive.

— Donc, il faut que nous soyons prêts et que nous ouvrions les yeux.

Mon mari acquiesça silencieusement.

— Très bien…

Je tentai de dissimuler un immense bâillement derrière ma main, mais je vis ses oreilles se dresser — pas littéralement, bien sûr.

— Lorsque le corps manifeste le désir de se reposer, il ne faut pas le contrarier, affirma le futur père d'un ton docte.

— Et moi, je ne te contredirai pas.

Je me levai et m'étirai avec délice. Même après la discussion peu réjouissante que nous venions d'avoir, la perspective d'une bonne nuit de sommeil me ravissait — maintenant que je savais que je n'avais pas de maladie mortelle, que mon estomac s'était momentanément apaisé sous l'effet de la tisane et que j'avais brièvement mais intensément visité le septième ciel.

— Voilà qui est intéressant, répliqua ClanFintan en me portant vers le « marshmallow ». Peut-être que l'une des conséquences de ton état sera que tu ne me contrediras plus.

— Si j'étais toi, je n'y compterais pas, grommelai-je en me blottissant confortablement contre lui sur le matelas.

On imagine que ça ne devait pas être facile pour nous de dormir ensemble, n'est-ce pas ? Je veux dire : une femme et un être mi-homme, mi-cheval... Eh bien, pas du tout. Quelle que soit ma position, sa main trouvait toujours le creux de mes reins, la courbe de mes hanches ou l'arrondi de mes épaules. Et cette caresse chaude agissait sur moi comme un délicieux somnifère.

J'étais en train de sombrer dans une brume agréable lorsque sa voix traversa l'espèce de ouate qui m'enveloppait.

— Ça m'a surpris que tu ne te sois pas servie du Sommeil Magique pour me rendre visite.

Il se tut, pensif.

— Ou bien, ajouta-t-il, tu es venue et je ne t'ai pas sentie…

— Non.

Pour le coup, sa question m'avait réveillée.

— Cette histoire de rêve n'est plus revenue depuis ton combat avec Nuada.

Il poussa un grognement et resta silencieux. Je savais que nous songions tous deux à ce terrible affrontement au cours duquel Nuada avait failli tuer ClanFintan. Je m'étais évanouie et Epona avait libéré mon esprit de mon corps pour que je puisse mieux détourner l'attention de Nuada. ClanFintan avait alors occis la créature malfaisante, provoquant la panique parmi les Fomores. A partir de ce moment-là, le vent avait tourné en notre faveur. Jusque-là, la Déesse avait utilisé l'état de rêve pour emmener mon âme dans des sortes de voyages au cours desquels j'espionnais nos ennemis et les incitais à tomber dans les pièges que nous dressions.

Mais depuis que les Fomores avaient été vaincus, Epona ne m'avait plus jamais entraînée dans ces périples spirituels — en dépit de mes efforts après le départ de ClanFintan. Je n'avais plus jamais entendu le murmure de sa voix dans ma tête — jusqu'à aujourd'hui, lorsqu'elle m'avait dit : *Ce n'est pas un rôle, Bien-Aimée.* C'était à ce moment-là seulement que j'avais réalisé que son silence m'avait inquiétée.

— J'ai bien essayé de venir te voir, mais ça n'a pas marché. J'ai demandé à Epona. C'était si… facile, avant. Je voyageais même tellement que j'en étais épuisée.

— Je me souviens.

Sa voix grave résonna dans sa poitrine, contre mon oreille.

— Et elle ne me parle plus, non plus, dis-je d'une toute petite voix.

— Rhéa, ma chérie... Jamais ta Déesse ne t'abandonnera. Aie confiance.

— Tu sais, ClanFintan, je n'y connais rien, moi, à toutes ces histoires de réincarnation. N'oublie pas que je ne suis pas Rhiannon.

— Heureusement, et j'en rends grâce chaque jour à Epona.

Je hochais silencieusement la tête. La vérité était qu'à Partholon, personne ne supportait Rhiannon. Plus exactement, toute personne l'ayant approchée la détestait cordialement — ce qui avait eu le don de m'énerver prodigieusement, au tout début. C'était assez troublant de donner l'impression de quelqu'un qui avait tellement changé.

— Parfois, je me demande si je ne suis pas en train de me faire des illusions, sur cette histoire d'Elue d'Epona.

— N'as-tu donc pas d'estime pour ta Déesse ?

La question était posée calmement, sans colère ni amertume.

— Bien au contraire, répondis-je avec force. J'ai senti sa présence et éprouvé sa puissance.

— Alors, c'est toi que tu n'estimes pas.

Je ne sus que répondre. J'avais toujours cru être une jeune femme douée d'un ego solide et d'une excellente estime de soi. Sauf que mon mari n'avait peut-être pas tort. C'était certainement en moi que je devais rechercher l'origine de mes doutes et de mes faiblesses. Pas en Epona.

Est-ce que cela expliquait en partie pourquoi Rhiannon et moi étions si différentes ? Je savais que le manque d'assurance pouvait avoir des conséquences destructrices, mais l'introspection n'était-elle pas saine, parfois ? L'égoïsme forcené de Rhiannon n'était-il pas directement lié à son refus de réfléchir sur elle-même ? Et si on tenait compte de la puissance dont elle disposait en tant qu'Elue d'Epona, alors, tel le Jules César de Shakespeare, elle était « comme l'embryon d'un serpent qui, à peine éclos, deviendrait malfaisant par nature ».

En chassant Rhiannon et en me faisant venir à sa place, Epona n'avait-elle pas voulu « tuer dans l'œuf » ce serpent et éviter que le mal ne se répande à Partholon ? Oui… Et peut-être bien que j'étais en train de me rendre folle en laissant tout ce fatras de littérature hanter mon cerveau de prof d'anglais !

— Dors, maintenant, mon amour.

Sa main glissa doucement sur ma peau et ce contact familier apaisa mon esprit en délire.

— La Déesse que tu honores répondra aux questions que tu te poses.

— Je t'aime, murmurai-je, tandis que mes paupières se faisaient lourdes et que le sommeil m'emportait sur ses ailes.

J'étais douillettement installée sur un divan de velours grenat, au beau milieu d'un champ de blé qui ondulait doucement. Pendant que je mangeais avec application des chocolats noirs de chez Godiva, Sean Connery, version 007, me caressait très érotiquement les pieds, tout en lisant à voix haute un recueil de poésie intitulé *Pourquoi je t'aime*. Tandis qu'il me lançait des regards éperdus d'adoration, je me laissais bercer par son accent écossais ultra-sexy…

… Et brutalement, je fus aspirée à travers le plafond du Temple d'Epona.

— Flûte ! grommelai-je en sentant le vertige me gagner. Et mon rêve, alors ?

Ma voix spirituelle résonna familièrement dans les profondeurs de la nuit noire, et tout à coup, j'éprouvai un sentiment d'exaltation en m'apercevant que ma Déesse était de retour. Ce qui eut pour effet momentané de court-circuiter la rébellion imminente de mon estomac.

Mon âme flotta un instant au-dessus du Temple tandis que je me raccoutumais progressivement aux effets du Sommeil Magique. Lequel, entre nous soit dit, n'avait rien du sommeil et tout du voyage spirituel. Et croyez-moi, c'était vraiment magique.

Mon vertige disparut peu à peu, et je pus me détendre et admirer le spectacle autour de moi. La lune était quasiment pleine et sa lumière argentée baignait les murs du Temple, qui paraissaient vibrer d'un éclat intérieur. Dans la grande salle, la fête touchait à sa fin. Des silhouettes fantomatiques se glissaient dehors en titubant légèrement parmi les rires et les exclamations joyeuses, et, par groupes de trois ou quatre, s'engageaient sur le chemin qui les conduirait vers leur foyer, hors de l'enceinte sacrée. Je discernai aussi des couples, marchant à petits pas et s'arrêtant régulièrement pour s'enlacer.

Je souris. Mon peuple semblait stimulé par l'annonce de mon nouvel état.

Continuant à me livrer avec délice à ce voyeurisme spirituel, je remarquai deux Centaures qui se tenaient à l'écart. Mon corps glissa dans leur direction et s'arrêta presque au-dessus d'eux — pas trop près, cependant, pour qu'ils ne s'aperçoivent pas de ma présence. La femme me tournait le dos, mais je reconnus aussitôt mes deux amis si chers, Victoria et Dougal.

Je ne pouvais voir le visage de Vic et je n'entendais pas leurs paroles, mais l'expression de Dougal était éloquente. Et ce qu'il disait semblait littéralement captiver la Grande Chasseresse. J'avoue, ce n'est pas très élégant d'espionner ses amis, mais c'était mon corps spirituel qui décidait, pas moi. Donc, ça me donnait une bonne excuse. Victoria leva soudain la main et posa un doigt léger sur les lèvres de Dougal. Puis, d'un geste gracieux, elle posa la tête contre l'épaule du Centaure et acquiesça doucement.

La joie qui inonda le visage de Dougal éclipsa l'éclat de la lune. Tendrement, il entoura Vic de ses bras. J'essuyai une larme spirituelle et songeai qu'il me tardait d'aller raconter tout ça à Alanna.

Mon âme se remit lentement à flotter et je m'éloignai, laissant mes amis goûter leur nouvelle intimité. Euphorique, je suivis la route qui conduisait à la falaise occidentale. Arrivée là, je pris de la vitesse et me dirigeai sans hésitation vers une jolie petite chaumière, située au beau milieu des vignes. La maison était flanquée d'une écurie et d'une grange. Un long bâtiment, un peu plus loin, devait servir à la fermentation et à la conservation du vin — qu'Epona, bénie soit-elle, me réservera jusqu'à ce que je sois en état de jouir de nouveau du fruit enivrant de la vigne ! La perspective avait tendance à me rendre lyrique.

Je flottai un instant au-dessus de la chaumière et soudain, mon corps chuta et traversa le toit de chaume.

— Oups ! Si vous pouviez prévenir avant, ce serait mieux, grommelai-je à l'intention de ma Déesse.

Je me tus net en découvrant la scène qui s'offrait à mes yeux. Je me trouvai dans une chambre à coucher spacieuse et éclairée par au moins une centaine de chandelles. Un vaste lit avait été tiré contre un des murs, près de la fenêtre. En face étaient disposées une lourde armoire de bois et une commode sculptée. Dans l'angle, une table entourée de tabourets était recouverte d'un tissu aux teintes douces.

Juste au-dessous de moi, des femmes faisaient cercle autour d'une autre femme qui s'appuyait de ses deux mains sur le haut dossier d'un siège capitonné, assez semblable à ceux qu'on trouvait au Temple.

Fascinée, j'observai la femme. Elle était nue et enceinte autant qu'on peut l'être. Les yeux clos, le visage légèrement renversé en arrière, elle semblait entièrement concentrée en elle-même. Sa respiration s'intensifia et son ventre énorme se mit à onduler.

Je m'aperçus alors que ses compagnes faisaient littéralement corps avec elle. L'une d'elles lui pressait doucement les reins, une autre, accroupie devant elle, haletait sur le même rythme. De part et d'autre de la parturiente, deux femmes agitaient doucement un éventail, cependant que toutes les autres chantonnaient d'une voix basse et continue.

Je me rapprochai. Les contractions de la femme cessèrent et, à ma plus grande surprise, un sourire se dessina sur ses lèvres pleines. L'une de ses compagnes se pencha et écarta de son visage une mèche trempée de sueur.

— Le temps est venu !

Dieu du ciel, elle avait l'air aussi contente que si on venait de lui proposer une crème glacée au chocolat ! Des rires et des cris de joie accueillirent ses paroles. Une femme aux cheveux gris s'approcha et lui tendit un gobelet d'eau pour qu'elle y rafraîchisse ses lèvres. Une adolescente essuya son front avec un linge humide. Et toutes souriaient comme si elles étaient en train de vivre un événement si merveilleux qu'il leur était impossible de le garder pour elles.

— Aidez-moi à me mettre en position.

La voix de la femme était douce, mais claire. Trois de ses compagnes les plus âgées s'avancèrent. L'une s'agenouilla et les deux autres soutinrent la future mère pendant qu'elle s'accroupissait. Une vague de contractions secoua le corps nu.

Je vis ses muscles se tendre et frémir tandis qu'elle aspirait profondément et se mettait à pousser. Les femmes autour d'elle se prirent par la main et reprirent leur mélopée à la fois joyeuse et poignante.

— Voici la tête !

Le ventre gonflé se détendit un bref instant, puis

la femme inspira de nouveau et reprit le travail d'expulsion. Enfin, après une ultime série de spasmes, une forme humide et recroquevillée glissa entre ses jambes, aussitôt récupérée par la femme agenouillée. J'en oubliais presque de respirer.

— Ta fille est née ! cria la matrone.

Des cris de joie éclatèrent.

— Bienvenue à toi, ô enfant !

J'essuyai furtivement mes yeux, parvins à déglutir et pris part aux acclamations. Soudain, je vis la jeune mère lever le visage vers moi. Il arrivait parfois que ma présence devienne perceptible au cours de ces voyages magiques, mais c'était exceptionnel. Aussi, quel bonheur et quelle surprise ce fut, pour moi, de voir des larmes de joie rouler sur ses joues.

— L'Elue d'Epona a assisté à la naissance de ma fille ! Bénie soit-elle !

Sa voix épuisée débordait de fierté. Emue, j'éprouvai l'espèce d'étrange picotement qui m'avertissait que mon corps devenait partiellement visible. Certaines femmes se mirent à claquer des mains et à rire, d'autres se lancèrent dans une danse improvisée, tourbillonnant dans la chambre et agitant les mains selon des figures complexes. Leur enthousiasme était si contagieux que mon corps spirituel commença à se trémousser en rythme sur leurs chants.

Tout à coup, une pensée me frappa. En observant les femmes qui nettoyaient le bébé et la mère, j'eus le sentiment que toute naissance devait rester un miracle et un moment de responsabilité partagée. Comme dans la scène à laquelle je venais d'assister. Peut-être que ce monde-ci avait des leçons à donner à l'autre. Bien sûr, la césarienne et la péridurale étaient de véritables bénédictions, mais soudain, je me demandais si elles n'avaient pas fini par voler aux mères la magie de cet instant unique qu'est un accouchement.

A l'instant même où cette pensée prenait forme dans mon esprit, je sentis mon âme s'élever vers le toit de la chaumière. La jeune mère se souleva légèrement de la couche où elle s'était installée et salua mon départ.

Un sentiment de paix et de plénitude envahit mon cœur. Et quand mon âme rejoignit mon corps endormi, près du Centaure de ma vie, je sombrai dans un sommeil bienheureux, bercé par le murmure léger de la voix de ma Déesse.

— Repose-toi, à présent, ô mon Elue, et sache que je serai toujours auprès de toi…

4.

Une lumière crue tomba sur mes yeux clos.

— Mmphhh…, grommelai-je en m'apprêtant à rabattre les couvertures sur ma tête, quand un mouvement de l'autre côté de la pièce retint mon attention.

Je clignai des yeux, puis me les frottai pour faire disparaître cette vision tout droit sortie de mon imagination encore ensommeillée. Rien à faire. Alanna et Vic étaient bel et bien là, à me contempler avec un sourire agaçant.

— Que me voulez-vous, les filles ? grognai-je en passant ma langue sur mes lèvres desséchées.

Je ne suis pas du matin, moi. Je ne l'ai jamais été et je n'ai pas l'intention de l'être jamais. Et pour tout dire, je trouve particulièrement inquiétants ceux qui bondissent du lit tous les matins, tels de jeunes chiots en délire. Parce qu'à mon avis, c'est tout simplement délirant de se lever avant 9 heures.

— Nous sommes venues te souhaiter tout plein de bonheur pour toi et ta fille ! gazouilla Alanna.

— On a bien essayé d'attendre que tu te réveilles,

mais comme c'est presque la fin de la matinée, on n'a pas résisté, renchérit Vic.

Même sa jolie voix avait tendance à virer dans les aigus, ce matin.

— Et puis, ajouta-t-elle, soudain timide, il y a une autre nouvelle que je voulais partager avec toi.

— Je sais, tu vas te marier avec Dougal, rétorquai-je en attrapant la longue robe de nuit de soie, placée au bout de mon lit.

J'eus juste le temps de voir l'expression déconfite de mon amie avant que le tissu ne glisse devant mes yeux.

— Comment as-tu…

— Epona, marmonnai-je en ajustant la robe sur moi.

— Ohhh ! s'exclamèrent-elles à l'unisson.

Je regardai mon amie.

— C'est merveilleux, Vic. Vous êtes vraiment faits l'un pour l'autre.

Je décochai un clin d'œil à Alanna, qui se mit à glousser.

— Et puis, ajoutai-je d'un ton désinvolte, ça sera sympathique de voir le beau Dougal retrouver son sourire. Il était tellement malheureux que tu l'aies repoussé. C'était à fendre l'âme.

Croyez-le ou pas, mais la Grande Chasseresse, Madame Je-suis-sûre-de-moi, se mit subitement à rougir. Ce qui lui donna l'air d'une vierge effarouchée.

— Je t'ai apporté du thé, Rhéa, dit Alanna en me tendant une tasse fumante.

— Merci.

Je soufflai dessus et avalai une gorgée.

— Tes paroles m'ont forcée à réfléchir, répliqua Victoria en s'absorbant dans la contemplation de ses mains. Et j'ai finalement écouté ce qu'il essayait de me dire depuis si longtemps.

Elle leva un visage radieux.

— Il m'aime. Moi. Il se moque de mon âge. Il ne veut pas que je change, que je devienne une femme au foyer. Il sait parfaitement que mon rôle de Grande Chasseresse est fondamental pour moi.

Le sentiment de bonheur qui émanait de mon amie me coupa littéralement le souffle.

— Il me veut, moi, et c'est tout.

— Hé, Vic ! lançai-je gaiement. Tu sais quoi ? Alanna et moi, on le savait depuis des lustres, et j'aurais dû te secouer les puces bien plus tôt !

Pourquoi les puces rappelèrent-elles à Alanna le but de sa visite ? Mystère.

— Une fille ! s'exclama-t-elle joyeusement.

— Un bébé ! Quelle bénédiction ! entonna Victoria en écho.

— Arrêtez de sourire de toutes vos dents, les filles. Ça me rend nerveuse.

Deux coups brefs retentirent contre la porte de bois.

— Entrez ! lançai-je.

Trois servantes se ruèrent dans la chambre, les mains chargées de plateaux débordant de ce que je suspectais devoir être un petit déjeuner.

— Félicitations, maîtresse !

— Nous sommes si heureuses !

— La joie est sur Partholon !

Il était écrit que ce matin, j'aurais droit à toutes les variations possible sur le mode « unisson assourdissant ». Au début de mon séjour ici, le peuple me traitait avec révérence, comme si j'étais une statue sur un piédestal. Ceux qui avaient l'habitude de côtoyer quotidiennement Rhiannon m'abordaient comme si j'étais une grenade dégoupillée. Comme si j'étais, à tout moment, sur le point de piquer une colère de force quarante sur l'échelle de Richter divine. Il m'avait fallu de longs et patients efforts pour les convaincre que j'avais changé — évidemment, il était hors de question que je leur dise que j'étais littéralement une autre personne.

Alors, j'étais très contente d'avoir réussi à mettre mes servantes à l'aise, sauf que ce matin, leurs effusions de joie me donnaient la migraine. J'éprouvais un léger vertige à les voir papillonner autour de moi et me toucher avec respect.

— Merci, vous pouvez vous retirer, lançai-je en essayant vainement de sourire.

— Bien, Dame !

Elles plongèrent gracieusement en avant dans un froissement de soie, puis se relevèrent et pirouettèrent en direction de la porte.

— Notre maîtresse n'est décidément pas du matin, murmura l'une d'elles en gloussant, juste avant de disparaître derrière la porte.

— Ooooh ! gémis-je. Elles me donnent mal à la tête…

— Elles t'adorent, corrigea Alanna.

— Peut-être, mais elles m'infligent quand même la migraine, grommelai-je.

— Tu devrais manger quelque chose, suggéra Alanna. Ça améliorera peut-être ton humeur.

— En tout cas, on l'espère, ajouta perfidement Victoria.

Je leur décochai ma plus belle grimace, avant d'inspecter le contenu des plateaux. Sur l'un, je repérai une appétissante salade de fruits frais, des muffins à l'épeautre qui avaient l'air de sortir tout droit du four et des tranches de pain dorées à souhait. Sur l'autre, je découvris une théière fumante, un petit pot de lait et un autre d'eau froide.

— Euh… Je ne suis pas sûre d'y arriver.

Mon estomac recommençait à jouer aux montagnes russes.

— Commence par les muffins, proposa Alanna de sa belle voix mélodieuse et convaincante. J'ai demandé au cuisinier de les préparer tout spécialement à l'épeautre. C'est délicieux et sain. Essaye ensuite la salade. J'y ai fait mettre de gros morceaux de banane.

Elle me sourit d'un air engageant.

— La difficulté, avec les nausées du début de grossesse, c'est de trouver ce qui convient à ton estomac.

Avec l'enthousiasme d'un débutant devant sa première piste noire, je me lançai et attrapai un muffin. Prudemment, je croquai dedans. Calme plat. C'était peut-être bon signe.

— C'est une recette qui vient des Centaures, précisa Vic en tendant la main pour se servir à son tour.

— Ah oui ? Les Centaures sont malades, elles aussi,

quand elles attendent un bébé ? demandai-je à mon amie.

Evidemment, ma curiosité était piquée au vif. Les Centaures sont des êtres tellement particuliers et si… intéressants.

Vic eut un petit sourire d'excuse.

— Nous ne sommes pas malades, non. En revanche, nous portons nos petits durant quatre saisons pleines.

— Oh ! m'exclamai-je d'une voix faible. Et c'est ce qui va m'arriver, à moi aussi ?

Je me tournai vers Alanna, paniquée — et pour être paniquée, je l'étais !

Mon amie me décocha un sourire rassurant.

— Non.

— Pfff !

Je me laissai aller sur mes oreillers.

— ClanFintan ne peut faire l'amour avec toi que sous sa forme humaine.

— Par conséquent, tout se déroulera pour toi comme pour les humains, ajouta Vic.

Ses mots me rappelèrent le voyage que j'avais effectué durant mon sommeil. Je souris.

— Epona m'a permis d'assister à un accouchement, cette nuit, expliquai-je à mes deux amies. C'était… étonnant !

— Une bénédiction ! commenta sobrement Alanna.

— Un miracle ! renchérit Vic entre deux bouchées de muffin.

— Je suis très heur…

Sans aucun avertissement, mes entrailles décidèrent

de passer à l'attaque. Je détournai la tête juste à temps pour ne pas projeter sur mes amies mon petit déjeuner à demi mâché.

— Bon sang ! grommelai-je en m'essuyant la bouche d'une main tremblante.

Je lançai un regard désespéré à Alanna, qui s'était précipitée près de moi.

— Je… je crois que je suis en train de mourir, ajoutai-je d'une petite voix.

— Des bêtises ! rétorqua Alanna d'un ton qui ne souffrait aucune réplique. Bois ça.

Elle me tendit un gobelet d'eau fraîche que je bus avec reconnaissance.

— Viens, poursuivit mon amie avec détermination. Tu te sentiras mieux après avoir pris un bain et t'être habillée.

Elle me tendit une nouvelle tasse de thé et un autre muffin.

— ClanFintan m'a dit qu'il serait dans les environs du Temple pour inspecter les travaux du nouveau quartier des Centaures. Il doit également y vérifier l'état des réserves pour l'hiver.

— Moi aussi, je dois me rendre là-bas, déclara Vic en se penchant pour déposer un baiser sur mon front.

Elle se releva aussitôt avec une grimace de dégoût.

— Rhéa, tu ne sens pas bon…

— Merci pour le renseignement ! rétorquai-je en soufflant avec force dans sa direction.

Elle s'écarta vivement.

— Je te verrai quand tu te sentiras mieux… et que

tu ressembleras de nouveau à une déesse, ajouta mon amie en se dirigeant vers la porte.

— Tu risques d'attendre jusqu'au printemps ! lançai-je à son dos juste avant qu'il ne disparaisse derrière la porte.

Je me laissai retomber sur les oreillers et regardai Alanna. Ce n'était pas un sourire, qu'elle essayait de dissimuler derrière une quinte de toux ? Je haussai un sourcil.

— Tu sais, les nausées, c'est surtout au début de la grossesse. D'ailleurs, ajouta-t-elle en ignorant mon regard noir, j'ai noté que les femmes qui étaient malades les premiers mois donnaient naissance aux enfants les plus vigoureux et les plus heureux.

— C'est déjà ça, grommelai-je.

Mon accès de mauvaise humeur me fit du bien. J'avisai le muffin que je tenais à la main. Sa chaude odeur et sa couleur dorée à souhait me firent réaliser que je mourais littéralement de faim. Je mordis dedans à pleines dents, délicieusement surprise par son petit goût de noisette fraîche.

— Tu crois qu'il y a une limite à ce qu'une femme peut vomir par jour ? demandai-je, pleine d'espoir, à Alanna.

— Non, répliqua-t-elle gaiement.

5.

— Brrr !

Je resserrai les pans de mon manteau d'hermine, heureuse d'avoir opté pour ma tenue de cavalière — culotte de cuir lisse, chemise à lacets et bottes montantes dont les talons étaient gravés d'une étoile, si bien que je laissai derrière moi des empreintes splendides. Comme c'était bon d'être l'Elue de la Déesse !

— Le froid est en train de s'installer.

Alanna et moi traversions côte à côte la cour située entre le Temple et les étables. Un brouillard humide flottait dans l'air glacé, faisant frisotter de plus belle ma chevelure incontrôlable.

— Félicitations, Dame Rhiannon !

— Bénie soit votre fille, ô Dame !

Les vœux de bonheur fusaient de toutes parts tandis que nous avancions. J'avais l'impression d'être enveloppée dans un chaud cocon d'amour et d'adoration… Agréable, mais un peu étouffant. Et je crois bien que la migraine pointait de nouveau le bout de son nez. Même si je me sentais infiniment mieux après un bon bain et trois savoureux muffins. Comme d'habitude, Alanna avait eu parfaitement raison.

Le nouveau quartier des Centaures était situé à l'intérieur de l'enceinte sacrée, sur le flanc nord du Temple et juste à l'est des écuries. Comme je l'avais découvert en débarquant dans ce monde, Epona était une déesse de la guerre. Par conséquent, son sanctuaire présentait toutes les caractéristiques d'une place forte.

Ainsi, les murs étaient aussi magnifiques et raffinés que solides et épais. Tout autour du Temple, les terres étaient soigneusement entretenues et, surtout, nettement dégagées pour permettre une visibilité totale et anticiper une attaque ennemie. Ce qui s'était d'ailleurs produit lorsque les Fomores avaient tenté de s'emparer — sans succès, heureusement — du Temple et que nous les avions repoussés pied à pied en nous battant sur les champs alentour.

Frissonnant légèrement, je chassai le souvenir douloureux et concentrai mon attention sur la scène débordante d'activité qui se déroulait sous nos yeux. D'un côté, les tailleurs de pierre, centaures et humains, s'affairaient silencieusement autour de vastes blocs, et le bruit des ciseaux heurtant le marbre s'élevait dans l'air à intervalles réguliers. De l'autre, les maçons achevaient de monter les légers échafaudages en bambous autour de la structure principale déjà construite.

J'éprouvai un sentiment d'intemporalité en regardant ces bâtiments, et je songeai à la Rome antique et au Forum que j'avais eu l'occasion de visiter.

— Etonnant comme ça prend forme vite, murmurai-je à mon amie. J'aurais cru que sans technologie, un monument de ce genre prendrait des décennies à bâtir.

— Ecoute, si nous n'avons pas la…

Alanna eut quelque peine à prononcer le mot étrange.

— … la technologie, comme tu dis, en revanche, nous possédons le savoir de la pierre, et surtout, les Sidetha.

J'ouvris de grands yeux.

— Alanna, qu'est-ce que ça veut dire « le savoir de la pierre » ? Et qu'est-ce que c'est, un Si… Si…

Alanna éclata de rire.

— Sidetha. Ce sont des mineurs. Ils vivent dans les monts Tier, à l'extrême nord-est, près du gisement de marbre le plus délicat et le plus tendre qu'on puisse trouver. C'est de là que viennent les pierres du Temple d'Epona.

— Ah… J'ignorais.

— C'est un peuple timide et secret qui quitte rarement ses montagnes.

— Ah, dis-je de nouveau avec beaucoup d'originalité, en pensant à part moi que les Sidetha, en plus d'être timides, ressemblaient étrangement aux nains de Tolkien. Alors, les Sidetha possèdent le savoir de la pierre, c'est ça ?

— Pas tout à fait. La plupart d'entre eux sont des mineurs expérimentés, voire talentueux. Mais à Partholon, il existe des êtres qui possèdent une affinité singulière avec une espèce animale, ou des esprits, ou encore, des éléments. C'est ce que j'appelle le « savoir ».

Je haussai un sourcil, commençant vaguement à entrevoir ce qu'elle voulait dire.

— Toi, poursuivit Alanna, tu as un lien particulier avec les chevaux. Surtout avec la jument élue par Epona.

Je rabaissai mon sourcil.

— D'accord, j'ai compris.

La relation qui nous unissait, Epi et moi, allait au-delà d'un lien normal entre un cheval et son maître. D'un geste, j'incitai mon amie à poursuivre.

— Bon. C'est la même chose avec les esprits. ClanFintan est un Grand Chamane. Il a donc un rapport spécifique avec le monde spirituel. Il y a accès bien plus intimement que toi ou moi. C'est ce qui lui permet, entre autres choses, de se métamorphoser. Si tu vois ce que je veux dire.

Je passai la main sur mon ventre encore relativement plat et échangeai avec Alanna un sourire complice.

— Les éléments, maintenant, reprit mon amie. Dans la Plaine, par exemple, les Humains qui sont capables d'entendre l'appel de l'eau souterraine sont révérés par les Centaures. Ils savent exactement à quel endroit creuser un puits. Nos forgerons, eux, parlent au métal. Et les femmes douées pour la musique ou la danse sont capables bien souvent de modeler le vent. On dit qu'elles ont une affinité avec l'esprit de la flamme.

— Et donc, il existe un « savoir de la pierre », dis-je, songeuse.

— Oui. Il existe des êtres qui sont en harmonie avec la terre et ce qu'elle produit. Et parmi ceux-là, certains sont plus spécialement doués pour l'art de la sculpture et de la maçonnerie. Grâce à eux, la forme cachée à l'intérieur de la pierre se met à vivre.

— Et… il y en a un comme ça qui travaille ici ?

Je dévisageai les ouvriers en me demandant à quoi pouvait bien ressembler un être lié à la pierre.

— Mais oui. Il s'est rendu dans les mines des Sidetha afin de trouver la roche parfaite, puis il est revenu. Désormais, il restera jusqu'à la fin de la construction et je voulais te le présenter, mais comme tu n'étais pas bien, ces derniers temps…

— En effet, grommelai-je. Eh bien, maintenant, je vais mieux. Si tu voulais me le présenter, je serais contente de rencontrer un homme qui parle aux pierres.

Au moment où nous pénétrâmes sur le chantier, l'activité bourdonnante cessa momentanément et les ouvriers, hommes et Centaures, s'alignèrent pour me saluer et me féliciter. Les ovations attirèrent l'attention d'un groupe situé à l'écart, d'où se détachait une haute silhouette qui accéléra légèrement les battements de mon cœur. Et à côté de ClanFintan, je discernai Vic et Dougal.

Alanna me donna un léger coup de coude.

— « Moi aussi, je dois me rendre dans le nouveau quartier », murmura-t-elle en imitant la voix de la Grande Chasseresse.

— Elle n'a plus aucune retenue ! rétorquai-je d'un ton de fausse réprobation.

Le groupe se mit en marche vers nous et j'aperçus une longue silhouette dégingandée qui les accompagnait. Cet homme-là était inconnu de moi. A mesure qu'il approchait, je me rendis compte qu'il était plus jeune que je ne pensais. Nouée en queue-de-cheval, son épaisse chevelure noire lui donnait un air bohème qui tranchait avec son air juvénile. Il ne devait pas avoir plus de seize ans.

— Bonjour, mon amour.

ClanFintan se pencha pour cueillir doucement un baiser sur mes lèvres.

— Comment te sens-tu, ce matin ?

— Oh… euh… beaucoup mieux, dis-je avec un large sourire destiné à le rassurer.

— Tous mes vœux de bonheur, ô Dame !

Le visage de Dougal était littéralement rayonnant, et ce n'était pas la nouvelle de mon état qui le rendait aussi euphorique. Je souris. C'était vraiment merveilleux de le voir ainsi. Après la mort de son frère, qu'il chérissait par-dessus tout, j'avais craint que son humeur sociable ne sombre dans un désespoir sans fond. Et voilà que ce visage franc et chaleureux exprimait de nouveau l'amour de la vie.

— Merci, Dougal. Et toutes mes félicitations à toi aussi pour avoir enfin su convaincre notre grande Tête de Mule nationale. Je veux dire… Victoria.

Vic esquissa une grimace dans ma direction et glissa un bras ferme sous celui de Dougal, qui la regarda avec une adoration visible.

— Nous aimerions que vous nous fassiez l'honneur de présider à la cérémonie du lien sacré, dit le Centaure, sur un ton de fierté mal contenue.

— Nous en serions vraiment très heureux.

Vic me sourit doucement et je sentis mes glandes lacrymales s'agiter dangereusement. Les hormones en folie, quelle plaie !

Je toussotai pour masquer mon émotion.

— Je… hum… je… J'en serais très heureuse.

Le couple s'inclina devant moi et j'entendis un discret reniflement à côté de moi. Je jetai un coup d'œil et vis Alanna s'essuyer furtivement les yeux.

Mon amie s'empressa aussitôt.

— Puis-je te présenter Kai, notre chef maçon ? Kai, je vous présente Dame Rhiannon, Elue d'Epona, acheva-t-elle avec un geste de la main.

L'adolescent dégingandé fit un pas en avant et exécuta une révérence respectueuse.

— Dame Rhiannon, c'est pour moi un grand honneur que d'être au service d'Epona.

Quelle voix ! Ni trop grave, ni trop forte, et trop jeune encore pour être franchement virile. Je n'aurais pas détesté du tout qu'il me fasse la lecture, ce garçon.

— Mais j'imagine que c'est un honneur surtout pour les pierres, non ? demandai-je, incapable de contenir plus longtemps ma curiosité.

Et je croisai mentalement les doigts en espérant ne pas avoir commis de gaffe.

— Oh, oui, Dame ! rétorqua-t-il d'une voix vibrante d'émotion.

Ses traits fins s'animèrent d'une ardeur que j'aurais aimé voir plus souvent sur le visage de mes élèves. Sauf qu'évidemment, mes petits élèves n'auraient même pas su épeler le mot « ardeur ».

— J'ai arpenté les mines des Sidetha jusqu'à ce que

je trouve le filon parfait, celui qui murmurait le nom de la Déesse. Et c'est de ce marbre que sont faits les piliers du nouvel édifice.

— J'aurais grand plaisir à voir ce marbre, répliquai-je.

Une pierre qui parle, je n'allais tout de même pas manquer ça !

— Suivez-moi, ô Dame, je serais heureux de vous le montrer.

— Rhéa, intervint ClanFintan, Dougal et moi partons vérifier les entrepôts et le grenier à blé.

Il déposa un baiser rapide sur mon front.

— D'accord, murmurai-je au creux de son oreille. Je vérifie cette histoire de marbre qui chante, puis je me rendrai auprès d'Epi. Elle est particulièrement nerveuse, en ce moment, et j'aimerais la sortir un peu. Je pense que l'exercice la calmera.

Ce n'était pas à moi, une fille de l'Oklahoma, qu'on interdirait de monter à cheval. Je connaissais trop de femmes qui, là-bas, avaient continué à faire de l'équitation quasiment jusqu'à terme, pour me laisser arrêter par mon état supposé fragile. Et de toute façon, Epi n'était pas une jument comme les autres. Je savais qu'elle serait extrêmement prudente avec moi.

— Bien. Je te retrouverai devant les écuries.

— Dame Rhiannon, que la journée vous soit clémente.

Dougal s'inclina rapidement devant moi, caressa doucement la joue de Vic, puis s'en fut avec mon époux. Je les regardai s'éloigner.

— Veuillez attendre ici, ô Dame. Je vais aller demander

aux ouvriers de retirer quelques échafaudages pour que vous puissiez approcher des colonnes.

La voix harmonieuse et fluide de Kai me tira de ma rêverie. Je me tournai vers lui, mais le jeune homme était déjà parti, visiblement tout ému à l'idée de partager son amour du marbre.

— C'est ça, allez donc, dis-je néanmoins en agitant la main dans sa direction.

Un coup de coude dans les côtes me fit sursauter. Alanna me désigna Vic d'un geste du menton. La Grande Chasseresse se tenait immobile, les yeux rivés sur son amoureux au loin. Transie d'amour ! Je lançai un coup d'œil à mon amie et aussitôt, nous entourâmes la Chasseresse.

— Tu es complètement sous le charme, ma fille ! la taquinai-je.

— Ah… Oh… Je ne comprends pas du tout ce que tu veux dire, rétorqua-t-elle, très pincée, mais les joues en feu.

— Heureusement qu'il est jeune, Dougal, poursuivis-je d'un air dégagé. Les jeunes, c'est plein d'énergie, non ?

— Oh, mais il n'est pas si jeune que ça ! corrigea Alanna.

Vic tenta vainement d'avoir l'air vexé, mais derrière son impassibilité de Chasseresse, je devinai un léger sourire.

— Dis-moi une chose, repris-je en m'approchant d'elle avec l'air d'une conspiratrice.

Cela faisait des mois que je mourais d'envie d'interroger Vic sur la sexualité des Centaures. C'était le moment ou jamais.

— De quelle sorte et de combien d'énergie Dougal aura-t-il besoin ?

Je baissai encore la voix.

— La nuit de noces, je veux dire.

Vic me regarda, les yeux pétillant de malice.

— Allez, insista Alanna, raconte-nous !

— Eh bien…

Elle nous fit signe d'approcher encore jusqu'à ce que nos têtes se touchent presque.

— Vous avez déjà vu des chevaux s'accoupler, n'est-ce pas ?

Alanna et moi approuvâmes frénétiquement.

— Donc, vous les avez vus se mordre, hennir, ruer quand la passion atteint son point culminant ?

Nous approuvâmes encore plus frénétiquement.

— Et vous savez que cette passion peut les emplir d'un désir brutal, incontrôlable ?

Sa voix vibrait littéralement. Elle nous regarda tour à tour et son sourire s'accentua. Nous la contemplions haletantes, la bouche ouverte.

— Eh bien, ce n'est pas du tout ça.

Et elle s'éloigna dans un immense éclat de rire en agitant joyeusement la queue.

— A mon avis, elle ne dira rien, commenta Alanna, songeuse.

— Hélas, oui, soupirai-je. Et flûte !

En écho à ma frustration, Alanna se mordit la lèvre de dépit. Je songeai aussitôt en moi-même que cette fois, il faudrait que ClanFintan m'explique tout ce que je voulais savoir sur le sexe chez les Centaures sans jamais avoir osé le demander…

— Ô Maîtresse, si vous voulez bien me suivre.

Kai se tenait respectueusement à mon côté. J'acquiesçai de la tête et me mis en route, accompagnée d'Alanna.

— C'est normal qu'il soit si jeune ? demandai-je en chuchotant à mon amie. Je veux dire, c'est un gamin… Il ne doit même pas avoir seize ans !

— L'esprit des pierres parle avec force en lui. Peu importe l'âge ; l'essentiel, c'est qu'il sache écouter. Tu verras.

Nous rejoignîmes Kai en haut des marches de marbre déjà achevées. L'immense esplanade qui s'étendait devant nous était couverte de blocs bruts encore ou déjà lissés et taillés. Délimitant le contour du futur bâtiment, des socles épais attendaient les colonnes que les maçons étaient en train d'élever une à une. Certains de ces fûts étaient complets, d'autres non, et l'ensemble faisait songer à la dentition irrégulière d'un géant. Tandis que nous approchions du centre de l'esplanade, je m'aperçus que le péristyle central était achevé et dressait fièrement vers le ciel ses colonnes minces et cannelées. Au milieu, nous découvrîmes un pilier si large qu'à nous trois, nous n'aurions pu l'entourer de nos bras. Nous nous arrêtâmes devant.

Le marbre avait l'éclat et la transparence de la perle, et il était finement incisé sur toute sa longueur. Le chapiteau était orné de nœuds intriqués qui encadraient des guerriers centaures.

— C'est le soutien principal de l'édifice, expliqua Kai.

Sa voix avait pris une intonation lointaine tandis que ses yeux caressaient la pierre avec amour.

— Chacun des blocs qui le composent a été choisi par moi parce qu'ils murmuraient le nom d'Epona.

— Tu veux dire que tu entends une voix dans le marbre ? ne pus-je m'empêcher de demander.

Il sourit.

— Pas exactement. C'est comme un chant qui résonne dans ma tête.

Je songeai à la voix d'Epona et acquiesçai.

— Je comprends, dis-je d'un ton songeur. C'est une sensation, mais qui ressemble très exactement à des paroles.

— C'est cela, oui ! s'exclama-t-il.

— Et cette voix, tu l'entends toujours ? questionna Alanna.

— Oh, oui ! Le marbre ne reste jamais silencieux devant moi.

Il ferma les yeux et tendit vers le fût une main burinée et marquée, qui avait l'air étrangement plus âgée que le reste de son corps. A l'instant où sa paume entra en contact avec la pierre, j'eus l'impression que le marbre frissonnait.

Lentement, il caressa la colonne, qui parut se liquéfier. Fascinée, je vis sa main pénétrer à l'intérieur de la pierre comme s'il se fût agi d'argile souple et malléable. Un éclat faible rayonnait autour du jeune homme, assez semblable à cette aura qui nimbait ClanFintan lorsqu'il appelait à lui le Changement.

Puis Kai ouvrit les yeux et retira sa main. La lueur s'évanouit aussitôt, comme si elle avait été simplement le fruit de mon imagination.

— Le marbre te souhaite la bienvenue, ô Elue d'Epona.

Sa voix était merveilleusement sereine.

— Oh…, dis-je, le souffle coupé. Puis-je… puis-je le toucher, moi aussi ?

— Bien sûr, Maîtresse !

Je m'approchai du pilier et pressai doucement mes mains contre la surface froide.

— Hum… euh…

Je m'éclaircis nerveusement la gorge.

— Je…, balbutiai-je, me sentant ridiculement petite auprès du gigantesque monument.

La texture soyeuse du marbre me surprit et je m'aperçus qu'à l'intérieur de la blancheur translucide, mille teintes différentes s'entremêlaient pour créer cet éclat si singulier. Tandis que j'observai le jeu subtil des veines délicates, je sentis soudain une présence et la pierre se mit à chauffer sous mes doigts.

Alors, un tourbillon de sensations m'emporta, et ce fut comme si j'étais plongée dans un bain d'émotions apaisantes — ou enfouie dans les bras de ma mère. Mes doigts se mirent à trembler, non de peur, mais d'émerveillement. Un vers de Shakespeare traversa mon esprit.

« Beauté trop précieuse pour la possession, trop exquise pour la terre ! »

Roméo et Juliette, si je ne m'abuse. Le flot de sensations disparut et, après une dernière caresse, je retirai ma main. Encore éblouie, je me tournai vers mes compagnons, qui m'observaient avec intensité.

— Elle vous a parlé ! chuchota Kai.

— Pas exactement.

Je laissai mes yeux errer sur l'étonnante colonne.

— Mais j'ai senti quelque chose… quelque chose…

Je me tus, incapable de trouver les mots justes.

— … de merveilleux, achevai-je sans grande conviction.

— Quel jour êtes-vous née ?

Le garçon avait l'air passablement excité.

— Le dernier jour d'avril, répondit Alanna, me prenant de vitesse.

L'exactitude de la réponse me sidéra, mais je n'eus pas le temps de m'appesantir. Le visage de Kai s'éclaira.

— Vous êtes Taureau, bien sûr ! lança-t-il d'une voix triomphante. Vous êtes liée à la terre, comme votre Déesse.

Je nageais en plein brouillard. De quoi me parlait-il, ce garçon ? Je veux dire… Je savais parfaitement que j'étais née sous le signe du Taureau. Mes ex me l'avaient suffisamment répété pour expliquer ma maudite obstination — mais franchement, qui a envie d'écouter le discours d'un homme qu'on vient de quitter ? Bref, les horoscopes ne m'avaient jamais vraiment passionnée. Enfin, jusqu'à il y a six mois.

— Eh bien… euh… je suis ravie de l'apprendre, dis-je, sans grand enthousiasme.

Un bruit de sabots interrompit cette intéressante

discussion. Je reconnus aussitôt l'un des courriers centaures de mon époux.

— Dame…

Il inclina gracieusement le cou.

— ClanFintan vous demande de le rejoindre aux écuries.

— Epi va bien ? demandai-je avec une pointe d'inquiétude.

— Elle est très agitée et le Grand Chamane pense que votre présence sera bénéfique.

— C'est bien, j'arrive.

Je me tournai vers Kai.

— Merci d'avoir partagé avec moi cet instant…

Ce n'était pas le moment de faire une gaffe.

— Cet instant magique.

— Ce fut un plaisir, ô Maîtresse !

Son sourire me rassura. J'avais choisi la bonne expression.

Au moment de partir, j'hésitai et tendis la main vers la colonne. Le marbre était encore chaud sous mes doigts.

— Rhéa, dit Alanna tandis que nous quittions le chantier, je dois aller surveiller les préparatifs pour la fête de Samhain. Il y a beaucoup à faire et ça m'étonnerait que tu aies envie de t'occuper des menus.

— Effectivement, admis-je. Vas-y. Pense seulement à préparer quelques muffins et un peu de riz à l'eau. Moi, je vais voir Epi. Je vous retrouverai, toi et Carolan, à l'heure du souper.

Je lui souris.

— C'est-à-dire, si ça ne vous rebute pas.

Elle me rendit mon sourire.

— Il suffit juste de ne pas s'asseoir à côté de toi.

— Petite maligne, grommelai-je, avant d'ajouter à voix basse : Au fait, comment connaissais-tu ma date de naissance ?

— C'est aussi celle de Rhiannon, rétorqua-t-elle, avec une moue ironique.

— Etrange coïncidence, commentai-je.

— Parmi tant d'autres, ajouta-t-elle, songeuse.

— Effectivement, grognai-je, avant de me tourner vers le courrier qui attendait. Allons-y.

Nous nous dirigeâmes d'un pas vif vers les vastes écuries. C'était le bâtiment le plus étonnant que j'avais jamais vu. Hautes et voûtées, elles étaient en marbre, bien sûr. Et je regardai d'un œil nouveau ces piliers massifs en me demandant soudain si le sentiment de paix et de sérénité, que j'avais éprouvé la première fois que j'étais entrée ici, tenait seulement à la présence de chevaux plus sublimes les uns que les autres. Mentalement, je notai d'y revenir un jour pour poser ma main sur ce marbre éclatant.

De part et d'autre de la longue allée centrale, s'alignaient des stalles spacieuses et immaculées, occupées chacune par une jument à la beauté et au caractère uniques. Je descendis lentement l'allée, accueillie par des hennissements doux, et je regrettai de n'avoir pas le temps de m'arrêter pour caresser chaque museau.

— Salut, Pasiphaé la belle.

— Lilith, ma douce, cesse de mordiller ton auge.

— Heket de mon cœur, tu es trop jolie pour me regarder avec des yeux aussi tristes.

Et la litanie se poursuivit, de stalle en stalle, de jument en jument, toutes plus magnifiques les unes que les autres. Tout au bout, l'allée tournait abruptement sur la gauche. Mais avant même de pénétrer dans l'espace réservé à Epi, j'entendis les hennissements et les coups de sabots furieux de la jument la plus exceptionnelle de toutes — celle que la Déesse avait élue pour être son incarnation équine.

J'arrivai devant la gigantesque rotonde qui abritait la stalle d'Epi et son corral privé. ClanFintan et Dougal se tenaient sur le seuil, aux côtés de servantes ébouriffées et dépenaillées. Leur attention était tout entière concentrée sur la jument qui arpentait nerveusement l'espace.

La beauté d'Epi était irréelle. Sa robe argentée avait la mouvance du mercure liquide et virait au gris anthracite près des yeux en amande, et au bas des jambes fines et nerveuses. Haute de quinze mains, elle était harmonieusement proportionnée, avec des muscles longs et souples. Bref, j'aimais tout en elle.

Comme si elle avait senti ma présence — et de fait, je crois que c'était le cas —, elle se tourna et posa sur moi ses yeux veloutés. Un long hennissement déchira l'air.

— Salut, ma poupée, lançai-je gaiement en accélérant le pas. Eh bien, qu'est-ce que c'est, ce remue-ménage ?

— Content de te voir, dit ClanFintan, avec un soulagement visiblement partagé par ses compagnons.

Le petit groupe s'écarta pour me laisser pénétrer dans l'enclos.

— C'est Ouranos qui te met dans cet état, ma belle ? murmurai-je en embrassant le doux museau qui donnait des petits coups contre mon visage. Depuis que tu sais qu'il est là, de l'autre côté du Temple, tu ne tiens plus en place, pas vrai ?

Epi lécha délicatement la fourrure d'hermine de mon manteau.

— Elle a vraiment besoin d'un compagnon, déclara ClanFintan en s'approchant.

— Elle l'aura, mais pas avant demain soir.

Nous préparions la cérémonie de Samhain depuis plusieurs semaines et moi aussi, j'étais nerveuse à l'idée du rituel d'accouplement qui devait avoir lieu à ce moment-là, pour assurer la fertilité des terres de Partholon au cours des trois années à venir.

Je posai mon front contre celui de la jument.

— Et si on faisait une petite balade ? Peut-être que ça te détendrait…

Epi souffla doucement à travers ses naseaux, ce que je pris pour une réponse positive. Déjà, une palefrenière glissait l'épaisse couverture sur le dos de la jument, tandis qu'une autre ajustait un splendide harnais décoré autour de sa tête. Malgré son étrange nervosité, Epi se laissa faire. Là, je la reconnaissais. Polie et bien élevée, même quand ça n'allait pas.

— Je vais t'aider…

ClanFintan me souleva sans effort jusqu'à la selle. Epi attendit que je sois confortablement installée, puis elle se dirigea avec détermination vers la porte du corral qu'une servante ouvrait déjà. ClanFintan nous emboîta le pas.

J'eus à peine le temps de saluer Dougal et les servantes que la jument partit dans un galop paisible en direction du nord.

— Il faut croire que c'est par là qu'on va se promener, lançai-je à mon mari qui chevauchait tranquillement à mon côté. C'est elle qui décide.

Il me sourit. Je sentais qu'Epi avait besoin d'étirer ses longues jambes, aussi j'enserrai ses flancs veloutés entre mes cuisses et me penchai vers son oreille.

— Vas-y, ma belle, murmurai-je.

Son oreille se rabattit en arrière comme pour mieux saisir ce que je disais et, presque immédiatement, je sentis sa foulée s'allonger. Nous pénétrâmes dans le sous-bois qui bordait les terres du Temple. Epi aborda sans ralentir le large sentier sinueux qui y serpentait et je ne m'en inquiétai pas. Ma jument n'était pas une de ces écervelées qu'on rencontre partout, et elle ne ralentirait que lorsque ce serait nécessaire, pas avant. Tout ce que j'avais à faire, c'était d'apprécier la balade sans me poser de questions.

La journée était devenue progressivement plus grise et froide, et s'il ne pleuvait pas vraiment, un brouillard bas et dense enveloppait le paysage. Les silhouettes noires des arbres apparaissaient çà et là, tels des fantômes. Je remarquai que la plupart d'entre eux avaient déjà perdu leurs feuilles. J'avais été tellement occupée par mes inquiétantes nausées que je n'avais même pas eu le temps d'admirer les couleurs de l'automne. Et maintenant, c'était trop tard.

Un peu plus haut, le chemin se divisait en deux. La branche gauche conduisait aux vignes et la droite aux Marécages d'Ufasach. C'était un endroit peu plaisant. ClanFintan et moi avions dû passer par là pour échapper aux Fomores et nous avions failli y perdre la vie. Hélas, Epi opta pour cette direction.

Si elle tenait à visiter les Marécages, eh bien, j'exercerais mon droit de veto. Mais pas de panique : le marais ne se trouvait qu'à plusieurs kilomètres, et d'ici là, je comptais bien sur la fatigue de ma jument. Dans le cas contraire, ma foi, j'interviendrais.

ClanFintan remonta à mon niveau et nous chevauchâmes côte à côte en silence. Il avait l'air heureux et détendu. Je savais qu'il pouvait galoper des heures durant à ce rythme sans jamais montrer de signes de fatigue.

— Comment te sens-tu ? s'enquit-il sans même être essoufflé.

— « I feel goooood » ! chantai-je à tue-tête, dans une interprétation personnelle de James Brown.

Mon mari grimaça. J'avoue, je n'ai pas de don particulier pour la musique, mais cela ne m'empêchait pas de m'exercer régulièrement. Subitement, je réalisai que je me sentais effectivement très bien. Certes, j'avais toujours cette sensation bizarre au fond de la gorge — un peu comme quand on lutte contre un rhume sournois. Par contre, depuis que je l'avais calé avec des muffins, mon estomac me laissait une paix royale.

En fait, depuis que je savais que mon malaise et mes angoisses étaient dus aux hormones, j'étais franchement plus détendue. En gros, j'avais l'impression de me retrouver.

— Nous devons être rentrés avant que tu sois fatiguée, mon amour.

— D'accord, d'accord…

J'imitais sa grimace.

— Je ferai attention.

Le grognement sarcastique de mon époux se perdit dans le fracas des sabots. Je me laissai bercer par le galop d'Epi qui prit une allure plus fluide et tranquille. J'appréciai le changement de rythme, aussi lisse et impeccable que les jeux mouvants de sa robe d'argent liquide. Puis le galop se transforma en trot rapide que je ne tolérai qu'un court instant.

— Hé là ! lançai-je.

Epi rabattit ses oreilles en arrière et, sans que j'aie besoin de tirer sur les rênes, passa aussitôt au pas. ClanFintan me lança un regard interrogateur.

— Ça secoue trop, grommelai-je.

Il grogna de nouveau. Epi aussi.

— Attends, ma vieille, bientôt ce sera ton tour. Tu verras.

La jument ne réagit pas, mais mon époux tenta vainement de retenir un gloussement. Je voulus lui faire les gros yeux, quand Epi s'immobilisa brutalement. ClanFintan poursuivit sa course sur quelques mètres, avant de s'apercevoir que nous étions arrêtées.

— Que se passe-t-il ? demanda-t-il en revenant vers nous.

Du menton, je lui désignai la jument. Les oreilles dressées, elle regardait fixement vers la droite.

— Qu'y a-t-il là-bas ? reprit ClanFintan.

Je haussai les épaules.

— Je ne sais pas.

Les yeux plissés, je tentai de scruter le brouillard qui tournoyait en volutes lentes au-dessus du sol.

— Epi ? Epi ?

La jument ne réagit pas à mon appel. Aussi figée qu'une statue, elle semblait littéralement hypnotisée par le point qu'elle fixait.

— Les oiseaux se sont tus, déclara ClanFintan d'un ton soucieux.

J'entendis le chuintement acéré de l'épée qu'il tirait du fourreau.

— Ne bouge pas, ordonna-t-il.

— Ah non, pas question ! Je ne reste pas ici toute seule !

Mes hormones devaient de nouveau faire des leurs, parce que je me sentais au bord de l'hystérie et victime d'un syndrome d'abandon caractérisé.

— Epi te protégera, répliqua-t-il en quittant le chemin pour pénétrer dans la forêt. Et si je te dis de filer, tu files.

Le brouillard se referma sur lui. Un pressentiment désagréable m'étreignit, semblable à celui que j'avais éprouvé près du monument dédié à la mémoire de mon père. Je frissonnai et fus sur le point de rappeler ClanFintan pour lui dire qu'Epi était littéralement enracinée dans le sol et que rien au monde ne la ferait bouger. Mais je me tus en pensant que je risquais de rameuter la « chose » qui devait rôder autour de nous, et que la jument avait probablement senti.

— Dis-moi, murmurai-je en direction d'Epi, qu'est-ce qu'il y a, là-bas ?

Ses oreilles se rabattirent brièvement en arrière et je me repris à espérer.

— Un monstre abominable ? poursuivis-je sur le ton de la conspiration.

Pas de réponse.

— Un fantôme, alors ?

Un vague grognement qui ne ressemblait pas vraiment à un acquiescement. Plutôt le genre « Tais-toi et écoute ». Poussant un soupir, je me préparai à attendre. Les minutes se mirent à ressembler à des heures. J'étais en train de délirer sur les formes complexes du temps quand une silhouette se matérialisa dans le brouillard.

ClanFintan. Je laissai échapper le souffle que je retenais inconsciemment.

— Je n'ai rien vu, annonça-t-il d'un ton exaspéré en décochant un regard noir à la jument. La perspective de l'accouplement doit affecter son jugement. A quelques mètres du sentier, il y a une petite clairière traversée par un ruisseau...

— Un ruisseau ! l'interrompis-je, soudain étrangement assoiffée. Puisque personne n'a l'intention de nous dévorer tout cru, j'aimerais bien me désaltérer.

Ma main se posa toute seule sur mon ventre.

— Et puis, on rentrera.

Je lançai un regard contrit à mon mari.

— Je crois que je commence à sentir la fatigue.

Je dois dire, à son crédit, qu'il ne m'a pas fait le coup du « Je t'avais prévenue ». Il s'est contenté de secouer la tête et de faire demi-tour en direction des sous-bois en nous enjoignant de le suivre d'un geste bref.

J'émis un petit claquement de langue et pressai les flancs d'Epi. Un instant, je crus qu'elle n'obéirait pas — elle avait l'air étrangement froide et métallique entre mes jambes. Je glissai les doigts dans sa crinière flamboyante et murmurai des paroles douces. Soudain, je sentis un frisson parcourir son corps qui s'anima de nouveau et redevint de chair.

Avec hésitation, elle avança une jambe, puis une autre, et finit par suivre ClanFintan qui avait disparu dans la brume épaisse. Au bout de quelques pas, nous quittâmes les frondaisons pour déboucher dans une clairière étonnamment lumineuse. Comme si le brouillard s'était arrêté à sa lisière. Aussitôt, mon attention fut attirée par deux arbres massifs qui se dressaient, immobiles et hiératiques, au centre de l'espace dégagé. Entre eux, coulait un ruisseau au son argentin et rafraîchissant. Ma soif devint intenable.

— Allons boire, dis-je en pressant la jument qui se montrait étonnamment réticente.

A contrecœur, elle se dirigea vers le cours d'eau où nous attendait ClanFintan.

— Attends, je vais t'aider.

Il s'approcha rapidement d'Epi, encercla ma taille de ses mains vigoureuses et me fit glisser contre lui. Souriant doucement, il me tint serrée jusqu'à ce que mes pieds touchent le sol. Je gloussai et embrassai sa poitrine nue sous la veste en cuir.

— Allez, va boire.

Sa voix vibrait d'émotion contenue.

— Puis, je te ramènerai au Temple. Une femme en attente d'enfant doit se reposer régulièrement tout au long de la journée. Je veux dire se reposer dans sa chambre. Sur son lit.

Sa voix traîna sur le dernier mot comme une caresse.

— Hmm, tu me masseras les pieds ? murmurai-je, le nez contre son torse chaud.

— Entre autres choses.

Je devinai un sourire dans sa voix.

— Affaire conclue.

Je déposai un autre baiser humide sur sa peau lisse avant de me tourner vers le ruisseau. Je m'agenouillai et jetai un coup d'œil à la jument. Epi ressemblait de nouveau à une statue d'argent. Les oreilles pointées en avant, elle fixait les deux arbres massifs.

— Epi, lançai-je sèchement.

Ses oreilles frémirent à peine.

— Viens boire.

Rien. Je regardai ClanFintan et il haussa les épaules, visiblement aussi perplexe que moi. Agacée, je finis par me détourner et plongeai les mains en coupe dans l'eau fraîche et transparente.

On eût dit de la glace liquide. Sa douceur me rappela l'eau des fontaines de Rome.

Je bus à longues gorgées. C'était délicieux. Lorsque ma soif fut enfin étanchée, je reculai et m'accroupis pour observer la clairière. Mes yeux furent malgré eux attirés par les deux arbres qui fascinaient la jument. Ils étaient énormes et, à l'évidence, très anciens. Les premières branches commençaient à près de six mètres au-dessus du sol et… et elles avaient quelque chose d'étrange. Soudain, je m'aperçus qu'elles étaient pourvues de toutes leurs feuilles.

Intriguée, je scrutai le brouillard pour tenter d'apercevoir les arbres en lisière de la clairière. Avaient-ils eux aussi leur feuillage ? Impossible de rien voir dans cette purée de pois. Je reportai mon attention sur les deux arbres et me pétrifiai en me rappelant subitement leur nom. Des chênes de marais… Exactement comme en Oklahoma. Oh oui, je me souvenais de ces feuilles à la forme pointue si caractéristique. J'en avais tellement ratissé, devant le ranch familial ! Sauf que celles-là étaient d'un vert vibrant, un vert presque printanier.

Mes yeux remontèrent le long des troncs massifs recouverts d'une mousse dense, couleur de feuille de nénuphar. Un éclat sourd semblait illuminer cette mousse qui paraissait si tendre, si douce. La main se sentait irrésistiblement attirée vers elle.

Alors, le souffle d'une émotion, aussi impalpable que le contact furtif d'une aile, passa en moi. Et je sus. C'était ce que j'avais ressenti devant la colonne de marbre, un peu plus tôt dans la journée. Kai avait dit que j'étais liée à la terre. Donc, peut-être… Peut-être que je pourrais aussi « parler » aux arbres ?

Sans réfléchir, je m'avançai vers les deux chênes antiques. Un hennissement désespéré d'Epi m'arrêta. Surprise, je me tournai et heurtai presque la jument qui m'avait suivie.

— Epi !

Son museau me poussa légèrement et je chancelai.

— Bon sang, mais qu'est-ce que tu as ?

Elle se contenta de hennir doucement et de souffler à travers ses naseaux. Je sentis l'air chaud sur mes joues.

— Tout va bien, ma belle, tout va bien.

J'embrassai son front velouté.

— Je vais juste jeter un coup d'œil à ces vieux arbres et on rentre.

Je regardai mon mari qui nous observait avec amusement.

— Elle me rend folle, grommelai-je. J'ai hâte que la cérémonie de Samhain soit passée et qu'elle redevienne elle-même.

— Elle m'a l'air plutôt…

ClanFintan se tut et je crus voir défiler dans son esprit les mots « paranoïaque », « hystérique » et « crampon ». Finalement, il opta pour « émotive » en agitant ses sourcils de manière expressive.

Je lui décochai un sourire entendu et me tournai de nouveau vers la jument.

— Hé, ma douce, pas de souci. Tout va bien, hein ?

Ses longs cils frémirent et la tension perceptible dans ses yeux de velours parut se relâcher.

— Je vais simplement m'approcher de ces arbres. Kai affirme que je suis capable d'entendre la voix de la terre et j'aimerais bien vérifier sa théorie, tu vois.

Je déposai un rapide baiser sur son museau et me dirigeai vers le ruisseau. J'entendis Epi s'avancer derrière moi, puis s'arrêter net. Je lui jetai un coup d'œil. La jument semblait de nouveau pétrifiée.

— Tout va bien, reine de beauté ! lançai-je en agitant joyeusement la main dans sa direction, et en refoulant l'inquiétude qui commençait à monter en moi.

Sans doute Epi et moi étions-nous toutes les deux sujettes à des poussées hormonales, en ce moment. Donc, il n'était pas étonnant que nous soyons nerveuses à ce point. Je reportai mon attention sur les arbres… et oubliai le reste du monde.

A la distance où je me trouvais, je percevais nettement des vibrations sourdes, émanant des troncs massifs. Je penchai la tête et écoutai.

— Rhéa ?

— Chhh ! murmurai-je avec force, en levant une main pour faire taire mon époux.

J'avançai encore d'un pas. La terre détrempée collait à mes bottes. Baissant les yeux, je m'aperçus que j'étais au bord du ruisseau. A cet endroit, son cours se rétrécissait et l'eau claire roulait musicalement sur de minuscules galets. Je l'enjambai et restai là, les pieds calés de part et d'autre. Tendant les mains, je les posai délicatement sur l'écorce moussue.

A l'instant même où j'entrais en contact avec les troncs, une secousse me parcourut — comme si je venais de toucher un câble électrique. Une vague de panique me submergea et je tentai de détacher mes mains, mais elles étaient collées à l'écorce aussi sûrement que si elles avaient été clouées. Mes genoux fléchirent et j'eus la sensation de tomber en avant. La pensée me traversa que si les arbres relâchaient leur prise, je risquais de choir tête la première dans le ruisseau. Puis, soudain, ce fut comme si le temps ralentissait pour défiler image par image. Courbant la tête, j'aperçus mon reflet dans l'eau.

Je clignai des yeux pour tenter de dissiper le brouillard qui les obscurcissait et brutalement, mon champ de vision devint d'une netteté cristalline. A travers l'eau claire du ruisseau, aussi transparente qu'une vitre, je pouvais voir un autre monde… Et dans le ciel de cet autre monde, un mouvement furtif attira mon attention. Je reconnus l'espèce de petit cylindre métallique qui traversait l'espace bleuté et un cri s'échappa de ma bouche. Un avion ! Alors, je compris.

Frénétiquement, je tentai de retirer mes mains, mais au lieu de me libérer, l'écorce devint plus molle et souple. Mes poignets, mes coudes, mes bras furent bientôt happés par les troncs… Et au moment où je basculai entièrement dans le monde-miroir, des ténèbres bien trop familières, noires et liquides comme de l'encre, malfaisantes, m'engloutirent…

J'entendis le cri terrifiant de mon mari, le hennissement de panique d'Epi. Et puis, plus rien.

J'ouvris alors la bouche pour hurler, mais les vagues de l'inconscience m'emportèrent.

DEUXIÈME PARTIE

1.

Mon estomac se révolta et je sentis mon corps rouler sur le flanc, tandis que des spasmes le secouaient douloureusement. J'entendis des espèces de gémissements bas et sentis quelque chose d'humide sur ma peau. Mon Dieu, mais je pleurais !

— Tout va bien, Shannon, annonça une voix grave et familière. Vous êtes en sécurité.

Je voulus ouvrir les yeux, mais le monde tournoyait à une telle vitesse que je les refermai aussitôt. Peu à peu, le vertige s'apaisa avant de s'évanouir complètement et je restai là, immobile, aspirant l'air à larges goulées. Contre ma joue, je sentais la terre détrempée et froide. Prudemment, j'ouvris de nouveau les yeux et battis lentement des cils pour tenter de percer le nuage trouble qui enveloppait mon champ de vision. Je percevais çà et là du vert et du gris. Une ombre noire passa soudain et je frémis.

Non, je n'étais pas le jouet de mes hormones ou de mon imagination. Le Mal était là : il m'avait suivie. Et il se rapprochait, se rapprochait, absorbant le vert, le gris, laissant derrière lui des traînées sales et déchiquetées. Je voulus hurler.

— Du calme, Shannon ! reprit la voix familière. Tout va bien.

Les mots parurent repousser l'ombre malfaisante, qui s'éloigna dans un bruit répugnant de succion avant de disparaître. Le gris et le vert s'imposèrent de nouveau et je finis par distinguer des feuilles d'arbre. Puis je sombrai.

Des bribes de conscience traversèrent mon esprit, comme des éclairs illuminant le ciel nocturne. Je ne sentais plus l'odeur de la terre et j'étais allongée sur le dos. J'évitai de faire le moindre geste pour ne pas réveiller l'atroce vertige et donner l'alarme au Mal noir. Respirant lentement, j'essayai de calmer les battements frénétiques de mon cœur.

Je compris soudain que je n'étais plus sur l'herbe, mais sur un matelas. Et cette chose épaisse et douillette sur mon corps, c'était un édredon de plumes remonté jusqu'au menton. Je frissonnai, éprouvant un froid glacial jusqu'au tréfonds de l'âme.

Des pieds raclèrent le sol près de moi et aussitôt après, une main se posa brièvement sur mon front. Je sentis les cals sur ma peau frémissante.

— N'ouvrez pas les yeux tout de suite. Votre corps se réaccoutumera plus facilement si vous les gardez fermés et que vous vous reposez.

Cette étrange familiarité de la voix, toujours.

— Buvez, ça vous fera du bien.

Une main solide se glissa sous ma nuque et me souleva délicatement, tandis que mes lèvres entraient en contact avec le bord dur d'un bol. Je bus lentement la mixture chaude et douce, puis retombai sur les oreillers, épuisée par cet infime effort.

— Reposez-vous, à présent. Vous êtes de retour.

Alors que je sombrais dans le sommeil, je réussis enfin à identifier cette voix grave et rassurante. C'était celle de ClanFintan, bien sûr. Mais pourquoi mon époux avait-il subitement décidé de me vouvoyer ? Je luttais pour rester consciente, pour tenter de comprendre, mais mes yeux étaient trop lourds. Le sommeil remporta la bataille.

Hmm… Une odeur agréable… Une odeur que je n'avais plus sentie depuis des mois… Une odeur qui me rappelait les dimanches matin de l'autre monde, quand je me préparais un pot de café noir et fumant que j'agrémentais d'*irish cream*, avant de retourner me fourrer sous la couette avec un bon livre et ma cafetière à portée de main.

Sauf que Partholon ne connaissait pas le café.

J'ouvris tout grands les yeux. Ma vision vacilla un instant, puis se stabilisa.

La pièce dans laquelle je me trouvais n'était éclairée que par les flammes dansantes du feu qui crépitait dans l'âtre, placé directement face au lit. Je regardai lentement autour de moi, attentive à ne faire aucun mouvement brusque de la tête pour ne pas réveiller mon corps endolori. Près de la cheminée étaient placés deux rocking-chairs, pourvus chacun d'une petite table basse sur laquelle était posée une variante moderne de la lampe à kérosène d'autrefois. Sur l'une de ces tables, j'aperçus un livre ouvert.

L'odeur du café attira mon regard vers une ouverture, dans l'angle gauche, qui donnait sur une autre pièce — la cuisine, sans doute. Le bruit feutré de pas lourds de fatigue se fit entendre derrière le mur. Je me recroquevillai.

Et ClanFintan apparut sur le seuil.

J'avais dû pousser un cri parce qu'il sursauta et renversa la moitié de sa tasse. Puis son visage se fendit d'un sourire chaleureux qui avait quelque chose d'étourdissant dans sa familiarité.

— Vous vous sentez mieux ?

Je comprenais mieux maintenant le vouvoiement, et surtout, je compris ce qui m'avait troublée dans cette voix. Elle n'avait ni l'accent chantant de Partholon, ni la puissance de coffre des Centaures.

— Où suis-je ?

Les sons étaient rauques dans ma gorge sèche.

Sans cesser de sourire, l'homme posa sa tasse sur la petite table et s'approcha du lit. Je ne pus m'empêcher de reculer contre les oreillers et il dut le remarquer, parce qu'il s'arrêta à quelques pas du lit.

— Vous êtes chez vous, Shannon.

— Bon sang, mais c'est quoi, « chez moi » ?

Il haussa les sourcils de surprise.

— Mais en Oklahoma, rétorqua-t-il paisiblement.

Mon cœur cessa de battre.

— En Okl… Oh, non !

La pièce se remit brutalement à tournoyer et je fermai les yeux. J'entendis le plancher craquer près de moi.

— N'approchez pas ! lançai-je en rouvrant les yeux.

Il s'immobilisa et leva les mains en signe de paix.

— Je ne vous ferai pas de mal, Shannon.

— Et d'abord, comment connaissez-vous mon prénom ?

Je sentais une sueur froide perler sur mon front, sous l'effort que je faisais pour tenir tranquille mon estomac.

— C'est une histoire compliquée…

Il se tut, hésitant.

— Je veux une réponse.

Ma voix s'était raffermie et le vertige semblait momentanément sous contrôle, ce qui me soulagea.

— Comment connaissez-vous mon prénom, répétai-je en détachant distinctement les syllabes — très prof d'anglais essayant d'enfoncer une leçon dans le crâne obtus de ses élèves.

— Par Rhiannon, répondit-il à contrecœur.

— Rhiannon !

J'avais craché ce nom maudit plus que je ne l'avais prononcé. Je jetai un regard halluciné autour de moi, m'attendant à voir surgir cette enquiquineuse d'un recoin obscur.

— Elle n'est pas ici. Elle est retournée à Partholon.

Mais c'est qu'il avait l'air satisfait de lui-même !

Je braquai sur lui un regard noir.

— Elle n'a rien à faire là-bas, dis-je entre mes dents. Partholon, c'est chez moi. J'y ai mon mari, j'y ai mes amis.

— Mais…

Il avait l'air perdu.

— J'ai cru… J'ai cru bien faire en procédant à un échange entre vous deux et…

Il se tut. Je rejetai la couette et balançai mes jambes hors du lit. Oups ! J'étais nue à l'exception d'un haut de pyjama visiblement masculin. Je relevai la tête et le dévisageai.

— Où sont mes vêtements ?

— Je…, balbutia-t-il. Ils…

— Oh, et puis zut. Donnez-moi un pantalon et des bottes, et remmenez-moi là où vous avez procédé à cet échange. Vous m'entendez ? Ren-vo-yez-moi-là-bas ! C'est clair ?

Il ouvrit la bouche pour répondre, mais une sonnerie retentit étrangement entre les murs de la chaumière. Je mis un certain temps avant de comprendre. Le téléphone, bien sûr ! A Partholon, je m'étais complètement déshabituée de la technologie. La sonnerie résonna une nouvelle fois et l'homme qui n'était pas ClanFintan parut retrouver l'usage de ses jambes. Il décrocha le combiné posé sur l'une des étagères, le long du mur.

— Allô ? dit-il en gardant les yeux rivés sur moi.

Puis, il recula comme s'il venait d'être mordu par un serpent.

— Rhiannon !

Le nom emplit la pièce d'un voile noir. Je sentis un frisson glacé me parcourir et je serrai les dents pour les empêcher de claquer.

2.

Les traits de l'homme s'étaient figés.

— Je t'ai dit qu'il fallait en finir, lança-t-il durement dans l'écouteur.

Sa bouche se crispa en une moue de dégoût.

— J'en ai assez de tes mensonges. Je ne…

Il s'interrompit. Un long silence suivit, durant lequel il ne me quitta pas des yeux.

— Shannon est là, reprit-il enfin, de cette voix neutre et plate que j'avais entendue plusieurs fois dans la bouche de ClanFintan lorsqu'il prenait la direction d'une opération dangereuse.

De mon lit, j'entendis le hurlement de rage de Rhiannon. L'homme sursauta sous le choc et raccrocha brutalement. D'un geste las, il passa une main sur ses yeux et, pour la première fois, je remarquai le réseau de rides fines autour des yeux et les reflets argentés dans la chevelure noire.

Un instant, mon cœur vola vers celui qui ressemblait tant à mon époux adoré. Puis, le souvenir de la réalité coupa mon élan. C'était à cause de cet homme que j'étais séparée de ClanFintan. A cause de lui que j'étais ici.

— Je croyais que vous aviez renvoyé Rhiannon à Partholon, lançai-je d'un ton glacial.

— Je le croyais aussi.

Il avait l'air épuisé.

— Bon… Vous feriez mieux de commencer par le commencement. Je veux tout savoir.

Ses yeux se posèrent de nouveau sur les miens.

— Très bien. Je propose que nous prenions d'abord un café.

— Non. Nous prenons le café *et* vous racontez.

Mes entrailles émirent un grognement furieux.

— Euh… Je veux bien aussi du pain ou quelque chose pour calmer mon estomac.

Il acquiesça et disparut derrière le mur. Je me réinstallai contre les oreillers et couvris soigneusement mes jambes nues. Mon hôte fut de retour rapidement, avec un plateau chargé d'une tasse fumante et d'un assortiment appétissant de muffins faits maison.

Il déposa le plateau sur mes genoux, en veillant à ne pas me toucher, puis se détourna pour rajouter quelques bûches dans le feu. De hautes flammes claires crépitèrent bientôt joyeusement. Tirant un rocking-chair près du lit, il s'assit face à moi et sirota lentement sa tasse de café. Un long moment, il m'étudia en silence.

— La ressemblance entre vous deux est étonnante, dit-il enfin, à ma plus grande surprise. Vous êtes littéralement le miroir l'une de l'autre.

Je hochai la tête.

— A Partholon, certaines personnes sont le miroir d'autres qui vivent dans ce monde-ci.

Je lui adressai un sourire amer.

— Mais ne soyez pas dupe. Si on se ressemble extérieurement, Rhiannon et moi, intérieurement, on est complètement différentes.

Il soutint mon regard sans ciller.

— Je l'espère, répondit-il avec une force qui me désarçonna. Pour votre bien.

— Oui, je n'ai rien à voir avec cette garce !

Et subitement, je fus exaspérée de me sentir obligée de me justifier devant cet homme.

— Ce que je suis ou ne suis pas ne vous regarde pas, grommelai-je, furieuse. Tout ce que je veux savoir, c'est ce qui s'est passé et comment je peux rentrer chez moi.

Il hocha tristement la tête.

— Je crains de ne pouvoir vous donner qu'une partie de la réponse, hélas.

Je sentis mes entrailles se nouer et me contraignis à avaler une bouchée de muffin.

— Bon, assez de blabla, grognai-je en déglutissant lentement. Racontez votre histoire et laissez-moi juger par moi-même de la situation.

— D'accord, répondit-il, avec cet accent traînant de l'Oklahoma que je connaissais si bien. Je ne sais comment me présenter…

— Nom, prénom, peut-être ? Faites simple.

J'avais l'impression de distribuer un exercice à mes élèves.

— Clint Freeman. A votre service, madame.

Il souleva un chapeau imaginaire et je dus me retenir pour ne pas sourire. Clint Freeman. Ça ressemblait étrangement au nom de mon mari, non ?

— Shannon ?

La voix grave de Clint me tira de ma rêverie et sa chaleureuse familiarité me pinça le cœur.

— D'accord, maintenant je connais votre petit nom et vous savez le mien. Passons au vif du sujet : que savez-vous de Rhiannon et de moi ?

Il poussa un soupir et se frotta pensivement l'arête du nez.

— Elle est apparue ici, au beau milieu de la nuit.

Il se tut. Au bout du lit, mes pieds tressautaient d'impatience.

— C'était la mi-juin.

Je l'interrompis nerveusement.

— Quel mois sommes-nous, à présent ?

— Octobre. Le trente et un.

— Ah ! Donc, le temps passe au même rythme, commentai-je avec soulagement.

— Ce qui est logique puisque chaque monde est le double de l'autre, répliqua-t-il d'un ton informel.

On avait l'impression qu'il discutait de la pluie et du beau temps en Oklahoma.

— Vous avez l'air très à l'aise avec tout ça, dis-je.

— Bah, j'en ai trop vu pour me contenter de la seule rationalité !

— Trop vu ? C'est-à-dire ?

Il prit une profonde inspiration.

— Cette nuit-là, il régnait ce calme lourd qui précède les orages d'été les plus violents.

— Très poétique, grommelai-je.

Il ignora mon intervention.

— Rhiannon s'est littéralement matérialisée sur mon seuil, comme un esprit de la forêt.

— De mieux en mieux, bougonnai-je.

— Elle était… sauvage et belle. Je l'ai invitée à entrer et à chaque instant, je m'attendais à la voir disparaître. Pffuit ! Comme ça.

Il éclata d'un rire sec et désagréable.

— Bon sang, comme j'aurais voulu qu'elle s'évanouisse dans l'air ! Comme ça !

Il se reprit.

— Bien sûr, j'ai pensé qu'elle s'était perdue et je lui ai offert mon aide.

Soudain, ses yeux évitèrent les miens.

— « Je ne suis pas perdue, m'a-t-elle dit. J'ai répondu à votre magie et je suis venue. »

— Votre magie ? demandai-je, intriguée.

Il tourna de nouveau son visage vers moi.

— Je suis lié à la forêt.

Je haussai un sourcil.

— Je n'ai pas toujours vécu ici, vous savez, poursuivit-il en désignant la chaumière d'un geste large. Il y a cinq ans, j'habitais Tulsa. J'y menais une vie, je crois, que la société pourrait qualifier de « normale ».

Il se tut, comme s'il cherchait ses mots.

— J'ai toujours aimé me promener dans la forêt. Je m'y sentais… heureux. Et puis, il y a cinq ans, ce sentiment s'est modifié. Il est devenu plus… profond.

— Profond ?

Clint acquiesça lentement.

— Je… J'ai commencé à entendre la forêt me parler.

Il esquissa un sourire humble.

— Des mots distincts ou juste une sensation ? demandai-je.

Une expression de soulagement éclaira son visage — comme s'il avait craint que je ne le traite de fou.

— La plupart du temps, juste une sensation.

Son regard se fit lointain.

— C'était comme si la forêt m'accueillait. Plus je m'éloignais de la civilisation, plus je me sentais heureux. J'ai commencé à consacrer chacun de mes moments de loisir à la parcourir, sac au dos. Et puis, j'ai eu, disons, un accident de travail qui a mis fin à ma carrière.

L'idée ne paraissait pas le bouleverser particulièrement.

— Grâce à ma pension d'invalidité, j'ai pu me retirer ici.

— Et « ici », c'est où, exactement ?

— Dans le sud-est de l'Oklahoma, répliqua-t-il avec un sourire chaleureux. Au beau milieu de nulle part.

— Génial, grommelai-je. Et c'est après votre installation dans ce bled que la forêt a commencé à vous parler ?

Cette histoire de communication avec la terre m'intéressait évidemment, mais surtout, je ne devais laisser passer aucun filon magique disponible ici, dans le Monde Réel, et susceptible de m'aider à retourner à Partholon.

— Oui.

Ses yeux prirent de nouveau une expression vague.

— Les arbres murmurent, la terre se réjouit et le vent chante.

Il me lança un regard farouche.

— Vous pouvez trouver ça poétique ou schizophrénique, mais c'est ce que je ressens.

— Et c'est pour cette raison que Rhiannon vous a pris pour cible.

— Effectivement, rétorqua-t-il sèchement. Elle m'a dit qu'elle était l'incarnation d'une déesse, qu'elle était comme la Terre et les Eléments qu'on révère et qu'on adore.

Je reniflais avec mépris.

— Laissez-moi deviner, dis-je d'un ton sarcastique. Elle vous a tourneboulé la cervelle et, bien sûr, vous avez gobé toute son histoire.

Clint hésita à peine.

— Oui, j'ai gobé son histoire. Il y avait quelque chose en elle qui m'obligeait à la croire.

— Oui, grognai-je. Son physique.

Il fronça les sourcils, visiblement plus déçu qu'embarrassé ou furieux.

— Peut-être, mais ça, vous l'avez aussi.

— Hé là !

Non mais, qu'est-ce qu'il s'imaginait ? Je dardai sur lui mon regard le plus féroce.

— Auprès de vous, j'éprouve la même sensation qu'auprès d'elle.

Clint ne cherchait pas à se justifier, ni à m'amadouer. Il avait plutôt l'air de s'excuser.

— De la foutaise, tout ça, dis-je en balayant l'air d'un geste de la main. Ce n'est pas le moment de batifoler. Je suis une femme mariée et je ne vous connais même pas.

— Vous m'avez mal compris, intervint-il rapidement. Oui, je la désirais. Oui, j'ai couché avec elle. Mais il n'y avait pas que ça.

Il s'interrompit, hésitant.

— Ça peut vous paraître ridicule.

Il laissa échapper un rire sec.

— En tout cas pour moi, ça l'est. Mais je me sentais à ma place, auprès d'elle. Comme je me sens à ma place près de vous, maintenant.

J'ouvris la bouche pour l'envoyer paître, quand subitement, les paroles de ClanFintan me revinrent à la mémoire. « Je suis né pour t'aimer », m'avait-il dit. J'avais fini par le croire. Or, l'homme qui était assis devant moi était, de manière saisissante, le double de mon mari.

Rhiannon et moi avions des comportements différents, nous faisions des choix différents. Pourtant, la plupart des « doubles » que j'avais rencontrés étaient très semblables. Je pensais à Alanna et Suzanna, Gene et Carolan. Et cet homme-là, devant moi, me rappelait irrésistiblement mon époux.

— Bon... euh... peu importe, rétorquai-je, mal

à l'aise. Si vous l'aimiez tant, qu'est-ce qui vous a réveillé ?

— J'ai mis du temps avant de me réveiller, comme vous dites.

— Traduction : elle vous a gardé un bon moment au lit.

Je connaissais par cœur le modus operandi de cette garce.

Clint eut la bonne grâce de paraître attristé.

— Si vous voulez. Et quand elle n'était pas au lit, elle était dans la forêt ou sur internet.

— Ah, parce qu'elle s'y connaît en informatique ?

— Beaucoup, répliqua-t-il froidement.

— Je me résume : Rhiannon vous faisait le coup de la déesse de la terre pour que vous restiez pendu à ses basques, et, pendant ce temps, elle pianotait comme une folle sur un clavier.

Clint hocha la tête.

— Son affinité avec la terre était réelle. Quand elle partait se promener dans la forêt, elle refusait que je l'accompagne, et quand elle revenait, plusieurs heures après, elle semblait littéralement chargée d'énergie.

— Mmm…

Je rangeai l'info dans un coin de mon esprit — à utiliser plus tard. Si Rhiannon puisait un certain pouvoir dans la forêt, pourquoi pas moi ? Cela pourrait peut-être m'aider à rentrer au bercail.

— Bien, repris-je. Et qu'est-ce qu'elle cherchait sur internet ?

— De l'argent. Elle m'a raconté qu'elle faisait du

e-commerce et qu'elle devait vérifier l'état de ses stocks. Sauf que ses stocks…

Il se tut.

— Eh bien ? le pressai-je avec impatience.

— C'étaient des hommes. Riches, vieux, célibataires.

Sidérée, j'ouvris des yeux ronds.

— Oh ! Et… elle a trouvé ?

— Oui. Sinclair Montgomery III. Soixante-douze ans, veuf, ex-magnat du pétrole installé à Tulsa. Un type plein aux as, philanthrope et plutôt sympa.

Le nom du magnat m'était vaguement familier. J'avais dû le lire dans la rubrique intitulée « J'ai plus d'argent que Crésus » du *Tulsa World*.

— Du gâteau pour Rhiannon, commentai-je sobrement.

Il fit un signe affirmatif.

— Elle a commencé par correspondre par mails avec lui, reprit Clint avec amertume. Elle lui a affirmé qu'elle était une prof du coin, qu'elle cherchait à devenir conférencière…

— Bon sang ! éclatai-je. Rhiannon, conférencière ? On aura tout vu ! Et c'était quoi, son thème ?

Une série de sujets possibles traversa mon esprit.

— « Comment favoriser la créativité des jeunes et les inciter à suivre l'école. »

— Et par quels moyens comptait-elle favoriser cette créativité ?

Clint haussa les épaules.

— Je ne crois pas qu'elle ait eu besoin de préciser.

A ma connaissance, le poisson a mordu à l'hameçon. Il lui a promis de l'argent.

— Et pour achever de ferrer le poisson, il a suffi qu'elle le rencontre en personne, achevai-je.

Il acquiesça tristement.

— Donc, repris-je, vous l'avez laissée sortir de votre lit pour entrer dans celui de M. Dollars, avec votre bénédiction.

S'il ressemblait, même de loin, à ClanFintan, il y avait peu de chances pour qu'il tolère ma vision des choses.

— J'étais tellement occupé à haïr son « ami », rétorqua-t-il en prononçant le dernier mot avec dégoût, que j'ai compris trop tard ce qui se passait.

— Une minute...

Je secouai la tête, perplexe.

— Elle a un ami ici ?

Je passai rapidement en revue la liste de mes petits copains, mais aucun n'aurait supporté Rhiannon-la-Super-Névrosée plus de trois secondes.

— Il s'appelle Bres, je crois, et il se dit le disciple de Rhiannon, si vous pouvez croire à un truc pareil.

— Grand, maigre et une haleine à tuer un troupeau de bœufs ?

— Oui ! répliqua Clint d'un ton surpris.

— C'est bien son disciple. Il l'a suivie en Oklahoma. Non, attendez... Il a débarqué en premier pour s'assurer que tout allait bien, puis elle est venue à son tour.

Grâce aux dieux sombres qu'il vénérait. Oui, cela faisait sens avec ce que ClanFintan m'avait expliqué. Alanna m'avait parlé de l'engouement bizarre de Bres pour Rhiannon, et je savais qu'il avait procédé en premier à l'échange pour qu'elle puisse assurer la sécurité de son petit voyage en sacrifiant une personne.

Ce monstre la quittait à peine des yeux.

— Je vois. Bres vous tenait bien serré dans les filets de la jalousie et pendant ce temps, elle s'envoyait en l'air avec le Texan.

Les mâchoires de Clint se crispèrent dangereusement et, une seconde, je crus que j'avais été trop loin. Puis il laissa échapper un long soupir entre ses lèvres serrées.

— Non. Simplement, ce sale petit cafard me tapait sur les nerfs quand il rampait dans le coin. Et j'ignorais qu'elle couchait avec le vieux parce que je n'étais pas à Tulsa avec elle.

Le démon de la curiosité se mit à chuchoter dans mon oreilles. Que s'était-il passé entre Bres, Rhiannon et Clint ? Pourquoi Clint n'était-il pas resté à Tulsa avec la femme de sa vie ? Et, nom d'un petit bonhomme, pourquoi les mecs raisonnaient-ils avec leur libido et pas avec leur cerveau, dès qu'ils se trouvaient en face de Rhiannon ?

Soudain, j'eus envie de me pincer ou de me gifler. Mais qui s'en souciait ? Ce que je voulais, c'était décamper d'ici au plus vite. Pas fourrer le nez dans une histoire sordide.

— Ecoutez, dis-je sèchement. Tout ça est très intéressant, mais ce que je veux savoir, c'est pourquoi je suis de retour en Oklahoma.

Il ouvrit la bouche et je levai la main.

— Non, attendez. Voilà ce que je veux. Premièrement,

pourquoi avez-vous décidé de me ramener dans ce maudit patelin ? Deuxièmement, comment m'y avez-vous ramenée ? Troisièmement, comment est-ce que je peux m'enfuir d'ici ?

J'achevais en dressant mes trois doigts levés, à la manière d'un arbitre de base-ball.

Clint opina lentement de la tête.

— D'accord. Je vous ai ramenée ici parce que je voulais renvoyer Rhiannon dans l'autre monde.

— Juste parce qu'elle vous a trompé avec un vieillard plein aux as ?

— Non, répliqua-t-il d'un air sombre. Parce qu'elle est le Mal. Elle a tué cet homme. Et ce n'était que le premier de ses meurtres. La seule vie qui compte pour elle, c'est la sienne.

J'ouvris de grands yeux.

— Sinclair est mort ?

— Un mois seulement après l'avoir épousée. Crise cardiaque.

— Il est probablement mort heureux, cela dit. Qu'est-ce qui vous fait croire qu'elle l'a assassiné ?

— Elle me l'a dit.

Je me redressai.

— Quoi ?

— Elle me l'a dit. Aussi tranquillement que si elle me parlait de sa nouvelle robe. Tout était planifié dans les moindres détails. Elle l'a choisi parce qu'il était vieux et riche, et qu'il n'avait pas de descendance. Ensuite, elle l'a caressé pour qu'on pense qu'il avait fait l'amour.

Clint baissa la tête, visiblement mal à l'aise.

— Puis Bres l'a maintenu pendant qu'elle lui envoyait une pleine seringue d'air dans la jugulaire, poursuivit-il à voix basse. Rhiannon est même allée jusqu'à mordre sa victime pour maquiller la piqûre et faire croire à une partie de sexe sado-maso. Elle savait qu'il avait des problèmes cardiaques et que dans son testament, il avait demandé à être incinéré. Un plan parfait.

— Pourquoi vous a-t-elle raconté tout ça ? demandai-je, incrédule.

Etre une garce, c'était une chose, être une meurtrière, c'en était une autre.

— Rhiannon n'imaginait pas que je puisse me révolter et lui dire non. Elle pensait que j'accourrais si elle avait besoin de moi.

Le visage de Clint était devenu impénétrable.

— Elle voulait que je l'aide à prendre le contrôle de la magie de ce monde-ci.

Il plongea ses yeux dans les miens.

— Elle voulait tout avoir : la magie et la technologie. Elle m'a même montré l'autre monde…

— Partholon ? m'écriai-je.

Il acquiesça lentement.

— Mais comment ? demandai-je d'une voix haletante.

— Je ne sais pas exactement. C'est comme si elle m'avait hypnotisé et pendant que j'étais…

Il s'interrompit, cherchant visiblement ses mots.

— Pendant que j'étais… euh… endormi, ou parti, mon âme s'est en quelque sorte détachée de mon corps. Puis j'ai plongé dans une espèce d'immense tunnel embrasé.

Il se tut de nouveau et frissonna.

— Au bout du tunnel, j'ai émergé au-dessus d'un édifice étonnant. Il faisait nuit et, pourtant, je voyais parfaitement. Il y avait des créatures, mi-hommes, mi-chevaux, qui se promenaient en discutant.

Son visage s'illumina brièvement, comme émerveillé par le souvenir.

— C'était fantastique.

— Le Temple… le Temple était-il en marbre, avec des murs épais et lisses ?

Des larmes embuèrent mes yeux.

— Oui. Et il y avait une gigantesque fontaine…

— Qui évoquait des chevaux cabrés ? achevai-je d'une voix tremblante.

— Oui, dit-il simplement.

— C'était le Temple d'Epona.

Le seul fait de prononcer ces mots me submergea d'émotion.

— Rhiannon me l'a expliqué.

J'inspirai profondément.

— Comment votre âme est-elle revenue ici ?

— Je n'en ai pas la moindre idée. Je ne suis resté là-bas que quelques secondes, avant d'être aspiré de nouveau par le tunnel et de réintégrer brutalement mon corps. Quand je suis sorti de mon état second, je me sentais plutôt bien, mais Rhiannon, elle, a dormi près de seize heures d'affilée.

— Et quand elle s'est réveillée à son tour, elle a

pensé que vous accepteriez de faire partie de son plan de domination du monde ?

Clint secoua farouchement la tête.

— Non. Elle n'avait pas envie de dominer le monde. Elle voulait de l'argent. Beaucoup d'argent. Et la puissance que donne l'argent.

Je haussai les sourcils.

— Le Texan ne lui avait pas laissé son argent ?

— Plusieurs millions de dollars, c'était une bagatelle pour Rhiannon. Ça, on peut dire qu'elle n'avait pas perdu son temps, sur internet..., ajouta-t-il avec amertume.

Je dus avoir l'air confuse, car il sourit.

— Elle avait appris en surfant sur le Net que plusieurs millions de dollars ne constituaient pas une fortune, aujourd'hui. Et en tout cas, que ça ne lui achèterait pas le pouvoir et l'autonomie qu'elle désirait ardemment. Il lui fallait plus et elle a trouvé.

— Quoi ? Un trésor caché ?

— Drogues, rétorqua-t-il d'un ton laconique.

— Euh... Je ne saisis pas.

— Quand Rhiannon a découvert la passion de ce monde-ci pour les drogues et qu'elle a réalisé le bénéfice qu'elle pouvait tirer de ce commerce, elle a décrété que seul un idiot laisserait passer un moyen aussi facile de devenir riche.

Je secouai la tête.

— Elle vendait de la drogue ?

— Exactement. D'abord, j'ai pensé qu'elle ne comprenait pas ce que ça signifiait. J'ai réuni toutes sortes d'informations sur les dangers de la drogue, ses conséquences sur les gosses, les familles, les communautés…

Son beau visage s'assombrit.

— Elle m'a répondu que ce n'était pas son problème, que les faibles n'avaient qu'à s'en prendre à eux-mêmes. Elle a ajouté qu'à son avis, ce monde-ci comptait beaucoup trop d'enfants et qu'en éliminer quelques-uns serait une bonne chose. Rhiannon croyait à la domination naturelle des plus forts.

Un spasme nauséeux m'étreignit et, instinctivement, je posai une main protectrice sur mon ventre. Clint ne parut pas remarquer mon geste.

— Alors, je lui ai parlé de la loi et des risques qu'elle courait. Elle a éclaté de rire en affirmant qu'elle ne serait jamais prise. Je lui ai expliqué qu'il n'y avait pas seulement la police, mais que si elle s'aventurait dans ce milieu, elle devrait aussi faire face à des voleurs et des meurtriers, des drogués et des dealers.

— Et… ? le pressai-je.

Il hocha la tête, désespéré.

— Rien. Au contraire, la perspective a paru l'exciter. Elle m'a dit que c'était précisément là que j'entrais en jeu, que j'allais l'aider à maîtriser le Mal Suprême pour prendre le contrôle de ces formes modernes de malfaisance.

Les traits de Clint étaient déformés par un écœurement que je devinai aussi profond et intense que le mien.

— Que voulait-elle dire par là ?

Une angoisse subite m'étreignit, comme lorsque ClanFintan m'avait parlé de Pryderi. Le Mal Suprême de Rhiannon et cette terrible divinité à trois visages ne faisaient-ils pas un ?

— Je ne sais pas précisément. A vrai dire, je ne lui ai pas laissé le temps de s'expliquer. Soudain, c'était comme si des écailles tombaient de mes yeux, et je l'ai vue telle qu'elle était. Amorale, cruelle, insensible, égoïste. Je lui ai dit de partir pour ne plus jamais revenir. Je les ai chassés de chez moi, elle et son cafard de disciple.

Un long silence suivit les derniers mots de Clint. Mon esprit bourdonnait littéralement de tout ce que je venais d'entendre.

— Ce qui me ramène à votre question numéro un.

Je le dévisageai bouche bée, sans comprendre.

— Pourquoi je vous ai fait venir ici, me rappela-t-il doucement. La réponse est simple : parce qu'elle est le Mal. Rhiannon m'a beaucoup parlé de vous. Et je me suis dit que le risque pour qu'une prof d'anglais soit une déesse sociopathe décidée à vendre de la drogue grâce au Mal était assez faible. De plus, l'idée de vous savoir là-bas aux prises avec d'horribles démons la faisait hurler de rire.

— Sale monstre, grinçai-je entre mes dents, en songeant à ce peuple qu'elle avait lâchement abandonné au moment même où elle aurait dû le protéger.

— J'ai cru que vous seriez contente de quitter ce monde, reprit Clint. Et j'ai donc pensé que ce serait une bonne idée de vous échanger de nouveau.

— D'accord, répondis-je. Maintenant, je comprends votre raisonnement. Sauf que Partholon, c'est mon pays. J'aime ce peuple qu'elle a trahi, je vénère la déesse qu'elle a profané et j'adore ce mari qu'elle a rejeté.

— Je l'ignorais, commenta-t-il avec amertume.

— Par conséquent, nous passons aux questions deux et trois. Comment vous m'avez amenée ici, et comment je peux repartir.

Clint se recula sur son rocking-chair et ferma les yeux.

— Rhiannon s'est servie d'une incantation pour vous faire venir à Partholon et prendre votre place, murmura-t-il comme pour lui-même. L'urne était son point focal. Elle a donc commencé par l'envoyer ici.

Il rouvrit les yeux et se pencha vers moi, avec une expression intense.

— Avec Bres, bien sûr. Une fois l'urne ici, Rhiannon a pu procéder à l'échange.

Je hochai la tête pensivement.

— Ça me paraît cohérent, poursuivez.

— Il me fallait donc un objet à partir duquel je pourrais travailler. Un objet qui serait à la fois dans ce monde et dans l'autre.

— Les arbres, dis-je dans un souffle.

— Exactement, répliqua-t-il avec un sourire inconscient. Je savais que ces chênes étaient dotés d'un pouvoir spécial.

— Mais comment saviez-vous qu'ils se trouvaient aussi à Partholon ? m'étonnai-je.

— Ils me l'ont dit, répondit-il simplement. Je suis entré en contact avec eux et ils ont essayé de vous appeler à moi.

Il fronça les sourcils.

— J'ai éprouvé un sentiment de découragement, au début. J'arrivais à percevoir votre présence, mais c'était une sensation morcelée, vague, comme si vous n'entendiez pas vraiment mon appel.

— Et je ne l'entendais pas. Mais Epi, oui.

Je ne pus empêcher ma voix de trembler de colère.

— Epi ?

— Ma jument. Attention, pas de méprise ! Ce n'est pas juste un cheval. C'est l'incarnation équine d'Epona. Disons que je lui appartiens autant qu'elle m'appartient. C'est elle qui a été attirée vers les chênes, pas moi.

Je me remémorai la scène.

— Quand on est arrivés dans la clairière, elle a eu un comportement très bizarre. Comme si elle avait peur de quelque chose.

Clint passa distraitement une main dans ses cheveux.

— Je comprends maintenant pourquoi j'ai eu tant de mal à avoir prise sur vous.

— Prise sur moi ?

Il me fixa de ses yeux sombres.

— Grâce à Rhiannon, votre sensation m'était familière.

J'ouvris la bouche pour protester, mais il me précéda.

— Je sais, vous êtes différentes. Pourtant, c'est comme si vous faisiez partie d'un tout.

Il secoua la tête.

— C'est difficile à décrire.

Je lui jetai un regard sceptique.

— Tout le monde possède une aura. Même les scientifiques acceptent l'idée, aujourd'hui.

Je fis un signe affirmatif.

— Quand j'entre en relation avec les arbres de la forêt, poursuivit-il, je distingue très nettement les auras. Et je suis capable d'en chercher une que je connais. Votre aura et la sienne sont presque identiques, acheva-t-il simplement.

Un goût de bile amère reflua dans ma gorge.

— D'accord, vous m'avez trouvée grâce à mon aura, qui doit ressembler à celle d'Epi puisque vous avez eu prise sur elle. Et ensuite ?

— Rhiannon m'a expliqué qu'il existait des ouvertures entre les mondes et qu'une fois qu'on en avait trouvé une, il était possible de glisser d'une dimension à l'autre.

— Je vois. Et ces chênes en sont une ?

— Disons qu'ils en délimitent une. Je me suis rendu dans la forêt, près des arbres, et je me suis concentré sur votre aura. Et quand vous avez posé vos mains sur les troncs, vous êtes entrée dans cette dimension. Je n'avais plus qu'à vous saisir et vous tirer à moi.

— Vous voulez dire que vous m'avez attrapée *à travers* les arbres ?

Il opina d'un air contrit. Voilà pourquoi j'avais eu la sensation d'être littéralement happée !

— Les paumes reposant sur l'écorce des chênes, je me suis efforcé de visualiser une sorte de lance-pierres spirituel qui propulserait Rhiannon là-bas et vous renverrait en retour. Brusquement, mes mains se sont enfoncées dans le bois et j'ai senti les vôtres. Alors, j'ai tiré.

— Super, le coup du lance-pierres…, grommelai-je. Il suffit de l'utiliser dans l'autre sens.

Le long silence qui suivit mes paroles me donna soudain le vertige.

— Clint ?

Pas de réponse. Je sentis mon estomac se nouer.

— Clint ?

— Je ne sais pas, murmura-t-il enfin.

— Eh bien, moi, je sais. On va trouver.

Rejetant l'édredon avec détermination, je commençai à me lever. Bizarrement, j'entendis l'océan déferler dans la chaumière, et le monde cessa d'être en technicolor pour passer au noir et blanc.

— Oooooh ! gémis-je tandis que la pièce se mettait à tanguer dangereusement.

Des bras solides me rattrapèrent et me guidèrent doucement vers le lit.

— Les chênes seront toujours là demain, murmura une voix grave près de mon oreille.

Je battis des paupières pour tenter de discerner la silhouette floue penchée sur moi.

— Je veux juste rentrer à la maison, chevrotai-je.

— Je sais, Shannon, ma chère, dit-il doucement. Et dites-moi, combien de temps a duré votre état de faiblesse lors du précédent voyage interdimensionnel ?

Péniblement, je tentai de rassembler mes idées.

— Deux jours, je crois, marmonnai-je. Et… euh… je ne suis pas votre chère Shannon.

Clint ignora ma remarque.

— Dormez. Vous avez besoin de récupérer vos forces. N'oubliez pas : vous devez être assez solide pour supporter le voyage de retour.

Ces balades entre les dimensions étaient atroces. Soudain, je sentis l'épuisement me terrasser. Clint avait raison, j'avais besoin de repos. Surtout, murmura une petite voix en moi, que tu n'es plus seule, maintenant. Un instant, mon cœur cessa de battre. Peut-être que je risquais de blesser le bébé, avec tous ces allers et retours ? Une vague de nausée délicieusement familière me submergea.

Une main chaude effleura mon front pour écarter une boucle et je tressaillis.

— Bonne nuit, Shannon.

J'entendis Clint enlever le plateau. Entre mes paupières entrouvertes, je le vis se diriger vers la cuisine, puis en ressortir, une tasse de café à la main. Tirant doucement le rocking-chair près de la cheminée, il s'y installa avec raideur et son visage se crispa brièvement quand il se pencha pour allumer la lampe. Visiblement, son ancienne blessure le faisait encore souffrir. Mon esprit engourdi se demanda quel était cet accident dont il avait été victime.

Puis le sommeil m'emporta et la dernière image que je vis fut la couverture du livre que tenait Clint. Le titre était quelque chose du genre *Les Mystères de l'Oklahoma*.

Dieu du ciel ! Tout un programme.

3.

Je flottais dans un brouillard agréable. Un vers de Shakespeare traversa fugacement ma conscience : *O murderous slumber...*

Une inquiétude vague m'étreignit, mais impossible de me réveiller pour réfléchir au problème. Je m'enfonçai un peu plus dans la brume cotonneuse et atteignis bientôt les rives de ce pays des rêves dont je raffolais d'habitude. Sauf que là, dès que les premières images se formèrent, je sus que l'expérience serait différente de tout ce que j'avais connu.

Des visions fragmentées défilèrent contre un écran d'un noir opaque. J'essayai d'identifier les étranges silhouettes fantomatiques qui apparaissaient et disparaissaient aussitôt, mais je fus incapable de reconnaître ces créatures mi-centaures, mi-démons, mi-hommes.

Mon inconscient frissonna et tenta de prendre le contrôle de ces images, comme il avait toujours su le faire par le passé. Mais le cauchemar avait chassé les jeux plaisants du rêve. Je me rassurai en pensant que je pouvais m'éveiller à volonté. Puis les scènes éparses fusionnèrent, se densifièrent, devinrent absurdement familières. J'eus l'impression d'assister à un remake de la bataille finale qui avait opposé le peuple de Partholon et les Fomores. Sauf que cette fois, Epona n'intervenait pas — et que l'affrontement tournait à notre désavantage. Les cadavres des Centaures et des hommes tués au cours des combats se levaient, tels des zombies, pour être de nouveau assassinés.

Certains n'avaient que des yeux, d'autres que des bouches aux dents acérées. D'autres, encore, étaient incroyablement beaux, comme s'ils avaient été touchés par la grâce divine. Irrésistiblement, mon âme s'éloigna d'eux.

Je n'assistai pas à ma propre mort, mais je vis Alanna, Carolan, Victoria, Dougal tomber les uns après les autres sous les griffes des Fomores. Tandis que la bataille faisait rage, ils ressuscitaient pour mourir encore et encore. Soudain, j'aperçus le Maître des Ténèbres, le Seigneur des Fomores — Nuada. ClanFintan faiblissait sous ses coups et je le vis, impuissante, s'effondrer à terre dans une mare de sang.

Se détournant du cadavre dépecé de mon époux, Nuada se dirigea vers un guerrier isolé que je reconnus aussitôt. C'était le père de Rhiannon, le double de mon propre père dans l'autre monde.

Dans un sifflement horrible, le monstre ailé trancha le cou de MacCallan, détachant littéralement la tête du corps. Le hurlement qui montait dans ma gorge éclata et résonna à l'infini contre les parois du cauchemar. Nuada fit volte-face, scrutant le champ de bataille comme s'il cherchait quelqu'un. Puis un rictus tordit ses traits et il se redressa de toute sa taille, étendant ses ailes monstrueuses. Une bave mêlée de sang coulait de sa gueule atroce. « Femme ! hurla-t-il. J'ai entendu ton appel. A jamais, nous serons enchaînés l'un à l'autre. Où que tu ailles, je te suivrai ! »

La terreur me paralysa et je poussai un cri désespéré qui m'éveilla brutalement.

— Shannon ! Shannon !

Des bras solides m'enlaçaient fermement. Haletante, j'ouvris les yeux. Le beau visage aux traits si familiers était penché sur moi, le front barré de rides soucieuses. Le désir lancinant de revoir ClanFintan m'étreignit douloureusement. J'esquissai un pâle sourire.

— Ça va, soufflai-je, encore tremblante.

— Un mauvais rêve ?

J'acquiesçai lentement, tout en essayant de me dégager de son étreinte. A regret, il me libéra.

— Un cauchemar.

Le mot était aussi étrange sur mes lèvres que l'expérience l'était pour mon esprit.

— Voulez-vous boire quelque chose ? Un verre d'eau ? Du thé ?

Je hochai la tête.

— Non, je vous remercie. Tout va bien.

— Vous êtes sûre ?

Il me fixait de ses yeux intenses et, pour ne pas le blesser, j'ajoutai doucement :

— Merci, vraiment. Je suis tout simplement épuisée. Je vais me rendormir, je crois.

Il regarda sa montre.

— L'aube n'est que dans quelques heures.

— Merci, répétai-je en lui tournant le dos et en me blottissant contre le mur.

Après un instant d'hésitation, il quitta le lit et se réinstalla sur sa chaise. Je me demandai s'il avait décidé de me veiller toute la nuit, puis je haussai légèrement les épaules. En fait, je m'en moquais. Il pouvait passer ses nuits comme il le voulait. Demain, je serai rentrée chez moi, près de mon mari et de mon peuple.

Pourtant, une inquiétude sourde persistait au fond de mon âme. Jamais, je n'avais eu de cauchemar. Jamais.

J'étais en sixième quand j'avais réalisé que personne d'autre n'était capable de maîtriser les rêves comme moi. Toujours, j'avais su leur donner la forme qui me plaisait, et c'était aussi grâce à eux qu'Epona m'emmenait dans ses périples spirituels à travers Partholon.

L'expérience de cette nuit était totalement nouvelle pour moi. Ça n'avait rien à voir avec le Sommeil Magique que provoquait parfois la Déesse. J'en étais certaine. Les images qui avaient défilé derrière mes paupières closes n'appartenaient à aucune réalité.

A aucun monde. Ce n'étaient que des visions absurdes, aussi improbables que le croque-mitaine ou la petite souris qui passe quand on perd une dent. Ces allers-retours entre les dimensions avaient dû détraquer quelque chose dans mon esprit, et désormais, j'avais de mauvais rêves, comme tout le monde.

Rien de plus. Vraiment.

Je pressai fermement mes paupières et m'obligeai à oublier ces ténèbres inquiétantes que j'avais cru percevoir à Partholon. Que j'avais senties près de moi au moment où Clint m'avait attirée à lui à travers les chênes.

Des ténèbres qui semblaient fasciner Bres et Rhiannon. Oh, et puis assez ! J'inspirai et expirai profondément, refoulant les bribes de pensées qui se présentaient à mon esprit.

La fatigue enfin fut la plus forte et je sombrai cette fois dans un sommeil de plomb. Demain... Demain serait un autre jour.

4.

Les drilles joyeuses d'un oiseau-moqueur me réveillèrent.

— Oh, la barbe ! grommelai-je en me frottant les yeux.

En fait, à Partholon, j'avais toujours eu la nostalgie des oiseaux-moqueurs de l'Oklahoma et de leur pépiement étourdissant.

— Bonjour, ma chère Shannon !

Visiblement frais et dispos, Clint acheva d'enfiler un épais pull de laine.

— Je ne suis pas votre chère Shannon, bougonnai-je.

Il rit de bon cœur. C'était un homme du matin. Comme mon mari. Sauf que Clint appartenait à la catégorie « casse-pieds », pas « homme de ma vie ». Rejettant l'édredon, je descendis du lit avec précaution et enroulai soigneusement une couverture autour de mon corps à demi nu.

— Les toilettes pour femmes, c'est par où ?

— Derrière la cuisine.

Du pouce, il désigna la direction.

— Vous trouverez une brosse à dents pour vous, dans la salle de bains. Et quelques vêtements qui appartenaient à Rhiannon.

Rapidement, il évalua ma silhouette d'un regard précis qui me donna l'impression de transpercer la couverture.

— Ça ira, lança-t-il joyeusement. Surtout, faites comme chez vous.

— Oui..., marmonnai-je en resserrant les pans de ma couverture.

— Je nous prépare des œufs et du café.

A la seule mention de la nourriture, mon estomac se rebella. Ce qui, paradoxalement, me fit sourire. Bébé se portait bien.

— Pour moi, du thé et quelques toasts iront très bien, lançai-je par-dessus l'épaule. Et ne vous embêtez pas, je me les préparerai.

Sidérée, j'ouvris des yeux ronds. Clint était déjà en train de faire le lit. Un maniaque de l'ordre, en plus ? Il ne manquait plus que ça. Secouant la tête avec incrédulité, je traversai rapidement la petite cuisine immaculée et gagnai la salle de bains.

Etonnamment spacieuse et confortable, la pièce était pourvue d'une douche de taille respectable, d'une mignonne petite baignoire à pieds et... Oh, joie de la civilisation ! De tonnes de papier toilette. Je soupirai d'aise.

Outre les oiseaux-moqueurs, les installations sanitaires modernes faisaient partie des choses qui m'avaient le plus manqué à Partholon.

Près du lavabo, j'avisai des vêtements soigneusement

pliés. Respectueusement, je passai la main sur le cuir lisse et souple du pantalon. Le pull en cachemire à col en V portait une étiquette Giorgio Armani et une fine bordure en vison faisait ressortir sa couleur d'automne. Délicatement, je saisis une minuscule culotte et un arachnéen soutien-gorge en dentelles.

— C'est sûr, Rhiannon, tu as une attirance pour les strings, grommelai-je en faisant tournoyer la chose quasi inexistante entre mes doigts.

Ce qui constituait l'une de nos nombreuses différences. Rhiannon détestait tout ce qui pouvait voiler un tant soit peu son anatomie. Moi, je craignais les courants d'air, même si j'étais loin de militer pour le pull à col roulé ou la robe-chasuble. Et j'avais une nette préférence pour les culottes qui ne vous cisaillaient pas les fesses.

Je ne résistai pas plus longtemps à l'appel de la douche et barbotai avec délices pendant une éternité sous le jet brûlant. Se brosser les dents deux fois et achever le récurage avec du fil dentaire, ce fut une expérience quasi religieuse. Dans le placard sous le lavabo, je découvris un sèche-cheveux et le stock de maquillage accumulé par Rhiannon. Ma parole, elle avait dévalisé les entrepôts Chanel ! Tout au fond d'un carton, je dénichai la barrette idéale pour maintenir ma sauvage chevelure rousse.

J'enfilai ensuite le sublime pantalon de cuir et ne pus m'empêcher d'éclater de rire. La fermeture Eclair avait été remplacée par un lacet de cuir. Rhiannon avait dû le faire faire spécialement.

Je souris à mon reflet dans le miroir. Le pull — tout

comme le pantalon — m'allait à la perfection, j'ose le dire. Ça, c'était une chose qu'on ne pouvait pas refuser à Rhiannon : elle savait mettre nos appas en valeur. J'achevai mon inspection en constatant qu'il me manquait une paire de chaussettes.

Je quittai la salle de bains transformée en étuve et parcourus sur la pointe des pieds le carrelage glacé de la cuisine. Clint me tournait le dos. Penché au-dessus du fourneau, il s'affairait à un plat que mes narines ultra-sensibles identifièrent comme des œufs brouillés au fromage. Je m'approchai de la lourde table en chêne sur laquelle étaient posés des toasts encore chauds. J'en grignotai un du bout des lèvres, puis me raclai la gorge. Clint sursauta et tourna vivement la tête. Un large sourire éclaira son visage lorsqu'il m'aperçut. Puis son corps se raidit. Lentement, les commissures de ses lèvres s'abaissèrent et ses yeux sombres me fixèrent avec une intensité qui me coupa le souffle. Saisie, je restai là, la main immobilisée devant ma bouche. Ce regard... Ce regard, ma chair le connaissait jusque dans ses recoins les plus intimes. C'était celui, noir de désir, de mon mari.

Stop ! hurla ma raison, heureusement impartiale. Clint n'est pas ClanFintan. Je recommençai à respirer et parvins à détourner les yeux.

— Je... euh... Auriez-vous du thé ? demandai-je, la bouche pleine et les yeux obstinément fixés sur mes pieds nus.

— Oui. J'ai mis de l'eau à chauffer.

J'ignorai délibérément le tremblement de sa voix.

— Génial. Je vais le préparer.

Clint retrouva subitement l'usage de ses membres. D'un geste légèrement désordonné, il attrapa la théière suspendue au mur et la posa sur la table.

— Le thé est dans le garde-manger, dit-il d'une voix sourde.

— Merci, répondis-je en continuant à enfourner consciemment les tartines dans ma bouche.

— Vous voulez des œufs ?

— Je crois que je vais me contenter de pain grillé et de confiture. Mon estomac n'est pas au mieux de sa forme.

Sans trop savoir pourquoi, je n'avais pas la moindre envie d'avouer mon état de femme enceinte.

— Comme vous voulez, rétorqua-t-il sèchement en se servant généreusement d'œufs brouillés.

Le nez légèrement froncé, j'examinai l'omelette et repérai des morceaux de saucisse, des champignons et du fromage. Mon cœur chavira et je le stabilisai en me concentrant sur le pot de confiture. Nous mangeâmes dans un silence gêné. Il évitait mon regard et j'évitai le sien.

Lorsqu'il se resservit du café, je pris un toast dans la corbeille.

— Ils sont bons, dis-je aimablement en agitant la tranche devant moi. C'est de la brioche faite maison ?

Le nez dans sa tasse, il répondit par un vague grognement. Je poussai un soupir. Ce jeu de cache-cache ne servait à rien. Autant affronter la réalité. Je m'éclaircis la gorge.

— Je suppose que de me voir dans les vêtements de Rhiannon a dû vous faire un choc, non ?

Son regard remonta lentement vers moi.

— Je ne dirais pas un choc.

— Ah… Pourtant, vous aviez l'air choqué.

— Vraiment, ma chère Shannon ?

Un sourire amusé flottait à présent sur ses lèvres.

— Non, je n'ai pas éprouvé de choc.

— Oh, euh…

Je déglutis avec difficulté. Les yeux de Clint se posèrent sur moi, chauds et graves. La sincérité et la franchise que j'y lus me rappelèrent tellement ClanFintan que mon cœur se serra douloureusement.

— Le thé est délicieux aussi, lançai-je avec un enjouement factice.

— Merci, dit-il, avant d'ajouter avec un sourire : Vous avez quelque chose de coincé entre les dents.

— Super ! soupirai-je, faussement désolée, avant d'aspirer bruyamment comme une digne fille du fin fond de l'Oklahoma.

Clint rit légèrement et revint à ses œufs. Ouf, la tension s'était dissipée… Nous achevâmes notre petit déjeuner dans un silence plus amical.

Après avoir rapidement débarrassé et fait la vaisselle, Clint se dirigea vers l'armoire placée entre la cuisine et la salle de bains.

— Tenez…

Il me tendit une paire de chaussettes épaisses et des bottes de cavalière en cuir fin. Je lui adressai un sourire reconnaissant.

— Merci, mes doigts de pied étaient littéralement congelés.

— Vous auriez dû me le dire plus tôt, répliqua-t-il d'un ton bourru en sortant deux parkas du placard.

— Bah, rien de grave, vous savez, rétorquai-je avec désinvolture, légèrement troublée par le souci qu'il prenait de ma santé.

Clint hocha la tête.

— Il fait particulièrement froid pour la saison. Je crois même qu'il neigera ce soir ou demain.

— Dieu du ciel ! De la neige en Oklahoma, au mois de novembre !

Clint s'approcha de moi et me tint la parka ouverte pendant que je l'enfilai, vaguement gênée. Je me gourmandai. Vraiment, j'étais ridicule. Après tout, il ne faisait que se comporter en gentleman. Sauf que son corps était beaucoup trop près du mien.

— Surprenant, oui, cette neige en novembre..., murmura-t-il au creux de mon oreille.

Son souffle chaud caressa ma joue et je m'écartai vivement.

— Prête ! tonitruai-je en achevant de remonter la fermeture éclair, pour masquer mon trouble.

— J'avais oublié que vous étiez pressée.

Sa voix était soudain tendue et je levai les yeux. De nouveau, je notai les fins sillons autour des yeux et les fils argentés dans la chevelure couleur de jais. La plaisanterie que je m'apprêtai à lancer mourut sur mes lèvres.

— Je ne suis pas Rhiannon, Clint, dis-je doucement.

— Et je ne veux pas que vous le soyez.

— Peut-être, rétorquai-je soudain agacée. Mais en me voyant, c'est à elle que vous pensez.

— Vous vous trompez. Je n'ai plus eu envie de Rhiannon depuis le moment où j'ai compris sa vraie nature.

Je ne sus que répondre. Ses yeux se posèrent sur les miens et leur tristesse me bouleversa. Une boule se noua dans ma gorge. Mon Dieu, comme il était difficile d'être près de cet homme et de rester insensible à ce qu'il éprouvait ! Plus j'apprenais à le connaître, plus les traits communs entre ClanFintan et lui m'apparaissaient.

Et je pouvais toujours me dire qu'il était plus distant, plus sérieux, mais il suffisait que je remonte six mois en arrière pour me souvenir de ce Centaure ultra-sexy qui se tenait loin de moi et me contemplait de ses yeux graves.

« Jusqu'au jour où tu l'as aimé, me rappela une petite voix. Jusqu'au jour où tu lui as montré que tu n'étais pas Rhiannon. » Clint, lui, le savait déjà.

Là, j'étais en train de divaguer. Il était temps que je réagisse.

— Je dois rentrer, affirmai-je avec force.

Et faisant volte-face, je marchai résolument vers la porte.

— Je sais, Shannon.

En quelques enjambées souples, il me rejoignit près de la porte qu'il ouvrit devant moi. Je sortis dans l'aube brumeuse de l'Oklahoma.

— Brrr !

Je relevai le col de mon manteau.

— Vous êtes sûr qu'on est seulement le premier novembre ?

— Au lendemain de Samhain, oui.

— Vous voulez dire Halloween ?

Je haussai un sourcil condescendant.

— Non, ma chère.

Clint dévala les quelques marches qui descendaient du porche avec une agilité qui me surprit. Je me souvenais encore de la raideur de ses mouvements, la nuit dernière. La forêt commençait littéralement au bas de l'escalier. Aspirant à pleins poumons l'air froid et humide du matin, il se tourna vers moi avec détermination.

— C'est bien Samhain que je voulais dire. Je n'ai pas besoin de venir de Partholon pour connaître le mystère des saisons et de la nature.

— Désolée, rétorquai-je, vexée de constater quelle snob j'étais devenue. En fait, je pensais que Samhain avait un petit côté archaïque, ici.

— Shannon, ma chère, rien de ce qui est en harmonie avec la nature n'est archaïque, répondit-il doucement en s'engageant sur un sentier à peine visible, sur notre droite.

Je me hâtai de le rattraper en pestant intérieurement contre les hommes et leur maudit ego.

— Vous dites ? lança-t-il par-dessus son épaule.

— Rien, bougonnai-je, avant d'ajouter : Combien de kilomètres jusqu'à la bulle interdimensionnelle ?

Il se mit à rire.

— Une bulle… Jolie description, ma foi. Non, ce n'est pas trop loin.

Il se baissa pour passer sous une branche basse.

— Je dirais une heure de marche rapide, à peu près.

Je n'osais même pas imaginer ce que pouvait signifier « loin ».

— On ne peut pas y aller en voiture ? m'enquis-je en retirant une toile d'araignée de mes cheveux et en farfouillant hystériquement à la recherche de sa propriétaire.

— Impossible de faire passer une voiture ici.

— Dommage que vous n'ayez pas de chevaux, repris-je, songeuse.

— Je n'aime pas les chevaux, répliqua-t-il, sur la défensive.

— Pardon ?

Je n'étais pas sûre d'avoir correctement entendu.

— Je n'aime pas les chevaux, répéta-t-il sèchement. Jamais aimé ça.

Malgré moi, mes gloussements dégénérèrent très vite en un fou rire incontrôlable.

— Qu'est-ce qu'il y a de drôle, bon sang ?

— Rhiannon…, hoquetai-je en essuyant mes larmes, Rhiannon ne vous a rien dit de particulier sur les habitants de Partholon ?

Ah, elle était bonne, celle-là ! Enfin, quoi ! Clint n'aimait pas les chevaux, et son double à Partholon appartenait pour moitié à l'espèce chevaline.

— Non, répondit-il, déconcerté. Elle m'a expliqué qu'elle avait fui ce monde pour ne pas être obligée d'épouser quelqu'un qu'elle n'aimait pas. Et parce que des êtres démoniaques s'apprêtaient à attaquer le pays. C'est tout.

Il me lança un regard curieux, en dépit de sa moue ennuyée qui s'accentuait chaque fois que le rire me reprenait.

— Clint, Rhiannon ne voulait pas épouser ClanFintan parce que ça aurait fait tache sur son CV de garce. Elle n'est pas précisément la femme d'un seul homme.

Même si l'homme en question était un Centaure et un Grand Chamane, ajoutai-je en moi-même.

— Ça, j'avais compris.

Le ton glacial de sa voix me calma. Il ne fallait pas que j'oublie qu'il avait été manipulé et blessé par mon double. J'avais manqué de tact. Pourtant, je devais commencer à avoir l'habitude du chaos que cette écervelée laissait chaque fois derrière elle.

— Donc, qu'est-ce qu'il y avait de drôle ?

— Eh bien… euh…, balbutiai-je. Disons que votre image-miroir à Partholon est un… un cavalier émérite.

On pouvait même dire qu'il avait ça dans le sang. Je gloussai de nouveau.

— Ça prouve simplement que les doubles peuvent être différents. Comme vous me l'avez expliqué à propos de Rhiannon et de vous.

Il haussa les sourcils et, à cet instant, ressembla tellement à ClanFintan que mon cœur fondit, et je lui décochai un sourire plein de tendresse. Vraiment, il était trop mignon, cet homme !

— Exactement, dis-je en approuvant frénétiquement de la tête.

Troublée par mon accès inopiné de gaieté, Clint reprit la marche et faillit heurter une branche. Je me détournai et me mordis l'intérieur de la joue pour retenir l'éclat de rire qui montait de nouveau irrésistiblement en moi.

Un peu plus loin, le sentier obliquait abruptement à gauche avant de se diriger droit sur la montagne. Je commençais à ahaner et me concentrai sur mes pas. Pas étonnant qu'on n'ait jamais pensé à faire une poupée Barbie randonneuse.

Le chemin était raide et Clint marchait à bonne allure. Peu à peu, je constatai avec plaisir que ma respiration se stabilisait et que je parvenais même à avancer sans trop de peine. En réalité, plus nous nous enfoncions dans la forêt, plus mon énergie renaissait. Je goûtai avec une satisfaction délicieuse le fonctionnement lisse et souple de mes muscles.

J'éprouvais un tel bien-être que je pus prendre le temps de regarder autour de moi. Le sous-bois était dense et enchevêtré. Les chênes et les mûriers se mêlaient harmonieusement aux pins et aux genévriers. Etroitement entrelacées, leurs branches laissaient apparaître çà et là quelques pans couleur ardoise du ciel matinal. Le sol était jonché de feuilles mortes, de branchages cassés et d'épines — comme si les fées des forêts avaient oublié de faire le ménage.

Soudain, j'entendis un murmure. D'abord, je crus que c'était le vent dans les branches. Puis je levai les yeux et constatai que rien ne bougeait ou frémissait au-dessus de ma tête. Je contournai un arbre au tronc particulièrement massif, qui bloquait une partie du sentier, et mon coude frôla l'écorce rugueuse.

Bienvenue, ô Elue.

Le souffle impalpable se solidifia en mots perceptibles dans mon esprit et je me figeai.

— Shannon ?

Quelques pas plus loin, Clint s'était également arrêté.

— Euh... j'ai entendu quelque chose, déclarai-je sottement.

Il regarda vivement autour de lui, les sourcils froncés, avant de répliquer :

— Il n'y a personne ici.

— Non. J'ai entendu quelque chose là.

Et je désignai ma tête.

Les yeux brillant d'excitation, Clint dévala le chemin vers moi.

— Qu'avez-vous entendu ?

— Une voix qui m'accueillait.

Ma voix se brisa légèrement.

— Qui m'appelait Elue.

Le nom que m'avait donné ma Déesse, ajoutai-je en moi-même.

Clint scruta les alentours.

— Ce doit être celui-là, annonça-t-il en désignant le vaste tronc.

Il retira le gant de sa main droite et s'approcha de l'arbre. Lentement, il plaça sa paume contre l'écorce et ferma les yeux. Les rides soucieuses s'effacèrent de son front et ses lèvres se relevèrent dans un demi-sourire. Ouvrant les yeux, il m'invita d'un geste à le rejoindre.

Me souvenant de la secousse électrique que j'avais reçue la dernière fois que j'avais tenté d'« écouter » un arbre, je reculai. Clint me rattrapa par la manche et fermement, posa ma main contre le tronc.

Je me raidis. Mais au lieu du choc auquel je m'attendais, je sentis une chaleur agréable se diffuser à travers ma paume et se répandre dans tout mon corps. C'était une chaleur vivante et douce comme celle de la peau, et pleine d'émotion — comme si je venais de rencontrer un vieil ami.

Salut à toi, ô Elue d'Epona !

Cette fois, impossible de se méprendre. Ce n'était pas le vent. Les mots résonnaient clairement dans mon esprit.

— Oh, murmurai-je, émerveillée, en pressant l'autre main sur l'écorce. Vous savez qui je suis !

Oui, Elue…

La voix irréelle émit un son qui ressemblait à un rire cristallin.

— Oh, Clint !

Je le regardai, bouleversée, et posai ma joue contre le bois rude.

— Il me connaît.

Des larmes humectèrent mes yeux et je reniflai, profondément heureuse d'entendre de nouveau ce nom d'Elue que j'avais appris à chérir.

— C'est la forêt qui vous parle, affirma Clint, le visage rayonnant.

J'acquiesçai joyeusement.

— S'ils savent qui je suis, alors, ils m'aideront à rentrer à Partholon !

Et fermant les yeux, j'adressai une prière silencieuse à l'arbre.

— Alors, reprenons notre route.

Surprise par le ton sec de sa voix, je rouvris les yeux et dévisageai mon compagnon. Sous mes paumes, je sentis les vibrations de sa tristesse se prolonger à l'intérieur de l'arbre. Caressant l'écorce une dernière fois, je murmurai au chêne, lèvres closes : il n'est pas mon mari… il n'est pas mon mari… pas mon mari. Puis je laissai retomber ma main et m'éloignai à regret.

— Vous avez raison, dis-je en me contraignant à refouler l'émotion étrange que la présence de cet homme provoquait en moi. Reprenons la route.

Clint opina avec brusquerie et se remit à marcher sans un mot. Je réglai de nouveau mon pas sur le sien et écoutai avec surprise les murmures qui affluaient de toutes parts dans mon esprit.

Salut, Epona !

Bonjour à toi, Elue !

Que la grâce soit sur toi !

Bienvenue, Elue d'Epona !

Je fus submergée de joie en entendant ces paroles d'accueil et de reconnaissance, et je laissai mes doigts caresser les troncs et les branches les plus proches du sentier. Chaque fois, je sentais la chaleur s'insinuer à travers ma peau et irradier mon corps. Très vite, je m'aperçus que mes forces en étaient décuplées.

— Hé ! lançai-je en direction du dos raide de Clint. Ces arbres me communiquent leur puissance.

— Je sais, répondit-il laconiquement, sans ralentir le pas, ni tourner la tête.

Je m'approchai d'un tronc noueux et moussu, et posai ma main sur lui. Zap ! Une chaude bouffée d'énergie pure m'envahit.

— Waouh ! Je suis une Wonder Woman !

J'appliquai ma main brûlante contre ma joue. Si je n'avais pas attaché mes cheveux, ils se seraient dressés tout crépitants autour de moi.

Sans prévenir, Clint fit volte-face et me regarda.

— Non, vous n'êtes pas une super-héroïne. Vous êtes une déesse.

Soufflée, je le dévisageai, bouche bée.

— Oui, murmurai-je en sentant mon cœur battre la chamade au moment où je prononçai ces mots. Je suis divine. Divine par choix, pas par erreur.

Clint plongea ses yeux noirs de désir dans les miens. Je frissonnai, mais ne bougeai pas. Lentement, il détourna la tête.

— C'est par là, annonça-t-il d'une voix rauque, en désignant la droite du chemin.

Nous allions nous enfoncer encore plus dans la forêt ! J'ignorai la mine sombre de mon compagnon et quittai le sentier. Nous n'avions pas fait une centaine de pas que nous débouchâmes dans une petite clairière. J'ouvris des yeux ronds.

La même qu'à Partholon…

Le même petit ruisseau clair serpentait en gargouillant dans l'herbe. Les mêmes chênes des marais se dressaient, larges et majestueux, un peu plus loin. Fascinée, j'admirai les feuilles d'un vert vif qui semblaient défier le froid de ce mois de novembre, et les branches vigoureuses qui s'entrelaçaient, comme si les arbres avaient fini par se fondre l'un dans l'autre, au fil du temps. Lumineuse et douce, la mousse qui recouvrait les troncs appelait irrésistiblement le contact.

Nous nous approchâmes sans un mot. Je ne remarquai pas tout de suite le silence étrange qui pesait sur la clairière, comme si les oiseaux avaient disparu. Tel un aimant, j'étais irrésistiblement attirée vers les chênes et je ne m'arrêtai que lorsqu'ils furent à portée de main. Alors seulement, je parvins à détacher mon regard et à me tourner vers Clint.

— Et maintenant ?

Ma voix était basse et tendue.

— Tout d'abord, commença-t-il d'un ton paisible, je me suis concentré pour aspirer l'énergie de la forêt et la façonner en forme de boule à l'intérieur de moi.

Je levai un sourcil surpris. Un sourire éclaira brièvement son visage.

— Moi aussi, je suis sensible au pouvoir de cette forêt. Pas autant que vous, bien sûr, mais je suis capable de m'en servir. En général, pour renforcer mon corps.

— Euh… comme la Tornade des X-Men qui se sert de la force du vent pour voler et faire toutes sortes de trucs ?

— Pas exactement.

Ses yeux pétillèrent de malice.

— Plutôt comme si j'avais trouvé une super crème pour mon dos.

Je comprenais mieux, maintenant, pourquoi il m'avait paru si agile tandis que nous suivions le sentier.

— Bien, reprit-il avec sérieux. Après avoir emmagasiné le plus d'énergie possible, je me suis concentré sur Rhiannon et sur les raisons pour lesquelles elle devait quitter ce monde. Ensuite, j'ai dirigé mon attention sur votre aura en essayant de vous appeler à moi.

Il haussa comiquement les épaules.

— Sauf que ce n'est pas avec vous que je suis entré en contact, mais avec votre jument.

— Euh… Je vous ai entendu quand je suis arrivée près des arbres, précisai-je pour le consoler.

— Hum… Oui, passons. Donc, une fois ma concentration ancrée sur Rhiannon et sur vous, j'ai saisi vos poignets dès que je les ai sentis. Et j'ai tiré.

Il mima le geste avec ses mains, puis fronça les sourcils.

— Je ne sais pas pourquoi Rhiannon n'a pas été affectée. Enfin, vous, vous êtes là.

— Oui, bon…

Je m'avançai résolument vers les chênes.

— Cette fois, pas besoin de se concentrer sur cette enquiquineuse. Qu'elle aille rôtir en enfer, si ça lui chante. Moi, je rentre au bercail.

J'enjambai le ruisseau, exactement comme je l'avais fait à Partholon, puis je levai les mains et les posai délicatement sur la mousse aux reflets d'émeraude.

La chaleur qui afflua dans mon corps me fit frissonner par son intensité. Je serrai les dents et me tournai vers Clint.

— Je crois qu'on ne manquera pas d'énergie. J'ai l'impression que je pourrais sauter par-dessus tous les murs du monde.

— Pensez à Partholon, rétorqua Clint, d'un ton grave.

Sa voix avait les mêmes nuances que celle de ClanFintan et je relevai vivement la tête, m'attendant presque à découvrir mon mari. Mais non, c'était son double, seulement son double que j'avais sous les yeux.

— Allez-y, Shannon, ma chère.

J'entendis à peine sa voix à travers le bourdonnement puissant émis par les arbres.

— Partez le retrouver. Rentrez chez vous.

— Merci, murmurai-je en sentant des larmes inattendues rouler le long de mes joues.

Puis je pressai mes mains plus fermement, baissai la tête et plongeai mon regard dans l'eau fraîche du ruisseau. C'était à travers elle que j'avais aperçu ce monde-ci. Donc, logiquement, ça devait marcher dans l'autre sens, non ?

Je me concentrai. Ce fut Epi qui surgit la première dans mon esprit. Je laissai ma mémoire évoquer son museau velouté, ses yeux de princesse égyptienne dont le brun liquide semblait refléter le meilleur de moi-même chaque fois que je m'y mirais. Alanna apparut ensuite, avec sa douceur, son humour, sa paisible efficacité.

Puis ClanFintan s'imposa. Je me souvins de ses efforts pour ne pas tomber amoureux de moi lorsqu'il me prenait encore pour Rhiannon. De la tendresse et de la passion avec lesquelles il m'aimait et me protégeait. De la façon dont il écartait doucement une mèche rebelle, avant d'enserrer mon visage dans la coupe de ses mains. De la chaleur de ses lèvres quand il se penchait pour cueillir les miennes.

J'appuyai plus fortement mes doigts. Sous mes paumes, le bois résista, rigide et impassible. Poussant un soupir d'exaspération, je laissai retomber mes mains.

— Ça ne marche pas.

Je me tournai vers Clint.

— Vous devez intervenir. Je veux dire, vous m'avez amenée ici… Il faut peut-être que vous participiez à mon retour.

Je désignai un point en face de moi.

— Placez-vous là, dans la même position. Et essayez de penser à cette histoire de lance-pierres dont vous m'avez parlé.

Clint opina de la tête et contourna le premier chêne pour venir s'installer face à moi, de part et d'autre du ruisseau.

— Prêt ? demandai-je.

De nouveau, il acquiesça et, ensemble, nous levâmes les mains jusqu'à les poser sur les arbres. Je fixai mes yeux sur les siens, sombres et denses. L'énergie des arbres déferla en moi, et je m'aperçus que je pouvais sentir à travers elle les battements du cœur de Clint et la pulsation de son sang. C'était comme si j'étais directement reliée à sa force de vie. Clignant des yeux, je vis un éclat bleu l'auréoler peu à peu et prendre des reflets ambrés sur les bords. J'étais littéralement hypnotisée.

Sa voix fit irruption dans mon esprit, rauque et vibrante d'émotion.

— Si vous voulez que je me concentre pour vous renvoyer là-bas, cessez de me regarder comme ça.

— Désolée !

Je fermai les yeux et me contraignis à chasser son image de ma mémoire. ClanFintan ! Je songeai à sa douceur, à sa patience, à la façon dont il m'avait laissée venir vers lui et m'habituer à son corps, si nouveau pour moi. Je me rappelai son intégrité, son honnêteté, que j'avais aimées avant de connaître son cœur et son âme. Je me remémorai le rituel du Changement, qui lui causait tant de souffrance avant que nous puissions faire l'amour.

Sous mes doigts, je sentis l'écorce frémir. Ouvrant les yeux, je regardai le ruisseau limpide. L'eau frémit, tournoya, puis se réfracta, telles des fenêtres s'ouvrant sans heurt.

La clairière de Partholon s'offrit à mon regard, identique à celle-ci, sauf qu'elle était absolument vide. Rassemblant la puissance qui tourbillonnait en moi, je la projetai à travers l'ouverture en direction de l'autre monde. Puis je me remémorai l'aura couleur saphir et or de Clint, et appelai son double à moi.

Inconsciente du temps qui passait, je sentais les gouttes de sueur couler sur mon front et brouiller mes yeux. Je battis des paupières à plusieurs reprises pour dégager mon champ de vision.

Mes bras se mirent à trembler et je haletai, serrée dans les vêtements humides qui collaient à mon corps en plis lourds. Un bruit lointain se fit entendre et grossit progressivement. Fascinée, je tournai mon regard vers les ronces qui craquaient aux abords du sous-bois. ClanFintan, soudain, déboucha dans la clairière, entouré d'une magnifique aura couleur saphir cernée de sauvages éclats dorés.

— Shannon !

Sa voix puissante se répercuta de manière irréelle à travers la déchirure interdimensionnelle.

— Ici ! hurlai-je.

Il galopa à une vitesse insensée jusqu'au ruisseau, puis dérapa et s'arrêta à l'endroit exact où se tenait Clint dans ce monde-ci.

— Ma chérie, comment puis-je t'aider ?

La frustration qu'exprimait sa voix reflétait celle que je ressentais à cet instant précis.

— Concentre-toi ! Pose tes mains sur les arbres et pense à moi.

Aussitôt, il tendit les bras et ferma les yeux.

— Mon amour, tu es l'unique objet de mes pensées !

Sa voix résonna dans mon esprit, si délicieusement familière, et je fondis de tendresse. Je pressai de nouveau mes mains et, cette fois, elles s'enfoncèrent dans la mousse, aussi molle que du beurre fondu. La masse liquide m'enveloppa jusqu'aux coudes et je continuai à glisser. Soudain, je sentis des mains.

Des mains grandes et chaudes. Si chaudes…

Entre les eaux écartées du ruisseau, je vis ClanFintan ouvrir les yeux. Frénétiquement, je tentai d'agripper ses doigts.

Soudain, derrière lui, au loin, je perçus un mouvement. Une ombre noire et liquide pénétra dans l'espace dégagé de la clairière. A cet instant, je sentis un changement dans l'énergie des chênes. La puissance qui m'alimentait commença à faiblir et reculer, comme si quelqu'un l'aspirait loin de moi. Je tournai légèrement la tête, divisant mon attention entre ClanFintan et la chose étrange qui avançait avec d'affreux bruits de succion. La forme noire se répandait sur le sol, suintante et grasse comme une tache d'huile. Tandis qu'elle rampait vers le ruisseau, un frisson glacé me parcourut. Et subitement, je l'identifiai, étonnée de n'avoir pas compris plus tôt. C'était le Mal. Celui qui avait guidé l'armée des Fomores.

La tache ténébreuse se rapprochait. Amorphe et irréelle, c'était une ombre parmi les ombres, presque impossible à distinguer. Je sentis les doigts de ClanFintan trembler entre les miens. Sa voix grave vibra en moi.

— Il y a une chose…

Mon mari s'interrompit et se tourna pour regarder par-dessus son épaule. A cet instant, le liquide noir coula dans le ruisseau. Avec horreur, je vis les eaux s'assombrir tandis que le Mal glissait d'un monde à l'autre.

— Shannon ! Que se passe-t-il ?

Mon époux semblait loin, très loin.

— Je ne sais…

Les mots moururent sur mes lèvres. A mes pieds, la rive humide s'obscurcit et la chose noire glissa dans l'herbe comme un serpent. Hypnotisée, je la vis se solidifier et prendre la forme d'une créature ailée.

— Nuada !

— Oui, femme ! ricana la créature immonde. J'ai

répondu à ton appel. Nous allons pouvoir reprendre notre petit jeu.

— Non ! hurlai-je.

Ma concentration vola en éclats. J'avais perdu le contact avec ClanFintan. Aussitôt, les chênes rejetèrent mes bras et je chancelai. Puis, comme si un géant avait soufflé sur le ruisseau, les eaux tournoyèrent de nouveau et l'image de Partholon disparut, emportant le cri sauvage de mon époux, lançant mon nom avec désespoir.

Etourdie, je m'écartai des arbres. La créature s'avança vers moi, sournoise et flasque.

— Je suis heureux que tu m'aies appelé.

Un gargouillement répugnant s'éleva, en une parodie sinistre du rire. Je fixai la créature, incapable d'accepter ce que je voyais devant moi.

— Mais… vous êtes mort, dis-je stupidement.

— Plus maintenant, femme, siffla-t-il. Plus maintenant. Désormais, nous sommes liés par les dieux sombres que tu as réveillés pour me convoquer ici.

Il se rapprocha et tendit vers moi ses griffes terrifiantes.

— Tu m'as manqué, femme. Presque autant que la sensation de la vie en moi.

— Ne bougez plus.

La voix glaciale de Clint trancha littéralement l'air entre nous. Nuada s'immobilisa et, lentement, se tourna pour le dévisager. L'atroce orifice qui lui tenait lieu de bouche se releva dans un rictus ignoble.

— Ce pâle reflet de ton mari croit que tu lui appartiens. Ah ! Ah ! Ah !

La créature étendit ses ailes monstrueuses et me regarda.

J'aurais eu grand plaisir à la tuer.

— Non ! hurlai-je.

Nuada fondit sur Clint. Pétrifiée, je ne pus qu'assister, impuissante, à l'engloutissement de mon compagnon par les ténèbres maléfiques. Je vis les griffes redoutables se lever avant de s'abattre pour lacérer impitoyablement la chair humaine, quand soudain, l'aura bleu et or se mit à crépiter. Des étincelles lumineuses retombèrent sur la masse noire et s'y enfoncèrent avec un bruit chuintant. Une affeuse odeur de brûlé envahit l'air et la créature recula en hurlant.

— Humain !

La mort suintait littéralement de sa bouche monstrueuse.

— Oui, je sens ta magie, mais tu n'es pas assez fort pour lutter contre moi !

La créature leva ses bras noirs et visqueux vers le ciel, appelant à elle les ombres de la forêt qui volèrent à sa rencontre. Elle s'avança de nouveau. Quand la masse sinistre entra en contact avec l'aura de Clint, les étincelles dorées vacillèrent et pâlirent, mais parvinrent à repousser le monstre juste à la limite de l'éclat bleu.

Les traits de Clint étaient déformés par l'effort, et la sueur coulait à grosses gouttes le long de ses tempes.

— Humain, siffla Nuada en approchant de nouveau, tes forces misérables t'abandonnent !

Je m'avançai vers Clint et pris sa main entre les miennes, chaudes encore de l'énergie communiquée par les chênes. Fermant les yeux, je rassemblai cette chaleur et l'envoyai dans le corps de Clint. A cet instant, Nuada pénétra à l'intérieur de l'auréole bleu saphir. Les étincelles se transformèrent en éclairs qui transpercèrent le corps de la créature. La masse liquide tournoya et s'effondra sur elle-même.

— Tu es à moi, susurra-t-elle en haletant. Tant que je te possède, tout ce que tu aimes, je le détruirai, que ce soit dans ce monde ou dans l'autre.

La forme noire recula en rampant sur le sol et disparut dans les buissons. Prise de vertige, je chancelai. Mes genoux flanchèrent et, lâchant la main de Clint, je m'effondrai dans l'herbe humide.

— Shannon !

Clint s'agenouilla près de moi et me prit dans ses bras.

— Je… je… ne sens… plus… mes… jambes.

Mes dents claquaient de manière incontrôlable et des tremblements convulsifs agitaient mes membres. Je voulus tendre la main et effleurer la joue de Clint, mais mon bras refusa d'obéir. Je me sentais étrangement détachée de mon corps, comme s'il ne m'appartenait plus.

— Chhh…, murmura-t-il. Ne parle plus.

Il glissa ses mains sous mes aisselles et les noua devant, au niveau de ma poitrine. Puis, me soulevant, il me tira vers les chênes en ahanant. Ma vision se brouilla, et un bruit étrange me fit tressaillir avant que je ne comprenne que c'était ma propre respiration, entrecoupée et irrégulière.

Poussant un grognement, Clint franchit l'ultime

espace qui nous séparait des arbres et m'installa délicatement contre un tronc moussu. Engourdie et indifférente, je sentis la chaleur irradier dans mon dos, mais c'était une sensation lointaine, insuffisante pour combattre le froid glacé qui m'envahissait. Ma conscience affaiblie vacilla comme la flamme d'une chandelle dans la tempête.

A travers le brouillard gris qui flottait devant mes yeux, je vis Clint s'agenouiller et presser ses mains, de part et d'autre de ma tête.

— Aidez-la, implora-t-il d'une voix sourde. Elle est en train de mourir !

Un afflux soudain de chaleur traversa violemment mon corps, qui s'arc-bouta et retomba. Un grognement de douleur s'échappa de mes lèvres desséchées et des milliers de petites aiguilles s'enfoncèrent dans mes membres. Je hoquetai et m'aperçus que ma poitrine avait recommencé à se soulever en rythme. Je compris que j'avais dû cesser de respirer quelques instants auparavant. A mesure que la conscience me revenait, une peur panique m'envahit. Le bébé ! Un spasme merveilleux répondit à mon inquiétude. Qu'Epona soit louée, ma fille était saine et sauve !

Le voile gris devant mes yeux disparut et le visage de Clint m'apparut avec netteté. Je tendis le bras qui, cette fois, obéit à mon impulsion, et séchai une larme qui roulait sur sa joue.

— Je vais bien, maintenant, soufflai-je.

— Grâce à votre Déesse, articula-t-il d'une voix rauque.

— Et à toi.

J'esquissai un pâle sourire et pressai mon dos plus fermement contre le tronc bienfaisant. Clint s'écarta de mes jambes et s'assit près de moi. Je sentais ses yeux fixés sur moi, mais ne tournai pas la tête. Le regard dans le vague, je tentai de comprendre ce qui s'était passé.

Tandis que j'observai presque sans la voir la scène où s'était déroulé l'affrontement, d'impalpables flocons tourbillonnèrent dans la lumière gris bleutée du jour.

— Il neige, dis-je doucement.

Clint tressaillit.

— Penses-tu pouvoir te lever, à présent ?

Je fis un signe affirmatif, soudain consciente du froid de l'air et de l'humidité glacée de mes vêtements.

Avec raideur, il se mit debout et me tendit une main que je saisis pour me hisser près de lui. Il resserra le col de ma parka et glissa des gants sur mes mains.

— Tu peux marcher ?

J'acquiesçai. Mes membres étaient faibles et ma tête bourdonnait, mais je savais que j'en étais capable. Je levai les yeux vers le ciel devenu d'un blanc lumineux. Les flocons légers du début s'étaient transformés en boules dures que le vent, qui venait de se lever, balayait en tous sens.

— Il est temps de rentrer, déclara Clint avec inquiétude.

Il passa son bras sous le mien et nous commençâmes à traverser la clairière, au milieu de la neige tourbillonnante. Je marchais avec peine en m'appuyant lourdement au bras de mon compagnon, et lorsque nous atteignîmes le sous-bois, je haletai.

Lentement, nous franchîmes les taillis denses jusqu'au sentier. Sans me laisser le temps de me reposer, Clint me guida avec douceur et fermeté jusqu'à un chêne ancien qui se dressait quelques pas plus bas. Il m'y appuya et je fermai les yeux pour mieux jouir de la chaleur bienfaisante.

Repose-toi, ô Elue d'Epona.

Les mots passèrent comme un murmure dans mon esprit.

— Prête ?

Trop vite à mon goût, Clint me reprit le bras et m'entraîna sur le sentier. J'avançai péniblement en trébuchant, et chaque fois que mes genoux fléchissaient, incapables de me soutenir plus longtemps, mon compagnon m'installait contre un arbre. L'idée traversa mon esprit épuisé que j'étais comme un téléphone cellulaire qu'on rechargeait régulièrement.

Le vent glacé ne cessait de gagner en violence et la neige fouettait nos visages. La lumière peu à peu déclinait. Combien de temps avait duré notre tentative pour ouvrir les portes de Partholon ? Je me rendis compte que j'avais dû poser la question à voix haute.

— Plusieurs heures, répondit Clint, d'une voix épuisée. Il fera nuit, bientôt.

Je ne pus retenir un cri de surprise.

— Nous y sommes presque, Shannon. Encore un peu de courage. La maison n'est plus très loin.

La maison… Le mot resta un instant suspendu dans l'air glacé. C'était précisément ce que j'avais laissé derrière moi, dans la futaie magique. Et l'écho désespéré de la voix de ClanFintan résonnait encore à mes oreilles.

Soudain, je trébuchai. Baissant les yeux, je m'aperçus que c'était une marche. Clint glissa son bras autour de ma taille et, me portant presque, m'aida à gravir l'escalier. D'une main, il ouvrit la porte.

— Assieds-toi là. Je vais allumer le feu.

Je m'affalai littéralement dans le rocking-chair. Clint retira ses gants et s'agenouilla devant l'âtre. Nerveusement, il gratta une allumette et la glissa sous les bûches déjà prêtes. Notre haleine formait des nuages de buée dans l'air glacé. Bientôt, un crépitement rassurant se fit entendre. Claquant des dents, les lèvres engourdies, j'étais incapable de me réchauffer.

Clint se releva, ôta son manteau, puis, d'un même mouvement, son pull et sa chemise mouillés. Se dirigeant rapidement vers l'armoire, je l'entendis faire tomber sur le sol ses bottes et son jean. Quand il revint, il portait des vêtements secs et propres.

Toujours silencieux, il s'agenouilla devant moi. Tout d'abord, il défit le manteau, puis retira le pull en cachemire qu'il jeta au loin.

— Hé ! grognai-je entre deux tremblements convulsifs.

Clint ignora mon intervention et poursuivit l'opération de déshabillage. Les bottes d'abord, puis le pantalon de cuir qu'il tira d'un coup sec, me faisant presque tomber du rocking-chair. Sans un mot, il me mit debout et entreprit de frotter méthodiquement mon corps avec une couverture, avant de me faire enfiler un sweat et un jogging. Enfin, il me réinstalla dans le fauteuil.

— Reste là. Je vais préparer quelque chose de chaud à boire.

J'avais failli croire qu'il avait avalé sa langue.

D'un coup vigoureux, il poussa le rocking-chair près du feu. Puis il recouvrit mes genoux avec la couverture et partit en direction de la cuisine.

— Ce n'est pas un homme, c'est une tornade..., grommelai-je entre mes lèvres transies.

Tendant les mains vers le feu clair et vif, je m'aperçus avec soulagement que j'avais cessé de trembler comme une feuille. Un fracas de casseroles, de portes ouvertes et refermées me parvint de la cuisine. Quelques minutes plus tard, Clint réapparut et me tendit une tasse fumante.

Je la pris et, avant que j'aie le temps d'ouvrir la bouche, il s'esquiva.

— Merci, lançai-je dans le vide.

J'avalai une gorgée du liquide brûlant et poussai un soupir de reconnaissance. Le chocolat était épais et onctueux. J'avais l'impression de revivre. Je me laissai aller contre le dossier du fauteuil et mon estomac émit alors un borborygme peu élégant. Au moment où j'allais l'appeler, Clint-la-Tornade fit de nouveau son apparition et posa près de moi un plateau chargé de sandwichs appétissants.

Sans aucune retenue, je me jetai sur les tranches de pain fourrées de jambon et de fromage. Heureusement, mes nausées semblaient être exclusivement matinales — pour l'instant, du moins —, et je crois bien que ce sandwich était le meilleur que j'aie jamais mangé de ma vie.

— Ch'est bon, déclarai-je entre deux bouchées.

Clint s'était installé en face de moi, une tasse à la main.

— Tais-toi et mange, répliqua-t-il brièvement, les yeux fixés sur les flammes mouvantes.

Je le regardai, désemparée. Il dut s'apercevoir de sa brusquerie, parce qu'il se détourna de la cheminée et que son regard s'adoucit en se posant sur moi.

— Tu te sentiras mieux après, ajouta-t-il.

— Je me sens déjà mieux, tu sais.

Il sourit et nous achevâmes notre collation en silence. Je venais à peine d'avaler la dernière goutte de mon chocolat qu'un bâillement irrépressible me prit.

— C'est le moment d'aller se coucher, fit remarquer Clint, paisiblement.

J'ouvris des yeux soudain horrifiés.

— Et si Nuada revenait ?

Dieu du ciel, pourquoi n'avais-je pas pensé à cette éventualité plus tôt ? Clint se leva et me tendit la main.

— Nuada… C'est le nom que tu lui as donné dans la clairière. Viens.

Je m'agrippai à lui.

— C'est le seigneur des créatures démoniaques que nous avons dû combattre, et il était censé être mort.

Clint posa doucement un doigt sur mes lèvres.

— Chhh… Tu m'expliqueras tout ça après avoir fait un bon somme. Ça m'étonnerait qu'il revienne ce soir. Il n'avait pas encore sa forme complète, dans la clairière. Il mettra donc plus de temps pour récupérer toutes ses forces.

— Et si ce n'était pas le cas ?

Je ne pus empêcher ma voix de trembler. Clint haussa les épaules.

— Je saurai immédiatement si quelque chose rôde autour de cette cabane.

— Mais comment ?

— Fais-moi confiance, rétorqua-t-il doucement en m'allongeant sur le lit.

Mes paupières se fermèrent presque aussitôt et je luttai pour les garder ouvertes. Clint remonta le duvet sous mon menton. Au moment où il s'écartait, je saisis sa main.

— Il y a un autre lit, ici ?

— Non, répliqua-t-il. Seulement un ordinateur et un bureau.

Je roulai en boule sur le côté.

— Alors, viens te coucher, marmonnai-je. Il y a assez de place pour deux, et tu es épuisé, toi aussi.

Clint ne répondit pas. Puis j'entendis le matelas grincer sous son poids. Sans un mot, il glissa un bras sous ma taille et me tira contre son corps chaud et rassurant. J'aurais dû... j'aurais dû... je ne sais pas, moi, protester, mais je m'endormis aussitôt, bercée par les battements réguliers et apaisants de son cœur.

5.

Des images floues passèrent devant mes yeux et mon inconscient eut un mouvement de recul, comme s'il craignait de revivre les cauchemars de la nuit précédente. Puis les contours de la scène se précisèrent et un parfum d'enfance flotta à travers les ténèbres.

Un ranch en briques rouges apparut au sommet d'une colline. Je m'approchai et la porte d'entrée s'ouvrit sur un patio bordé de massifs en fleurs. Çà et là, des jardinières de géraniums jetaient une tache rouge vif. Une demi-douzaine de chaises en fer forgé, à demi rouillées, entouraient une table en grès de l'Oklahoma, sous un chêne majestueux. Je souris. Une brise légère agitait doucement les feuilles. Oh oui, je reconnaissais cette brise…

Une porte de bois blanc s'ouvrit avec fracas et mon père pénétra dans la cour, un licou enroulé autour de l'épaule et un pic à glace à la main. Il s'assit sur l'une des chaises, étala le licou sur la table et se pencha dessus avec le pic à glace. Les muscles de ses bras de sportif se gonflèrent avec une vigueur qui démentait le gris de la chevelure.

Un sentiment de joie inonda mon âme. Mon père ! Mon père était vivant !

— Chéri !

Je me tournai vers la voix de ma belle-mère, si joliment adoucie par l'accent chantant de l'Oklahoma.

— Est-ce que ça ne serait pas plus simple de racheter un licou, plutôt que de bricoler celui-là ?

— Non, grommela mon père. Celui-là est très bien.

Un silence, puis la voix reprit, depuis l'intérieur de la maison.

— Que dirais-tu d'une bière fraîche ?

— Ça, c'est une bonne idée ! répondit mon père avec un sourire.

Soudain, la scène se figea. Une ombre noire envahit le bord de l'image et se répandit à l'intérieur du cadre.

— Tant que je te posséderai, je détruirai ce que tu aimes, que ce soit dans ce monde ou dans l'autre.

Paralysée de stupeur, j'entendis les mots tourbillonner et s'entrechoquer dans mon esprit, jusqu'à ce que mon père disparaisse de mon champ de vision.

Mes yeux s'ouvrirent brusquement et se posèrent sur le dos de Clint, accroupi devant l'âtre. Oppressée, je tentai de maîtriser ma respiration haletante et les battements désordonnés de mon cœur. Je savais que la vision que je venais d'avoir ne correspondait pas à ces voyages spirituels dans lesquels m'entraînait la Déesse, et qui me permettaient d'assister à des scènes réelles. C'était bien un rêve que je venais de faire, mais un rêve dans lequel le cauchemar s'était immiscé.

Je fronçai les sourcils. Et s'il s'agissait malgré tout d'un avertissement que tentait de m'envoyer Epona ? Peut-être ses pouvoirs étaient-ils plus faibles ici qu'à Partholon, mais cela ne voulait pas dire qu'ils ne fonctionnaient pas. L'émotion que j'éprouvai, à cette pensée, me fit comprendre que mon intuition était juste.

Je m'assis sur le lit. Clint cessa de tisonner le feu et se tourna vers moi, surpris.

— Nuada en veut à mon père, annonçai-je, l'air sombre.

Clint opina.

— Je n'en doute pas.

Il se tut, pensif.

— Connaissais-tu le double de ton père, à Partholon ?

— Nuada l'a tué, rétorquai-je calmement. Ma Déesse m'a fait assister à la scène.

— Bien. Alors, nous devons l'avertir.

Il lança un coup d'œil sur le téléphone et j'émis un rire sans joie.

— Cela m'étonnerait que ce soit une chose que je puisse expliquer par téléphone. Il faut que je le voie.

— Où vit-il ? s'enquit Clint en se dirigeant vers la fenêtre.

— A quelques kilomètres de Broken Arrow, pas très loin de Tulsa.

— Je connais l'endroit, rétorqua-t-il en écartant les rideaux pour regarder dehors. J'ai vécu à Tulsa.

Il hocha la tête.

— J'ai l'impression que l'hiver sera long, cette année.

J'avais bien remarqué ce froid exceptionnel, mais je ne pensais pas qu'il neigerait si vite.

Je me glissai hors du lit et le rejoignis en vacillant. Collant mon nez sur la vitre glacée, j'observai le paysage. On se serait cru dans le Wisconsin au mois de février. Pas en Oklahoma au mois de novembre. La lune projetait un éclat féerique et irréel. Alourdis par le poids de la neige qui continuait à tomber, les arbres ressemblaient à de vieux bonshommes tordus.

— Mon Dieu ! C'est l'Antarctique, ici !

Je frissonnai, appréciant la chaleur vive du feu et mes vêtements confortables.

— Tu penses que tu peux voyager ?

Clint gardait les yeux fixés sur la scène lunaire.

— Tu veux dire, marcher ?

Je sentais l'épuisement jusqu'au creux des os.

— Non. Je ne suis tout de même pas un sauvage. Je possède une voiture. Mais si nous attendons plus longtemps, je crains que les routes ne soient plus praticables.

Je poussai un soupir.

— Alors, allons-y.

Je jetai un coup d'œil sur le jogging trop large de Clint, qui pendouillait lamentablement sur mes chevilles.

— Euh… Je suppose que Rhiannon n'a pas laissé d'autres vêtements ?

Clint m'examina, puis hocha la tête.

— Non.

Je devinai un sourire dans sa voix.

— Tu seras obligée de garder cette tenue jusqu'à ce

qu'on trouve autre chose. Il y a un magasin Wal-Mart à Broken Arrow, je crois ?

— Un Wal-Mart ?

Je lui décochai un regard surpris, tout en ramassant mes bottes près de la cheminée.

— J'ignorais qu'un type des bois fréquentait des endroits aussi chic.

— A votre service, madame.

Il souleva un chapeau imaginaire, avant d'attraper ses propres bottes.

— Ah, les hommes..., bougonnai-je entre mes dents.

— Bon, je vais préparer quelques sandwichs, annonça Clint.

Je m'aperçus alors que je mourais de faim et me dépêchai d'engloutir quelques tartines généreusement recouvertes de confiture, avant qu'il n'ait fini de remplir le sac à dos.

— Prête ? demanda-t-il en enfonçant son bonnet sur ses oreilles.

J'acquiesçai et remontai le zip de ma parka. Au moment où il ouvrit la porte, un tourbillon glacé s'engouffra à l'intérieur, apportant avec lui une fraîche odeur de neige. Nous sortîmes sur le perron.

— Waouh !

Mon haleine se condensa devant moi en minuscules cristaux.

— C'est beau !

Un silence ouaté régnait sur le paysage, comme si tous les sons avaient été absorbés par le manteau de blancheur immaculée qui le recouvrait. Le vent était tombé et les flocons glissaient doucement à la verticale.

Un sentiment de sérénité m'envahit et je sursautai violemment lorsqu'une branche céda sous le poids de la neige, à quelques pas devant nous, rompant l'harmonie du tableau.

— Allons-y, déclara Clint. Le Hummer se trouve dans la remise, de l'autre côté de la chaumière.

Dieu du ciel ! Un Hummer ? Il devait toucher une pension d'invalidité plus que confortable. Ces monstres coûtent une fortune. Raisonnablement, je m'abstins de tout commentaire. J'étais bien trop occupée à me dépêtrer de toute cette poudreuse qui m'arrivait jusqu'aux genoux, et à suivre l'homme des bois qui fonçait dans la nuit devant moi.

Oups ! L'homme des bois s'était immobilisé et, concentrée sur mes pas, j'avais failli lui rentrer dedans. Je levai le nez et découvris le véhicule, d'un gris vert sale. Rien à voir avec ces mastodontes pseudo-campagnards qu'affectionnent les bourgeois chic. Non, cette chose était à l'évidence un croisement inavoué entre une jeep, un camion et un char d'assaut.

Clint ouvrit la porte arrière, déposa le sac qui contenait les sandwichs, puis contourna le véhicule pour m'ouvrir la portière, côté passager. Je me hissai sur le siège froid et tentai de scruter l'intérieur du monstre.

Clint s'installa près de moi et tourna la clé de contact. Le moteur gronda aussitôt.

— Euh… Comment appelles-tu cette chose ?

demandai-je tandis qu'il embrayait et que nous reculions doucement dans la neige vierge.

— Un Hummer, rétorqua-t-il en effectuant un demi-tour. Un Hum-V. Et non, ce n'est pas un de ces 4x4 ridicules que les marchands vendent à ceux qui ne savent pas quoi faire de leur argent. C'est un authentique véhicule militaire.

Il redressa le volant, passa en seconde, et nous nous engageâmes sur un sentier qui s'ouvrait sur la gauche.

— C'est très militaire, en effet…, commentai-je en bouclant ma ceinture.

Il rit.

— Je reconnais qu'il n'est pas très joli, mais il passe partout. Un vrai char. Et dans cette tempête, il nous sera très utile.

Le char cahota sur le sentier pendant près d'une demi-heure, puis la neige parut se calmer. Entre les cimes des arbres, j'aperçus l'aube qui pointait. Je me raclai la gorge.

— Et… il y a vraiment une route, par ici ? m'enquis-je.

Sur les derniers mètres, les branches avaient littéralement griffé la voiture et Clint avait dû progresser au pas.

— Oui. Elle se trouve à environ cinquante kilomètres de la chaumière. On y arrive bientôt.

Il me jeta un coup d'œil et sourit devant mon expression de stupeur.

— Ce sentier, c'est moi qui l'ai ouvert à travers la forêt, il y a à peu près cinq ans.

— Tu veux dire que tu vis à cinquante kilomètres de la première trace de civilisation ?

Et dire que j'avais cru que Partholon était un monde sauvage ! A côté de cet endroit perdu, le Temple d'Epona avait l'air d'être le summum du raffinement.

— J'aime être près du cœur de la forêt, rétorqua-t-il, avec un sourire énigmatique.

Je lui lançai un regard intrigué, mais il changea aussitôt de sujet.

— Le Centaure qui est venu dans la clairière, c'est ton mari ?

La voix était sèche et froide.

— Oui. Il s'appelle ClanFintan.

— Lui et moi sommes…

Il se tut, mal à l'aise.

— Le double l'un de l'autre, achevai-je à sa place.

Il poussa un grognement et s'absorba dans ses pensées. Je le laissai ruminer les questions qui devaient agiter son cerveau.

— La moitié de son corps est celui d'un cheval, dit-il finalement.

— Oui.

— Alors, bon sang, comment as-tu pu l'épouser ?

— Facilement. On s'est serré la main, on a marmonné des trucs et on a fait la fête. Comme dans n'importe quel mariage.

S'il voulait des détails plus précis, il n'avait qu'à demander. Clint poussa un soupir exaspéré et j'ouvris de grands yeux innocents.

— Shannon ! Tu sais parfaitement ce que je veux dire. Rhiannon refusait d'épouser ce type, mais moi, je ne savais pas que ce n'était pas un homme. Et toi, tu fais tout pour retourner auprès de... de...

Il se tut, cherchant le mot juste.

— De cet animal !

Je sentis mes joues s'enflammer.

— Sachez, monsieur Freeman, dis-je en laissant exploser ma colère, que ClanFintan n'est pas un animal, et qu'il est un homme ! Un vrai !

Je tapai du pied sur le sol de la voiture, très Scarlett O'Hara.

— C'est un être noble ! Honnête ! Le plus fabuleux que j'aie jamais rencontré ! Et si cette garce n'a pas voulu l'épouser, ce n'est pas parce que c'est un Centaure. C'est parce qu'elle ne peut pas se retenir d'ouvrir ses cuisses à tous les types qui passent, toi y compris !

Clint hocha la tête, incrédule.

— Tu l'aimes vraiment.

— Bien sûr que je l'aime ! Et Nuada a raison, monsieur Freeeman, vous n'êtes qu'une pâle imitation de ClanFintan.

A l'instant même où les mots sortaient de ma bouche, je le regrettai. Quoi de plus normal que Clint soit choqué à l'idée que je puisse m'accoupler avec une créature mi-homme, mi-cheval ? Bon sang, moi, j'avais bien été terrifiée, au début ! Avant de savoir que mon mari pouvait se métamorphoser.

Un peu honteuse, je regardai Clint par-dessous. Les lèvres serrées, les yeux fixés sur la route, il était aussi immuable qu'un roc. J'eus un petit pincement au cœur. Je m'aperçus que je tenais à lui. Profondément.

Il ressemblait trop à ClanFintan pour que je reste insensible. Et… Non, je n'étais pas amoureuse de lui. Enfin, pas encore. Mais je sentais que le désir était là, un désir qui avait plus à voir avec l'intimité qu'avec la séduction. Quoique, je devais le reconnaître, Rhiannon n'avait pas dû se forcer beaucoup pour l'attirer dans son lit.

Près de lui, j'avais l'impression d'être à ma place. Et de toute évidence, ce ne serait pas difficile de tomber amoureuse de cet homme-là. Sauf que voilà, ce n'était pas lui que j'avais épousé, pas lui à qui j'avais juré fidélité. Quel que soit l'univers où je me promenais, j'appartenais à ClanFintan. Point final. Et pas question que je trahisse ma promesse.

— Clint…, repris-je doucement.

Pas de réponse.

— Je suis désolée. Mes mots ont dépassé ma pensée. J'ai compris ce que tu demandais et je ne t'en veux pas d'avoir été, euh, un peu désorienté.

Les traits impassibles se détendirent légèrement.

— Est-ce que ce serait plus compréhensible pour toi si je te disais que ClanFintan est un Grand Chamane et qu'il peut prendre forme humaine à volonté ?

La curiosité l'emporta sur la colère.

— Il se métamorphose ? demanda-t-il.

— Exactement.

— Tu veux dire que de Centaure, il peut devenir un être humain à part entière ? questionna-t-il de nouveau, incrédule.

— Mais oui.

Il se détourna légèrement et me décocha un regard noir.

— Tu aurais pu me le dire plus tôt.

— C'est que, vois-tu, vous êtes tellement semblables que c'était difficile pour moi, articulai-je d'une voix faible.

Une flamme dansa dans ses yeux liquides.

— Vraiment ?

— Oui, lançai-je dans un souffle à peine audible.

Il tendit la main et effleura ma joue. Je fermai les yeux pour mieux savourer ce contact chaud et doux. A cet instant, le Hummer fit une embardée et Clint poussa un juron. Redressant fermement le volant, il ramena le véhicule sur le chemin.

— C'est la route ? demandai-je, en tentant de réprimer le tremblement de ma voix.

Du doigt, je désignai un ruban couleur charbon qui apparaissait dans la lueur des phares.

— Oui, répliqua-t-il en rétrogradant pour amorcer le tournant.

— Dieu du ciel ! m'exclamai-je. Regarde ça !

Clint arrêta le Hummer sur le bas-côté. Fascinée, j'observai le long ruban noir qui s'étendait devant nous. Sa surface lisse, miraculeusement vierge de toute neige, luisait sous l'éclat argenté de la lune. Des vapeurs fantomatiques s'en échappaient, tournoyant en volutes lentes avant de s'évanouir dans la nuit.

Subitement, j'éprouvais un sentiment d'intense solitude, comme si j'avais été abandonnée au milieu d'un désert. Inconsciemment, ma main chercha celle de Clint et ses doigts se mêlèrent aux miens.

— Qu'est-ce que c'est ? demandai-je, avec un respect involontaire.

— Les esprits des guerriers oubliés.

— Des guerriers… indiens ?

Il acquiesça.

— La magie et le mystère règnent sur cette terre. Les larmes aussi.

— Comment sais-tu tout cela ?

Il haussa les épaules.

— Ils me l'ont dit.

Je lui lançai un regard interrogateur.

— Je peux entrer en contact avec le monde des esprits, expliqua-t-il, d'une voix grave.

Je songeai à mon chamane de mari. Lui aussi entretenait des liens avec la dimension spirituelle. Je poussai un bref soupir. Une particularité de plus à ajouter à la longue liste des similitudes entre ClanFintan et Clint.

— Voilà, c'est fini.

Les dernières volutes disparurent et la neige commença à recouvrir le bitume sombre. Tournant la clé de contact, Clint démarra et revint sur la route.

— Que voulaient-ils ?

Etrangement, la mélancolie que j'avais ressentie quelques instants auparavant s'était dissipée, en même temps que les derniers esprits.

— La reconnaissance. Ils luttent contre l'oubli.

Je pensais à toutes les cérémonies que j'avais présidées au cours des six derniers mois. La plupart d'entre elles avaient été consacrées à la mémoire des guerriers tombés sur le champ de bataille.

— Je ne les oublierai pas, dis-je sans réfléchir. Une prêtresse de Partholon ne peut pas oublier les héros.

— Même s'ils sont d'un autre monde ?

— Ce n'est pas le monde qui compte. C'est le souvenir.

Peut-être était-ce un effet de mon imagination, mais je crus voir un frémissement passer sur le paysage nocturne. Clint me pressa doucement la main. Nous roulâmes plusieurs minutes en silence. Mes pensées ne cessaient de revenir à la magie de l'Oklahoma — et à l'homme assis à côté de moi.

Je reniflai et m'aperçus soudain que mes joues étaient humides. Les hormones qui remettaient ça !

— Il y a des Kleenex dans la boîte à gants.

La chaude tendresse de sa voix me serra la gorge.

— Merci, dis-je en attrapant un mouchoir et en soufflant dedans avec la grâce d'un bœuf enrhumé. Où sommes-nous ? repris-je en achevant élégamment de m'essuyer le nez.

— Cette route n'a pas vraiment de nom. Les gens du coin l'appellent la route de Nagi.

— Nagi… Quel nom étrange pour une route de campagne !

— D'après les Anciens, ça veut dire « Esprit des Morts ».

Cela me paraissait plutôt adéquat.

— Elle est reliée à la Nationale 259, reprit Clint. De là, nous rejoindrons le péage de Muskogee, puis…

— Broken Arrow, je sais, achevai-je. Dans combien de temps ?

— En temps normal, le trajet prend trois heures et demie à quatre heures.

Il se pencha légèrement pour observer le ciel à travers le pare-brise.

— Aujourd'hui, il faudra se montrer patient. Je ne serais pas étonné que nous mettions huit heures.

Je regardai les flocons qui fouettaient sans relâche la voiture.

— Si on y arrive, commentai-je sombrement.

— On y arrivera, Shannon.

Je poussai un soupir et regardai le paysage par la fenêtre. Jamais je n'étais venue dans cette partie de l'Oklahoma et j'étais surprise par ces forêts denses et ce relief escarpé. A l'est, la lueur blanche du soleil sur le point de se lever projetait un éclat irréel sur la scène. On aurait pu se croire dans un autre monde. Et compte tenu de mes expériences récentes, je savais que rien n'était impossible. Je commençais sérieusement à m'inquiéter quand la silhouette d'une petite ville surgit devant nous. Sur la droite, un énorme néon rose fluo nous indiqua que nous venions de dépasser les Cimenteries Nationales et je souris en découvrant les tas de sable disposés au hasard et perdus sous une épaisse couche de neige.

Pas de doute, on était bien en Oklahoma. De l'autre côté de la route, se dressaient le Barbecue de Billy Bob et le Funérarium de Hillview.

Nous traversâmes rapidement la ville miniature, pourvue comme il se devait d'un coquet campement de Mobil Homes — « Camelot Villa, chalets disponibles » annonçait l'enseigne écaillée. J'allais sortir une plaisanterie vaseuse sur les joies de la vie en chalet quand je me souvins que j'étais une prof au chômage et sans argent. A tout hasard, je pris note de l'adresse.

Déprimée, je regardai d'un air sombre le paysage qui défilait sous mes yeux. Les forêts sauvages laissaient place progressivement à des prairies doucement vallonnées qui m'étaient familières. J'étais venue dans cette région avec mon père, à l'époque où il cherchait des étalons pour saillir ses juments, et nous avions visité un certain nombre de ranchs d'élevage.

La route était quasi déserte. Manifestement, les bonnes gens du coin hésitaient à s'aventurer au milieu de cette tempête. Et je les comprenais. Jamais, de mémoire de fille de l'Oklahoma, on n'avait vu un tel déluge de neige dans cet Etat.

— Depuis combien de temps vis-tu en Oklahoma ? demandai-je à Clint.

Il me jeta un bref coup d'œil.

— Depuis toujours, mis à part quelques voyages professionnels.

— Ce qui fait ?

— Quarante-cinq ans.

Je me rengorgeai. Quand on a dépassé le milieu de la trentaine, c'est toujours agréable de se sentir la benjamine.

— Et toi ? questionna-t-il à son tour.

— Moi ?

Je lui souris.

— Depuis toujours. Excepté mes études dans l'Illinois et six mois à Partholon.

Il haussa un sourcil interrogateur.

— Ce qui fait vingt-cinq ans, ajoutai-je malicieusement.

Son sourcil se rabaissa vivement, mais il n'osa rien dire — même s'il avait des doutes sur mes capacités en calcul.

— Oh ! J'ai dit vingt-cinq ? repris-je. Voyons, je voulais dire trente-cinq, bien sûr.

Il me retourna mon sourire.

— En fait, je ne tenais pas particulièrement à connaître ton âge, poursuivis-je. Je me demandais si tu te souvenais avoir jamais vu un désastre pareil.

Je désignai du doigt les flocons épais qui voltigeaient sans répit.

— Non. Jamais.

— Moi non plus.

Je hochai la tête.

— Ce n'est pas normal, Clint.

— Non. Mais la terre savait.

— Savait quoi ?

— Que la neige viendrait. La forêt me l'a dit. Je n'ai pas mis longtemps à comprendre que les arbres avaient emmagasiné une énergie bien plus importante que celle qu'ils stockaient d'habitude en prévision de l'hiver. C'était…

Il marqua une hésitation.

— C'était comme si la forêt se repliait sur elle-même. Les animaux se sont faits rares. Même les cerfs, si nombreux qu'on en aperçoit toujours quand on se promène, avaient disparu. Alors, j'ai fait des provisions de bois et de nourriture pour affronter ce qui se préparait. Je m'attendais à de la pluie verglaçante.

J'opinai de la tête. Il neige rarement en Oklahoma et le blizzard y est quasiment inconnu. En revanche, les pluies verglaçantes, du genre de celles qui renversent les pylônes haute tension et rendent les routes impraticables, se produisaient à peu près tous les deux ou trois ans.

Clint hocha gravement la tête.

— Non, je n'ai jamais rien vu de pareil. Si ça ne s'arrête pas, ce n'est pas quinze ou vingt centimètres de neige qu'on aura, mais plusieurs mètres. Et la voiture risque d'être entièrement recouverte.

— Il y a quelque chose qui ne tourne pas rond, déclarai-je, d'un ton songeur.

Soudain, je me redressai.

— Nuada ! m'exclamai-je en même temps que Clint.

— Et je parierais que Rhiannon n'est pas innocente dans cette histoire, ajouta mon compagnon.

— Oui, ça fait longtemps qu'elle a perdu son innocence, grommelai-je. Au moins depuis sa puberté.

Les imprécations de Nuada me revinrent à la mémoire. Il avait dit que je l'avais appelé. Et s'il y avait bien une chose dont j'étais sûre, c'est que jamais je n'aurais eu une idée aussi folle. Prenant une profonde inspiration, je me forçai à articuler des mots qui me brûlèrent littéralement les lèvres :

— Nous devons rencontrer Rhiannon.

6.

— Malheureusement, j'ai eu la même idée.

Clint poussa un soupir résigné.

— Où est-elle ?

Il secoua la tête.

— Je ne sais pas. Le coup de téléphone d'hier est le premier que j'ai reçu d'elle depuis des semaines.

— Elle ne vit pas à Tulsa ?

Pourtant, « M. Dollars » avait dû lui laisser un petit nid ultra-coquet et luxueux.

— Pour autant que je sache, elle ne vient que par intermittences à Tulsa.

Il esquissa une grimace.

— Généralement, elle prend contact avec moi pour me rappeler que je dois l'adorer et la vénérer. Je sais qu'elle a acheté un immeuble près du lac de Chicago et qu'elle voyage entre New York et Los Angeles.

— Mais elle n'est là que depuis six mois !

— Le temps ne compte pas face à la volonté de Rhiannon.

— Oui, eh bien, pour moi, ça compte. Je veux

trouver le moyen de renvoyer Nuada à son enfer, et le moyen de rentrer à Partholon.

Avant d'accoucher d'un bébé qui appartient à un autre monde, achevai-je en silence. D'abord, je ne savais pas si j'étais capable d'entreprendre mon voyage à la Star Trek en compagnie de quelqu'un d'autre. Et ensuite, qui sait les conséquences que cela pouvait avoir sur un nouveau-né ? Je fermai les yeux pour refouler un accès hormono-lacrymal.

— Toujours fatiguée par les effets du passage interdimensionnel ?

La voix profonde et familière de Clint m'apaisa.

— Repose-toi, reprit-il. Je te réveillerai quand j'aurai besoin que tu m'indiques le chemin jusque chez ton père.

J'entendis un froissement de tissu.

— Tiens, prends ça comme oreiller.

J'entrouvris les yeux et attrapai le manteau qu'il me tendait.

— Merci.

Je le roulai vaguement en boule et le coinçai contre la portière, avant d'y poser ma tête. La laine rêche était encore chaude et j'inspirai son odeur — une odeur d'homme vigoureux et propre, avec une imperceptible fragrance d'eau de Cologne. A demi endormie, j'identifiais le parfum. C'était l'eau de Cologne de Stetson. L'homme au chapeau blanc. Tiens donc... Je sentis un drôle de sourire se former sur mes lèvres à l'instant où le sommeil m'emportait définitivement.

***

Hugh Jackman et moi volions au-dessus de la campagne, entre des nuages joufflus et violets. Sa main caressait distraitement ma nuque tandis qu'il me décrivait, de sa voix troublante, la suite qu'il avait réservée pour nous à l'hôtel Hyatt, au bord de la plage, dans les îles Caïmans…

… et brutalement, je fus aspirée dans un tunnel de feu, loin de mon rêve. Je savais que mon âme s'était détachée de mon corps, mais je sentais toujours mon cœur battre dans ma poitrine. Pourtant, j'étais incapable de respirer. Paniquée, j'ouvris la bouche pour hurler et le tunnel engloutit à la fois mon cri et mon âme. Prise de vertiges, j'eus envie de vomir. Aussitôt, j'aspirai l'air à grandes goulées, tout en me demandant comment mon âme pouvait être prise de nausée. Puis une sensation de calme m'envahit et je glissai doucement dans les airs. La nausée disparut. Un bruit attira mon attention.

La vue de l'immense bâtisse qui s'étendait au-dessous provoqua en moi un afflux d'émotions.

Le Temple d'Epona ! Mon Temple ! Mon âme flottait légèrement et je dévorai des yeux le paysage chéri. L'après-midi touchait à sa fin. Le ciel avait pris ces teintes transparentes et délicates qui annonçaient le coucher de soleil à Partholon. Ses murs pâles absorbaient la lumière déclinante et la renvoyaient sous forme d'éclats perlés. Les gardes se mirent à allumer les torches, une à une, éclairant le Temple pour la nuit.

Je reconnus plusieurs de mes nymphettes qui traversaient la cour, les bras chargés de tissus chamarrés ou de corbeilles remplies d'herbes aromatiques.

A travers mes yeux baignés de larmes, la scène déployait sa familiarité rassurante. Une chaude tendresse m'envahit, troublée soudain par une inquiétude sourde. Quelque chose n'allait pas. Je regardai plus attentivement. Deux de mes jeunes servantes se croisèrent sans s'adresser la parole, et je compris. Personne ne parlait. Je me rapprochai. Le Temple n'était pas la proie d'un sortilège qui aurait imposé un silence complet. Non. Je pouvais entendre le glissement léger des pas sur les dalles de marbre. Et l'un des gardes, dont la cape, remarquai-je avec plaisir au passage, ne voilait que partiellement l'anatomie avantageuse, lâcha un juron distinct en se brûlant à une torche trop vite embrasée. Donc, ils pouvaient parler. Mais ils avaient choisi de ne pas communiquer. L'atmosphère, dans l'enceinte du Temple, était déprimante. L'air y était dense et étouffant.

Mais que se passait-il, bon sang ?

Mon âme se mit à dériver vers le centre du Temple et je plongeai à travers le dôme à l'instant où le soleil disparaissait à l'horizon.

La salle des thermes était inhabituellement sombre et donnait l'impression d'une maison désertée depuis une éternité. Mon cœur se serra à la vue de cette pièce qui avait été le théâtre de tant de joie et de rires, et qui ressemblait à une coquille abandonnée.

Une silhouette enveloppée dans un châle allumait méticuleusement les chandelles placées dans les bougeoirs dorés en forme de crânes, situés dans des niches à l'intérieur des murs. Je vis ses mains fines trembler chaque fois qu'elle tendait son brandon allumé. Le désespoir palpable de cette femme me serra le cœur. Soudain, elle jeta brusquement à terre la torche qui venait de lui brûler les doigts et son voile glissa. Alors, je reconnus les traits tendres et doux du visage d'Alanna.

— Oh, mon amie, murmurai-je en remarquant le pli amer au coin des lèvres.

Elle n'entendit pas ma voix spirituelle. Poussant un profond soupir, elle fouilla les poches de son long manteau jusqu'à en retirer un autre brandon. Puis elle reprit sa tâche.

Je sentis mon âme s'élever à travers les couches de vapeur.

« Non ! Laissez-moi lui parler ! » lançai-je d'une voix implorante à ma Déesse.

Patience, Elue.

Les mots volетèrent à travers mon esprit et s'évanouirent — exactement comme les spectres de la route. Franchissant de nouveau la coupole, je me mis à flotter en direction du nord. J'avais vécu suffisamment de ces périples dans le monde du rêve pour savoir que c'était ma Déesse qui prenait la direction des opérations. Donc, je la laissai faire. Ce qui ne voulait pas dire que c'était plus facile pour moi.

Je m'aperçus que la nuit était tombée d'un seul coup. Rien à voir avec cette obscurité progressive que j'avais appris à apprécier à Partholon. C'était comme si, le soleil une fois disparu, les ténèbres prenaient possession du pays. Brrr. L'analogie me fit frissonner. Mon âme s'arrêta.

Au-dessous de moi, le réseau dense de la forêt laissait place à un espace découvert d'où provenait la lueur intermittente d'un feu de camp. Je descendis et, bientôt, je reconnus la clairière magique. Je commençais à me torturer l'esprit sur toutes ces dimensions croisées et à me demander ce que je pouvais bien faire au milieu de tout ça, quand les flammes gigantesques du feu attirèrent mon regard. Leur couleur était étrange, non pas dorée ou orange, mais d'un rouge féroce, violent.

Ce ne fut pas avant d'être descendue un peu que je l'aperçus. Il tendit la main vers une sacoche de cuir posée à côté de lui et en retira une pleine poignée de ce que je crus être du sable. Il jeta ce sable dans le feu en répétant à plusieurs reprise, d'une voix gutturale : « Mo muirninn. » Figé devant le brasier, ClanFintan évoquait une statue de bronze. Il était si près du feu que je craignis que ses cheveux noirs ne s'enflamment.

Sa poitrine nue luisait de sueur, et la partie chevaline de son anatomie était couverte d'écume blanche, comme s'il avait galopé pendant des jours.

— ClanFintan !

Je hurlai son nom avec toute la force de mon désir.

Il leva vivement la tête et m'aperçut aussitôt.

— Rhéa, mon amour ! Enfin, tu m'as entendu !

Sa voix rauque déchira la nuit.

— Oui ! criai-je en priant pour que ma Déesse me laisse lui parler, ne serait-ce qu'un instant.

Rassure-le, élue.

L'impalpable murmure résonna dans mon esprit.

— Je suis là ! Je m'efforce de rentrer à la maison !

Un frémissement parcourut mon âme et j'eus

l'étrange sensation que mon corps devenait à demi visible. Les yeux de mon centaure de mari s'arrondirent de surprise… et de plaisir. Baissant la tête, je découvris à mon plus grand embarras que j'étais absolument nue.

— Je te vois !

Sa voix tremblait de désir brut.

— Euh… Epona n'a jamais su m'habiller.

— Et j'en remercie la Déesse.

Je souris.

— Epona veillera à mon retour, dis-je en répétant les mots que me susurrait la Déesse.

— Quand, mon amour ?

Son visage avait une expression désespérée.

— Je… je ne sais pas.

Je me tus.

— Il faut que tu reviennes, dit-il simplement. L'absence de l'Elue d'Epona pèse lourdement sur notre monde.

— Non ! criai-je, révoltée. Dis au peuple qu'Epona ne les abandonnera jamais.

A l'instant où les mots sortirent de ma bouche, je sus que c'était la vérité pure.

— Mais quand, mon amour ? Quand reviendras-tu ?

— Il y a des problèmes dans mon ancien monde.

J'inspirai profondément.

— Nuada m'a suivie là-bas.

Les traits de ClanFintan se durcirent. Il connaissait trop le monde des esprits pour trouver étrange que Nuada ait ressuscité.

— Ta Déesse ne permettra pas à cette créature de te faire du mal !

— Non, mon chéri. Ce n'est pas à mon sujet que je m'inquiète.

Je tendis les mains, angoissée.

— C'est après les gens que j'aime qu'il en a. Je crois que je connais le moyen de revenir à Partholon, mais sache une chose : je ne reviendrai pas tant que ceux que je laisse dans l'autre monde ne seront pas en sécurité.

Une ombre passa sur son beau visage.

— J'ai vu l'homme, reprit-il d'une voix tendue. L'homme qui a mon visage.

— Oui.

Je ne savais pas quoi dire d'autre.

— Il est mon double dans ton monde ?

— Oui.

— Alors, tu es en sécurité.

Ses mâchoires se crispèrent.

— Oui, dis-je de nouveau.

Je me sentis dérisoire et coupable. ClanFintan plongea son regard chaud dans le mien.

— Et notre fille… Comment va-t-elle ?

Je me détendis et lui souris.

— Elle continue à me rendre malade.

— Alors, tout va bien.

Il tendit la main vers moi.

— Reviens-moi vite, Rhéa.

— Je te le promets, mon amour.

Un sanglot douloureux me serra la gorge. Puis je sentis que mon corps spirituel se dématérialisait de nouveau et que je commençai à m'élever dans les airs.

— ClanFintan ! Dis à Alanna que je vais bien. Dis-lui de ne pas perdre espoir…

Ma voix s'évanouit dans l'obscurité.

Le tunnel de flammes surgit devant moi et je me recroquevillai pour affronter le voyage de retour. Impossible de retenir le hurlement que laissa échapper mon âme terrifiée…

— Shannon !

J'étais assise, droite, sur le siège passager du Hummer et Clint me secouait l'épaule, paniqué.

— Shannon ! Mon Dieu ! Es-tu enfin réveillée ?

— Je… je… vais bien, balbutiai-je, encore terriblement désorientée par ces changements de dimension.

— D'abord, tu as crié comme si on essayait de t'étrangler, ensuite, tu n'as plus bougé du tout.

Son visage était blanc.

— Tu… Tu respirais à peine.

— C'était le Sommeil Magique. Je veux dire, les rêves dans lesquels Epona m'entraîne parfois, répliquai-je comme si j'étais en train d'expliquer une chose aussi banale que de se lever le matin. Dans ce monde-ci, l'expérience est beaucoup plus douloureuse, ajoutai-je d'une voix songeuse. Sans doute parce que ce n'est pas le domaine d'Epona, même si je reste son Elue.

J'éprouvai un immense sentiment de soulagement à l'idée que ma Déesse ne m'avait pas abandonnée. Clint m'observait en silence, visiblement troublé. Je sentis mon estomac commencer à faire des siennes.

— Bon sang, Shannon ! Le Sommeil Magique ! Qu'est-ce que…

— Arrête le Hummer !

— Que…

— Arrête cette bagnole ! hurlai-je. Je vais…

Je n'eus pas besoin d'achever ma phrase. Sans doute que mon visage verdâtre avait dû renseigner Clint. Le Hummer effectua une gracieuse embardée, avant de déraper et de s'immobiliser sur le bas-côté. J'ouvris la portière d'un coup sec et et sautai dans la neige. Aussitôt, les spasmes me plièrent en deux.

Morve, vomi, larmes, tremblements, gémissement. Le sentiment de mourir. L'horreur intégrale, en somme.

— Là, du calme, tout va bien.

Les bras vigoureux de Clint se glissèrent sous moi pour me soutenir et me permettre de vomir tranquillement, au lieu de basculer, tête la première, dans la neige souillée. Heureusement que j'avais pensé à attacher mes cheveux. Je n'osais pas imaginer la catastrophe que ç'aurait été s'ils avaient pendu librement devant mon nez à cet instant… L'idée provoqua un nouveau spasme et j'achevai de rendre mes tripes.

— Tiens…

Clint me tendit un Kleenex.

— Mmm… Merci, articulai-je en claquant des dents.

Je saisis le mouchoir, essuyai ma bouche et mon nez.

— Je t'en prie, Shannon.

Mais c'est qu'il était en train de sourire, le mufle ! Il me poussa doucement vers le Hummer.

— Non !

Je le repoussai faiblement.

— J'ai besoin d'air frais. Je vais rester ici un moment.

— Pas trop longtemps, répliqua-t-il. Tu risques de prendre froid et d'être trempée jusqu'à l'os.

Je fis un signe affirmatif et me concentrai sur ma respiration.

— Peux-tu tenir debout toute seule ?

Je m'aperçus que ses bras me maintenaient encore solidement. J'opinai de nouveau et il me libéra, avant de se diriger vers l'arrière du Hummer.

« Mon bébé va bien. Mon bébé va bien. Mon bébé va… » Les mots tournaient dans ma tête comme une ritournelle, sur un rythme lancinant en total désaccord avec les battements précipités qui martelaient mes tempes.

— Tiens. Rince ta bouche.

Clint me tendit une bouteille d'eau et j'avalai une gorgée avec reconnaissance. Que l'eau était douce et fraîche, et quelle sensation agréable de sentir l'amertume de la bile disparaître, quand je la recrachai dans la neige…

— Ça va mieux ?

Je cessai enfin de trembler comme une feuille et acquiesçai.

— J'ai juste besoin de rester ici une seconde.

Je bus encore de l'eau et demeurai immobile à regarder autour de moi. La neige était si dense qu'elle nous enveloppait, nous isolait du reste du monde. J'avais l'impression qu'il n'y avait plus que Clint, moi et le Hummer sur cette planète. Un silence ouaté nous entourait.

Je regardai vers la route. Impossible de rien voir.

— C'est dangereux de rester là. Une voiture pourrait nous rentrer dedans.

Je battis des paupières pour faire tomber les flocons qui s'accrochaient à mes cils. Clint tendit la main et balaya la neige qui s'accumulait sur mes épaules.

— La gare de péage est fermée, et je n'ai pas vu un seul véhicule en une heure.

— Fermée ? Mais alors, comment se fait-il que nous, nous puissions continuer à rouler ?

Clint esquissa un sourire et désigna sa voiture du doigt.

— Cette demoiselle a affronté des tempêtes de sable et la guerre, alors, un peu de neige, c'est du gâteau pour elle.

Il décocha un regard éperdu d'adoration au Hummer. Un véritable adolescent. Les hommes et leur voiture… Puis je me rappelai ma sublime Mustang et me radoucis. Je souris à mon tour.

— Partons d'ici, reprit-il.

Ouvrant la portière, il me hissa jusqu'au siège, puis contourna le véhicule et me rejoignit dans la cabine.

— Tu veux ton manteau ?

C'était seulement maintenant que je remarquai qu'il n'avait rien d'autre sur les épaules que son pull et qu'il frissonnait.

— Non, ça va.

Il mit le contact, démarra et le Hummer glissa de nouveau à travers la neige. Machinalement, Clint passa la main dans ses cheveux rebelles, pour les lisser en arrière. Exactement comme ClanFintan avait l'habitude de le faire, juste avant de les nouer avec un lacet de cuir. Je lui disais souvent que ça lui donnait l'air d'un conquistador espagnol, et j'ajoutais malicieusement que comme il était mi-homme, mi-cheval, lui, il pouvait m'enlever sans l'aide de personne.

Dans la lumière grise et plate du jour, les différences entre mon mari et Clint disparaissaient presque entièrement, et je sentis mon cœur chavirer.

— Ces visions que tu as pendant le sommeil ont-elles toujours des effets aussi violents sur toi ?

Concentré sur sa conduite, Clint ne tourna pas la tête vers moi, et je fus contente de pouvoir me recomposer un visage avant de répondre.

— Pas toujours.

Je n'avais pas le choix. Il fallait que je tergiverse.

— Où ta Déesse t'a-t-elle emmenée ?

— Chez moi.

Ma voix se brisa légèrement.

— A Partholon.

— Oh…

De léger et curieux, le ton était devenu subitement sec et froid.

— Et qu'est-ce qu'Epona t'a montré ?

— Le Temple fonctionne au ralenti. Il règne une atmosphère de tristesse poignante. Ils… Je ne sais pas comment le dire sans paraître horriblement égocentrique…

Puis, haussant les épaules, je décidai de dire les choses telles qu'elles étaient.

— Ils ont besoin de l'Elue d'Epona.

Clint opina lentement, comme s'il essayait de comprendre.

— Et tu as vu… euh… ClanFintan, c'est ça ?

— Oui. Je l'ai vu et j'ai parlé avec lui. Je lui ai dit que je reviendrais dès que nous en aurions fini avec Nuada.

— « Nous » ?

La voix, cette fois, était franchement acide.

— ClanFintan t'a aperçu à travers l'ouverture.

Un sourire de chaude tendresse étira mes lèvres.

— Il pense que tu veilleras sur moi.

— Il a raison.

— Et il l'apprécie.

Je me tus, sans savoir quoi dire d'autre. Cette situation était tout de même franchement bizarre.

— Vraiment ? lança Clint sèchement.

— Vraiment quoi ?

Il venait de me tirer brusquement de ma rêverie et son ton ne me plaisait pas beaucoup.

— Tu apprécierais vraiment que je meure pour te protéger ?

Maintenant, je comprenais la dureté de sa voix.

— Oui.

Ma réponse était aussi sincère que brutale, mais avant qu'il ne prolonge cette conversation, je changeai de sujet.

— Où sommes-nous ?

Clint me lança un regard qui disait clairement qu'il n'était pas dupe de ma ruse, mais il n'insista pas.

— A dix minutes environ de la sortie pour Broken Arrow. Quelle direction dois-je prendre ensuite ?

— Papa vit à une vingtaine de kilomètres à l'est, juste après l'embranchement de Kenosha.

Je poussai un soupir et contemplai mon étrange accoutrement, à présent souillé.

— Pouah ! Quelle horreur !

— Je plaisantais, tout à l'heure, mais… Tu es sûre qu'il y a un magasin Wal-Mart dans le coin ?

— Euh… oui, dis-je en m'efforçant de quitter le monde magique de Partholon pour réintégrer l'univers commercial de l'Oklahoma. Mais tu crois que ce sera ouvert, au milieu de cette apocalypse ?

— Wal-Mart ?

Il se mit à rire.

— Même une guerre nucléaire n'arriverait pas à leur faire fermer les portes.

— Bon, alors, après Kenosha, tu te diriges vers la 145ᵉ Rue.

C'était fou comme les repères me revenaient facilement !

— Tu continues vers le sud et à un kilomètre et demi environ, tu tombes sur le Wal-Mart. On entre en coup de vent, on achète quelques fringues et on revient sur Kenosha. Youpi ! achevai-je avec mon plus bel accent. On sera à la maison pour dîner.

Même si la perspective du dîner m'enchantait assez moyennement.

— Les désirs de Madame sont des ordres.

Il me lança un regard amusé.

— Ici, c'est toi la déesse.

Je lui retournai un sourire crispé. Tout le problème était là : ici, je n'étais pas la déesse. Justement.

La 145e Rue était aussi déserte que les routes que nous avions empruntées jusque-là. Et je notai au passage que le parking du Howard Johnson's Motel était bondé de voitures ensevelies sous la neige. Le Wal-Mart finit par apparaître, véritable citadelle de béton entourée d'une kyrielle de fast-foods.

— Oui..., grommelai-je. Tu avais raison. Ils sont ouverts.

— Bah, un sou est un sou, n'est-ce pas ?

Le Hummer s'engagea sans effort sur la pente qui conduisait au méga-temple de la consommation. Et nous découvrîmes, sidérés, le spectacle qui s'offrait à nos yeux. Manifestement, les clients qui s'étaient aventurés jusqu'ici avaient moins de chance que nous avec la neige. Un vieux pick-up Ford était en train de déraper à travers le parking, après avoir définitivement manqué la place dans laquelle il avait tenté de se glisser. Un Impala tout aussi antique tournait à vide, juste devant l'entrée, ses roues projetant de magnifiques gerbes de boue neigeuse. Pas de panique... Un Wal-Mart possède forcément plusieurs entrées.

Clint contourna sans peine le véhicule embourbé et je vis plusieurs hommes sortir des chaînes pour venir en aide au malheureux consommateur.

— Ne bouge pas. Je vais venir t'aider à descendre.

Sans un mot, je tendis à Clint son manteau. D'abord, j'ai toujours apprécié les gentlemen. Ensuite, je n'avais pas la moindre envie de choir sur mon postérieur. Même si elle n'aurait pas dû tomber à cette époque-ci en Oklahoma, la neige était tout de même là. Et dans ce coin du globe, ça voulait dire qu'elle était verglacée. Donc, je remontai le col de ma parka, tentai vainement de domestiquer mes cheveux en bataille et attendis sagement.

Un air glacé me picota le visage et me fit venir les larmes aux yeux.

— C'est de pire en pire, déclara Clint d'un air farouche.

Et, passant un bras solide autour de mes épaules, il me guida vers le néon blafard qui annonçait l'entrée dans le monde idyllique et rassurant du capitalisme.

— Petit rappel, reprit mon compagnon d'un ton plus léger, en se penchant vers mon oreille à la manière d'un conspirateur. Toute personne pénétrant dans un Wal-Mart doit savoir faire preuve d'un sens souple de la mode. Impossible de ne pas heurter six ou sept personnes élégamment vêtues d'un jean serré à la taille par un élastique. Une préparation psychologique minimale est donc requise.

J'éclatai de rire.

— Oui, je connais les risques d'une exposition prolongée aux blouses à fleurs et aux caleçons moulants.

— Bien. Te voilà avertie.

Je lui souris, ravie. J'adore les hommes avec ce genre d'humour. Parvenus devant l'entrée, nous évitâmes l'automobiliste embourbé. Il était bien parti pour s'enfoncer jusqu'à la plaque de glace sous la neige et patiner à vide pour l'éternité.

— Merde, Gordy ! Mets la pédale douce ! Tu vas nulle part, bon sang !

Je gloussai de joie. Devant les portes vitrées, un préposé anti-neige luttait sans relâche pour le bien-être des croyants wal-martiens, à l'aide d'une pelle et d'un énorme seau de sel. J'étais sur le point de sortir une remarque fine sur l'intérêt de faire des études pour éviter de se retrouver dans cette position intéressante, quand un rire musical retint mon attention. Impossible de s'y méprendre : je le connaissais trop bien.

A cet instant, un couple sortit du magasin et je me figeai. A mon côté, Clint pila net. Je ne prêtai pas attention à son regard interrogateur.

— Suzanna !

Et je tendis les bras, rayonnante de bonheur. La réaction de mon amie fut le reflet de la mienne, mais un reflet déformé. Elle aussi s'immobilisa, et son compagnon trébucha. Sauf qu'au lieu du plaisir intense que mon visage devait exprimer, le sien s'assombrit aussitôt. Son regard oscilla avec inquiétude entre son mari et moi.

Sans réfléchir, je m'avançai avec l'idée de me jeter à son cou, mais le soudain raidissement de son corps, son imperceptible mouvement de recul arrêtèrent net mon élan. Je restai là, les bras ballants.

— Suz… je… euh…

Bon sang, que pouvais-je dire ? « Cela fait six mois que je ne t'ai pas vue ! », « Tu m'as tellement manqué ! », « Il faut que je te parle ! », « Je suis mariée à un Centaure et enceinte de ses œuvres et, à propos, je suis l'incarnation d'une déesse dans un monde parallèle… » ?

— Suz… euh…

Non, impossible de dire ce genre de choses. Pas ici. Pas maintenant.

— C'est bon de te voir, bredouillai-je de manière idiote, mais sincère.

— Vraiment ?

La voix de son mari était plus glaciale que les flocons de neige qui voltigeaient autour de nous.

— Je crois pourtant me souvenir que la dernière fois que tu as vu Suzanna, tu lui as dit de sortir de ta vie.

Suz essaya d'intervenir, mais Gene lui décocha un regard noir et poursuivit :

— Tu lui as dit… Voyons voir…

Il se gratta le menton d'un air moqueur.

— Oui, c'est ça. Tu lui as dit qu'elle était moins qu'une esclave et tu lui as ordonné de disparaître de ta vue.

Ses yeux lançaient des éclats de haine.

— Et tu oses dire maintenant que c'est bon de la voir ?

Génial. Merveilleux. Et pourquoi n'avais-je pas pensé à ça ? Rhiannon, bien sûr, avait fichu en l'air toutes mes relations. Elle avait dû se montrer odieuse avec mes amis, ma famille. Je me secouai mentalement. Je venais de passer six mois à faire le ménage dans le chaos qu'elle avait laissé à Partholon et, en particulier, j'avais dû convaincre Carolan, le double de Gene, qu'il n'avait pas besoin de me détester parce que je n'étais pas Rhiannon, et que jamais je ne ferais de mal à Alanna. Il était donc logique qu'elle ait aussi jeté le chaos en Oklahoma.

— Je peux tout expliquer, Suz.

J'ignorai le regard hostile de Gene et concentrai mon attention sur cette femme qui avait été une sœur pour moi.

— Je n'étais pas moi-même, littéralement… quand j'ai dit ça. Bon sang, Suz…

Je lui décochai un sourire de super-copine.

— Ça fait *six mois*, dis-je en insistant soigneusement, que je ne suis plus moi-même.

Je regardai intensément mon amie en priant pour qu'elle s'aperçoive qu'entre Rhiannon et moi, il y avait un monde.

— Je t'assure que je peux tout expliquer. Et si on allait boire un café quelque part ?

Soudain, je m'illuminai.

— Si je ne me trompe pas, il y a un Panera juste en bas de la rue, non ?

En fait, je savais pertinemment qu'il y en avait un. Suz et moi, nous y étions allées plus d'une fois pour nous goinfrer de leurs délicieux gâteaux aux noix de pécan. Son visage s'adoucit brièvement, et elle ouvrit la bouche pour répondre. Gene fut plus rapide.

— Nous n'irons nulle part avec toi.

Cette fois, je le regardai franchement. C'était un type moyen — taille moyenne, cheveux moyens, nez moyen, bouche moyenne, etc. Comparé à la physionomie délicate et raffinée de Suz, il avait vraiment l'air de M. Tout-le-Monde. Sauf que la cinquantaine passée ne l'arrangeait pas — il avait quinze ans de plus que nous — et qu'il était en train de virer taureau sanguin suralimenté. Certes, il avait quand même deux choses pour lui : son intelligence et l'adoration qu'il vouait à mon amie — pour ça, on pouvait lui pardonner beaucoup.

En fait, je m'apercevais que j'éprouvais plus d'amitié pour Carolan que pour Gene. D'abord, Carolan était médecin — il soignait les gens. Gene, lui, était prof d'université. Il avait beau avoir deux doctorats, il n'était pas docteur. Gene était grassouillet, Carolan mince et nerveux, ce qui lui donnait l'allure et la vivacité d'esprit d'un homme plus jeune de dix ans. Jusque-là, je n'avais jamais prêté attention aux différences. J'avais simplement accepté Carolan comme l'amoureux d'Alanna, parce que Gene était celui de Suz.

A présent, je voyais les traits de Gene se déformer sous le poids d'un sentiment assez laid — la jalousie. Et je savais que ce sentiment n'avait rien à voir avec la haine ou l'envie. Carolan m'avait haïe avant qu'il ne découvre que je n'étais pas Rhiannon, surtout parce qu'il craignait que je ne blesse son épouse. Oui, c'était un individu bien meilleur que Gene, pas seulement parce que ce n'était pas un petit universitaire ringard, mais un médecin talentueux et physiquement mieux conservé. Jamais Carolan n'aurait été jaloux de ma proximité avec Alanna. Au contraire.

Avec la lucidité qui accompagne toujours l'intuition, je compris la raison pour laquelle j'étais capable d'identifier si vite ce sentiment de jalousie : c'était parce que je l'avais déjà perçu. Et plus d'une fois. Comme ce samedi matin, où je m'étais « arrêtée » chez Suz et que je l'avais embarquée pour un déjeuner improvisé entre copines. Ou encore cette fois où Suz lui avait rappelé que les soirées du jeudi nous étaient réservées, et par conséquent que, pendant deux ou trois heures, il devait se passer d'elle. Le visage de Gene était devenu blanc de rage. Et ce ton sarcastique qu'il prenait pour dire que nous étions inséparables, Suz et moi.

Enfin, jusqu'à présent, il avait réussi à ne jamais commettre de gaffe majeure. Je veux dire que je n'avais jamais eu l'occasion de me demander s'il m'appréciait ou s'il me tolérait simplement. Suz l'aimait, et à mes yeux, c'était amplement suffisant. Et cela me faisait mal au cœur de comprendre qu'il avait dissimulé sa jalousie tout ce temps, et que maintenant, Rhiannon lui donnait une excuse valable pour rompre une relation qui l'insupportait.

— C'est à Suzanna, repris-je, pas à toi, que j'ai posé la question.

Je soutins sans ciller son regard furieux.

— Depuis quand réponds-tu à sa place ?

J'essayai de ne pas élever la voix pour ne pas attirer l'attention des consommateurs qui, pour l'instant, avaient encore le nez collé sur les étiquettes de prix.

— Shae…

Prononcé par la voix douce et mélodieuse de Suz, ce diminutif que je n'avais plus entendu depuis une éternité accéléra subitement mon rythme cardiaque.

— Peut-être… Peut-être pourrions-nous nous rencontrer plus tard ?

Son regard se reporta nerveusement vers son époux.

— Suz, dis-je d'une voix implorante, j'ai vraiment besoin qu'on parle. C'est important.

Je lui expédiai le regard *stop-urgence* que nous avions mis au point entre nous, plusieurs années auparavant, et qui signifiait : « Laisse tout tomber et accours. Il y a un truc qui ne va pas. » Un vrai SOS de copines, quoi.

A mon horreur la plus totale, elle haussa les épaules.

— En fait, je ne pense pas que ce soit une bonne idée, murmura-t-elle en baissant les yeux.

— *Tu* ne penses pas..., articulai-je entre mes dents serrées, en décochant à son tyran de mari un regard éloquent.

— Ecoute, Shannon, rétorqua Gene en ricanant. Tu as fait des choix. Tu as clairement fait comprendre à Suzanna qu'elle ne s'accordait pas franchement à ton nouveau style de vie. Alors, assume. De toute façon, vous n'aviez rien en commun.

Là, j'eus l'impression de recevoir une gifle. C'est vrai que Suz et moi, nous étions le contraire l'une de l'autre. C'était même ce qui nous rendait si complices. Nous abordions la vie différemment. Suz était sage et mesurée. Moi, j'étais plutôt chien fou et j'avais tendance à bondir avant de réfléchir. Donc, nous nous complétions à merveille. Je l'encourageais à porter des jupes plus courtes et je bavardais jusqu'à la rendre folle. Elle reboutonnait d'un cran ma chemise et elle m'imposait — parfois — le silence.

Voilà ce que j'eus soudain envie de hurler à la face de ce type pompeux et prétentieux. Puis je remarquai le regard désespéré que me lançait mon amie. Un regard brillant de larmes, qui me suppliait de me taire. En cet instant, Suzanna ressemblait à la femme qui doit choisir entre son mari et sa meilleure amie.

La main de Gene serra son bras et elle posa la sienne par-dessus, dans un geste que je reconnus aussitôt : c'était celui qu'elle esquissait automatiquement pour le rassurer. En un mot, elle avait choisi. A quoi pouvais-je m'attendre d'autre ? Effectivement, ma vie avait changé, et là où je devais aller, elle ne pourrait pas me suivre. Alors, j'aurais voulu qu'elle fasse quoi ? Quitter le père de ses enfants pour moi ? Non, c'était hors de question, même si je ne devais jamais rentrer à Partholon.

— Je comprends, proférai-je de ma voix la plus neutre possible.

Gene émit un petit rire sarcastique et je l'ignorai, fixant mon regard sur Suzanna.

— Je suis désolée pour la souffrance que ces derniers mois ont provoquée.

J'aurais voulu hurler que ce n'était pas moi qui en étais la cause, qu'un jour, je pourrais lui expliquer et qu'elle comprendrait… Mais je savais que ce jour n'arriverait probablement jamais.

Ma vie avait irrévocablement changé. Celle de Suz aussi. Je me contentais de lui sourire tristement et de lui dire les seuls mots qui valaient la peine :

— Tu m'as manqué. Je t'aime.

Sa bouche se crispa et les larmes contenues dans ses

yeux roulèrent lentement sur ses joues, se mêlant à la neige incessante. Puis Gene l'entraîna loin de nous.

Je chancelai et les bras de Clint me maintinrent fermement. La lumière bleue et rouge d'un gyrophare tournoya sur la neige sale et une voiture de police se gara près de l'Impala toujours embourbé. Doucement, Clint me guida vers les portes vitrées qui s'ouvrirent. Nous franchîmes le seuil, balayé par une soufflerie brûlante, et soudain, mes pieds refusèrent de m'emmener plus loin. Je restai là, absente, et quand mon compagnon me tendit un Kleenex, je le fixai stupidement.

— Elle était..., bégayai-je en prenant le mouchoir et en essuyant les larmes qui ruisselaient sans même que je les sente. Elle était... ma meilleure amie.

— Je suis désolé, murmura-t-il.

Un troupeau de clients, les bras surchargés de paquets, passa en trombe près de nous et Clint me tira sur le côté. Je secouai violemment la tête.

— Je ne peux pas croire que...

Subitement, je me tus. Que quoi ? Que Suz ne m'avait pas sauté dans les bras en criant : « Oh, Shae, j'ai toujours su que ce n'était pas toi ! Et le coup de ton voyage dans une autre dimension, je l'avais compris ! » Même en rêve, elle n'aurait pas osé l'imaginer.

Je me mouchai bruyamment pour arrêter la crise de reniflements qu'un excès lacrymal provoquait toujours chez moi.

— Je m'excuse, repris-je, pour cette scène peu agréable.

J'esquissai un sourire, mais l'attention de mon

compagnon était ailleurs. Intriguée, je suivis son regard vers les baies vitrées.

— Clint ?

Avant même qu'il ne me réponde, je sentis mes entrailles se révulser — comme si j'avais pénétré dans une pièce où flottait l'odeur nauséabonde d'un cadavre de souris en décomposition, dissimulé à l'intérieur des murs. Je me tournai et regardai à mon tour par les vitres. La neige émettait un éclat perlé dans le soir tombant, et la pénombre transformait les silhouettes qui s'agitaient sur le parking en fantômes noirs. Près de l'Impala, j'aperçus un policier qui achevait d'attacher les chaînes sur les pneus de l'Impala. Avec un tressaillement, je découvris Suz et Gene, immobiles à quelques pas de là.

Ils s'étaient écartés l'un de l'autre. Suzanna se tenait dans une attitude de défense, les bras resserrés contre sa poitrine. Face à elle, Gene agitait une main avec colère, cependant que l'autre se crispait le long de sa cuisse. Suz secoua la tête avec détermination et recula d'un pas. Gene la saisit par le bras. Les clients qui passaient près d'eux leur jetèrent des coups d'œil curieux.

Soudain, du coin de l'œil, je perçus un frémissement, noir sur noir — comme une chauve-souris traversant le ciel nocturne. Je tournai vivement la tête vers la droite et scrutai l'horizon en espérant désespérément être victime d'une hallucination.

— Là…

Clint désigna un point derrière la voiture immobilisée — une sorte de flaque informe et ténébreuse qui se confondait avec l'ombre de la voiture. Puis la flaque se mit à onduler et se glissa, épaisse, visqueuse, sous l'Impala. Le moteur rugit bruyamment.

Ce qui suivit se déroula avec une atroce rapidité. Je m'avançai vers les portes qui restèrent obstinément fermées. Au même instant, les lumières vacillèrent, puis disparurent. Suzanna se libéra de l'étreinte de Gene et chancela vers l'arrière. Les roues, qui tournoyaient quelques instants plus tôt dans le vide, agrippèrent alors la glace, et la voiture bondit en avant, heurtant Suz de plein fouet. Sous le choc, elle fut violemment propulsée à terre et la voiture passa sur son corps en cahotant lourdement.

Le hurlement qui monta dans ma gorge eut un goût de bile. Je frappai frénétiquement des poings sur les portes closes. Puis les lumières revinrent en clignotant et les gonds glissèrent dans un chuintement. Je me précipitai vers le groupe rassemblé près de l'Impala, suivie de Clint.

— Laissez-moi passer ! Je suis infirmière !

Une femme blonde écarta vigoureusement les badauds et s'agenouilla près du corps, disparaissant de ma vue. A côté de moi, j'entendais le grésillement et les clics de la radio du policier qui était en train de demander une ambulance.

— Reculez ! Reculez !

Le policier traversa la foule, puis la repoussa, bras écartés. Je me frayai un passage à sa suite. Suzanna gisait sur le côté, totalement immobile. Sa nuque dessinait un angle droit anormal. Je clignai des yeux, hébétée. Une mare couleur rubis grandissait autour de la tête et des épaules, et de la vapeur s'élevait aux endroits où elle atteignait la neige.

Soudain, un rire répugnant monta du creux de la nuit.

— Tout… Tout ce sang ! balbutiai-je, anéantie. Suzanna !

Mon cri déchira l'air et l'homme qui gémissait, accroupi sur le sol, tourna vers moi un visage terreux.

— C'est ta faute, siffla-t-il entre ses lèvres bleuies et desséchées.

— Partons.

Clint glissa un bras ferme autour de mes épaules et m'entraîna hors du cercle.

— Je… je ne… peux pas… la laisser, bégayai-je entre mes larmes.

— Tu ne peux plus rien pour elle, Shannon. Elle est morte.

Ces mots me cinglèrent physiquement.

— Reculez ! Reculez !

Le policier avait été rejoint par d'autres collègues.

— Seigneur !

Je me retournai. C'était le conducteur de l'Impala. Il tituba à travers la foule. L'un des policiers le tira en arrière.

— Monsieur ! Ecartez-vous, s'il vous plaît !

— La voiture refusait de s'arrêter… Oh, mon Dieu !

Ses épaules étaient agitées de sanglots convulsifs.

— J'ai écrasé le pied sur le frein, je vous jure, et rien ! Rien ! Oh, mon Dieu !

— Partons, maintenant, Shannon, murmura Clint, d'une voix aussi dure que l'acier.

La sensation de détachement qui précède les états de choc m'envahit et je me laissai faire sans un mot.

— C'est elle ! C'est sa faute !

La voix de Gene débordait de haine.

— C'est elle la coupable !

Je regardai par-dessus mon épaule, tandis que Clint m'entraînait plus rapidement. Gene se tenait debout, les vêtements tachés de sang, pointant un doigt hystérique dans ma direction. De la bave coulait entre ses lèvres et sur son menton.

— Monsieur !

Le policier qui, tout à l'heure, s'était occupé du conducteur, s'approcha de Gene.

— J'ai vu la scène. C'était un accident. Personne...

Sa voix se perdit dans le lointain de la nuit.

— Ne t'arrête pas, murmura Clint près de mon oreille. Respire et marche.

Ce ne fut que lorsqu'il m'eut hissée sur le siège du Hummer et qu'il eut attaché ma ceinture de sécurité, que je remarquai l'aura bleu saphir qui vibrait autour de lui.

Sans attendre, il monta à côté de moi, fit démarrer le Hummer et tourna le bouton du chauffage à fond. Otant son manteau, il m'en enveloppa, puis m'observa d'un air soucieux.

— Pour... Pour... Pourquoi ne reste-t-on pas ?

Avec indifférence, je constatai que je tremblais comme

une feuille et que les larmes roulaient continûment sur mes joues.

— Elle a peut-être besoin de moi…

— Elle n'a plus besoin de personne, Shannon. Mais la chose était encore là.

Nous glissâmes hors du parking. Les rues s'étendaient devant nous, désertes et glaciales.

— Et s'il nous avait attaqués ? Nous n'avions aucun arbre à portée de main pour en tirer de l'énergie, acheva-t-il d'un ton neutre. Et beaucoup d'autres personnes seraient mortes.

— Tu es tout bleu, déclarai-je d'un air absent.

— Bleu ?

Il me regarda comme si le choc avait définitivement dérangé mon esprit.

— L'aura. Elle est d'un bleu chatoyant, avec des éclats dorés sur le pourtour. Je la voyais très nettement, quand tu m'as ramenée à la voiture.

Clint haussa les sourcils, surpris.

— Bah, sans doute mon aura a-t-elle senti cette chose que tu appelles Nuada. Et elle a réagi. Pourtant…

Il hésita.

— Je ne crois pas que c'était nous que visait directement Nuada. Pas cette fois, en tout cas.

— *Tant que je te posséderai, tout ce que tu aimes, je le détruirai, dans ce monde-ci ou dans l'autre*, murmurai-je entre mes lèvres engourdies. Non, ce n'était pas après moi que Nuada en avait. C'était bien Suzanna, sa victime. Parce qu'il avait compris que je l'aimais.

Soudain, tout devint extrêmement précis autour

de moi. Ces accès de compréhension sont parfois assez... effrayants.

— Mon père n'est pas le seul à être en danger. Tous ceux auxquels je tiens risquent de mourir tant que Nuada n'est pas anéanti.

Avant que Clint puisse répondre, je tendis le doigt.

— A droite, sur Kenosha Street.

L'ambulance nous dépassa et je me tassai sur le siège.

— Tu... Tu es sûr qu'elle est morte ?

— Tu le sais, Shannon, répliqua-t-il doucement.

Personne ne pouvait en effet survivre à ce type de blessure.

Ma faute... C'était ma faute. Je frissonnai et resserrai les pans du manteau contre moi, tandis qu'une série de spasmes secouait mes entrailles. Posant mon front contre la vitre froide, je fermai les yeux et me concentrai sur ma nausée.

Il ne fallait pas que je pense à Suzanna. Ni à nos discussions qui duraient des heures, et pendant lesquelles nous oubliions le temps et le monde extérieur. Ni à sa façon de deviner immédiatement, au téléphone, si j'étais heureuse ou triste. Ni à sa fille aînée qui avait été, d'année en année, mon élève préférée, et qui avait décrété un beau jour : « Ma mère et toi, vous devez devenir copines. » Et qui s'était littéralement arrangée pour nous « coller » ensemble.

Grâce à elle, nous étions devenues les meilleures amies du monde, à notre plus grand plaisir.

Et voilà qu'elle venait de disparaître. Laissant trois filles magnifiques, privées de mère à cause de moi.

— Shannon !

Je tressaillis.

— Ça suffit. Tu vas te rendre malade.

Je voulus me redresser, lui jeter à la figure qu'il n'avait pas d'ordre à me donner, mais je fus incapable d'esquisser le moindre mouvement, et je restai là, le front contre la vitre, à sangloter convulsivement.

— Bon sang ! Guide-moi ! Où va-t-on, maintenant ?

J'essuyai mes joues contre la manche de son manteau et le regardai, hébétée.

— La direction, Shannon…

La voix était impérieuse.

— Comment se rend-on chez ton père ?

Il se pencha, sortit plusieurs mouchoirs de la boîte à gants et me les jeta sur les genoux.

— Et ne te torche pas le nez sur mon manteau.

Je venais de perdre ma meilleure amie et il se souciait de son manteau ?

Je me mouchai et tendis le cou pour scruter le paysage. Nous nous trouvions dans la banlieue et les rues défilaient, désespérément vides. Je m'étonnai de voir les lampadaires encore allumés. D'habitude, pendant les tempêtes de ce genre, la première chose qui flanchait, c'était l'électricité.

Nous amorçâmes une montée et j'aperçus, sur la droite, l'élégante barrière blanche et les buissons impeccablement taillés du très chic Forest Ridge

Country Club — connu pour son golf spectaculaire et son excellent restaurant.

— Tout droit, dis-je d'une voix entrecoupée. Quand la quatre voies deviendra une deux voies, prends à droite. On tombera sur Oak Grove Road.

— Bon. Tu m'indiqueras l'embranchement, parce que la route est tellement recouverte de neige que je suis incapable de distinguer le nombre de voies.

— D'accord.

Je fronçai les sourcils et regardai par la fenêtre avec attention. Je reconnus des lieux familiers, que j'avais fréquentés, étant enfant. Puis les maisons se firent de plus en plus rares.

— Ralentis, on y est presque.

Clint rétrograda.

— Là, tu vois le bâtiment carré ?

Je tendis le doigt.

— C'est là que tu tournes.

Le Hummer obliqua à droite et, à cet instant, toutes les lumières s'éteignirent, telles des bougies soufflées par une rafale de vent.

— Mon Dieu !

Mes tremblements convulsifs reprirent de plus belle. Cela dit, je ne me souvenais pas du moment où ils avaient cessé.

— Nuada ? murmurai-je d'une petite voix.

Clint secoua la tête.

— Non. Respire et calme-toi, Shannon. Sens-tu sa présence ?

Sagement, je ne m'énervai pas et, fermant les yeux,

je me concentrai. Sentais-je la présence du Mal ? Non. Je poussai un soupir de soulagement.

— Pas de Nuada à l'horizon, admis-je.

— Les lampadaires se sont éteints à cause de la tempête. C'est tout. C'est même surprenant qu'ils aient tenu si longtemps.

Sa voix était étrangement tendue. Surprise, je le dévisageai. Il était assis de travers, ses larges épaules penchées sur le côté, comme si son dos le faisait souffrir. Je songeai soudain qu'il conduisait depuis plus de huit heures. Il devait être épuisé.

— Nous ne sommes plus très loin. Juste après la petite montée, il y a un stop.

Nous y arrivâmes. Clint ne s'arrêta pas.

— On ne peut pas dire qu'il y ait foule, ce soir.

Il parvint à esquisser une grimace dans ma direction.

— Bon. Tu vois, à droite, ces genévriers ?

Le Hummer ralentit.

— La petite route, là, tu la prends.

Le véhicule tourna avec la pesanteur d'un char d'assaut.

— Maintenant, tu suis la forêt jusqu'au sommet de la colline. Le ranch de papa est juste sur la droite.

Je désignai le rectangle sombre qu'on devinait au milieu des pâturages.

— Ouf ! Ils ont laissé le portail ouvert.

Je me laissai aller contre le dossier de mon siège avec soulagement.

Clint s'engagea sur le sentier. Manifestement, mon père s'était escrimé à dégager la voie pendant une bonne partie de la journée. Je souris en l'imaginant, engoncé dans sa parka difforme, le capuchon rabattu, avec les oreillettes en fourrure, pestant contre son vieux John Deere tout en essayant d'insérer la lame chasse-neige.

Une lumière brillait au-dessus du porche, alors que toutes les maisons voisines étaient plongées dans le noir. Clint me lança un regard interrogateur.

— Papa a fait installer des capteurs solaires, il y a une éternité. Dans les années soixante-dix, je crois, pour ne plus payer de taxes. Et bien sûr, il a été le premier surpris de découvrir que c'était un excellent investissement.

Je secouai la tête avec tendresse.

— Quelle heure est-il ?

— 8 heures un peu passées.

— Gare-toi n'importe où derrière les deux camions.

Comme d'habitude, mes parents n'avaient pas rangé leurs voitures au garage. Il faut dire que le garage en question servait aujourd'hui de remise à outils, d'atelier de menuiserie ou de réparation de machines. Moi, je l'avais toujours considéré comme un débarras. Alors que ma Mustang, c'était une voiture d'« intérieur » : elle vivait essentiellement dans le garage et ne sortait la nuit qu'après autorisation parentale.

— Ne bouge pas. Je viens te chercher.

Clint s'extirpa avec raideur de la cabine. Une fois dehors, il s'étira avec difficulté, une main sur chaque rein. Je le vis contourner le capot avec une démarche d'automate désarticulé.

— Ton dos te fait souffrir ?

— Bah, ça va… Pas de souci.

Nous nous frayâmes un chemin à travers la neige jusqu'au porche.

— Hum…

Je m'éclaircis la gorge avec nervosité. Je ne savais pas très bien comment m'y prendre. En général, je me contentais de crier : « Hé, papa, c'est moi ! » et de pousser la porte.

Sauf que là, j'ignorais quel accueil j'allais recevoir. Et si Rhiannon avait également répandu son poison, ici ? Et si mon père ne voulait plus me voir ? Je baissai les yeux et contemplai mes vêtements souillés et trempés.

— Tout va bien, Shannon ? demanda Clint, repoussant une boucle de mon visage.

— Je ne sais pas…

Avant que j'achève ma phrase, le bouton de la porte tourna. Pétrifiée, je fixai la silhouette trapue qui s'encadrait sur le seuil.

— Shannon ?

— Oui, c'est moi, papa. Euh… J'ai un copain avec moi. On peut entrer ?

J'avais l'impression d'avoir six ans.

— Bien sûr.

Mon père s'écarta.

— C'est la pire tempête que j'ai jamais connue, bougonna-t-il. J'ai l'impression d'être revenu dans ce fichu Etat de l'Illinois.

Nous pénétrâmes dans le petit hall. Sur une table près de la porte brûlait une large lampe à huile. Mon père tendit la main et ajusta la mèche. Une longue flamme claire jaillit et des reflets dorés jouèrent sur nos visages.

Mon père portait un survêtement orné de l'écusson de l'université de l'Illinois, orange sur bleu marine. D'épaisses chaussettes informes recouvraient ses pieds.

Ses cheveux étaient en bataille et il nous considérait par-dessus ses lunettes de lecture. Il avait l'air… merveilleux. J'eus subitement envie de me blottir contre lui et de pleurer comme un bébé.

Au lieu de cela, j'essuyai hystériquement mes pieds sur le paillasson, en cherchant quoi dire.

— Pourquoi est-ce que les chiens n'ont pas aboyé, papa ?

Mon père élevait des chiens qui étaient le résultat sidérant d'un croisement entre chiens-loups irlandais et lévriers. Pas pour les faire courir, non, mais pour son plaisir. Et il appréciait leur efficacité à maintenir les coyotes à distance respectable. En conséquence de quoi, le visiteur était toujours accueilli par une demi-douzaine de chiens minces et multicolores, toujours en mal d'affection. Il fallait simplement prendre garde à leurs queues, qui étaient de véritables fouets.

— Je les ai enfermés dans la grange, avec les chevaux. Trop sale temps, dehors. J'ai allumé quelques lampes, déposé un gros seau de nourriture.

Il gloussa.

— Ces fous doivent croire qu'ils sont arrivés au paradis des chiens !

— Oh, papa, tu m'as tellement manqué !

Je me dressai sur la pointe des pieds et déposai un baiser sonore sur sa joue.

— Eh bien, tu es à la maison, maintenant.

Je lui souris à travers mes larmes. Qu'Epona soit louée ! Quoi qu'elle ait fait, Rhiannon n'avait pas réussi à détruire cet amour-là. Les yeux de mon père se posèrent avec curiosité sur Clint, qui tendit aussitôt la main.

— Monsieur Parker… C'est un plaisir de vous…

— Papa, intervins-je, tout en rougissant furieusement de mon manque de manières. Je te présente Clint Freeman. Clint, mon père, Richard Parker.

Ils se serrèrent vigoureusement la main, puis mon père montra la direction du salon.

— Entrez, et faites comme chez vous. Shannon, tu pourrais vous apporter quelque chose à boire, à Clint et toi ? Tu sais où ça se trouve.

Mon père désigna le canapé à Clint et s'installa dans son vieux fauteuil, près d'une table basse chargée de livres et de magazines sur les chevaux de course. Je me dirigeai vers la cuisine, qui n'était séparée du salon que par un haut comptoir.

— Qu'est-ce que je peux te proposer, Clint ? Du café, du thé ? demandai-je tout en fouillant dans les placards à la recherche de tasses.

— Du café, si ça ne t'ennuie pas.

— Il y en a du frais, intervint mon père. J'espère que vous l'aimez fort, ajouta-t-il en direction de Clint qui acquiesça, avec un sourire. Zazou, je crois qu'il y a du single malt, dans l'armoire, auquel tu n'as pas touché depuis six mois. Au cas où tu aurais retrouvé tes anciennes habitudes.

Entendre ce surnom affectueux que j'avais presque fini par oublier me bouleversa, et j'eus beaucoup de peine à verser le café à travers mes larmes. Jusqu'à ce que j'assimile le reste de la phrase... J'avais toujours adoré le scotch single malt que j'avais découvert en Ecosse, une dizaine d'années auparavant. Sauf que j'avais appris, pendant mon séjour à Partholon, que Rhiannon détestait cet alcool. Elle le trouvait vulgaire. Par sa remarque, mon père venait sans le vouloir de m'indiquer que cette garce était également venue ici. Exaspérée, j'eus soudain le sentiment d'avoir été violée.

Je réchauffai de l'eau au micro-ondes pour mon thé et emportait le tout dans le salon.

— Tu veux quelque chose, papa ?

— Non, je te remercie. Je me suis déjà servi un café avec du Baileys.

Il me regarda avec curiosité, avant d'ajouter :

— Tu sais que je ne bois jamais de café si tard. Je ne sais pas pourquoi, mon petit doigt me disait que ce soir, je devais rester éveillé.

Je m'assis sur le divan, près de Clint et agitai mon sachet de thé.

— Fini, hein, ta passion pour le scotch ? Je crois bien qu'il ne reste plus aucune de ces bouteilles de bordeaux extrêmement coûteuses que tu as apportées quand... quand...

Il se tut, comme s'il préférait ne pas évoquer cette période.

— Non ! Enfin, je veux dire, oui !

Je secouai la tête pour essayer d'éclaircir mes idées.

— J'adore toujours le scotch. Simplement… euh… je crois que le thé est plus raisonnable pour ce soir.

Et pour les sept mois à venir, ajoutai-je mentalement. Nous sirotâmes nos boissons en silence. Le décor familier agissait comme un calmant sur mes nerfs en pelote, et je commençai à me sentir capable d'affronter les atrocités de la journée.

Soudain, j'ouvris de grands yeux.

— Où est Mama Parker ?

L'absence de ma belle-mère me parut subitement criante. Normalement, elle aurait dû être là, à tourner autour de nous pour nous offrir quelque chose à manger, à me houspiller pour que je retire ce jogging sale et détrempé. Enfin, bref, à faire tous ces « trucs de maman », comme je disais souvent, qui me donnaient l'impression d'être aimée. J'eus honte de n'avoir pas posé la question plus tôt.

— Mama Parker est allée voir sa sœur à Phoenix.

— Sans toi ?

Je n'y croyais pas ! Ils étaient mariés depuis des années, mais ça ne les empêchait pas de continuer à tout faire ensemble. Mignon, mais un peu écœurant à mon goût.

— Cette visite était prévue depuis des mois. Je devais l'accompagner, mais un de ces idiots de yearlings a décidé de sauter une barrière et s'est cassé une patte. Je suis resté pour soigner ce crétin sans cervelle.

Je souris devant la litanie des jurons familiers. Il

y avait peu de créatures que mon père trouvait plus stupides que ses chevaux — et peu de créatures qu'il vénérait autant. Une petite voix, au fond de moi, me susurra qu'il était temps que j'annonce l'objet de ma visite, mais j'éprouvais un besoin désespéré de savourer encore cette atmosphère familière et réconfortante. Même si ce n'était qu'une brève illusion.

— Bon, et comment ça va, à l'école ? demanda-t-il.

Avant que je décroche le poste de grande prêtresse dans une dimension alternative, j'avais adoré mon travail de prof d'anglais au lycée de Broken Arrow — qui était aussi l'école où mon père tenait le rôle de légende vivante depuis près de trois décennies.

J'avais adoré ces gosses et la comédie perpétuelle qu'ils m'offraient chaque jour. Quel métier permet d'assister à un théâtre *live* avec des centaines de semi-humanoïdes — les ados —, de porter les tenues les plus diverses au moment de festivités aussi biscornues que la « fête du pyjama » ou « habillez-vous comme votre super-héros » ? Quel métier, dis-je, permet de se comporter de la manière la plus excentrique possible et de passer pour « cool », le tout en étant payé, même mal ? Il n'y en a qu'un : celui de prof d'une école publique.

Oh… Et une chose sur laquelle nous avons toujours été d'accord, mon père et moi, c'est que les ados sont les seules créatures au monde à posséder moins de cervelle que les chevaux de course. J'observais le lent sourire qui s'épanouissait sur son visage.

— Ces petits idiots ? Bah, ils ont de plus en plus de courants d'air dans le cabochon !

Il gloussa.

— Et cette année, figure-toi qu'on nous a balancé le principal le plus chochotte de toute l'histoire du lycée ! Ils nous l'ont sorti d'une de ces grandes écoles très pince-mi pince-moi. Tout ce qu'il sait faire, c'est déplacer les armoires, tripoter le thermostat dans la salle des profs et fureter dans les couloirs pour nous espionner quand on va s'enfiler une tasse de café bien méritée.

Il hocha la tête et me lança un regard triste.

— Finalement, tu as eu raison de laisser tomber tout ça.

A la mention de mon « changement de carrière », je plongeai le nez dans ma tasse.

— Ça n'a pas l'air d'aller, ma Zazou…

Mon père s'efforça de prendre un ton léger, mais les rides sur son front se creusèrent un peu plus.

— Ma Zazou…, reprit-il doucement. Tu veux me dire ce qui ne va pas ?

Je levai les yeux vers lui. Je n'avais jamais rien pu lui cacher — en fait, je n'avais même jamais essayé. Même adolescente, je lui disais tout. Une pensée soudaine me traversa l'esprit.

Peut-être que Rhiannon, non plus, n'avait pas réussi à lui dissimuler sa vraie nature. Peut-être qu'il savait qu'elle n'était pas moi. Prenant une profonde inspiration, je redressai les épaules.

— C'est compliqué, papa. Je ne sais pas très bien par où commencer.

— Par le début, ma fille, répondit-il simplement. La vie est compliquée.

Je me raclai la gorge.

— Hum… Papa, ces six derniers mois, je n'étais pas moi.

Mon père approuva d'un signe de tête.

— C'est sûr, ma fille. Tu as été assez rude avec Mama Parker. Heureusement qu'elle t'adore. Je suis content que tu sois redevenue comme avant et…

Je levai une main pour l'arrêter.

— Attends, papa. Ce que je veux dire, c'est que je n'étais pas moi *littéralement.*

Il étudia attentivement mon visage, et le commentaire qu'il s'apprêtait à faire mourut sur ses lèvres.

— Explique-toi, Shannon Christine.

Bien… L'usage de mon second prénom indiquait qu'il me prenait au sérieux.

— Tu te souviens de l'accident que j'ai eu, il y a six mois ?

— Evidemment que je me rappelle. Tu es restée plusieurs jours dans le coma. On était morts d'inquiétude, Mama et moi.

Il hocha la tête.

— Je savais bien qu'un jour, tu aplatirais cette maudite Mustang. Trop rapide…, grommela-t-il, prêt à repartir dans la vieille querelle à propos de ma voiture.

— Ce n'était pas un accident normal, papa. Et je ne l'ai pas emboutie, ajoutai-je, exaspérée. J'ai acheté un vase à une enchère. Une urne funéraire ancienne. Dessus, il y avait la représentation de la Grande Prêtresse d'Epona.

— Hmm… Une déesse des chevaux celtique, acquiesça mon père, qui était un homme cultivé, comme les livres dans le salon en témoignaient.

— Bon, la déesse, c'est moi… Ou plutôt, mon image-miroir.

Je marquai une pause pour être sûre qu'il aurait le temps d'assimiler tout ce que je disais.

— Mon image-miroir, repris-je, appartient à un autre monde, dans une autre dimension. Un monde où la mythologie remplace la technologie et où certaines personnes, là-bas, sont les doubles de personnes d'ici. Euh… est-ce que je suis claire ?

— Shannon, ta plaisanterie est idiote.

— Je ne plaisante pas ! rétorquai-je, offusquée.

Je me raccrochai à Clint comme à mon ultime espoir.

— Dis-le-lui, toi !

— Monsieur…

La sérénité de sa voix parut aussitôt rendre mes propos un peu plus sensés.

— Ecoutez-la. Non seulement Shannon vous dit la vérité, mais elle peut vous le prouver.

Je lui décochai un regard très *de-quoi-est-ce-que-tu-parles-bon-sang !* Clint se contenta de m'encourager d'un signe de tête. Le prouver ? Elle était bien bonne, celle-là !

— Bon… Euh… Papa, le vase a provoqué l'accident et bien plus que ça. Il m'a envoyée dans un autre monde, et dans ce monde, j'ai pris la place de l'Elue d'Epona.

Mon père haussa un sourcil, mais ne m'interrompit pas.

— Donc, la garce qui dévaste ma vie, ma famille et mes amis depuis six mois, ce n'est pas moi ! achevai-je dans une soudaine explosion.

— Tu veux dire que *physiquement*, tu n'étais pas dans ce monde ?

J'approuvai frénétiquement.

— Et que la femme qui a quitté ton boulot, épousé et enterré un milliardaire, qui parcourt les Etats-Unis en jet privé, n'est pas toi ?

— C'est ce que je veux dire ! lançai-je d'une voix triomphante.

— Shannon…

Il secoua la tête.

— Tu te rends compte que tout ça a l'air complètement dingue ?

— Evidemment que je m'en rends compte !

Je crois que j'étais en train de m'énerver.

— Tu sais, poursuivis-je d'une voix plus normale, même à mes oreilles, ça paraît ridicule, et pourtant, c'est moi qui suis en train de vivre tout ça.

Je fermai les yeux et me massai les tempes. La migraine pointait le bout de son nez et mon estomac venait de se réveiller. Mission impossible. Il ne me croirait jamais.

Je sentis la main solide de Clint pétrir doucement ma nuque.

— Monsieur Parker, dit-il calmement, il est tard et Shannon a vécu des choses difficiles aujourd'hui. Je crois que le mieux serait que nous dormions et que nous achevions notre petite explication demain.

— Tu as l'air épuisée, ma fille, me dit mon père.

J'ouvris les yeux.

— Papa… Suzanna est morte.

Il tressaillit.

— La petite Suzanna ! Mon Dieu, que s'est-il passé ?

Clint intervint.

— Pour l'instant, il suffit que vous sachiez que la tragédie s'est produite ce soir et que Shannon y a assisté.

Mon père dévisagea d'un air songeur l'homme assis près de moi.

— D'accord, fiston, dit-il enfin. Emmenons la demoiselle se coucher.

Mon père s'approcha de moi et m'attira dans ses bras. Puis il esquissa une grimace.

— Pouah, Zazou… Tu sens mauvais.

— Je sais, rétorquai-je, l'air malheureux.

Me tenant toujours par la main, il m'entraîna le long du couloir qui conduisait aux chambres, saisissant au passage la lampe à huile qui brûlait toujours sur la table du hall d'entrée. La première pièce sur la gauche correspondait à la chambre d'amis. Mon père y pénétra, ouvrit le tiroir de la table de chevet et en retira des allumettes, avec lesquelles il alluma les épaisses bougies fleurant bon la vanille.

— Shannon dormira ici, déclara-t-il en lançant un regard appuyé à Clint. Je vais vous dresser un lit de camp dans le bureau. Ça ira ?

— Parfaitement, monsieur, répondit Clint, imperturbable.

Mon père poussa un grognement approbateur et se tourna vers moi.

— Je crois qu'il y a de vieilles chemise de nuit et des choses à toi dans la commode. Et, à mon avis, il devrait rester assez d'eau chaude pour que tu te décrasses.

Il fronça le nez.

— Tu en as sacrément besoin. Et on reprendra notre petite discussion demain matin.

Je me nichai dans ses bras avec reconnaissance.

— Je t'aime, papa, murmurai-je contre sa poitrine.

— Je t'aime aussi, ma Zazou.

Puis il se tourna et poussa Clint dehors.

— Viens avec moi, fiston, dit-il, avant de refermer soigneusement la porte.

Je souris devant cet instinct protecteur, typique chez mon père, et retirai de la commode un vieux sweat et une de mes chemises de nuit favorites — celle avec l'image du Père Noël qui se glisse dans la cheminée pendant que la légende déclare « Comment annoncer que vous le méritez quand même ». Cadeau d'un de mes élèves.

— Ô joie, ô délice, murmurai-je en dénichant une culotte de soie violette de chez Victoria's Secret.

Mon père ne s'était pas trompé. Il restait juste assez d'eau chaude pour un récurage bref, mais complet. La séance me détendit et à peine m'étais-je glissée sous la couette que mes yeux papillonnèrent. Je soufflai les bougies, remontai jusqu'au menton le quilt confectionné par ma grand-mère, et me laissai bercer par l'odeur douce de la vanille mêlée à celle de la couverture. Ce parfum, c'était celui de mon enfance. Rassérénée, je sombrai dans le sommeil.

Evidemment, c'est un peu difficile à croire, mais j'avais toujours réussi à maîtriser mon sommeil. Et quand mon inconscient pénétra dans le Pays des Rêves, mon corps était frais et dispos, parce que je venais de dormir plusieurs heures d'un sommeil profond.

J'étais allongée sur de gigantesques oreillers en duvet qui flottaient dans l'air. De gros matous blancs et noirs paressaient et ronronnaient près de moi. Jamie Fraser m'expliquait, avec son accent écossais ultra-sexy, qu'il laissait tomber Claire et que j'étais l'unique amour de sa vie. Visiblement furieux, Hugh Jackman déclara à Jamie qu'il ne se battrait pas avant de m'avoir fait un massage des pieds. J'ouvris la bouche pour dire aux garçons que ce n'était pas la peine de se fâcher ou de se battre à cause de moi…

… et je fus aspirée hors de mon corps et propulsée au travers du toit du ranch familial. C'était une expérience bizarre que de flotter dans un ciel de neige. Comme si les cristaux blancs étaient à la fois en moi et hors de moi.

— Beurk ! Je me sens de nouveau malade, annonçai-je dans la nuit vide.

Respire, Elue.

Je notai que le murmure dans ma tête était plus net et plus clair que depuis le jour où j'avais été forcée de revenir dans ce monde.

— On dirait Clint, commentai-je à voix haute.

La Déesse ne répondit pas. Je fis donc comme elle me l'avait ordonné, et aspirai profondément l'air sec et glacé. Presque aussitôt, mon vertige s'atténua. C'était troublant de constater que non seulement je me sentais plus expérimentée, dans ces voyages magiques, mais aussi plus à l'aise.

Je regardai au-dessous de moi et découvris le paysage avec surprise. On se serait cru en plein Colorado au mois de décembre. Les pâturages verdoyants de mon père, bordés de chênes verts et de genévriers, s'étaient mués en une nature sauvage d'un blanc enchanteur.

— C'est beau, murmurai-je.

Je jetai un coup d'œil en direction de la ferme. Une lumière chaude perçait derrière les volets et, contre les murs de briques rouges, la neige s'entassait en monticules gracieux dont certains s'élevaient quasiment jusqu'aux fenêtres.

— Bon sang, il doit bien y avoir plus d'un mètre de neige !

Ce n'est pas naturel, Elue.

— Je sais ! rétorquai-je dans la nuit silencieuse et ouatée. Jamais l'Oklahoma n'a connu une pareille tempête.

Ce n'est pas naturel, Elue, parce que le Mal est entré dans ce monde.

Des picotis désagréables parcoururent mon corps. Le nom maudit se forma sur mes lèvres.

— Nuada.

Tu dois l'arrêter.

— Moi ! m'exclamai-je. Mais comment ?

Tu le dois, Elue. Tu es la seule qui puisse le combattre.

— Plus facile à dire qu'à faire. A Partholon, je me sentais forte parce que j'étais entourée de gens qui comprenaient la magie et qui m'aidaient. Et toi aussi, tu m'aidais.

Tu manques de confiance en toi, Elue.

Je paniquai en constatant que la voix de la déesse faiblissait dans ma tête.

Aie confiance en ton pouvoir intérieur.

— Non ! Ne disparais pas !

Je me sentais perdue, abandonnée.

— Je ne sais pas quoi faire !

Les Anciens te guideront... Et le Grand Chamane de ce monde-ci...

— Epona ! hurlai-je. Quels Anciens ? Quel Chamane ?

Souviens-toi.

La voix était si ténue que j'eus du mal à percevoir les derniers mots.

Tu es l'Elue de la Déesse...

Puis le murmure s'évanouit dans la nuit.

7.

Je me redressai brusquement sur le lit, les yeux grands ouverts.

— Bon sang !

D'un seul coup, je rejetai la couverture et bondis hors du lit.

Fébrilement, je fouillais dans le tiroir et en retirai un vieux jean, un pull troué et une antique paire de chaussettes.

J'ouvris silencieusement la porte et me dirigeai vers la cuisine sur la pointe des pieds. Epona savait bien que je ne pourrais pas me rendormir, après ça. Et tout à coup, le concept œufs-brouillés-toasts-bacon me parut le seul valable à cette heure-ci de la nuit. Là au moins, je savais ce que je devais faire.

J'ouvris le « placard-glouton », ainsi dénommé parce qu'il contenait un peu de tout, jusqu'aux allumettes pour mettre en route la lampe à huile toujours posée sur la table de la cuisine.

— Ah, voilà, murmurai-je avec satisfaction en refermant ma main sur la boîte familière.

— Tu aurais pu t'épargner cette peine. Je crois que ton père a laissé des allumettes près de la lampe.

La voix de Clint me flanqua une peur bleue.

— Bon sang, Clint ! Qu'est-ce que tu fiches assis dans le noir ?

D'une main encore tremblante, je frottai l'allumette et l'approchai de la mèche. Une lueur dorée éclaira le visage de mon compagnon.

— Euh… Tu m'as fait peur, tu sais. Tu aurais pu t'annoncer.

— Je ne voulais pas te déranger.

— Ben voyons, grommelai-je en ajustant la flamme, avant de lui tourner le dos pour sortir les œufs et le beurre du réfrigérateur. Pourquoi tu ne dors pas ? repris-je.

— Et toi ? rétorqua-t-il du tac au tac. Après la journée que nous avons vécue, je pensais que tu dormirais jusqu'au matin.

— Euh… j'ai dormi, répondis-je d'une manière évasive, tout en cherchant une poêle.

— Encore un de ces rêves ? demanda-t-il doucement.

— Hmm…

— Tu as vu ClanFintan ?

— Non.

J'allumai le gaz de la cuisinière et versai tout le sachet de bacon dans la casserole.

— Je me suis contentée de flotter dans les parages et j'ai eu une petite discussion avec Epona.

Je lui jetai un coup d'œil par-dessus mon épaule.

— Œufs-bacon pour tout le monde ?

— Tout ce que tu prépareras, je le mangerai avec plaisir.

Ses yeux se plantèrent dans les miens, et ce que j'y lus me fit frissonner. Je m'empressai de revenir à ma poêle.

— Qu'a dit ta Déesse ?

— Oh, euh…

D'un geste nonchalant, je cassai les œufs dans un bol.

— Voyons… Le Mal rôde. Nuada doit être arrêté. Les Anciens me fileront un coup de main et le Grand Chamane du coin m'aidera à prendre confiance en moi.

Je me mis à touiller les œufs avec virulence.

— Sauf qu'en règle générale, j'évite de croiser le chemin du Mal, que je ne sais même pas comment arrêter Nuada et que je n'ai jamais eu le plaisir de rencontrer les Anciens ou le Chamane local. Et la seule chose dont je sois sûre, c'est que je ne fais pas le poids.

Brusquement, je m'aperçus que j'étais au bord des larmes, ce qui eut le don de m'exaspérer encore plus. Quand ce n'étaient pas les nausées, c'étaient les hormones qui s'y mettaient.

Les mains chaudes de Clint se posèrent sur ma nuque et le geste eut pour effet immédiat d'interrompre mon touillage hystérique. Posant son menton sur ma tête, il m'attira contre lui.

— Je suis là. Ton père est là. A nous trois, on trouvera bien un moyen de combattre cette chose.

Il me fit pivoter face à lui et, d'une main, releva mon visage. Nos regards se croisèrent.

— Tu es l'Elue de la Déesse. Ne l'oublie pas.

— Oui, c'est ce qu'Epona m'a dit aussi...

— Bon, tu refuses d'entendre ta Déesse, mais moi, tu veux bien m'écouter ?

Ses yeux d'un brun intense me sourirent.

— Après tout, je suis le double de ton mari, ajouta-t-il malicieusement, en imitant involontairement l'intonation de ClanFintan.

Mon cœur manqua un battement.

— Oui, en effet, murmurai-je d'une voix chevrotante.

Il dut lire dans mes yeux ce que je n'avais pas envie qu'il y lise, parce qu'il se tut aussitôt. J'étais si proche de lui que je sentais son souffle sur ma joue. Ses doigts sous mon menton glissèrent le long de mon cou, puis caressèrent légèrement l'arrière de ma nuque. Un frisson me parcourut.

— Shannon, ma chère, murmura-t-il d'une voix rauque en se penchant sur moi.

Le baiser fut léger et... malheureusement chaste. Il s'écarta légèrement et me dévisagea.

— Laisse-moi t'embrasser, Shannon.

— Tu viens de le faire, articulai-je, le souffle court.

— Ce n'était pas un baiser, ma chérie.

Son demi-sourire était plein de promesses.

— Laisse-moi t'embrasser, répéta-t-il doucement.

Oh oui, je voulais sa bouche contre la mienne !

J'acquiesçai silencieusement, et un désir brut brilla dans ses yeux.

Nos corps se serrèrent l'un contre l'autre, et mes mains remontèrent le long de son dos, jusqu'à ces larges épaules si familières. J'avais l'impression de retrouver un pays perdu. Ses lèvres se posèrent sur les miennes, souples et chaudes, et je sentis son corps frémir de passion contenue tandis qu'il prenait le temps d'explorer ma bouche.

J'avais toujours adoré ce magnifique alliage des muscles fermes avec la peau lisse. Ma main glissa le long de son bras, savourant cette étonnante sensation de force et de douceur. Je m'émerveillais de provoquer tant d'émotion chez un homme en prenant simplement sa langue dans ma bouche. Exactement comme ClanFintan. Le nom me traversa comme une secousse électrique et je reculai en chancelant.

— Je…

Je me tus. Nous luttions tous deux pour maîtriser notre respiration.

— Je suis désolée. Je ne veux pas…

Les mots moururent sur mes lèvres.

— Non, ce n'est pas vrai. Je veux. Je veux tes mains sur moi. Je veux tes lèvres contre les miennes. Tu lui ressembles tellement que je ne peux m'empêcher de te désirer ardemment.

Je le dévisageai, implorante.

— Je suis mariée. Pas toi.

— Tu es mariée dans l'autre monde, Shannon, pas dans celui-ci.

— Ah, parce que tu fais la différence ? Si je t'appartenais, ça ne t'embêterait pas que je couche avec lui, que ce soit sur cette planète ou sur une autre ?

Son silence fut éloquent.

— Tu vois, repris-je, que je sois ici ou là ne change rien à la réalité. Je suis mariée à un autre.

— De quoi parles-tu, bon sang, Shannon ?

La voix bourrue de mon père nous fit sursauter, Clint et moi.

— Eh bien, euh…

J'eus du mal à affronter ses yeux.

— Bonjour, papa.

— Tu ferais mieux de t'occuper de ton bacon, rétorqua-t-il en s'installant à la table, en face de Clint.

— Et verse-moi du café, s'il te plaît.

J'obtempérai sans un mot.

— Merci, ma Zazou.

Je versai les œufs brouillés dans la poêle et me concentrai sur ma tâche en essayant de ne penser à rien d'autre.

— Je ne peux pas dire, reprit mon père d'une voix songeuse, que je comprenne ou que je croie ce que tu as commencé à me dire hier soir. En revanche, je te connais suffisamment pour savoir que toi, tu y crois. Et comme tu n'as jamais été une écervelée, je pense qu'il doit y avoir une part de vérité dans ce que tu as raconté. Je suis donc prêt à t'entendre avec un esprit ouvert.

Il se tut et avala une gorgée de café, les yeux fixés sur Clint.

— Mais d'abord, je voudrais savoir à qui diable tu

es mariée, et pourquoi cet homme est ici à la place de ton mari.

— Eh bien, papa, répondis-je avec une fausse désinvolture, je suis mariée à un Grand Chamane et guerrier, chef de son peuple, qui s'appelle ClanFintan. Il n'est pas ici avec moi parce qu'il vit dans un autre monde.

A son crédit, il faut avouer que mon père avait toujours une longueur d'avance.

— Tu disais que tu n'étais là-bas que depuis ton accident. Ce qui fait six mois. Ça ne me semble pas beaucoup pour rencontrer et épouser quelqu'un.

— C'était un mariage arrangé. Après l'accident, je me suis réveillée à Partholon pour découvrir que j'étais promise à ce chamane. C'est une des raisons pour laquelle Rhiannon a fui.

— Rhiannon ?

— C'est comme ça qu'elle s'appelle, papa. La femme qui a pris ma place.

Je déposai le bacon sur du papier absorbant et sortis trois assiettes du placard au-dessus de l'évier.

— Le petit déjeuner est prêt. Servez-vous, annonçai-je.

Mon père et Clint obéirent, comme si j'étais un sergent-instructeur appelant à la soupe, et je les rejoignis très vite autour de la petite table. Nous mangeâmes quelques instants en silence, sous le halo rassurant de la lampe à huile. Je fus ravie de constater que mon ventre recommençait à apprécier sans protester les bonnes choses.

— Si cette fille a fui pour ne pas épouser ce type, alors tu dois être dans le pétrin, ma fille.

— Ce n'est pas la seule raison, intervint Clint. Si Rhiannon a fui ce monde qui avait besoin d'elle, c'était par égoïsme et parce qu'elle convoitait le pouvoir qu'elle avait entraperçu dans ce monde-ci.

Mâchonnant pensivement, mon père étudia Clint.

— Et toi, fiston, où est-ce que tu interviens, dans tout ça ?

— J'ai ramené Shannon ici, répliqua-t-il simplement.

— Toi ?

Les yeux de mon père s'agrandirent de surprise.

— Pourquoi ?

Je me hâtai de parler avant Clint.

— Pour comprendre ses raisons, tu dois en savoir plus sur Rhiannon. Par conséquent, il faut qu'on te raconte toute l'histoire.

— J'écoute.

Je décochai un sourire plein de tendresse à cet homme dont l'esprit ouvert avait toujours suscité mon admiration, et me lançai. Mon père ne m'interrompit que pour poser deux ou trois questions sur les Centaures et leurs métamorphoses.

Cette idée d'un être mi-homme mi-cheval parut littéralement le fasciner. Je m'aperçus bientôt que Clint écoutait aussi très attentivement et je constatai qu'en réalité, il ne connaissait que quelques fragments de l'histoire — et des fragments extrêmement partiaux puisque fournis par la Manipulatrice Suprême, je veux dire Rhiannon.

— … donc, ClanFintan et les guerriers sont revenus du Donjon quelques jours avant la fête de Samhain, au cours de laquelle Epi devait être accouplée à un étalon pour assurer la fertilité de la terre. Ma jument était tellement nerveuse que ClanFintan et moi l'avons emmenée en promenade pour la détendre. Elle nous a guidés jusqu'à une ancienne clairière.

Je m'arrêtai et regardai Clint qui poursuivit.

— C'était moi qui rendais la jument nerveuse. J'avais découvert ici la clairière-miroir de celle de Partholon, et je savais qu'il existait une brèche qui permettait de passer d'une dimension à l'autre. Comme j'avais pris la pleine mesure de la nature maléfique de Rhiannon, j'ai décidé de la renvoyer et de rappeler Shannon.

Ses yeux graves se posèrent sur moi.

— Je croyais la sauver d'un monde que Rhiannon décrivait comme atroce. En réalité, je l'ai arrachée à un mari qu'elle adore et à un peuple qui a besoin d'elle. Et pour ajouter l'horreur à la souffrance, je n'ai même pas réussi à me débarrasser de Rhiannon.

— Quoi ?

Mon père venait de retrouver sa voix.

— Rhiannon est toujours ici ?

— Enfin, pas dans l'Oklahoma, répondit Clint. Mais elle est dans ce monde, oui. J'ignore comment j'ai pu ramener Shannon sans renvoyer Rhiannon.

— Votre hypothèse ? s'enquit mon père.

— Je crois que j'ai sous-estimé Rhiannon. Ce qui ne se produira plus, je vous le jure.

— Et ce n'est pas tout, papa. Tu te souviens de ce Mal qui a corrompu le Donjon du Gardien ? Eh bien, je crois qu'il a ressuscité. Je ne sais pas trop comment, mais l'esprit ou l'essence de Nuada, appelle ça comme tu veux, est… est… Enfin bref, il est vivant. Et il est ici. C'est lui qui a provoqué la mort de Suzanna, hier soir.

— Explique-moi ça, Shannon.

— Nuada s'est glissé sous une voiture et l'a dirigée sur Suzanna.

Ma voix se brisa.

— Ça ressemblait à un accident, mais Clint et moi avions senti sa présence. Et nous savons qu'il a trafiqué la voiture. Oh, papa, je crois qu'il va venir ici, maintenant…

— Ici ? Et pourquoi ?

— Il est obsédé par moi. Il pense que je l'ai rappelé d'entre les morts. Sauf qu'évidemment, je n'aurais jamais fait une chose pareille, même si je savais parler aux morts, ce qui n'est pas le cas. Je crois qu'il a été ressuscité grâce à la magie du dieu sombre de Partholon.

Je regardai mon père avec désespoir.

— Quand je l'ai repoussé, il a juré qu'il tuerait tout ceux que j'aime, dans ce monde et dans l'autre.

— Hmm… Tu l'as vu tuer mon double à Partholon.

Je fis un signe affirmatif tout en refoulant mes larmes.

— C'est la présence de Nuada qui provoque ce

temps inhabituel. C'est ce que m'a affirmé ma Déesse. Elle m'a demandé de l'arrêter…

J'hésitai, puis ajoutai paisiblement :

— Avant que je ne rentre.

— Que tu ne rentres ?

Les épaules de mon père s'étaient raidies.

— J'ai bien compris que tu avais de l'affection pour ces gens, Shannon, mais ta place est ici ! On va s'occuper de renvoyer Rhiannon dans son pays où elle assumera les responsabilités qui sont les siennes.

Jolie logique de prof. Je ne pus m'empêcher de sourire.

— Papa, il faut que je rentre, et pas seulement parce qu'ils ont besoin de moi.

Je lui lançai un regard pressant.

— J'aime ClanFintan.

— C'est entendu, ma fille. Mais tu disais que Clint était son double, non ?

J'opinai de la tête.

— Eh bien, même un aveugle pourrait dire qu'il crève d'amour pour toi. Pas vrai, fiston ?

— C'est vrai, répondit Clint sans hésiter.

— Et vu la façon dont vous colliez vos bouches, tout à l'heure, mon petit doigt me dit que tu n'es pas indifférente non plus. Pas vrai ?

Mon père plongea ses yeux francs dans les miens.

— Ce n'est pas le problème, papa, bafouillai-je.

— Ce n'est pas mon avis.

Il se tourna vers Clint.

— Ni le sien. Donc, si je résume : il faut éliminer

cette crapule de Nuada, renvoyer la sorcière à sa marmite. Et toi, tu restes ici.

— Je suis enceinte, papa.

— Pardon ? s'exclamèrent simultanément les deux hommes.

Je poussai un soupir.

— Je suis enceinte de ClanFintan. Je dois rentrer.

8.

— Bon sang, Shannon !

Clint se leva d'un bond, renversant sa chaise. Subitement, je le vis grimacer et je songeai que son dos devait de nouveau le faire souffrir. Hagard, il s'écarta de quelques pas et regarda farouchement autour de lui, comme s'il cherchait quelque chose à frapper.

— Tu en es sûre, Zazou ?

— Certaine, papa.

— Du Centaure ?

L'idée avait l'air de le troubler.

— Du Centaure, confirmai-je.

Les yeux de mon père glissèrent vers mon ventre.

— Et… euh… tu auras de la place pour tout ça ?

— ClanFintan m'a assuré que je donnerais naissance à un petit d'homme. Et, ajoutai-je avec un sourire taquin, ce sera un cavalier d'enfer.

Mon père éclata d'un rire franc qui détendit l'atmosphère.

— Il a dit ça ?

— Mmm… Et aussi qu'il était né pour m'aimer.

Mon père me dévisagea gravement.

— Tu dois rentrer, Zazou. Un enfant a besoin de son père.

Sa voix était ferme, mais ses yeux étaient humides.

— *Une* enfant, corrigeai-je.

— « Une » ?

— Le premier bébé de l'Elue d'Epona est toujours une fille, expliquai-je.

— Eh bien, ta Déesse et moi, on est d'accord sur ce point.

Je haussai un sourcil.

— D'accord sur quoi ?

Il posa sa main calleuse sur mon genou.

— Que les filles sont une bénédiction des dieux.

Je détournai la tête et reniflai bruyamment. Puis il pressa doucement mon genou et se leva.

— J'ai des choses à faire. Je vous laisse tous les deux un moment. Mais j'aurais besoin d'un coup de main pour porter le fourrage. Alors, ne soyez pas trop longs.

Il fixa le visage troublé de Clint.

— Ça change les choses, fiston.

— Je sais, monsieur.

Mon père se dirigea vers la porte qui donnait sur le garage puis, brusquement, fit volte-face.

— Maintenant, je sais pourquoi ton visage m'est familier.

Il secoua la tête, comme étonné d'avoir mis si longtemps à trouver.

— Tu es ce colonel de l'Air Guard de Tulsa, dont le F-16 a eu un problème au-dessus de la ville. Si je ne me trompe, tu es resté à l'intérieur de l'appareil aussi longtemps qu'il a fallu pour l'emmener s'écraser dans le fleuve de l'Arkansas. Oui, je me souviens, tous les médias avaient parlé de l'histoire, à cette époque.

Mon père me jeta un coup d'œil.

— Tu te souviens, Shannon ? C'était il y a cinq ans, environ.

Je ne pus que le regarder stupidement. Effectivement, je me souvenais, mais je ne l'avais pas reconnu.

— Si ma mémoire est bonne, reprit mon père en fixant le plafond comme s'il y lisait les journaux, tu t'es éjecté au dernier moment, une fois que tu as été sûr que la ville ne serait pas touchée. Or, c'était trop bas et tu t'es gravement blessé au dos.

— Votre mémoire ne vous trompe pas, répliqua Clint tranquillement.

— Ils disaient aussi que tu étais un héros.

— J'ai fait mon boulot, c'est tout.

Mon père approuva, avec une expression de respect.

— Il y a des bottes et des manteaux dans l'armoire, juste à côté de la porte. Couvrez-vous correctement avant de me rejoindre dans la grange. Je ne veux pas que ma petite fille prenne froid.

Et il disparut, me laissant seule face à Clint. Je dévisageai mon compagnon et soudain, avec une clarté aveuglante, je compris qui était cet homme. C'était un héros et un soldat qui s'était sacrifié. Il savait parler aux arbres et possédait une aura bleu saphir cernée d'un halo doré. Nul doute ne subsistait plus dans mon esprit. Clint était réellement l'égal de ClanFintan.

Troublée, je me mis à jouer la fille occupée et entrepris de laver frénétiquement les assiettes.

— Vivre au milieu de la forêt soulage ta douleur au dos ? demandai-je en versant la moitié du savon liquide dans l'évier.

— C'est l'unique moyen pour moi de conserver ma mobilité, répliqua-t-il en hésitant, comme s'il détestait parler de lui. Plus je m'éloigne de la forêt, plus la souffrance s'intensifie. C'est pour cette raison que je ne pouvais pas rester à Tulsa avec Rhiannon.

— Et là, comment te sens-tu ? Veux-tu rentrer aujourd'hui ?

— Je peux tenir quelques jours. Ton père a suffisamment d'arbres sur ses terres pour soulager mes douleurs. C'est en ville que mes forces s'épuisent le plus rapidement.

— Ecoute, je ne voudrais pas être la cause de…

Il m'interrompit, d'une voix plus résignée qu'énervée.

— Tu aurais pu me dire, pour le bébé.

Je haussai les épaules, tout en m'escrimant sur le fond d'une casserole.

— Bah, ça ne fait pas de différence. Même si je n'étais pas enceinte, je voudrais retourner là-bas. C'était juste plus facile de convaincre mon père comme ça.

— Pour moi aussi, c'est plus facile, déclara lentement Clint. Mais je veux que tu saches une chose.

Je m'essuyai les mains sur un torchon propre, et me tournai vers lui.

— Je tiens toujours à ce que tu restes.

Il leva une main pour m'empêcher de parler.

— Non, laisse-moi finir. Si tu ne parviens pas à rentrer ou si, pour une raison ou une autre, tu décides de ne pas repartir, sache que je t'aime et que je m'occuperai de toi.

Il tendit la main et caressa lentement ma joue.

— De toi et de ta fille.

Je posai ma main sur la sienne.

— Merci, Clint. Je ne l'oublierai pas.

Il s'empara de mes doigts, les attira à lui et les embrassa délicatement. A regret, je retirai ma main et retournai à mon évier.

— Finissons la vaisselle et allons aider mon père.

Il s'installa près de moi. Dans l'eau savonneuse, ses mains rencontraient les miennes plus souvent qu'il n'était nécessaire. Et je sentais la chaleur de son bras, si proche du mien.

Il était en train de me rendre folle, mais je n'avais pas la force de lui dire d'arrêter. Cette présence, tout contre moi, c'était si bon…

— Ouf, fini !

Je m'essuyai de nouveau les mains, puis lui tendit le torchon.

— Bonne équipe, non ?

Il marqua une pause, avant d'ajouter :

— De vaisselle.

— Oui, on sera sélectionnés pour le prochain concours des Super-Laveurs-de-l'Oklahoma. Allez, on rejoint mon père !

Sans lui laisser l'occasion d'embrasser une partie quelconque de mon anatomie, je filai vers l'espèce de petite remise qui servait de sas entre la cuisine et le garage. L'endroit était la parfaite illustration du concept de chaos relativement maîtrisé. Entre les étagères remplies de bocaux de conserves, le lave-linge et la sécheuse, se dressait une énorme armoire en chêne. Je l'ouvris et y dénichai des parkas, des bonnets, des gants et des écharpes. Dans une caisse à côté, je trouvai des bottes de caoutchouc à semelles épaisses.

— Flûte !

La fermeture Eclair de mon manteau venait de se coincer.

— Là…

Je devinai un sourire dans sa voix.

— Je vais arranger ça.

Ses doigts se posèrent sur les miens, descendirent légèrement le zip, puis le tirèrent d'un seul coup jusque sous mon menton. Me considérant gravement, il tenta de rentrer mes cheveux rebelles sous l'espèce de bonnet russe que j'avais enfilé.

— Tu as l'air d'une petite fille.

Et avant que je ne réagisse, il se pencha et m'embrassa doucement, sur le nez d'abord, puis sur la bouche. D'une main ferme, il me fit ensuite pivoter vers la porte et me poussa en avant.

— Je connais le chemin ! grommelai-je.

— Alors, je vous suis, ô dame de mes pensées, répliqua-t-il avec une voix si semblable à celle de ClanFintan qu'un frémissement — qui n'avait rien à voir avec le bébé — agita mes entrailles.

Comme pour chasser les sentiments que cet homme éveillait de plus en plus fréquemment en moi, j'ouvris la porte avec brusquerie et sortis résolument dans un monde devenu d'un blanc absolu.

La neige continuait à tomber. Une neige douce et paisible, et qui se fondait dans l'épais manteau vierge.

— On dirait qu'un géant a sorti sa grosse éponge et effacé toutes les couleurs ! m'exclamai-je.

Clint hocha la tête.

— Ce ne sont pas seulement les couleurs qui risquent d'être effacées…

Il se tut, et le silence qui suivit ses paroles était lourd de prémonition. Je frissonnai et remontai le col de la parka. Le sifflement caractéristique du vent de l'Oklahoma se faisait entendre — et c'était bien le seul aspect familier de ce temps tellement étrange.

Je me secouai pour tenter de chasser le pressentiment sinistre qui venait de m'envahir. Du doigt, je désignai les traces laissées par mon père. Elles conduisaient jusqu'à la grange.

— Par là.

— Prends mon bras. Ton père m'en voudra jusqu'à la fin de sa vie si tu tombes et que tu te fais mal.

— Non, dis-je en m'agrippant avec gratitude à sa main secourable. Il ne t'en voudra pas. Il te tirera dessus.

— Perspective réconfortante, commenta-t-il sobrement, pendant que je m'enfonçais dans la poudreuse crissante.

Comme nous approchions de la grange, une multitude de créatures minces à poils rêches se mit à aboyer et à bondir impétueusement par les portes restées ouvertes.

— Attention à leurs queues, prévins-je. Elles sont aussi cinglantes que des cravaches, surtout si elles sont mouillées.

Clint se mit à rire.

— Tu crois que je plaisante ? Viens en short, un jour, et tu verras ce que c'est d'être entouré d'une meute en délire.

Je me tournai vers la grange.

— Dieu du ciel, papa ! criai-je. Est-ce que tu n'avais pas juste trois chiens, il y a six mois ?

Je grattouillai le crâne poilu du plus proche, ce qui provoqua un délire de jappements, tandis que les autres se pressaient à leur tour, en quête de caresses.

— Là, j'en compte cinq, je crois…

— Sûr, sûr.

Mon père apparut sur le seuil, un seau rempli de blé à la main.

— Mama Parker est tombée amoureuse de ce petit chiot brun, il y a deux mois à peu près, quand on était au Kansas. A ce qu'elle dit, c'est la bestiole qui l'a suppliée de l'emmener. Son nom, c'est Fawnie Anne.

— Ce qui fait quatre. Et j'en vois toujours cinq.

— Bah, tu sais, quand on en prend un, on en prend deux, répliqua-t-il, comme s'il parlait de paquets de chips. Ce chiot gris nous a suivis. Mama Parker l'a baptisé Murphy.

Traversant la meute glapissante et frétillante, nous pénétrâmes dans la grange. Une merveilleuse odeur de luzerne, à laquelle se mêlaient celles du foin et des chevaux, m'enveloppa et je la respirai avec bonheur. Sur l'un des côtés du bâtiment s'alignaient huit stalles occupées par des juments, des yearlings et deux chevaux de course à la silhouette mince. En face, les balles de foin s'empilaient jusqu'au plafond. La sellerie adjacente sentait bon le cuir usé.

— Où sont les autres chevaux ? demandai-je en m'approchant de la première stalle, pour caresser le museau velouté qui se tendait vers moi.

— Au pré. S'ils restent ensemble sous l'abri, il n'y aura pas de problème. J'ai assez de fourrage pour deux ou trois jours.

Il désigna le robinet qui surgissait du sol de la grange.

— Zazou, tu veux bien remplir le seau d'eau et leur donner à boire ? Clint, peux-tu leur donner du foin, pendant que je mesure les rations de blé ?

Il marqua une pause et considéra l'homme qui se tenait devant lui.

— C'est-à-dire… si ton dos le permet.

— Quand je suis à la campagne, je me sens presque en forme.

— Parfait. Allez, les chiens !

Il frappa du pied contre le seau.

— Du balai ! Vous gênez le passage.

Au cours des minutes qui suivirent, nous nous consacrâmes à nos occupations. La grange bourdonna comme une ruche. Par intermittences s'élevaient le hennissement satisfait d'une jument ou le miaulement ravi du chat qui reprenait possession de son territoire, enfin abandonné par les chiens.

Harmonieusement bâties, les juments avaient toutes bon caractère. Avec leur grosse tête et leur allure dégingandée, les deux yearlings me firent penser à des garçons de quinze ans — moins les boutons et le sourire niais. Dans l'une des stalles où je pénétrai avec mon seau, je découvris un poulain dont la jambe droite était recouverte d'un bandage sur toute sa longueur.

— Mazette, dis-je en palpant le membre blessé. Hé, papa ! Ça m'a l'air impeccable ! En tout cas, ce n'est pas chaud du tout.

— Sûr, il se remet bien.

La tête de mon père apparut au-dessus de la demi-porte de bois.

— Ce soir, tu pourras m'aider à changer le pansement et...

Un cri étrange et lointain l'interrompit. A mi-chemin entre le gémissement et le grognement, cela ne ressemblait à rien de connu

— Bon sang ! Qu'est-ce que c'est ? s'exclama mon père en se dirigeant vers la porte de la grange.

J'appelai Clint, mais déjà il avait entendu et lâché sa fourche pleine de foin. Je le rejoignis et nous courûmes après mon père.

Dehors, le vent était complètement tombé. Des flocons épais obscurcissaient le ciel, ne laissant filtrer qu'une lumière grise et pâle. De nouveau, je pensais au Colorado et à ce week-end où j'étais restée coincée dans un mignon petit chalet de Manateau Springs, à cause d'une tempête de neige assez semblable à celle-ci. Etonnant.

Tendus et silencieux, nous nous efforçâmes de localiser le cri.

— Ces deux chiots se sont probablement fait prendre par la glace, et ils ne savent pas comment s'en dépêtrer, bougonna mon père.

Un sifflement perçant déchira l'air.

— Fawn ! Murphy ! Ici, les enfants !

Il siffla de nouveau.

Soudain, de l'angle est de la grange accourut une meute hurlante. Les chiens se précipitèrent sur mon père et se collèrent à lui en tremblant et en geignant.

— Que se passe-t-il, bande de têtes creuses ? demanda-t-il d'un ton bourru, en grattouillant avec affection des crânes ou des oreilles.

— Papa, ces chiens sont terrifiés, remarquai-je, avant d'ajouter : Il en manque deux.

— Les chiots. J'en étais sûr. Le hurlement avait l'air de venir de l'étang. Oui, je vais les sortir de là par la peau des fesses, ces idiots.

Mon père se mit en route à travers l'étendue vierge. La voix sombre de Clint l'arrêta.

— Attendez, monsieur Parker.

Je sentis les poils de ma nuque se hérisser d'appréhension.

— Il y a quelque chose là-bas.

— Parle clairement, fiston, ordonna mon père.

Clint se tourna vers moi.

— Tu le sens ?

A l'instant même où il posait la question, un froid glacial m'envahit.

— Je le sens, dis-je, la bouche desséchée par la peur.

Mon père nous observa attentivement.

— La fameuse créature ?

— Nuada, oui, déclarai-je lentement.

Le cri de panique reprit, plus effrayant. A présent, plus aucun doute ne subsistait sur sa localisation. Il provenait du pré situé juste à l'est de la grange, là où s'étendait une grande mare poissonneuse, appréciée des bêtes comme des pêcheurs.

— Cette saloperie de monstre est en train de torturer mes chiots, et je ne tolérerai pas ça. Shannon, le fusil est à sa place, dans la sellerie. Fais gaffe, il est chargé.

— Nous vous accompagnons, entendis-je Clint déclarer à mon père.

— Alors, ne quitte pas Shannon des yeux, rétorqua ce dernier d'un ton bref.

Je revins, le fusil à la main, et le tendit à mon père.

— Monsieur, répondit Clint en désignant l'arme. Le pouvoir de Shannon est infiniment supérieur à ceci.

Mon père poussa un vague grognement, tourna les talons et fonça à travers la neige. Nous le suivîmes l'un après l'autre jusqu'à une barrière fermée par une chaîne. Mon père souleva le loquet et les deux hommes s'affairèrent à dégager la neige jusqu'à ce que nous puissions passer.

Une mangeoire abandonnée surgit devant nous, irréelle avec ses deux bras ouverts, recouverts de poudre blanche. On aurait dit un véhicule lunaire tout droit sorti d'un roman de Bradbury. A vingt mètres de là, on distinguait à peine la berge de l'étang. Le hurlement de panique était à présent assourdissant.

Mon père avait beau ouvrir la voie dans la neige épaisse, et avoir vingt ans de plus que nous, il nous distança aisément, Clint et moi. Toutes les deux ou trois secondes, il sifflait et appelait ses chiots.

— Fawn ! Murf ! Par ici, les enfants !

Soudain, mon pied se prit dans une pierre dissimulée sous les congères et je chutai, tête la première dans la poudreuse. J'eus à peine le temps de hoqueter, étourdie, que Clint était à côté de moi. D'un geste vigoureux, il me tira debout et m'épousseta.

— Ça va ?

J'opinai de la tête et regardai par-dessus son épaule en direction de l'étang. Mon père se tenait au bord de la seule partie de la rive qui n'était pas envahie par les broussailles. C'était là que les chevaux venaient boire et se reposer, l'été, du soleil éblouissant de l'Oklahoma.

Deux séries d'empreintes rompaient l'étendue de glace vierge qui recouvrait l'eau. Je suivis les traces des yeux et poussai un cri d'horreur en découvrant le trou noir vers lequel elles conduisaient, au milieu de l'étang. La tête des chiots surgissait par intermittences de ce trou, lançant chaque fois des hurlements de panique et tentant désespérément d'agripper la surface glacée. Chaque fois, leurs pattes glissaient, laissant derrière elles des traces ensanglantées.

— Oh, Clint ! articulai-je, d'une voix blanche. C'est atroce…

Soudain, j'aperçus une silhouette qui avançait

en rampant sur la glace. Mon père ! Il s'était mis à plat ventre et progressait lentement en direction des chiens.

— Papa ! hurlai-je.

Suivie de Clint, je me précipitai sur la berge.

— Ne bougez pas ! ordonna mon père sans se retourner.

— Arrête, papa ! Les plaques vont rompre sous ton poids et tu vas tomber, toi aussi !

Un sanglot monta dans ma gorge et je tendis les mains, affolée. Sans répondre, mon père poursuivit son chemin et se mit à parler doucement aux chiots, dont les aboiements terrifiés se réduisirent peu à peu, jusqu'à n'être plus que de lancinants gémissements apeurés.

Et le sang soudain reflua de mon corps. L'eau noire s'était mise à frissonner et onduler. Lentement, elle s'éleva et enveloppa le chiot brun, se refermant sur lui avec un clappement visqueux. Il y eut un remous, puis plus rien. La tête ne reparut pas.

— Fawn ! hurla mon père.

Le liquide noir frémit de nouveau et s'insinua autour du chiot argenté.

— Nuada...

La voix de Clint était d'un calme terrifiant. Je me tournai vers mon compagnon. Son aura émettait de sauvages pulsations d'un bleu aveuglant.

— Va jusqu'aux arbres qui bordent l'étang, Shannon.

Il désigna un saule gigantesque dont les branches balayaient la surface glacée, semblables aux cheveux poudrés de blanc d'un géant se reposant sur la berge.

— Pose tes mains sur le tronc et tiens-toi prête.

Je n'osais pas demander à quoi et partis à travers la neige, balançant frénétiquement mes bras pour m'aider à avancer.

— Murphy ! Non ! hurla mon père.

Mon sang se figea dans mes veines et, soudain, un atroce craquement déchira l'air. Haletante, je me jetai contre l'écorce rude et me retournai juste au moment où la glace s'effondrait, brisée par une force noire et visqueuse. Le corps de mon père disparut dans l'eau sombre.

— Papa !

Mon cri de désespoir se répercuta dans le silence mat et irréel qui venait de s'abattre sur l'étang. Impuissante, je vis mon père lutter contre la vague qui s'approchait de lui pour le submerger. Une de ses mains surgit dans l'air et frappa la glace, avant de glisser en crissant le long de la surface. Une large traînée rouge apparut.

Puis le liquide sinistre entoura son cou.

— Shannon !

Je tournai la tête vers Clint. Il se tenait tout au bord de la berge, face à moi. Ses bras dressés en croix pointaient, l'un dans ma direction, l'autre dans celle de mon père.

— Puise dans la force de l'arbre et canalise son énergie vers moi, comme tu l'as fait dans la clairière, quand nos mains se touchaient.

Je reculai pour me presser contre le vieux saule.

Bienvenue, Elue de la Déesse.

Caverneuse et rauque, la voix de l'arbre résonna dans mon esprit.

Nous sommes là pour toi, Elue, mais tu dois avoir le courage d'appeler notre pouvoir.

« Nous » ? Mais de quoi parlait-il ? Sidérée, j'inclinai légèrement la tête pour mieux le voir, et remarquai que ses branches étaient entremêlées à celles de son voisin. A leur tour, les branches de cet arbre touchaient celles du voisin, et ainsi de suite tout autour de l'étang. Une longue chaîne de saules cernait la mare, formant une véritable autoroute à écureuils qui ne s'interrompait qu'à l'endroit où se tenait Clint et où les bêtes venaient s'abreuver.

— Maintenant, Shannon !

Je fermai les yeux. « Ne pense pas à papa. Ne pense pas à l'ignoble Nuada. Ne pense pas au trou noir dans la glace. Pense à la chaleur, seulement à la chaleur. » Et soudain, je la sentis se diffuser à travers mon dos. Pressant plus fermement mes paupières, je me concentrai sur Clint, exactement comme je m'étais concentrée sur ClanFintan dans la clairière. Derrière mes paupières closes, je percevais les pulsations de son aura. Alors, je pris la chaleur qui s'était accumulée en moi et la rassemblai au bout de mes doigts. Puis je façonnai une boule de feu imaginaire

— Oui, Shannon ! C'est bien, continue !

La voix de Clint me parvenait étrangement amplifiée. Prenant une profonde inspiration, je m'immergeai dans la réserve d'énergie infinie que je sentais derrière moi.

Je suis l'Elue de la Déesse.

Le murmure courut le long des branches du saule qui commença à bourdonner, puis se transmit aux branches voisines et vola d'arbre en arbre, comme un salut lancé à des amis retrouvés. Alors, je tendis les mains et, d'un geste rapide, je projetai la boule en direction de l'éclat éblouissant de l'aura de Clint.

A cet instant, j'ouvris les yeux et je vis jaillir un éclair lumineux aux reflets argentés. Je reconnus aussitôt cette couleur — c'était celle de la crinière flamboyante d'Epi, que j'avais si souvent admirée. La boule d'énergie pure franchit l'espace en direction de Clint, qui avançait à présent vers le trou noir dans lequel se débattait mon père.

Sous ses pieds, la glace se teintait d'un éclat luminescent qui s'étendait comme une flaque à mesure qu'il progressait — rendant plus ténébreuse encore l'obscurité visqueuse qui s'agitait dans l'eau. Une vague enveloppa la tête de mon père et l'entraîna vers le fond.

— Encore, Shannon ! Encore !

Clint bondit en avant et j'eus la sensation que tout mon corps se vidait d'un seul coup. Prise de vertiges, je serrai les dents et m'enfonçai un peu plus dans le tronc.

— Je suis l'Elue d'une déesse et j'en appelle à votre puissance !

Ce ne fut pas un chuchotement, mais un cri qui sortit de mes lèvres. Aussitôt, une colonne lumineuse se forma entre mes mains, et coula en jet continu vers Clint, dont l'aura prit un éclat presque insoutenable.

Je vis mon compagnon saisir la main de mon père,

qui venait de surgir hors de l'eau. Des étincelles d'un bleu aveuglant crépitèrent le long de son bras, jusqu'à la surface visqueuse qui s'enflamma.

Un hurlement atroce monta des entrailles de l'étang et la bouche noire informe vomit littéralement le corps de mon père, que l'aura bleue enveloppa aussitôt.

Je voulus courir vers la berge pour aider Clint à transporter mon père sur la terre ferme, mais celui-ci avait dû sentir un vacillement dans l'énergie canalisée.

— Reste là ! hurla-t-il. Continue à me nourrir. Je m'occupe de ton père.

J'obéis et me pressai de nouveau fermement contre le tronc. Dépassant mon père, Clint se rapprocha de la faille noire dans la glace. J'ouvris la bouche, terrifiée, mais un tremblement convulsif me parcourut et figea les mots sur mes lèvres. Paralysée, je vis Clint placer sa main à quelques centimètres au-dessus de la surface mortelle. Puis il inclina la tête et parut s'absorber en lui.

Tel un feu d'artifice, les étincelles bleues jaillirent de sa main et commencèrent à couvrir la sinistre cavité. Juste avant que la lumière n'achève de le clore définitivement, un gargouillis s'échappa du trou :

— Ce n'est pas fini, femme…

L'aura de Clint se mit à faiblir progressivement, jusqu'à n'être plus qu'un faible éclat transparent, à peine visible. Revenant près de mon père, il le roula sur le ventre et entreprit une réanimation cardio-pulmonaire.

« Il n'est pas resté longtemps sous l'eau, il n'est pas resté longtemps sous l'eau », me répétai-je inlassablement en observant les mouvements de Clint. Des larmes brouillèrent ma vue et je les essuyai d'un geste bref. Puis mon père toussa et vomit des litres d'eau sale. Il ne s'était sans doute écoulé que quelques minutes, ou même quelques secondes, mais j'avais l'impression que l'attente avait duré une éternité.

Aussitôt, Clint le fit basculer sur le dos puis, d'un mouvement souple, le souleva et le posa sur son épaule, avant de se diriger vers la berge.

— Il a besoin d'un médecin, Shannon. Viens !

Rapidement, je caressai le tronc du vieux saule.

— Au nom de mon père, merci.

Tu es la bienvenue, Elue d'Epona.

Je rejoignis Clint en chancelant et m'emparai aussitôt de sa main. Je sentis ma paume brûler sous l'afflux de chaleur que je lui communiquai.

— Non, souffla-t-il d'une voix rauque et épuisée. Garde l'énergie pour toi.

A contrecœur, je lâchai sa main et nous rentrâmes à la grange. Les trois chiens survivants nous accueillirent en silence, la queue basse. Un grognement de douleur s'échappa des lèvres desséchées de Clint tandis qu'il allongeait doucement mon père sur des balles de foin, près des portes.

— Donne-moi ton écharpe.

Je l'arrachai littéralement et la lui tendis. Il l'entoura fermement autour de la main sanglante de mon père. Puis, prenant son poignet, il vérifia son pouls.

— Va chercher une couverture dans la sellerie.

Je courus et revins peu après, les bras chargés de

plaids. Clint avait débarrassé mon père de son manteau et de son pull.

— Couvre-le et parle-lui pendant que j'amène le Hummer ici.

Il me lança un regard grave.

— Partage avec lui le pouvoir de guérison de l'arbre.

J'acquiesçai et enveloppai soigneusement mon père. Je fus terrifiée par la couleur terreuse de son visage et la rigidité de ses membres. Prenant sa main intacte dans la mienne, je rassemblai la chaleur des saules. Aussitôt, je ressentis le picotement familier.

— Papa, tu m'entends ?

Avec le bord du plaid, j'épongeai ses cheveux détrempés, dont les pointes avaient commencé à geler. *S'il te plaît, remets-toi. S'il te plaît, remets-toi. Oh, mon Dieu…*

— Papa, il faut que tu te réveilles, maintenant.

J'insufflai une nouvelle fois de l'énergie. Ses cils battirent à plusieurs reprises, puis s'ouvrirent sur des yeux vitreux.

— Papa !

— Za… zou…

Sa voix était rocailleuse et entrecoupée, comme s'il avait une laryngite.

— C'est moi. Tout va bien.

Il cligna des yeux et regarda autour de lui, hagard. Puis la mémoire lui revint.

— Les… chiots…

Je secouai la tête.

— Il n'y avait rien à faire.

— Mama… Parker… ne va pas… être contente.

Des larmes embuèrent mes yeux. Elle aurait été bien plus désolée si ç'avait été lui qui était resté dans ce trou ! Ses yeux se fermèrent et je pressai frénétiquement sa main, affolée à l'idée qu'il s'évanouisse. Ses doigts me rendirent l'étreinte et je poussai un soupir de soulagement.

— Je te crois, maintenant.

Sa voix était presque inaudible.

— Pour Partholon… je te crois.

Le moteur du Hummer rugit devant la porte et Clint apparut sur le seuil. Avec une certaine raideur, il s'approcha de mon père.

— Prêt ? demanda Clint.

— Donne-moi une minute. Je vais me lever, grogna mon père.

— Ce sera pour une autre fois, rétorqua mon compagnon avec un petit rire.

Il souleva mon père sur son épaule et parcourut en titubant les quelques pas qui le séparaient du véhicule. Puis il allongea doucement mon père sur la banquette. En se redressant, il ne put retenir une grimace. Mais si son dos le faisait souffrir, sa voix n'en laissa rien paraître.

— Shannon, monte à côté de lui, ordonna-t-il d'un ton calme et précis. Continue à lui transmettre la puissance que tu as emmagasinée.

Il me dévisagea sévèrement.

— Mais ne t'épuise pas, comme tu l'as fait dans la clairière. D'ici à l'hôpital, tu n'auras plus beaucoup l'occasion de te recharger.

— Et toi ? demandai-je en grimpant dans le véhicule.

— On verra plus tard.

Il s'installa devant le volant avec une rigidité qui m'alarma.

— Courage, le voyage ne sera pas très long.

Le Hummer effectua un arc de cercle et se dirigea vers la route. Mon respect pour les véhicules et les hommes militaires croissait de seconde en seconde.

— Comment va sa main ? demanda Clint en me regardant dans le rétroviseur.

Je me penchai sur mon père.

— Laisse-moi voir, papa.

J'écartai délicatement la main qu'il tenait recroquevillée contre sa poitrine. Le sang suintait à travers l'écharpe et imbibait le plaid.

— Ça continue à saigner, dis-je à Clint.

— Tiens…

D'une main, il défit sa propre écharpe et me la tendit.

— Serre fort. La blessure est plutôt mauvaise.

— Désolée, ça va faire mal, murmurai-je à mon père.

Je nouai le bandage improvisé et envoyai un nouvel afflux de chaleur. Mon père ferma les yeux.

— Bon sang ! grogna-t-il. C'était mieux quand je ne sentais rien…

— En tout cas, ta voix va mieux.

— Oui, juste assez pour me permettre de jurer.

Il commença à claquer des dents, ce que je pris pour un bon signe.

— Cette… cette chose… était là-bas… dans l'étang.

— Je sais. Il n'est pas pleinement formé dans ce monde-ci. Du moins, pas comme à Partholon. Son corps ressemble à une masse liquide et noire.

— C'est le Mal. Je l'ai senti.

J'approuvai de la tête et continuai à serrer sa main. Soudain, mon père tenta de s'asseoir et je dus le repousser avec force.

— Il est là-bas, avec mes bêtes !

— Monsieur Parker, intervint Clint. Je l'ai enfermé. Pour un petit moment, en tout cas. Et je ne crois pas que Nuada attaquerait un animal, à moins que celui-ci ne soit lié spécifiquement à un être humain. C'est ce qu'il a fait avec vos chiots. Il s'en est servi comme d'un appât.

Il marqua une pause.

— Maintenant que nous avons quitté la ferme, il n'a aucune raison de s'en prendre à vos bêtes.

Mon père se détendit légèrement.

— Il est du genre obsessionnel, ajoutai-je. Pour l'instant, il fait une fixation sur ceux que j'aime. Les chiots ne l'intéressaient pas.

— Ouais, grommela mon père. Ça fait sens. Enfin, si on peut dire que tout ça a un sens…

Ses yeux épuisés se posèrent sur moi.

— Comment ce machin peut-il croire que tu l'as appelé à toi, ma fille ?

— Je ne sais pas, je n'ai jamais…

Une pensée traversa subitement mon esprit.

— A moins, repris-je, pensivement, que Nuada n'ait répondu à un autre appel…

Clint croisa mon regard dans le rétroviseur et acquiesça d'un air sombre.

— Rhiannon, dis-je. C'est elle qui l'a fait venir.

— Pourquoi ?

Je constatai avec plaisir que la colère l'emportait sur la souffrance chez mon père.

— Elle est embarquée dans une sale affaire, papa.

Une idée germait petit à petit dans ma tête. De nouveau, je croisai le regard de Clint dans le rétroviseur.

— Bres vénère des puissances maléfiques. Alanna le savait, et ClanFintan m'a parlé de ce dieu sombre, terrifiant, que le peuple du Donjon du Gardien s'est mis à adorer.

Je secouai la tête.

— Peut-être que Rhiannon a commencé, elle aussi, à trafiquer avec ce dieu sombre, sans se rendre compte des conséquences. Clint, tu disais qu'elle avait essayé de te convaincre de l'aider, n'est-ce pas ?

— Exact, confirma Clint. Elle répétait sans cesse que nous pouvions contrôler le pouvoir de la forêt.

Oui, tout ça m'avait l'air de se tenir.

— Quand je la canalise à travers toi, la puissance des arbres est comme amplifiée. C'est avec toi que je l'ai découvert. Mais Rhiannon possède une expérience de la magie bien plus grande que la mienne. Quand tu l'as rencontrée, elle savait déjà tout sur toi…

Je pensai à l'aura couleur saphir.

— Et comme tu refusais obstinément de l'aider, eh bien, il lui fallait trouver quelqu'un d'autre.

— Ou *quelque chose* d'autre, précisa Clint.

A cet instant, le Hummer roula en cahotant sur un trou dans la chaussée, et un grognement de douleur s'échappa des lèvres engourdies de mon père.

— Comment… comment peut-on croire qu'on va être capable de contrôler le Mal ? demanda-t-il.

— Rhiannon a déjà contrôlé un monde. Prendre le pouvoir d'un autre ne doit pas lui paraître impossible.

Dès que les mots furent sortis de ma bouche, je sus dans le tréfonds de mon être que c'était vrai. La question, que je m'étais déjà posée plus d'une fois, vola de nouveau dans mon esprit. Aurais-je pu devenir aussi mauvaise que Rhiannon si j'avais reçu une éducation différente ? Est-ce que j'avais en moi cette capacité au mal ? Je préférais penser que non.

— L'hôpital de Broken Arrow se trouve juste au coin d'Elm Street, non ?

Je me redressai pour regarder à travers le pare-brise et la tête me tourna.

— Oui, dis-je d'une voix faible, entre la 91e et la 101e rue.

Clint se tourna brièvement pour m'observer.

— Gardez vos yeux sur la route, colonel, proférai-je d'une voix que j'essayai de rendre enjouée.

— Monsieur Parker, demanda Clint précipitamment, comment vous sentez-vous ?

— Beaucoup mieux, fiston. Beaucoup mieux.

Je dois reconnaître qu'il avait repris du poil de la bête.

— Lâche sa main, commanda Clint.

— Pardon ?

J'entendais bien qu'il me parlait, mais j'avais du mal à comprendre le sens des mots.

— Monsieur Parker, retirez votre main, s'il vous plaît. Votre fille a épuisé toute l'énergie qu'elle avait retirée du saule et à présent, elle partage la sienne avec vous. Ce n'est bon ni pour elle, ni pour le bébé.

Une sonnette d'alarme se déclencha dans mon esprit, mais c'était comme si ma main refusait d'obéir à mon injonction.

— Là, Zazou, dit mon père. Je vais bien, tu peux me lâcher. Allez, prends soin de ma petite-fille.

Je voulus lui sourire, mais mon visage lui aussi refusait de réagir.

— Shannon ? Tu es toujours avec nous ?

Clint continuait à me lancer des regards inquiets par le rétroviseur. J'ouvris la bouche pour lui dire : « Oui, pas besoin de se faire du souci, je suis juste très fatiguée », mais mes lèvres semblaient paralysées.

— Mmmph..., fut tout ce que je parvins à dire.

Mon père leva sa main intacte pour la poser sur mon front et le geste lui arracha une grimace de souffrance.

— Bon sang, qu'est-ce qu'elle a ? s'écria-t-il. Elle est glacée. Il y a une minute à peine, elle allait bien.

— Voilà l'hôpital, annonça Clint en engageant le Hummer sur la voie qui menait aux urgences.

En quelques secondes, il sortit du véhicule, ouvrit la porte arrière et fit basculer mon père contre lui.

— Occupez-vous d'abord de Shannon ! lança-t-il à Clint.

— Ce n'est pas ici qu'elle trouvera l'aide dont elle a besoin.

Ils disparurent derrière les portes vitrées, qui s'ouvrirent avec un chuintement. Je laissai aller ma tête en arrière, contre le siège en cuir. C'était bon d'être assise là, sans bouger. Ma poitrine était étrangement oppressée. J'avais seulement besoin de dormir, dormir, dormir…

9.

— Shannon ! Bon sang ! Réveille-toi !

Le cri de panique me fit ouvrir les yeux. A travers une sorte de brume, je vis Clint se pencher vers moi et me saisir à bras-le-corps. Il me fit glisser du Hummer, puis il traversa le parking en me portant comme un bébé.

Non, ce n'est pas bon pour ton dos, pose-moi... Les mots traversèrent mon esprit, mais refusèrent de franchir la barrière de mes lèvres. Ma tête roula contre son épaule et je fermai les yeux.

Il me secoua brutalement.

— Ne t'endors pas !

Je tentai de froncer les sourcils. Qu'il me fiche la paix ! J'avais besoin de me reposer, moi. Brusquement, il me déposa sur un monticule de neige et pressa mon dos contre quelque chose de dur. Posant une main sur mon épaule, il défit le gant de l'autre avec ses dents et l'appuya sur la chose derrière moi.

— S'il vous plaît, aidez-la ! murmura-t-il avec désespoir.

Elue d'Epona !

C'était une voix jeune et pleine d'entrain. Un fourmillement se fit sentir dans le creux de mes reins, puis la chaleur se diffusa brutalement à l'intérieur de mon corps qui se cabra.

— Oups ! marmonnai-je, le souffle coupé.

Pardon, Elue de la déesse ! Je dois faire plus attention !

Le flux d'énergie s'adoucit et se fit plus régulier. Je fermai de nouveau les yeux, non parce que je sombrais dans l'inconscience, mais pour mieux savourer le retour de la vie à l'intérieur de mes membres. Même les picotements douloureux qui parcouraient mon corps étaient agréables.

Soudain, j'ouvris des yeux ronds. J'eus à peine le temps de crier pour avertir Clint que je me pliai en deux et rendis tout mon petit déjeuner sur la neige. Quand les spasmes se furent calmés, je m'essuyai les lèvres sur ma manche, me déplaçai légèrement et me recalai contre le tronc.

— Au moins, cette fois, je n'ai pas cessé de respirer, annonçai-je, heureuse de constater que j'avais retrouvé ma voix.

— Je t'avais bien dit, pourtant, de t'arrêter avant l'épuisement total.

Clint s'efforça d'avoir l'air exaspéré, mais la main qui écarta les mèches de cheveux collés sur mon front était tendre et douce.

— Difficile de savoir quand trop, c'est trop, tu sais.

Je souris et m'appuyai un peu plus contre l'écorce bienfaisante.

— C'est arrivé sans crier gare, et quand je me suis aperçue de ce qui se passait, eh bien, j'étais... euh...

— Presque morte ? acheva-t-il, d'un ton sarcastique.

— Non, presque inconsciente.

Il eut une manière de souffler par le nez qui me rappela tellement ClanFintan que je ne pus m'empêcher d'éclater de rire.

— Qu'est-ce qu'il y a de drôle ?

— Toi.

Je me redressai lentement en m'agrippant au bras de Clint.

— Je venais de me dire que tu ferais un sacré bon Centaure.

Il m'attira contre lui et je m'offris le luxe de poser ma tête contre sa poitrine.

— Je n'aime pas les chevaux, Shannon.

— Les Centaures ne sont pas des chevaux, rétorquai-je.

— Ça y ressemble.

— ClanFintan serait très ennuyé de t'entendre dire ça.

— Dis-lui de venir pour qu'on en discute.

J'observai son sourire par en bas.

— Il pourrait le faire, tu sais.

— Bien. En Oklahoma, on sait s'y prendre avec les chevaux. Je suis sûr que j'en ferais un poney de course.

Je ris et le repoussai.

— Tu es horrible !

Je me tournai et regardai l'arbre qui m'avait ramenée à la vie. C'était un petit poirier qui ne devait pas avoir plus de cinq ans. Surprise, je retirai mes gants et appliquai mes paumes, puis mon front, contre l'écorce lisse.

— Merci, petit bouchon, pour ce don que tu m'as fait.

Oh, Elue ! Tu es la bienvenue !

La voix bondit littéralement à travers mon esprit et je grimaçai, mais son impétuosité juvénile me ravit.

— Que la Déesse te bénisse, et te fasse devenir haut et fort.

Je le caressai une dernière fois et je le sentis frémir comme un jeune chiot exubérant.

— Allons voir papa.

Je passai mon bras sous celui de Clint et nous nous dirigeâmes vers les urgences.

— Hé, on dirait qu'il s'est arrêté de neiger.

— Hmm… La neige s'est arrêtée dès que j'ai enfermé Nuada dans l'étang.

Il scruta le ciel.

— Mais ça ne durera pas. Regarde ces nuages, ils sont pleins de neige. On ne voit même pas le soleil.

Je faillis trébucher sur une congère.

— Hé là !

Clint me rattrapa et je le vis grimacer.

— Pourquoi ne te reposes-tu pas, toi aussi, contre l'arbre ? Ton dos va finir par lâcher définitivement, si tu continues à me trimballer, moi et toute ma famille, à travers l'Oklahoma.

Il hocha la tête.

— Ce n'est pas si simple pour moi, répliqua-t-il, visiblement gêné. J'ai besoin de me retrouver au cœur de la forêt. Jusque-là, ça ira.

Sauf que s'il attendait trop… Le regard qu'il me décocha me fit comprendre qu'il valait mieux ne pas insister sur ce sujet. Nous pénétrâmes dans l'hôpital, accueillis par la lumière crue des néons et une chaleur sèche, étouffante. L'odeur très particulière des produits stérilisants me rappela mes études dans l'Illinois et ces longues nuits que je passais dans le grand hôpital, à la sortie du campus, où je travaillais comme secrétaire. Je fronçai le nez. Décidément, ces endroits-là sentaient tous la même chose.

Je me penchai vers la cage vitrée où une infirmière aux formes rebondies était plongée dans un roman.

— Bonjour. Je suis la fille de Richard Parker.

L'infirmière leva la tête et esquissa un sourire très professionnel.

— Bien sûr. Je crois que votre père se trouve en ce moment avec le médecin.

— J'aimerais le voir, s'il vous plaît.

— Une minute, je vérifie si c'est possible.

Elle glissa un regard vers Clint.

— Oh… euh…, ajoutai-je, et voici mon mari.

Après avoir détaillé l'anatomie de mon « époux » d'un œil appréciateur, elle se leva et ouvrit la porte de sa cage.

— Installez-vous dans la salle d'attente. Je reviens tout de suite, déclara-t-elle avant de disparaître dans le couloir.

Nous nous assîmes. Je sentais le regard de Clint fixé sur moi.

— Mari ?

— Ah ! Ne commence pas, s'il te plaît. J'ai failli te donner un coup de coude, mais j'ai eu peur de faire mal à ton dos.

Il gloussa.

— Monsieur et madame… euh…

L'infirmière buta sur le nom.

— Freeman, répliqua Clint fièrement en passant un bras possessif autour de mes épaules.

— Vous pouvez voir votre père, mais quelques secondes seulement. Le chirurgien ne va pas tarder, et nous devons nettoyer et préparer la main de votre père avant l'opération.

Nous pénétrâmes dans le service des urgences.

— Le médecin, poursuivit l'infirmière, intarissable, le gardera ensuite deux ou trois jours en observation. L'hypothermie peut avoir des conséquences graves, et il a une contusion importante sur le crâne.

— Qui est épais, heureusement, murmurai-je entre mes dents à Clint.

— Hum, tel père telle fille, rétorqua-t-il sur le même ton.

L'infirmière ouvrit la porte de la chambre numéro quatre et nous découvrîmes mon père, à demi allongé sur un lit que son impressionnante carcasse rendait ridicule.

Toute une série de tubes sortaient de son bras gauche. Sa main droite reposait, paume vers le haut, sur un petit plateau surélevé maintenu par un bras articulé.

Le tissu bleu sur lequel elle était placée était imbibé de sang. Je grimaçai. La plaie était béante. On aurait dit une pomme de terre éclatée sous l'effet d'une chaleur intense. Mes yeux se posèrent sur le visage de mon père. Une entaille sanguinolente zébrait son front, qui commençait à se colorer de teintes rouges et violacées. La pâleur extrême de sa peau me choqua.

L'infirmier qui était en train d'ouvrir des tiroirs, à l'autre bout de la pièce, se retourna et nous salua d'un signe de la tête.

— Comment vas-tu, papa ?

Je pris délicatement la main intacte de mon père, en faisant attention à ne toucher aucun tube.

— Bien, grommela-t-il d'une voix bourrue.

Je hochai la tête, rassurée. Il avait retrouvé ses manières de vieil ours de l'Oklahoma. Donc, tout allait bien. Enfin, presque.

— Ces idiots essaient de me refiler de la morphine et je me tue à leur dire que ce truc me rend complètement dingo.

Il éleva la voix et darda un regard noir sur l'infirmier.

— Sacré bon sang, j'ai joué contre Wellingford dans les années soixante avec un bras cassé. On les a écrasés. Alors, quelques points de suture, hein, et je rentre à la maison…

L'infirmier se tourna et dévisagea mon père, une seringue particulièrement monstrueuse dans une main.

— Ecoutez, monsieur, dit-il en posant son autre main sur la hanche, d'une manière très féminine. Je sais que vous êtes un grand gars super-musclé, mais l'époque « je-joue-au-foot-avec-un-bras-cassé », c'était il y a plus de quarante ans. Compris ?

Visiblement, la querelle durait depuis un petit moment. Mon père ouvrit la bouche et je me hâtai de parler avant lui.

— Papa, je crois que je ne supporterais pas de te voir souffrir plus longtemps. Alors, laisse-toi faire, s'il te plaît.

Je me penchai vers son oreille.

— Ne m'oblige pas à appeler Mama Parker.

Il me regarda avec des yeux terrifiés. Il savait que je venais de jouer mon atout majeur.

— Pas besoin de l'embêter, Zazou.

Il grogna en direction de l'infirmier.

— Allez-y, faites-moi cette foutue piqûre. Mais juste celle-là, hein ?

— Grand merci à vous, rétorqua l'infirmier en me décochant un regard exaspéré.

Il s'approcha avec sa seringue et je détournai la tête. Ce fut cet instant que choisit le Dr Athena Mason pour faire son entrée. C'était une femme d'âge moyen, séduisante et calme, dont la voix et les manières inspiraient aussitôt la confiance. Elle appartenait à cette catégorie rare de médecins qui considéraient que leurs patients étaient dotés d'un cerveau en état de marche autant que d'un corps.

Le Dr Mason tenait le dossier de mon père à la main. Elle le posa au pied du lit, puis s'assit près de la main blessée qu'elle examina un instant. Je me rapprochai.

— Les nerfs ont été sérieusement endommagés, m'expliqua-t-elle. Grâce à la chirurgie, la main pourra sans doute récupérer sa mobilité à 80 %. Mais votre père ne pourra plus saisir d'objets et perdra toute sensation à partir du poignet. Nous en avons discuté, ajouta-t-elle en lui jetant un bref coup d'œil. Et nous en avons conclu que l'opération était la meilleure solution.

— Il… il la supportera ?

— Sans aucun problème, me répondit-elle avec un sourire rassurant. Nous allons passer au bloc opératoire. Si votre mari et vous voulez bien sortir pour que nous puissions procéder aux soins préliminaires… Je vous appellerai avant que nous l'emmenions.

J'embrassai rapidement mon père et laissai Clint me guider jusqu'à la salle d'attente.

— Je hais les hôpitaux, grommelai-je en m'asseyant.

Clint se pencha vers mon oreille.

— Tu dis ça à un type qui y a passé quasiment un an de sa vie ? Rien que l'odeur me donne la chair de poule.

L'infirmière replette toqua à la vitre de sa cage et se pencha vers l'ouverture.

— Il y a un distributeur de café et de friandises dans la pièce à côté, lança-t-elle.

Nous remerciâmes, telles deux marionnettes, d'un signe de tête.

— Tu veux quelque chose ? Un peu de café ne ferait pas de mal, je crois. La journée va être longue, déclara Clint en se levant avec difficulté.

Je vis son visage se crisper, et j'éprouvai un sentiment d'intense culpabilité.

— Clint, dis-je à voix basse en appuyant sur chacune de mes paroles. Tu n'es pas obligé de rester. Retourne à la forêt. Je m'occuperai de mon père quand il sortira du bloc et je...

Je m'interrompis. Bon sang, qu'est-ce que je pourrais bien faire après ?

— Je... je prendrai une des camionnettes de mon père et je viendrai te rejoindre. Et puis, on décidera d'un plan de bataille pour la suite.

— Cesse de me traiter avec condescendance.

Les yeux de Clint étaient devenus parfaitement neutres.

— Mais je ne te traite pas avec condescendance ! m'exclamai-je, furieuse, avant de baisser aussitôt la voix devant le regard curieux que nous lança l'infirmière. Simplement, je m'en veux affreusement d'être la cause de ta souffrance.

— Ce n'est pas toi qui en es la cause, mais Rhiannon.

— Tu as parfaitement compris ce que je voulais dire, répliquai-je, exaspérée.

— Oui, j'ai compris.

Il se rassit, avec une raideur douloureuse.

— Ce que tu veux dire, c'est que je ne fais pas partie de ta vie, que je n'ai pas vraiment le droit de m'occuper de toi ou de ta famille. Tu ne crois pas que je t'aime autant que « lui ». Pourtant, mes actions t'ont suffisamment prouvé que je resterai près de toi aussi longtemps que tu auras besoin d'aide.

Je ne sus que lui dire. Si j'acquiesçais, je risquais de lui causer plus de mal encore.

— ClanFintan lui-même a déclaré que je devais veiller sur toi, acheva-t-il en se levant de nouveau.

Et cette fois, son visage resta parfaitement impassible.

— Je vais chercher du café. Tu veux quelque chose ?

Ses yeux sombres me considérèrent avec une lueur de défi. Je n'osais pas le contredire. Il avait dit vrai, et je le savais. Sa place était près de moi. Outre mon père, il était le seul en qui je pouvais avoir confiance. Le seul aussi à comprendre ce contre quoi nous luttions.

— Du thé, dis-je stupidement.

Il hocha la tête et partit.

— Euh... du thé vert, s'il y en a, et je ne prends pas de sucre, lançai-je en direction de son dos.

Je le regardai s'éloigner, d'une démarche heurtée, et je m'assombris. Je n'avais pas voulu dire que sa place n'était pas ici. Ni que je ne l'aimais pas. Simplement, je considérais que ce serait mieux si...

Si quoi ? Si Monsieur-le-pilote-héroïque allait se réfugier au beau milieu de Nulle Part, Oklahoma, pour attendre que l'orage passe, et qu'il pointe le bout de son nez quand tout serait fini ? Oui, c'était peu dire que j'avais manqué de jugeote...

— Il n'y avait pas de thé vert.

Clint me tendit avec brusquerie un gobelet pourvu d'un sachet de Lipton et s'assit près de moi. Nous sirotâmes nos boissons en silence.

— Le docteur vous demande.

Une infirmière en blouse blanche se tenait sur le seuil de la salle d'attente.

— Si vous voulez bien me suivre.

— Merci, répondis-je, heureuse qu'un être humain ait encore envie de m'adresser la parole.

Nous gagnâmes le couloir où mon père nous attendait, allongé sur un lit à roulettes. Il était entouré de tubes et sa main blessée avait disparu sous le drap. Je sortis de ma panoplie mon sourire le plus enjoué.

— Tout va bien, papa. Ne t'inquiète de rien.

— Hé, Zazou, dit-il d'une voix pâteuse. Cette sacrée morphine me rend complètement barjo… Je crois bien… euh… que j'ai flirté avec la dame en blanc.

Il gloussa d'une manière attendrissante. Je ris et l'embrassai sur la joue.

— Je comprends pourquoi tu n'en voulais pas !

— Vachement épicé, le machin, bougonna-t-il.

Ses yeux vacillants se fixèrent sur Clint.

— Prends soin de la demoiselle, fiston.

— Oui, monsieur.

— Oui, et pas de souci pour Mama Parker, reprit mon père en machônnant ses mots. Je l'ai appelée. Son beau-frère est en train de mettre les chaînes sur la vieille Buick. Elle sera là avant que mes geôliers me libèrent.

— Elle va te passer un de ces savons ! répliquai-je malicieusement.

— M'en parle pas, grommela-t-il.

— C'est l'heure, monsieur Parker.

L'infirmière se mit à pousser le lit.

— Je t'aime, papa.

— Moi aussi, je t'aime, ma Zazou.

Les portes conduisant au bloc opératoire se refermèrent dans un souffle. Angoissée, je jetai un regard sur l'horloge accrochée au mur.

— Oh, il est déjà midi ! m'exclamai-je, surprise.

L'infirmière replette sortit de sa cage vitrée.

— Le docteur pense que l'opération durera deux heures.

Je la remerciai d'un signe de tête et regardai Clint à la dérobée. Je décidai de tenter ma chance.

— Je crois que j'ai faim, dis-je.

— Ça te ferait probablement du bien de manger.

Sa voix était neutre. Ni calme, ni énervée.

— Sauf que je préférerais sortir de l'hôpital.

L'infirmière intervint.

— Si vous disposez d'un engin capable de vous conduire à travers ce chaos, vous trouverez un café Arby au bout de la rue.

Elle gloussa.

— Il y a toute une équipe qui s'est fait piéger là-bas quand la neige a commencé.

— Voulez-vous qu'on vous rapporte quelque chose ? demandai-je.

Visiblement, les infirmières n'appréciaient pas non plus la cuisine de l'hôpital.

— Oh, non ! j'y suis déjà allée pendant ma pause. Merci bien, déclara-t-elle en réintégrant son royaume de verre.

Elle se replongea aussitôt dans son roman qui avait l'air particulièrement torride. Je pourrais peut-être le lui emprunter, tout à l'heure, si Clint s'obstinait à jouer le sourd-muet.

Le temps était gris et froid, mais la neige n'était pas revenue. Le Hummer était garé sur l'un des emplacements marqués « Réservé aux urgences ». Clint tourna la clé de contact et le moteur rugit aussitôt.

— Arby se trouve au prochain croisement, annonçai-je à la cantonade.

Sans répondre, Clint manœuvra en direction de la sortie du parking.

— J'ai vraiment faim, repris-je.

— Tu l'as déjà dit.

— Ah bon ?

Au moins, il n'avait pas avalé sa langue. L'enseigne lumineuse du café apparut.

— Là, dis-je en pointant le doigt.

— Ma vue n'a pas encore baissé, rétorqua-t-il d'un ton sec.

Monsieur se sentait en veine de confidence. J'attendis qu'il ait coupé le moteur et lui fis face.

— Ecoute, tu n'es pas obligé de te comporter comme un idiot.

Ses mâchoires se crispèrent, mais il n'ouvrit pas la bouche.

— Je n'ai jamais dit que je ne voulais pas de toi, ici, poursuivis-je, sans me démonter. Je n'ai jamais dit non plus que ta place n'était pas près de moi. Je me ronge simplement les sangs pour ton dos, et je ne veux pas qu'il t'arrive quoi que ce soit.

Je marquai une pause.

— J'ai déjà failli perdre un homme que j'aime

aujourd'hui. Je n'ai pas envie qu'un deuxième disparaisse de ma vie.

— Je ne disparaîtrai pas de ta vie, Shannon.

Sa voix chaude et suave provoqua un délicieux frémissement au fond de mes entrailles. Je sentis son bras glisser sous ma nuque et m'attirer à lui. Je posai ma tête sur son épaule.

— Bon… Et si on allait croquer un morceau ?

Ses lèvres effleurèrent mes cheveux bouclés.

— Viens. Je vais vous nourrir, toutes les deux.

10.

Rien ne vaut le Sandwich Géant de chez Arby, avec une bonne sauce barbecue, des frites maxi-taille et un Diet Pepsi — le Diet Pepsi ayant pour fonction d'annuler les conséquences désastreuses des frites maxi-taille. C'est scientifiquement prouvé.

— Hmm..., dis-je en aspirant bruyamment la dernière goutte de soda avec ma paille. C'est trop bon ! Et ce que c'est chouette de ne plus être malade !

Assis à côté de moi, dans la salle d'attente que nous venions de réintégrer, Clint me regarda avec une tendresse amusée.

— Mange, femme ! lança-t-il avec son plus bel accent de l'Oklahoma, traînant et légèrement nasillard.

Je tapotai mon ventre avec satisfaction.

— Question goûts alimentaires, on commence à s'entendre, ma fille et moi.

— Tu te sens mieux ?

— Fantastique, répliquai-je, avec un large sourire.

— Prête à parler de nos plans ?

— Oh ! On a un plan ? demandai-je avec surprise.

— Si on n'en a pas, il est temps d'y songer sérieusement.

— Euh… moi, je sais ce que je ne veux pas faire, rétorquai-je, soudain sérieuse.

— C'est un point de départ comme un autre. Donc, que ne ferons-nous pas ?

Il avait l'air très commandant en chef. Grâce à Dieu — à la Déesse, plutôt —, l'un de nous au moins savait quoi faire. Enfin, je l'espérais.

— Je ne retournerai pas chez mon père, déclarai-je en baissant la voix.

Je frissonnai.

— Je ne supporterais pas de revenir près de cet étang.

— Je suis d'accord. Ce ne serait pas prudent, même si les arbres sont là pour t'aider. Ils sont puissants, certes, mais leur pouvoir n'égale pas celui des chênes de la clairière. Or, tu auras besoin d'une très grande force et de l'aide des Anciens pour tuer Nuada.

— Si j'y arrive, rétorquai-je d'un air sombre. Je veux dire… Il est supposé être déjà mort, non ?

— Disons pour le renvoyer à ses Ténèbres.

Clint avait l'air très sûr de lui. J'aurais aimé pouvoir en faire autant. Et je ne pouvais m'empêcher de me demander où Pryderi s'insérait dans tout ça. Combattre Nuada était déjà une perspective terrifiante, alors affronter un Dieu Antique… Je n'osais même pas imaginer !

— Il n'a pas recommencé à neiger.

La voix de Clint interrompit mes pensées moroses.

— Mais ça ne devrait pas tarder. Nuada doit être sur le point de se libérer.

— Il faut qu'on mette la main sur Rhiannon. Et lui faire cracher ce qu'elle mijote, bon sang !

Je me tournai vers mon compagnon.

— Elle ne t'a pas laissé un numéro de téléphone ou un moyen de la joindre ?

Il secoua farouchement la tête.

— Elle aurait bien voulu, mais je l'en ai empêchée. Je ne voulais plus avoir affaire à elle. Elle souille tout ce qu'elle touche. J'ai eu besoin de faire le vide, de nettoyer ma vie de sa présence.

— Ça y est ! m'écriai-je.

Je me frappai le front.

— Quelle idiote de ne pas y avoir pensé avant !

Clint haussa un sourcil perplexe.

— Pas besoin de téléphone ! repris-je avec excitation. Elle est liée à moi. Elle t'a dit, n'est-ce pas, qu'elle et moi avions la même aura ? Donc, tu peux entrer en contact avec elle, comme tu l'as fait avec moi. Imagine un peu le message qu'on pourra lui envoyer, toi et moi, avec l'aide de la clairière !

— Evidemment, déclara Clint lentement, tandis qu'un sourire se dessinait sur son visage. Elle ne pourra pas jouer aux abonnés absents.

— Et si elle parvient, d'une façon ou d'une autre, à ignorer notre première « invitation », eh bien, on continuera jusqu'à ce qu'elle craque.

Clint siffla doucement.

— Elle sera plus furieuse qu'un chat échaudé.

Je fronçai les sourcils.

— N'insulte pas les chats, je les aime bien. Dis plutôt comme un cobra à qui on vient de marcher sur la queue.

— Elle prendra notre intrusion pour un défi.

— Seigneur Jésus ! C'est bien ce que c'est, non ?

Je sentais que je reprenais confiance. Je ne savais peut-être pas comment affronter Nuada ou Pryderi, mais Rhiannon, ça, j'en étais capable ! Après tout, elle était moi — version super-garce égoïste et amorale, c'est vrai… Ce qui était une tendance que j'avais toujours su combattre. Mon excitation retomba. Enfin, je ne sais pas ce que mon ex-mari en aurait pensé. Disons que la plupart du temps, j'y avais réussi.

Je jetai un coup d'œil à l'horloge. Il n'était pas loin de 17 heures. Dehors, le ciel avait pris une teinte charbonneuse. La nuit, de nouveau. La perspective du long trajet de retour me découragea soudain.

— Non, pas ce soir.

Voilà que le Héros-Commandant-en-Chef se mettait à lire dans mes pensées, maintenant.

— Demain matin. On va d'abord s'assurer que ton père va bien et récupère ses forces. Et je préfère conduire de jour.

— Monsieur et madame Freeman ?

La voix du Dr Mason me fit sursauter et mon cœur manqua un battement. L'expression satisfaite de son visage me rassura aussitôt. Nous nous approchâmes.

— Tout s'est bien passé.

Elle esquissa une légère grimace.

— Les dégâts étaient plus profonds que je ne l'imaginais. Raison pour laquelle l'opération a duré plus longtemps.

— Mais… il pourra réutiliser sa main ? demandai-je avec inquiétude.

— Plusieurs mois de rééducation seront nécessaires, mais oui, je pense qu'il pourra recommencer à entraîner ses chevaux et rentrer le fourrage.

Mon père avait dû bavarder.

— Puis-je le voir ?

— Il est encore sous l'effet de la drogue et l'hypothermie l'a épuisé. Il dort, en ce moment.

Le docteur plongea la main dans l'une de ses poches et me tendit un bout de papier.

— Votre père m'a fait promettre de vous donner ce numéro, celui de son voisin, je crois, pour qu'il aille nourrir les bêtes. Il a demandé aussi que vous et votre mari ne retourniez pas au ranch ce soir. Il semble très inquiet à l'idée d'un accident que vous pourriez avoir là-bas, acheva-t-elle en me regardant avec légère curiosité.

— Oh… euh… merci, docteur, dis-je prenant le papier. Voulez-vous le rassurer et lui dire que Clint et moi passerons la nuit en ville ? J'appellerai pour donner le numéro de l'hôtel où nous descendrons.

— Parfait. Je pense que votre père sera en état de vous voir demain matin.

Elle nous salua d'un signe de tête discret.

— Soyez prudents sur la route, ajouta-t-elle avec un sourire, avant de disparaître dans le couloir.

— Il y a une cabine téléphonique près du distributeur

automatique, déclara Clint en me prenant le papier des mains. Je m'occupe d'appeler M…

Il ouvrit le papier.

— Max Smith, dis-je.

— C'est ça. Je lui expliquerai ce qui s'est passé… Nous nous regardâmes.

— Enfin, disons, une version revue et corrigée.

— Je t'attends.

Je le regardai s'éloigner et comme il me tournait le dos, je me permis de savourer l'agréable spectacle qui s'offrait à mes yeux. Des épaules larges, une taille élancée, un fessier rond et ferme, des jambes longues et musclées… Je poussai un soupir.

— Tu disais, Shannon chérie ? demanda-t-il en me jetant un coup d'œil.

— Euh… rien. J'étais juste en train de… réfléchir, bredouillai-je en sentant mes joues s'enflammer.

Son rire résonna à travers le couloir.

— Pas mal, hein ? commenta l'infirmière, plongée dans une extase proche de la mienne.

— Mouais…, grommelai-je en me remettant à suçoter furieusement ma paille.

Non, je ne pensais à rien, absolument à rien, en suçotant ma paille. Non mais, sans blague !

J'étais toujours en train de grommeler, le nez dans ma cannette de soda, quand Clint revint. Il effectua une opération de charme auprès de l'infirmière pour qu'elle lui donne la ligne directe du service de soins intensifs, où se trouvait mon père, et m'embarqua sur le parking avant que j'aie le temps de lâcher ma paille. Monsieur Tornade était de retour.

— Quel est l'hôtel le plus proche ? me demanda-t-il en réglant le chauffage de la voiture.

— Je suppose que tu ne sais pas ce qu'est devenu mon appartement ?

Si jamais Rhiannon ne l'avait pas vendu ou loué, on pouvait peut-être s'y réfugier. J'avais l'habitude de laisser une clé de secours sous un pot, dehors. Elle devait encore s'y trouver. Ce serait tellement plus... simple de dormir chez moi, ne pus-je m'empêcher de penser avec nostalgie.

Clint se racla la gorge.

— C'est la première chose dont se soit occupé le magnat du pétrole.

Il me lança un regard gêné.

— Si je ne me trompe pas, il l'a vendu très rapidement.

— La garce, fulminai-je entre mes dents.

Mais ça n'avait rien d'étonnant. Pourquoi serait-elle restée dans mon petit nid modeste, alors qu'elle avait pour projet de séduire tous les milliardaires de la terre et de répandre le Mal ?

— Remonte Elm Street en direction du nord. Juste avant d'arriver sur la voie express, il y a quelques hôtels.

Le Hummer glissa paisiblement à travers les rues désertes et plongées dans la pénombre du jour finissant. Les lampadaires projetaient d'étranges halos fantomatiques autour d'eux.

— Hiver nucléaire, murmurai-je.

— Pardon ?

— Ce paysage me rappelle une scène de *The Day*

After, cette série sur les conséquences d'une guerre nucléaire que la télé diffusait dans les années quatre-vingt.

— Oh, je me souviens ! Un truc sinistre.

Il tendit la main et effleura ma joue.

— Tu es sûre que ça va ?

Je me secouai.

— Juste fatiguée.

— Une petite pause Arby ?

Il me sourit.

— Plus tard, peut-être. Pour l'instant, je crois que je préfère une pause dodo.

— Vos désirs sont des ordres.

Le Hummer obliqua sur la gauche et pénétra sur un petit parking.

— On dirait qu'il y a un Canterbury Inn et un Luxury Inn, annonça Clint en se penchant vers le pare-brise pour scruter l'obscurité. Vers lequel balance ton cœur, ô déesse ?

J'étudiais les deux bâtiments qui se jouxtaient.

— Le Canterbury affiche complet, dis-je en désignant le néon clignotant. Donc, ce sera le Luxury.

Le Hummer fit marche arrière et se dirigea vers l'édifice de droite. Toutes les places devant l'hôtel étaient occupées.

— On dirait qu'il y a foule, ce soir. Attends-moi là, je vais voir s'il y a des chambres disponibles.

Clint reparut quelques secondes plus tard.

— Complet aussi. Une autre option ?

— Si je ne me trompe pas, dis-je lentement, ils ont

récemment ouvert un Best Western, à environ un kilomètre à l'est.

En réalité, je m'en souvenais parfaitement. Et pour cause. Derrière le Best Western, se trouvait une petite boutique de vins et spiritueux très sympathique — Wine and Spirits. Je soupirai avec nostalgie en me remémorant toutes ces étagères chargées de nectars des dieux, et les délicieuses dégustations organisées par les patrons.

— Pourquoi ce soupir ?

— Je songeais à ma quête du vin rouge parfait.

Il s'esclaffa.

— Shannon, ça m'étonnerait que ta fille apprécie l'alcool.

Il se tut, avant d'ajouter d'un air taquin :

— Pour l'instant.

Je soupirai de nouveau.

— Il faudra que j'attende…

Je fis le compte rapidement.

— Un peu plus de sept mois.

— Oh, un bébé de printemps ?

Un sourire étira mes lèvres et je sentis mon humeur s'alléger. Je posai une main sur mon ventre.

— Un bébé de printemps, confirmai-je.

Brillamment éclairé par une rangée de petits projecteurs, le Best Western avait l'air flambant neuf. Il était entouré par un Blockbuster Video, un QuickTrip et toute une série de magasins très tendance. Et le parking semblait désespérément plein.

— Je n'ai vraiment pas envie de courir jusqu'à Tulsa pour trouver un hôtel, grommelai-je.

— Je vais aller voir.

Je vis Clint disparaître par la porte et cette fois, il mit plus de temps à revenir.

— Il en reste une ! annonça-t-il triomphalement en agitant la clé.

Il grimpa dans le Hummer, le gara et m'aida à traverser le parking dangereusement glissant. Notre chambre se trouvait au troisième étage. Clint glissa la carte dans la fente de la serrure magnétique, la petite lumière passa au vert et nous pénétrâmes dans la pièce. Elle était agréable et propre. Le papier peint à grosses fleurs bleues et beiges était d'un goût douteux, mais les meubles de bois blanc étaient simples et peu encombrants.

Il n'y avait qu'un grand lit, pourvu d'une épaisse couverture particulièrement attirante.

Légèrement gênée, je m'avançai vivement vers la fenêtre, voilée de ces rideaux à doublure en plastique caractéristique de ce genre d'hôtel. Je les tirai et regardai au-dehors.

La chambre donnait sur l'arrière du bâtiment et je distinguai une pelouse bordée d'arbres couverts de neige. Soudain, je sentis le petit pincement familier qui annonçait une idée suggérée par Epona. Et la pensée qui surgit aussitôt dans mon esprit me fit momentanément oublier le grand lit.

— Et si on l'appelait maintenant ?

Je me tournai pour me trouver nez à nez avec Clint.

— Rhiannon ?

— Evidemment, dis-je en haussant les épaules. Ecoute, il y a plein d'arbres, en bas.

Je désignai le paysage au-dehors.

— Ils ne sont pas vieux, mais regarde comment ils sont placés. Ils se touchent les uns les autres, comme les saules au bord de l'étang. C'est grâce à cette disposition que j'ai pu tirer tant d'énergie, tout à l'heure. Je peux recommencer ici.

Je songeai aussi que la présence de Clint semblait étrangement amplifier le pouvoir que je réussissais à tirer des arbres.

— Surtout si tu m'aides.

Clint secoua la tête.

— Je pense que tu es trop fatiguée. Et que tu as déjà épuisé tes réserves une fois, aujourd'hui.

Il venait de marquer un point, mais je décidai de ne pas tenir compte de l'objection. Epona me plaçait parfois dans des situations difficiles, voire dangereuses, mais elle avait toujours ses raisons pour le faire. Et j'avais confiance en elle.

— Je serai prudente. De toute façon, il s'agit seulement de tendre un piège. Je lance l'appât et j'attends de voir si le poisson mord, c'est tout.

Le visage de Clint s'assombrit.

— Je n'aime pas ça, Shannon.

— Je peux le faire sans toi, rétorquai-je, d'un ton décidé.

Sa mâchoire se crispa, et je le connaissais maintenant suffisamment pour savoir qu'il était profondément exaspéré.

— Mais je ne le ferai pas sans toi, ajoutai-je doucement. S'il te plaît, Clint, aide-moi.

— D'accord, dit-il enfin, à contrecœur. Mais promets-moi une chose : si nous ne la trouvons pas immédiatement, nous arrêtons. Et nous ne recommencerons que dans la clairière.

— Je promets, dis-je avec conviction. Viens.

Et lui prenant la main, je le tirai vers la porte. Je n'avais aucun doute sur le succès de l'entreprise : Epona en était à l'origine et elle ne me lâcherait pas.

La pelouse était d'un blanc immaculé, presque magique dans le noir de la nuit. Le vent était tombé et il régnait un silence absolu. Clint se dirigea vers le plus grand des arbres, qui se dressait au milieu de la masse sombre et dense. Sans un mot, nous franchîmes la distance qui nous séparait de lui et je jetai un coup d'œil vers la façade de l'hôtel. Entre les rideaux tirés, filtrait parfois l'éclat bleu et changeant de la télévision.

— Oh, murmurai-je en arrivant au pied de l'arbre. Il est plus impressionnant que ce que j'imaginais.

— Encore un poirier, observa Clint.

— Super, rétorquai-je avec un petit gloussement. J'ai adoré celui de l'hôpital. Il était mignon comme tout.

— Parfait, rétorqua Clint en ôtant ses gants.

Je l'imitai et nous nous plaçâmes de part et d'autre du tronc.

— Concentre-toi sur Rhiannon et sur son aura.

Mon compagnon inclina la tête et une auréole d'un bleu lumineux commença à frémir autour de lui.

— Hé, chuchotai-je, je ne sais même pas à quoi ressemble son aura !

Il releva la tête et je devinai son sourire dans la pénombre.

— On dirait du vif argent. Comme si on avait fait fondre la lune dans du mercure liquide. Sa bordure a la couleur des prunes violettes.

— Très poétique, raillai-je en essayant de dissimuler l'émotion que ces mots avaient provoquée en moi.

— Je n'ai fait que décrire ce que je voyais, Shannon, répliqua-t-il d'une voix douce.

Ce qui ne fit rien pour apaiser les battements désordonnés de mon cœur.

— Oui, bon, concentrez-vous, monsieur le pilote de l'air, grommelai-je en fermant les yeux.

— A votre service, madame.

Son rire flotta légèrement dans le silence. Je pressai mes paumes contre l'écorce granuleuse et presque aussitôt, un flux de chaleur se diffusa à travers mes doigts.

Elue d'Epona !

Mes lèvres esquissèrent un demi-sourire.

— J'ai besoin de ton aide.

Demande, ô Bien-Aimée de la Déesse !

L'intensité de la réponse me fit tressaillir.

Là, est-ce mieux ainsi ?

— Oui, soufflai-je tandis que la voix du poirier s'adoucissait. Beaucoup mieux, merci.

Je sentis l'arbre vibrer de plaisir sous mes mains, tel un enfant joyeux et communicatif.

— J'ai besoin aussi de l'aide de tes frères.

Nous sommes là, Elue.

Je visualisai d'abord Clint et l'auréole couleur saphir poudrée d'or. Je songeais ensuite à la force présente dans cette aura, à la bonté, à la loyauté et au courage de celui qui en était l'origine. Derrière mes paupières closes, je percevais les pulsations de la lumière bleue et je sentais ses ondes glisser vers moi pour que je puise en elles. Soudain, je sus comment les utiliser. J'inspirai profondément, puis expirai en m'ouvrant pour accepter la force qui m'était offerte. Et la lumière m'inonda et m'emplit jusqu'à ce que ma peau se mette à crépiter. Je faillis crier de joie.

Rassemblant ma concentration un instant vacillante, je la guidai vers le poirier. Lentement, je remontai le long du tronc, à l'intérieur d'une force verte et lumineuse semblable à une sève magique, et je glissai jusque dans les dernières branches.

— Aidez-moi, mes frères…

Ma voix frémit à travers l'écorce et, presque immédiatement, la sève verte se mit à bouillonner de toute l'énergie envoyée par les arbres voisins. Je pensais alors à mon aura — couleur de lune, couleur d'argent frémissant, blanc et gris se fondant dans la nuance impalpable d'une crinière que je connaissais si bien… Et je la mêlai au vert tendre des arbres, au bleu chatoyant de l'aura de Clint. Puis je l'envoyai dans la nuit ténébreuse, à la recherche de mon double.

La sonde s'élança vers le nord et fila, telle une comète, à travers l'espace glacé et silencieux. Ce voyage ne ressemblait à rien de ce que j'avais connu au cours de mes Sommeils Magiques. Mon esprit n'avait pas quitté mon corps. C'était plutôt comme si je regardais à l'intérieur d'un télescope incroyablement long. Mon champ de vision était étroit, mais me permettait néanmoins de voir défiler la nuit sans étoiles.

Soudain, les lumières presque aveuglantes d'une ville illuminèrent le ciel noir. La sonde dessina une longue courbe et traversa la paroi vitrée d'un immense gratte-ciel, avant de pénétrer par le plafond dans une vaste pièce. J'entendis ma respiration devenir haletante et je puisai de nouveau dans l'énergie qui palpitait sous mes doigts. Un luxueux divan de cuir apparut devant mes yeux, éclairé par la lueur incertaine que projetaient une dizaine de chandelles dorées. Sur le divan, je discernai une silhouette féminine, gracieusement allongée. Près d'elle était assis un homme aux cheveux gris et au visage dur, qui m'était vaguement familier.

Je ne m'attardai pas sur l'homme et me rapprochai de la femme qui, pour l'instant, tournait le dos à la sonde. Une longue chevelure rousse tombait en boucles sauvages sur ses épaules et dans son dos. La sonde se rapprocha encore et l'aura de la femme se matérialisa — halo argenté cerné de pourpre.

D'un mouvement souple, Rhiannon se redressa et fit face à la sonde. Une impalpable robe de soie lamée voilait à peine son anatomie avantageuse. Elle leva le visage avec un air de défi.

C'était moi ! Un instant, mon attention vacilla et je sentis ma prise sur la sonde se relâcher. *Du calme !* J'appelai à moi la force des arbres et me concentrai de nouveau sur la scène qui se déroulait sous mes yeux.

Je vis l'homme se lever pour parler à Rhiannon, qui le fit taire d'un geste brutal.

— C'est toi, usurpatrice ? lança-t-elle. Que signifie cette intrusion ?

Ma voix — elle avait ma voix ! De nouveau, ma concentration chancela. Elle s'esclaffa.

— Trop difficile pour toi, peut-être ? Oui, ce doit être troublant de voir la puissance que donnent le savoir et la force, et de ne pas être capable de s'en emparer soi-même !

Elle désigna la pièce d'un geste moqueur et ses lèvres s'abaisssèrent en un pli sarcastique. Là, c'était tout moi quand je persiflais ! Cette pensée, aussitôt, rompit le charme.

La femme que j'avais sous les yeux, c'était simplement moi — une version négative de moi-même. Je souris et sentis l'énergie couler avec fluidité en moi. A présent, je savais exactement quoi lui dire.

— Ecoute, j'ai pensé que ce serait poli de te remercier pour tout ce que tu m'as donné.

Ma voix flotta autour d'elle, comme si j'étais présente dans la pièce. Je vis l'homme tressaillir de surprise. Les yeux verts de Rhiannon se plissèrent.

— Je ne t'ai rien donné, ni dans ce monde, ni dans l'autre, espèce d'idiote.

— Oh, vraiment ?

Je marquai une pause, comme si l'étonnement me rendait muette.

— Pourtant, j'ai trouvé…

Je roucoulai littéralement.

— … Clint. Et lui m'a trouvée aussi…

— Tu mens ! hurla-t-elle d'une voix aiguë.

— Viens t'en rendre compte par toi-même, si tu ne me crois pas. Il m'a choisie contre toi…

Je tendis la main et ramenai la sonde, laissant résonner dans son sillage l'écho de mon rire sarcastique.

… Et brutalement, je fus de nouveau là, près du poirier, à Broken Arrow — les pieds et le bout du nez congelés. Ouvrant les yeux, je découvris le regard interrogateur de Clint.

— Bingo ! dis-je.

Puis je tapotai le tronc.

— Merci, bout de chou.

Je poussai ma voix jusqu'à l'extrémité des branches.

— Et merci à vous, mes frères.

Que la Déesse soit bénie ! Nous serons toujours à son service.

J'enfilai mes gants et pris la main de Clint.

— Rentrons avant que les gens n'appellent l'asile d'aliénés local. « Je les ai entendus, m'sieur l'agent, comme je vous entends, et ils parlaient aux arbres ! Pourtant, on n'est pas à Seattle, hein ? Tout bon citoyen de l'Oklahoma qui se respecte ne parle pas aux arbres : il se cache derrière pour tirer le cerf. »

Clint éclata de rire et me suivit à travers la neige.

— Comment as-tu fait pour la mettre dans un état pareil ? demanda-t-il, après avoir poussé le verrou de la chambre.

— Je prends une douche et je te raconte après. Je suis frigorifiée ! Mes lèvres doivent être toutes bleues.

— Je t'avais dit de ne pas exagérer.

Il me poussa vers la salle de bains.

— Je vais descendre chercher d'autres couvertures.

— Bonne idée, lançai-je en refermant la porte, contente qu'il s'affaire ailleurs.

J'étudiais mon reflet dans le miroir, choquée de découvrir que je ressemblais à une sorcière. Surtout après avoir admiré l'élégance sculpturale et bronzée de mon double, peu auparavant. Mon teint était cireux, mes yeux bordés de rouge et — ô surprise — mes pommettes saillaient littéralement. A l'évidence, j'avais perdu du poids.

— Seigneur, dis-je d'un ton accusateur à mon image dans le miroir, ne me dis pas que tu as *maigri* !

Je n'ai jamais été grosse, mais je ne me suis jamais considérée comme mince. Sans vanité aucune, je me range plutôt dans la catégorie Sophia Loren ou Raquel Welch. Je me déshabillai à toute allure et recommençai mon examen.

Pas de doute, excepté le petit ventre arrondi, j'étais *mince*. Flûte ! On voyait même mes côtes. Je n'ai jamais trouvé les femmes minces particulièrement séduisantes.

En effet, comment avoir l'air d'une femme, si on est bâtie comme un petit garçon ?

— Oh, ne pus-je m'empêcher de gémir, quelle tragédie !

J'eus subitement envie d'engloutir dix paquets de Bi-Choco. Bon, tout n'était pas perdu. Mes seins, habituellement pleins et ronds, étaient encore plus pleins et ronds. Et vraiment, j'adorais ce petit ballon au bas du ventre. Je le tapotai, pensive.

— Qu'est-ce que tu en penses, petite fille ?

Des coups violents retentirent sur la porte. Je sursautai.

— Shannon ? Ça va ? Je n'entends pas l'eau couler !

— C'est parce que je ne suis pas encore dans la douche, répondis-je en essayant de rester aussi douce que possible.

Je me souvins de l'air acariâtre et anti-sexy de Rhiannon quand elle criait.

Clint ne parut pas remarquer l'effort.

— Outre les couvertures, j'ai remonté du thé chaud et quelques produits de première nécessité. J'ai aussi chipé des sorties de bain sympas.

Les yeux agrandis d'horreur, je vis la poignée de la porte tourner lentement. J'arrachai une serviette et m'en couvris juste au moment où Clint passait sa tête dans l'entrebâillement.

— Zut, quoi ! pestai-je, toute attitude anti-rhiannonesque oubliée. Tu pourrais frapper avant d'entrer.

— Oh… euh… pardon.

Et il resta là, les bras ballants, les yeux papillonnants, manifestement tétanisé par mon humeur.

— Tiens…

J'attrapai une moelleuse sortie de bain blanche et un sac en papier.

Puis il referma la porte comme s'il avait vu le diable en personne.

J'avais l'air si abominable que ça ?

Il fallait croire. J'ouvris le robinet, laissai l'eau devenir bouillante et déversai le contenu du sac en papier sur la tablette du lavabo. Du dentifrice, deux brosses à dents, quelques rasoirs jetables, un peigne, une brosse et un tube de pastilles multivitaminées.

Je souris, ouvris le tube, versai deux cachets dans ma main et les avalai aussitôt. Ensuite, je passai une éternité sous la douche, mais mon corps était si glacé qu'il fallait au moins ça. Je me savonnais, me shampouinais, m'après-shampouinais avec les produits de l'hôtel et sortis enfin en savourant la vapeur dense qui emplissait la pièce. J'enveloppai mes cheveux en turban dans une serviette, me séchai avec une autre, enfilai la sortie de bain et poussai la porte.

Allongé sur le lit, Clint était en train de regarder une chaîne météo. Il sursauta en me voyant apparaître, auréolée d'une épaisse nuée blanche.

— J'espère qu'il te reste de l'eau chaude, lançai-je avec désinvolture.

— Mmmph…, marmonna-t-il en passant devant moi, les yeux rivés à terre.

Je tapotai les oreillers, les dressai confortablement et me glissai sous les couvertures. Elles étaient si douces qu'on avait envie d'y frotter son visage. Je poussai un long soupir de satisfaction.

Que c'était bon d'avoir chaud…

Je récupérai la télécommande abandonnée par Clint, décidée à me livrer à une petite séance de zapping avant que Morphée ne m'emporte. Et la chaîne météo ne correspondait certainement pas à l'idée que je me faisais d'un divertissement stimulant — pas plus que

MTV ou les chaînes de sports, d'ailleurs. Sauf s'il y avait du patin à glace.

Les quinze dernières minutes d'une rediffusion de *Will and Grace* me firent mourir de rire. Puis je découvris avec délice que l'un de mes films favoris avec John Wayne, *L'Ange et le mauvais garçon,* venait juste de commencer sur TBS.

Mon héros était en train de courtiser sérieusement sa petite paysanne quaker lorsque Clint émergea de la salle de bains. Hmm... Pas mal. La sortie de bain mettait en valeur ses épaules carrées, et sa chevelure noire était adorablement ébouriffée. Il fixait obstinément l'écran de télévision.

— Un vieux John Wayne ? s'enquit-il.

— Oui, confirmai-je religieusement.

Il hocha la tête.

— Je ne le connais pas, celui-là.

— Pas possible ! C'est l'un de mes préférés...

Je tapotai la place à côté de moi.

— Ça vient de commencer, je vais te raconter.

J'eus une hésitation.

— Tu aimes John Wayne, n'est-ce pas ?

— Je devine à ta voix qu'il n'y a qu'une réponse possible.

— La bonne.

— Shannon, John Wayne est une icône américaine, déclama-t-il, une main sur son cœur.

— Juste, colonel Freeman. Asseyez-vous.

Je lui résumai brièvement l'intrigue, heureuse de constater qu'il avait cessé de me prendre pour une méduse — ou pour Médée, en l'occurrence. De plus, je suis toujours détendue et agréable quand j'admire mon héros — sauf s'il s'agit d'un film où il meurt. Alors, là, je fonds en larmes et je bois trop. Dieu merci, la télé ne diffusait pas *Les Cow-boys*, ce soir-là, parce qu'autrement, je me serais transformée en fontaine.

Hélas, mes paupières refusèrent de coopérer au divertissement. Je vis vaguement mon héros donner un coup de main à ses copains quakers pour construire la grange, et j'entendis au loin la voix de Clint.

— Dors, Shannon. Je t'achèterai la vidéo demain et tu pourras finir de regarder le film.

Je voulus lui rappeler qu'il n'y avait pas de lecteur DVD à Partholon, mais j'abandonnai définitivement toute lutte et sombrai dans le sommeil le plus profond.

11.

Hugh Jackman et moi étions allongés au fond d'une calèche, identique à celle que conduisaient John Wayne et sa dame de cœur dans la dernière scène de *L'Ange et le mauvais garçon*.

Nous reposions sur un lit de lavande odorante et ma tête se trouvait sur les genoux du petit gars du Michigan qui s'efforçait de domestiquer ma sauvage chevelure rousse, tout en m'expliquant qu'il n'avait jamais rencontré de femmes de moins de trente-cinq ans qui soient intéressantes. Entre les lattes de la calèche, j'aperçus l'âne à tête humaine qui tirait l'attelage. Je sifflai et l'animal se retourna — c'était ClanFintan. J'éclatai de rire et voulus raconter la bonne blague à Hugh quand je m'aperçus que je flottais au-dessus du Best Western.

— Parfois, je suis vraiment zinzin ! déclarai-je dans la nuit silencieuse qui étendait son manteau noir au-dessus de la ville endormie.

Je me mis à glisser dans une direction précise et, à l'instant où je me réjouissais de ne pas sentir le froid glacé — sauf, très vaguement, sur le pourtour désincarné de mon corps assoupi —, le ciel s'ouvrit et tint enfin sa promesse. Des flocons épais se mirent à voltiger paresseusement dans l'air.

— Oh, non, Déesse ! m'écriai-je, affolée. Ne me ramène pas là-bas, s'il te plaît.

J'étais littéralement terrifiée à l'idée de croiser une deuxième fois dans la même journée cette créature immonde.

Patience, Elue.

— Mais je sais qu'il est libre, maintenant qu'il neige de nouveau. C'est... euh... vraiment nécessaire que je le voie ?

Ce n'est pas Nuada que tu dois voir, ma Bien-Aimée, mais ce qui l'a libéré.

Voilà autre chose. Mon moi inconscient accéléra peu à peu sa course jusqu'à atteindre une vitesse inhumaine — comme s'il avait été propulsé par un lance-pierres. La silhouette lumineuse d'une ville surgit à l'horizon, féerique. Je la reconnus aussitôt. Chicago. Et ici aussi, il neigeait sans discontinuer. Je dépassai le gratte-ciel que j'avais visité tout à l'heure, puis obliquai vers le très célèbre quartier du Magnificent Mile. Si on continuait à cette allure, j'allais finir tête la première dans le lac Michigan. Déjà, je voyais les lumières du Navy Pier se refléter sur l'eau. Soudain, mon âme vira abruptement à droite et les merveilles de l'architecture moderne laissèrent place à une grande étendue sombre et arborée.

Grant Park.

Je souris en me remémorant ce merveilleux voyage que j'avais effectué avec des copains de fac. Chicago était particulièrement belle à la fin du printemps — pourvu que le vent ne souffle pas en rafales. Nous avions arpenté la ville à pied — essentiellement pour évacuer la prodigieuse quantité d'alcool et de nourriture que nous ingurgitions.

Jamais je n'avais vu Grant Park de nuit. Mon âme glissa doucement à travers les branches dénudées des arbres et je découvris avec étonnement combien l'endroit était sauvage. L'idée que le centre de Chicago ne se trouvait qu'à quelques minutes de là paraissait improbable. Le parc était noir et silencieux. Artificiellement silencieux.

— Viens !

L'ordre fendit l'air comme le claquement d'un fouet, me faisant tressaillir. J'identifiai immédiatement la voix et redressai spirituellement les épaules. Flottant à six mètres du sol environ, je glissai vers un bosquet de chênes majestueux, entre lesquels s'ouvrait une petite clairière. Au centre de l'espace découvert brûlait un feu. Tout autour, un cercle avait été dessiné avec une substance qui avait fait fondre la neige.

Du sel, pensai-je. Et je me demandai soudain d'où me venait cette certitude.

Ecoute, Elue.

Le feu était plutôt modeste, mais il était étrange. D'abord, je ne compris pas pourquoi. Puis subitement, je m'aperçus que ses flammes dansaient sauvagement, comme si un vent furieux les agitait. Sauf qu'il n'y avait pas un souffle d'air : la neige tombait en fines lignes régulières.

Rhiannon sortit de l'ombre et pénétra dans le

cercle. Elle était vêtue d'un long manteau en fourrure de renard. A la lueur des flammes, les reflets acajou des poils s'harmonisaient à ceux de sa chevelure qui crépitait, comme animée d'une vie propre. Rhiannon ouvrit les bras et laissa tomber son manteau à terre.

Elle était nue comme un ver... Elle ne portait même pas une paire de chaussures !

Je réprimai aussitôt mon cri de surprise. Instinctivement, je savais qu'Epona ne voulait pas que je trahisse ma présence. Cela dit, visiblement, je n'avais pas à m'inquiéter. Rhiannon semblait entièrement occupée par son projet.

Lentement, son corps se mit à onduler, sensuel et provocant, et je reconnus la danse singulière que la Muse Terpsichore avait accomplie à l'occasion de mon mariage avec ClanFintan.

Rhiannon était, ni plus ni moins, en train de se livrer à une danse d'accouplement — conçue pour provoquer une réaction précise chez celui qui la regardait.

Sauf qu'il n'y avait personne à l'horizon. A part moi, Rhiannon était seule.

La cadence de ses mouvements s'accéléra et ses mains glissèrent langoureusement le long de son corps.

— Viens ! lança-t-elle de nouveau.

Je croisai psychiquement les bras et tapai du pied avec irritation, particulièrement agacée de ne pas savoir danser comme elle. J'avais toujours su que mon éducation présentait des lacunes sérieuses : maintenant, je savais lesquelles.

A cet instant, un second personnage pénétra dans le cercle et j'esquissai une grimace de dégoût. Bres. Lui aussi était nu comme un ver et, à l'évidence, trouvait la gesticulation de Rhiannon particulièrement suggestive. Une érection monstrueuse faisait saillir son pénis de son corps squelettique.

Me rappelant son haleine atroce, je frissonnai d'horreur à la perspective de l'accouplement sinistre qui allait se produire.

Les arbres frémirent aussi en voyant surgir Bres, puis retrouvèrent leur immobilité précédente. En les observant attentivement, je vis qu'il s'agissait de chênes probablement très âgés. Si Rhiannon était en train d'accomplir un rituel, c'était en tout cas sans le soutien de la forêt, qui restait muette.

Rhiannon avança en se déhanchant vers Bres. Un éclat brilla soudain dans la main de ce dernier.

Seigneur ! Un poignard !

Rhiannon s'empara du couteau et tomba à genoux devant Bres l'Infâme. D'une main, elle saisit la verge durcie et de l'autre, fit glisser la lame le long de la chair fine.

Je retins un cri d'horreur. Les yeux clos, Bres émit un bref grognement sourd et le sang se mit à goutter, tachant de pourpre la surface vierge de la neige. Sur les abords du cercle, les ténèbres commencèrent à se mouvoir lentement. Inopinément, je me rappelai cette scène de *Ghost* — avec Demi Moore et l'adorable Patrick Swayze —, dans laquelle des démons s'emparent d'une âme maudite et l'attirent en enfer. Je ne sais pas pourquoi, j'eus le sentiment que l'analogie était pertinente.

— Viens ! roucoula de nouveau Rhiannon. Par

le Savoir des Ténèbres Antiques, je te réveille, et du Royaume des Morts, je te rappelle. Par la douleur et le plaisir du Serviteur de Pryderi, par son sang et par sa semence, je t'ordonne, Nuada, de venir au lieu du pouvoir !

Rhiannon se pencha, et mon estomac se révulsa. Engloutissant le pénis ensanglanté dans sa bouche, elle se mit à le sucer en rythme.

Assez de cette perversion.

La voix de la Déesse résonna à travers mon âme horrifiée — et la nuit défila de nouveau sous mes yeux, m'éloignant de la clairière impure.

Je m'assis en sursaut dans le lit. La télévision continuait en sourdine et ses reflets mouvants éclairaient par intermittences la silhouette allongée près de moi.

— Rhiannon est en train d'appeler Nuada à elle.

Rejetant les couvertures, je marchai d'un pas lourd jusqu'à la salle de bains, et me remplis un verre d'eau froide que je bus d'un trait.

— Et pas de doute, elle se sert des dieux sombres pour exécuter son charmant petit plan.

— Que… Que se passe-t-il, Shannon ?

La voix ensommeillée, Clint regarda autour de lui en clignant des yeux.

— Je l'ai vue.

Je ne cherchai pas à dissimuler mon dégoût.

— Elle est en train de l'appeler. Bres lui sert d'intermédiaire pour invoquer Pryderi. Nom d'un petit bonhomme ! Elle a ramené Nuada ici.

Je marchai de long en large devant le lit.

— Pas étonnant qu'il soit obsédé par moi. Il pense

que je suis celle qui l'a appelé. Il y a une chose dont on peut être sacrément sûr, c'est qu'après l'incantation ou le machin qu'elle a fait ce soir, ce monstre ne reviendra pas embêter mon père…

Je me resservis un verre d'eau. J'avais besoin de fraîcheur et de pureté pour balayer cet arrière-goût de…

— Dieu du ciel ! Je vais…

Cette fois, au moins, je parvins à temps dans la salle de bains.

— Tiens, dit Clint en me tendant le verre, après que j'eus rendu mes tripes.

Je gargouillais un moment et recrachai le liquide dans le lavabo.

— Et rince ta bouche avec ça.

Il me tendit un mini-flacon contenant un bain de bouche à la menthe et, pendant que je me rinçais, tira la chasse d'eau. Puis il me ramena vers le lit et je m'enfouis sous les couvertures, tendue et préoccupée.

— Donne-moi ton pied.

— Pardon ?

Je pointai le nez par-dessus les couvertures. Clint s'était installé au bout du lit.

— Ton pied, répéta-t-il.

Je le dévisageai stupidement. Poussant un soupir, il écarta le drap et s'empara de mon pied gauche. Paisiblement, il se mit à exercer des pressions fermes et souples à la fois. Mmm… Un pur délice.

— Ça va te détendre, dit-il simplement.

Je commençais déjà à fondre. J'ouvris la bouche pour savoir d'où il tenait ces talents, mais il me devança.

— Où se trouve-t-elle ?

— Qui ? Euh… Ah, oui. Retour à Rhiannon-la-Perverse. Chicago. Elle était à Grant Park, avec Bres.

Je fronçai le nez, comme si je venais d'avaler du jus de citron pur.

— Je suis sûre que tu n'imagines même pas ce qu'ils sont en train de fabriquer.

— Je pense que si.

Sa voix était neutre et plate. Brusquement, je me demandai quelle avait été son « expérience amoureuse » avec Rhiannon. Et je décidai immédiatement que je n'avais pas du tout, mais alors pas du tout envie de savoir. Jamais.

Une pensée soudaine me frappa.

— Au début, j'ai cru qu'elle appelait Nuada là-bas, à Grant Park. Mais à la fin, elle a parlé du… du…

Je cherchai à me souvenir de l'expression exacte.

— … du « lieu du pouvoir ». Voilà, c'est ça.

— La clairière magique, rétorqua Clint sans hésiter. Elle croit que nous nous y trouvons. Elle sait que je n'aime pas quitter la forêt, et tu lui as clairement fait comprendre que nous étions ensemble.

J'approuvai en essayant d'ignorer l'ambiguïté de ses dernières paroles. Ce qui était sacrément difficile, avec ces mains merveilleuses qui me touchaient et ces yeux intenses qui me dévisageaient. Par conséquent, je retirai mon pied et tournai la tête.

— Merci, je me sens parfaitement détendue, maintenant.

Je m'obligeai à bâiller.

— Dodo. Un long voyage nous attend demain.

Je me roulai en boule et fermai les yeux. Rien ne se produisit pendant quelques secondes, puis il se leva, rabattit les couvertures et éteignit la télévision. Enfin, je sentis le lit gémir sous son poids.

— Bonne nuit, Shannon.

— Bonne nuit, murmurai-je.

12.

Un fracas assourdissant retentit et j'ouvris les yeux, hagarde. Le temps que le monde reprenne forme humaine, et je compris que c'était la sonnerie téléphonique commandée la veille pour 8 heures. Tout en maugréant, je passai une main dans mes cheveux et grimaçai. J'avais oublié de les brosser, la veille au soir, et ils étaient en pleine révolte. A cet instant, une silhouette se dressa devant moi et me tendit une chose fumante.

— Bois avant que ça ne refroidisse.

Clignant des yeux, je distinguai d'abord Clint, propre et rasé de frais, puis la tasse de thé qu'il me présentait.

— Merci, marmonnai-je en essayant de ne pas lui infliger mon horrible haleine du matin.

Je sirotai mon breuvage, pendant que Clint allumait la télévision et s'asseyait avec une raideur douloureuse dans l'unique fauteuil de la pièce. La chaîne météo annonçait que la neige avait repris.

— Debout depuis longtemps ?

Je me sentais en veine de bavardage.

— Un moment.

Ce qui, en langage de l'Oklahoma, pouvait signifier quatre heures ou quatre semaines. J'observai mon compagnon. Son visage était tendu et fermé. L'homme de la forêt semblait s'être de nouveau retiré dans sa caverne. Je ressentis un pincement au cœur, et la proximité que nous avions partagée jusque-là me manqua subitement.

Mais c'était très bien ainsi. J'allais bientôt repartir, et Clint devait cesser de croire qu'il était amoureux de moi... Et moi de lui, me susurra une petite voix.

— Je serai prête dans une minute, lançai-je, avant de foncer vers la salle de bains.

— Un petit déj' ?

Le Hummer roulait avec sa tranquille certitude de char d'assaut à travers les rues enneigées. Quelques camions avaient décidé de tenter leur chance, et nous dépassâmes un chasse-neige.

J'eus un petit entretien silencieux avec mon estomac, qui grogna intempestivement.

— La réponse est positive, non ? reprit Clint en cherchant vainement à retenir son sourire.

Visiblement, mon attitude de dame raffinée continuait à l'impressionner.

— Brams, ça te dit ? Il y en a un, pas loin de l'hôpital. Et ils font les meilleurs biscuits de la terre.

Ceux qui ne connaissent pas Brams ne savent pas ce qu'ils ratent — crème glacée faite maison, lait frais, œufs et bacon de la ferme… Le tout dans un drive-in.

— Parfait.

J'engloutis avec grâce trois tonnes de gâteaux moelleux et deux litres de crème glacée, pendant que Clint se nourrissait d'un sandwich à la saucisse et aux œufs tout en conduisant d'une main. Le bonheur.

Je notai que les gens recommençaient à s'aventurer dehors. Il y avait un va-et-vient intense sur le parking de l'hôpital, ce matin.

Nous nous dirigeâmes vers l'unité des soins intensifs, et pénétrâmes dans la chambre à l'instant où une blonde et pulpeuse dame en blanc en sortait avec le plateau du petit déjeuner.

Dès qu'il nous aperçut, le visage de mon père s'éclaira d'un large sourire.

— Qu'est-ce que vous venez faire, vous deux ?

— Rien de spécial, papa. On voulait juste voir comment tu allais et vérifier que tu n'embêtais pas trop les infirmières.

Je me penchai et déposai un baiser sonore sur sa joue, heureuse de voir qu'il était de nouveau lui-même.

— Sûr, sûr, grommela-t-il. Ils s'obstinent toujours à me refiler des médicaments qui me rendent dingo, mais à part ça, ça gaze.

— Tu veux dire que tu as continué à draguer, papa ?

— Euh… non, pas à ce point.

L'infirmière réapparut et s'approcha pour vérifier le tube de l'intraveineuse. Puis elle contourna le lit pour observer la main de mon père.

— Le docteur est déjà passé ? lui demandai-je.

— Oui, tôt ce matin.

— Elle a dit que je pourrai rentrer d'ici deux ou trois jours, intervint mon père.

— Bon, déclara l'infirmière, vous cicatrisez très bien, monsieur Parker. Je vous apporte vos médicaments dans une minute.

Et elle sortit, dans un tourbillon d'efficacité.

— Il neige de nouveau, je crois, dit mon père à voix basse.

— Oui.

Je m'assis sur le bord du lit.

— Nuada s'est libéré, mais…

Clint s'approcha et poursuivit rapidement avant que mon père ne prenne la parole.

— … nous pensons qu'il ne vous menacera plus.

— Et pourquoi ça ?

Sa voix indiquait nettement qu'il n'entendait pas se laisser mener en bateau.

— Rhiannon l'a appelé ailleurs, expliquai-je.

Mon père haussa les sourcils.

— Je l'ai vue. Enfin… Disons que j'ai pris contact avec elle et qu'elle semble très intéressée à l'idée de… me rencontrer.

Je lançai un coup d'œil à Clint et lui télégraphiai silencieusement la consigne de s'en tenir à ma version « simplifiée ».

— Donc, Clint et moi retournons dans la forêt pour la rencontrer là-bas. Je pense qu'à nous deux, nous parviendrons à nous débarrasser de Nuada.

Je croisai mentalement mes doigts, en priant pour

que les drogues empêchent mon père de détecter mon mensonge.

— Ensuite, tu rentres à Partholon ? demanda-t-il d'un ton calme.

— Je crois. En tout cas, c'est ce que j'ai prévu.

L'infirmière entra avec une seringue à la main et la plongea dans le tube installé sur le bras de mon père.

— C'est contre la douleur, annonça-t-elle, avant de se tourner vers Clint et moi. Il est encore très fatigué.

J'acquiesçai.

— Nous ne serons pas longs, je vous promets. Je sais qu'il a besoin de se reposer.

Rassurée, elle quitta la pièce.

— Zazou…

Nous nous penchâmes jusqu'à ce que nos têtes se touchent presque. De vrais conspirateurs.

— Je veux que tu sois prudente. Ce n'est pas un gars à fréquenter.

— Je sais, papa. Tout ira bien. J'ai ma petite idée sur la façon de le renvoyer à ses pénates.

Les deux hommes me regardèrent avec curiosité. Je pris une profonde inspiration.

— C'est lié aux arbres, dis-je, sur un ton mystérieux.

Mon père hocha lentement la tête, d'un air entendu.

— Oui… Ces saules qui t'ont aidée la dernière fois.

— Comment est-ce que tu sais ça, papa ? Je croyais que tu étais inconscient !

Seigneur ! Avais-je rêvé ?

— Je les ai sentis te donner de la force.

Il se tourna vers Clint.

— A toi aussi.

J'approuvai frénétiquement de la tête, en espérant qu'il ne demanderait pas plus de détails.

— Tu vas me manquer, Zazou.

Il me prit la main.

— Je sais que tu dois rentrer, mais ça me fiche vraiment en rogne, l'idée que je ne connaîtrai pas ma petite-fille.

Puis son visage s'éclaira.

— Hé ! Pourquoi tu n'utiliserais pas ton truc du Sommeil Magique pour nous rendre une petite visite de temps en temps ?

Sa voix était pâteuse et ses paupières se fermaient.

— Bonne idée, papa, je viendrai te voir, murmurai-je en l'embrassant sur le front.

Soudain, une pensée me traversa l'esprit. Si mon père avait pu sentir le pouvoir des arbres, alors qu'il était inconscient, peut-être pourrais-je trouver un moyen d'entrer en contact avec lui depuis Partholon ?

— J'ai appelé Mama Parker, ce matin, reprit-il. Elle sera bientôt là.

— Bien. Tu as besoin d'un ange gardien.

Je souris entre mes larmes.

— En effet. Je n'échangerais pas Mama Parker contre une chèvre. Ni même deux.

Ses yeux se fermèrent.

— Au revoir, papa. Je t'aime, chuchotai-je en essuyant mes joues trempées.

— Fiston !

Mon père se réveilla brutalement.

— Monsieur ?

Clint se pencha vers lui.

— Tu dois veiller sur la demoiselle tant qu'elle est dans ce monde.

— Je vous le promets, monsieur Parker, déclara Clint avec solennité.

— Bien…

Les mots s'achevèrent sur un ronflement sonore.

Nous sortîmes.

— Où sont les toilettes ? demandai-je en arrêtant une infirmière qui passait dans le couloir.

J'étais de nouveau partie pour concurrencer les chutes du Niagara.

— Juste après la salle d'attente, répliqua-t-elle en me tapotant l'épaule avec sympathie.

— Je vais me moucher le nez, me passer de l'eau sur le visage et arrêter de me liquéfier, hoquetai-je en direction de Clint.

— Vas-y. Je t'attends.

Une chose qu'on ne peut pas refuser aux toilettes des hôpitaux, c'est qu'elles sont ultra-propres. Même si le papier-toilette est un peu rêche sur le bout du nez.

— Peut-être que papa a raison, lançai-je à mon reflet dans le miroir, tout en reniflant bruyamment. Je pourrais utiliser le pouvoir de la Déesse pour lui rendre visite.

Parler à voix haute m'aida à reprendre pied.

Donc, ce n'était pas un vrai adieu. Je trouverais bien le moyen de le revoir.

Je me mouchai une dernière fois vigoureusement et redressai les épaules.

Clint se tenait devant un écran de télévision qui diffusait une chaîne locale. Visiblement, les présentateurs étaient en train de houspiller M. Météo.

— Ça va mieux ?

Il se leva et me regarda avec inquiétude.

— Désolée, je…

Une image sur l'écran, derrière son épaule, retint mon attention. J'inclinai la tête pour mieux voir.

Une présentatrice blonde surmaquillée souriait ironiquement. Sur sa gauche, apparaissait le logo de *PlayBoy*, avec un sous-titre en grosses lettres noires : « Un professeur de Broken Arrow passe de l'enseignement au divertissement. »

— Seigneur ! m'exclamai-je, sidérée.

— Et maintenant, quelques nouvelles locales qui réchaufferont les plus frigorifiés d'entre nous, annonça le frétillant collègue de la blonde présentatrice. L'agent publicitaire de l'ancienne prof d'anglais du lycée de Broken Arrow, Shannon Parker, a annoncé ce matin que la jeune femme avait été invitée à poser nue pour le magazine *PlayBoy*. L'annonce a provoqué quelques remous. L'ex-enseignante insiste pour que la séance ait lieu chez elle, dans l'Oklahoma.

Et sans transition, il passa aux nouvelles sportives. Un vertige me saisit, et je me laissai choir sur le siège le plus proche.

— Tu ne vas pas te laisser abattre, n'est-ce pas ?

Clint m'examina avec méfiance, en hésitant visiblement sur la conduite à tenir — fuir ou rire.

— Hugh Hefner !

— Pardon ?

Clint me dévisageait comme si j'avais définitivement perdu la tête.

— C'est le type au visage dur que j'ai vu chez Rhiannon, par la sonde.

Je secouai la tête.

— Poser nue dans *PlayBoy* ! Papa va en avoir une attaque !

Je m'effondrai un peu plus dans ma chaise.

— Il sait que ce n'est pas toi.

— Mmoui…, grommelai-je. Mais ça ne fait pas une grande différence, vu que le reste du monde ignore ce petit détail.

Brusquement, je me redressai.

— Elle veut t'éloigner de moi, fulminai-je. Et la petite séance pour *PlayBoy* fait partie de son plan. Nuada sera là pour lui prêter main-forte.

Aucun doute, cela faisait sens.

— La garce veut me supprimer. Donc, elle va essayer de me refiler à son monstre à la noix, comme une bonne grosse friandise.

— Son pouvoir est au maximum dans la forêt, intervint Clint.

— Le mien aussi, répliquai-je farouchement. Et j'ai trois choses qu'elle n'a pas.

Clint haussa un sourcil.

— Un, l'expérience. J'ai déjà écrabouillé Nuada une fois. Elle, elle se contente de l'appâter avec ses fesses et ses idées tordues. Deux, la forêt me reconnaît comme l'Elue d'Epona. Et trois…

Je lui souris.

— Toi. Ton pouvoir amplifie le mien, ce qu'elle ignore. Oui, j'ai le sentiment très net qu'elle m'a complètement sous-estimée, ce qui est très bon pour nous et très mauvais pour elle.

Je me levai et saisis la main de Clint avec détermination.

— Allons-y. J'en ai par-dessus la tête de tournicoter autour de son ombre.

TROISIÈME PARTIE

1.

Le voyage du retour fut long et épuisant.

Nous quittâmes Broken Arrow peu après 9 heures. Vers 15 heures, nous fîmes une pause dans une ville quelconque pour reprendre de l'essence et nous alimenter.

Je craquai pour un énorme sandwich au chili et au fromage — qu'on ose dire que je ne sais pas prendre de risques ! Le soleil se couchait quand nous quittâmes la route de bitume pour nous engager sur le chemin qui conduisait à la chaumière.

— Nagi Road, murmurai-je en observant par la fenêtre le long ruban noir qui s'éloignait.

Les esprits des morts. Même les yeux fermés, j'aurais été capable d'identifier cette route, imprégnée d'un sentiment de tristesse et de solitude. Je pressai une main contre la vitre.

— Je me souviendrai, chuchotai-je aux fantômes qui semblaient tourbillonner dans l'air glacé.

La neige s'était faite plus rare, mais continuait à tomber, comme pour nous rappeler ce que nous avions à faire.

— Tu parles aux fantômes ? demanda doucement Clint.

— Oui, répondis-je sans hésitation.

Et je notai en moi-même de veiller à ce que les servantes versent des libations en l'honneur des guerriers indiens, lors de la prochaine fête de la pleine lune.

— Flûte ! Ça gèle.

Je claquai la portière du Hummer et me précipitai vers la maison. A peine arrivée, je retirai mes bottes et me précipitai près de la cheminée. Clint disposa quelques bûches dans l'âtre et frotta une allumette.

— Dans quelques secondes, il fera chaud.

Il me sourit par-dessus son épaule.

— Assieds-toi et garde ton manteau. Tu verras, tu vas te réchauffer très vite.

L'homme des bois avait fini par sortir de sa caverne. Nous n'avions pas franchement bavardé comme de vieux copains, pendant le trajet, mais il était redevenu charmant et attentif. Et honnêtement, je le préférais comme ça.

— Voilà…

Des flammes s'élevèrent, vives et claires, et le bois sec crépita agréablement. Clint entreprit d'allumer les vieilles lampes à kérosène, posées sur les tables basses.

— Tu crois qu'elle est déjà là ? demandai-je.

Mon compagnon s'installa dans le rocking-chair, face à moi. La rigidité de ses mouvements avait presque entièrement disparu : la forêt faisait son effet.

— Je ne pense pas, mais je sais comment m'en assurer.

Il désigna la porte.

— Oh, non, gémis-je, je n'ai pas du tout envie de crapahuter jusqu'à la clairière maintenant... Je suis épuisée.

— Il y a un moyen plus facile. Je suis sûr que si tu demandes au premier arbre venu, dehors, il te dira où elle se trouve.

Mon visage s'éclaira.

— Ça, c'est une idée !

Je repensai à la scène étrange à laquelle j'avais assisté la nuit dernière.

— J'ai l'impression que les arbres n'aiment pas beaucoup Rhiannon. Je veux dire qu'ils m'appellent « Elue d'Epona », pas « Seconde Elue d'Epona ». Et ils ne l'ont pas du tout aidée à accomplir son horrible petit rituel, l'autre soir. Tu crois que c'est possible ?

— Avant de te connaître, j'aurais répondu non. Aujourd'hui, je sais que les arbres ne l'accueillent pas comme ils t'accueillent, toi. Elle tire son pouvoir de la terre, mais pas des arbres.

— En tout cas, ils sont restés parfaitement silencieux, dans le parc de Chicago.

— Tu es l'Elue de la Déesse, Shannon. Pas elle, dit-il simplement.

— Alors, allons voir s'ils vont parler, rétorquai-je avec un sourire en me dirigeant vers la porte.

Clint passa devant moi et me fraya un chemin dans la neige. Exactement comme la dernière fois. Ce périple vers la clairière semblait remonter à une éternité, alors qu'il avait eu lieu quelques jours auparavant. Bizarre, comme le temps passe.

La forêt était splendide, dans sa tenue virginale, et les flocons voletaient gracieusement autour de nous. La nuit n'était pas encore tombée et, au loin, les nuages d'un gris doux se paraient de nuances de mauve sous la lueur du soleil couchant.

Clint s'arrêta brusquement et je faillis le heurter.

— Là-bas.

Il désigna un point sur la droite du sentier et me prit le bras pour me guider.

— Ils ne sont pas aussi anciens que dans la clairière, mais je crois que ce sera suffisant pour ce que nous voulons savoir.

Dès l'instant où je quittai le chemin, les paroles de bienvenue affluèrent dans mon esprit.

Salut à toi, ô Bien-Aimée de la Déesse !

L'Elue est revenue !

— Non, pas besoin d'aller plus loin, confirmai-je en tendant la main pour caresser les troncs.

Un pin énorme se dressa devant nous. Alourdies par une épaisse couche de neige, les premières branches commençaient haut sur le tronc. Une odeur de résine et d'aiguilles chatouilla mes narines et fit surgir en moi le souvenir de Noëls passés.

— Salut à toi, l'Ancien, chuchotai-je en pressant ma paume contre l'écorce rugueuse.

Bénie soit l'Elue d'Epona.

La voix était grave et virile.

— M'aideras-tu ?

Demande, Elue.

Je regardai Clint et acquiesçai, rayonnante.

— Il est prêt à m'aider.

— Je n'en ai jamais douté, répliqua-t-il en écartant une mèche rebelle de mon visage.

Par Epona, comme il était beau ! Bon... Qu'étais-je censée faire ? Ah, oui...

— Y a-t-il un autre moi dans la forêt ? demandai-je au pin.

Tu es unique, ô Bien-Aimée de la Déesse.

Je poussai un soupir de frustration. Comment diable évoquer Rhiannon avec un arbre ? Soudain, un propos de la Déesse me revint à la mémoire. Juste avant que je ne m'éloigne du parc, à Chicago, elle avait murmuré : « Assez de cette perversion. »

— Y a-t-il quelqu'un qui me ressemble, mais qui a perverti la volonté d'Epona ? L'as-tu vue ?

Pas depuis plusieurs levers de soleil.

— Elle n'est pas ici, en ce moment ?

Non.

— Merci à toi, l'Ancien.

Je me tournai vers Clint.

— Elle n'est pas encore là.

Le mal vient, Elue.

— Pardon ?

Un frisson parcourut mon corps, qui n'avait rien à voir avec le froid.

— Elle, tu veux dire ?

Un autre Mal. Un Mal qui est déjà venu et qui reviendra.

— Maintenant ? glapis-je.

Pas maintenant. Bientôt. Dans peu de levers de soleil. Il vient.

— Tu me diras quand il sera là ?

Demande seulement, Elue d'Epona.

— Merci, répétai-je.

Je pris le bras de Clint.

— Rentrons. Je suis frigorifiée.

Nous regagnâmes le sentier.

— Nuada ? interrogea Clint.

— Evidemment. Le pin dit qu'il est en route et qu'il sera là bientôt.

Je grimaçai.

— Ça me fiche la frousse de savoir qu'il est tellement sinistre que les arbres sentent sa présence, même quand il n'est pas là. Et dire que Rhiannon l'a ressuscité…

Je regardai Clint.

— Pourquoi est-elle ainsi ?

Il haussa les épaules.

— Ecoute, repris-je avec insistance. Ça n'a aucun sens pour moi. Tu dis que nous sommes identiques physiquement et que nous possédons la même aura. Sauf que son âme est corrompue. Je me demande juste pourquoi.

— Elle a sans doute pris tout le mal, et toi, tout le bien.

— Oh, pour l'amour du ciel ! Je ne suis pas un ange. J'ai des mauvaises pensées, comme tout le monde. Et je n'ai pas toujours été gentille.

— Donc, tu es normale. Nous avons tous une part de mal en nous.

— Tu as raison.

J'eus soudain une idée.

— Peut-être qu'elle a une part de bien en elle.

Clint me dévisagea comme si je perdais la raison.

— Oui, peut-être ! répétai-je tandis que nous pénétrions dans le confortable intérieur.

— Désolé de ne pas adhérer à ta théorie. Je la connais mieux que toi, rétorqua Clint.

Je m'absorbais dans mes pensées tout en me débarrassant de mes bottes et de mon manteau.

— Shannon... je t'ai demandé si tu avais faim, répéta Clint, agacé.

— Oh, désolée... Euh, oui, je crois bien.

— Jette un coup d'œil dans le tiroir du milieu, reprit-il en désignant la commode. Tu devrais trouver un truc plus confortable que ce jean, pour la nuit. Pendant ce temps, je nous prépare quelques sandwichs au fromage.

— Bon plan, approuvai-je.

Je dénichai un sweat-shirt moelleux et délavé. En le dépliant, j'aperçus un logo sur le devant. Une espèce de chose poilue et à grandes dents, coiffée d'un chapeau, tenait un jeu de cartes dans une main, et une canne à bout blanc dans l'autre. Autour, je déchiffrais les mots 125ᵉ Escadron du Castor. Sur l'arrière du pull, je découvris une image de F-16 en surimpression sur le dessin de l'Etat de l'Oklahoma, avec les mots « 138ᵉ Unité de Combat des Castors, Force Aérienne de l'Oklahoma, Tulsa ».

Je glissai un coup d'œil en direction de la cuisine pour m'assurer que Castor Volant était toujours occupé aux fourneaux, et retirai rapidement jean, soutien-gorge et chemise. Puis j'enfilai le sweat-shirt qui m'arrivait quasiment aux genoux. Je retroussai les manches et débarquai dans la cuisine en chaussettes.

— Miam ! Ça sent bon.

Le bacon grésillait délicieusement dans la poêle.

— Je peux faire quelque chose ?

Il se retourna et sourit devant mon accoutrement.

— Je vois que tu as mis la main sur l'un de mes vieux vêtements préférés.

— Oh…, dis-je en me trémoussant. Je n'avais pas l'intention de te piquer ton pull fétiche. Je peux en trouver un…

— Chut… J'aime bien te voir dedans.

Et avant que je ne pique un fard, il ajouta :

— Oui, tu peux faire quelque chose. Prépare-nous deux bols de salade. Tu trouveras ce qu'il faut dans le bas du frigo.

Nous nous affairâmes en silence et, bientôt, nous mordîmes à belles dents dans des sandwichs épais à souhait en picorant de la salade fraîche. Un régal.

— Donc, tu as un plan pour te débarrasser de Nuada, ou c'était juste pour rassurer ton père ? demanda Clint entre deux bouchées.

— C'était du pipeau, bien sûr. Je n'ai pas l'ombre du début d'une idée de plan. Mais mon père devait penser à sa santé, et pas se faire du souci pour moi. Et, au fait, merci de m'avoir laissé raconter ma petite histoire sur le rendez-vous avec Rhiannon.

Clint esquissa une révérence, la main sur le cœur.

— Tu es l'Elue, et je ne suis que l'un de tes modestes adorateurs.

— Et un super cuistot !

— Merci, Shannon, répliqua-t-il en débarrassant les assiettes.

— Attends, je vais t'aider, dis-je en réfrénant un énorme bâillement.

— Non. Tu ne sais pas où ranger les choses. J'irai plus vite. Va te coucher. Ta fille et toi, vous avez besoin de repos.

Et il me chassa de la cuisine.

En jetant un coup d'œil à l'horloge sur la cheminée, je m'aperçus qu'il était tout juste 20 heures. Dieu du ciel, j'avais l'impression qu'il était minuit au moins ! Je me glissai sous l'édredon de plumes et me pelotonnai, réchauffée, rassasiée, prête à plonger dans le grand sommeil. Les yeux fixés sur les flammes dansantes du feu, je les laissai se fermer doucement — et mon esprit dériva vers le pays des rêves.

Sean Connery et moi flottions sur un radeau géant en forme de cœur, quelque part dans les Caraïbes. L'eau était d'un bleu turquoise et je sirotai un maxi-margarita, vêtue de... d'un sourire et d'un joli bronzage doré — visiblement, au royaume des songes, je n'étais pas enceinte.

Tout en m'enduisant le dos d'huile de noix de coco, Sean murmurait au creux de mon oreille, m'expliquant quel plaisir suprême ce serait pour lui de lécher ensuite mon corps...

... et soudain, je flottai au-dessus de la chaumière de Clint.

— Je suppose que ce n'était pas possible de me laisser en finir avec Sean ? m'enquis-je, avec un soupir.

Depuis que la Déesse était entrée dans ma vie, impossible de poursuivre mes rêves jusqu'au bout.

Elue, il est temps pour toi d'assister aux événements

qui se préparent, murmura Epona, parfaitement indifférente à mes sarcasmes.

— Quels événements ?

J'étais intriguée.

La chute de Rhiannon.

La voix divine était lourde de tristesse.

— Bonne idée, j'ai très envie de voir ça.

Rhiannon était si proche de moi que je me sentais presque obligée de comprendre ce qui avait pu dénaturer son âme.

Ce sera un voyage difficile, Elue. Nous devrons franchir les strates du temps, et nous ne pourrons pas nous attarder. Ne parle pas, ne touche rien. Tu dois seulement observer le passé et ne pas intervenir.

— Chic, on va se glisser dans un tunnel spatio-temporel ?

Le rire cristallin résonna un instant dans le silence de la nuit.

Si tu veux. Prépare-toi, ma Bien-Aimée, et n'oublie pas que je suis avec toi.

Voilà qui était inquiétant, mais avant que je puisse m'effrayer sérieusement, mon moi inconscient commença à s'élever dans le ciel. Je traversai des bancs de nuages épais et remplis de glace et, brusquement, débouchai dans un espace froid et silencieux. Des millions d'étoiles scintillaient — plus que je n'en avais jamais vu, même à Partholon. Comme si une main divine avait renversé des diamants sur du velours noir.

Soudain, devant moi, l'espace ondula et s'ouvrit. A peine eus-je le temps de plonger mes yeux à l'intérieur de ce puits de ténèbres, que mon âme fut brutalement aspirée dans la spirale du néant.

Des milliers de minuscules aiguilles glacées pénétrèrent mon corps spirituel, et chacun de mes nerfs vibra de terreur. J'ouvris la bouche pour hurler, mais les parois tourbillonnantes absorbèrent mon cri d'agonie.

Et le tunnel, soudain, m'expulsa dans un autre ciel nocturne. Etourdie et encore tremblante, je baissai les yeux. Je flottai au-dessus du Temple d'Epona, dans l'air parfumé d'une chaude nuit d'été. Je sentis ma panique refluer et inspirai profondément. Rassérénée, je me détendis et pris plaisir à observer le paysage familier.

Subitement, j'ouvris de grands yeux.

Je ne me rappelai pas ces buissons de lilas près de la fontaine. Ni les arbres en fleurs qui s'étendaient à l'extérieur de l'enceinte sacrée.

Et ce chèvrefeuille, là, qui entortillait ses vrilles rouges et jaunes sur les balustrades du Temple, je ne l'avais jamais vu, non plus.

Le Temple d'Epona était un édifice splendide, mais ce n'était pas seulement un palais dédié au culte de la beauté — c'était aussi un sanctuaire guerrier, et entretenu en tant que tel.

Là, il avait plutôt l'air d'un petit paradis floral propice aux fêtes en tous genres.

Mon Elue, avant le règne de Rhiannon, a vécu fort longtemps.

La voix de la Déesse paraissait incroyablement proche. Un mouvement dans le ciel attira mon regard, et ce que je vis me coupa le souffle. Une silhouette doucement scintillante émergeait peu à peu des ténèbres nocturnes. Un frisson agita soudain la forme lumineuse, et Epona apparut. Elle était sublime. Une dense chevelure couleur de blé mûr s'enroulait autour de son corps, et un voile de lin dont l'éclat perlé rappelait celui des murs du Temple tombait souplement sur ses courbes parfaites. Epona tourna son visage vers moi.

— Oh, Déesse…

Les mots s'étranglèrent dans ma gorge et j'inclinai la tête, en une supplique muette. Elle était la beauté même, immémoriale et intemporelle — cette beauté que les sculpteurs et les peintres recherchaient ardemment de siècle en siècle, d'œuvre en œuvre.

Etre si proche d'elle me paralysait d'admiration.

Avec un sourire bouleversant d'amour et d'indulgence, elle passa une main légère devant son visage qui se brouilla et, bientôt, je ne vis plus qu'une silhouette argentée.

Mon Elue, avant le règne de Rhiannon, a vécu fort longtemps.

Troublée, je m'aperçus que ma Déesse venait de répéter sa phrase.

Elle a eu une fille, mais comme il arrive parfois, l'enfant ne ressentait aucune inclination pour mon service.

Ma respiration retrouva son cours normal et je sentis mes facultés mentales me revenir.

A la mort de sa mère, j'ai choisi Rhiannon comme Elue, mais elle n'était encore qu'une enfant grandissant parmi des adultes. Les prêtresses se sont occupées du Temple, le temps que l'Elue atteigne l'âge requis.

Une tendresse amusée nuança la voix de la Déesse.

Elles ont laissé les fleurs envahir mon sanctuaire et le service est devenu moins rigoureux. Je savais que mon Elue rétablirait l'ordre nécessaire lorsqu'elle serait prête. Ce que j'ignorais, c'était que les prêtresses avaient tant cajolé cette enfant que son caractère avait subi des modifications difficilement réparables.

La Déesse leva la main.

Regardons à présent la Cérémonie de l'Ascension.

Elle agita délicatement ses doigts et la scène au-dessous de nous changea. Nous survolions à présent un petit espace découvert, au cœur de la forêt qui entourait le Temple.

— La clairière aux deux chênes, murmurai-je.

Oui, Bien-Aimée. C'est un lieu sacré. Ce soir, nous assistons aux festivités de Beltane, qui marquent l'entrée de Rhiannon dans le royaume de la féminité.

D'immenses feux de joie bordaient la clairière. Autour de chacun d'eux, des hommes et des femmes très jeunes dansaient et buvaient. Très légèrement vêtus, ils s'adonnaient à des jeux voluptueux. Une musique sensuelle et entraînante s'élevait dans la nuit claire, et je sentis mon corps psychique se trémousser.

Le rire de la Déesse résonna près de mon oreille, limpide et frais.

Entends-tu, toi aussi, l'Appel de Beltane, ô mon Elue ?

— Je crois que je sens quelque chose.

J'hésitai, avant d'ajouter :

— Quelque chose de bon.

Le rire divin retentit de nouveau, me remplissant d'une joie indicible. Près du petit ruisseau et tout contre les deux arbres antiques, je distinguais une tente qui me fit songer à un décor romantique. En forme de quinconce, elle était pourvue de cinq tourelles qui s'achevaient en spirale. Au centre du dôme principal, une fumée épaisse s'échappait par un orifice, et la tenture qui faisait office de porte était rabattue.

Regarde, Elue, murmura la Déesse tandis que nous traversions le dôme.

Dans un vase posé sur un trépied brûlait un feu clair dont les flammes jetaient des reflets mouvants sur l'intérieur somptueux. De riches tapis jonchaient le sol, et de lourds coussins couleur vermeil étaient disposés çà et là.

— Je ne boirai pas ! lança une voix jeune et féminine.

Avec une légère grimace, je l'identifiais aussitôt. C'était celle de Rhiannon — ou la mienne.

— Ô Maîtresse, l'Elue doit boire le vin de la Déesse avant le rituel de l'Ascension.

La voix mélodieuse d'Alanna était soucieuse et lasse. Le gobelet d'argent qu'elle offrait à Rhiannon était finement ciselé et serti de pierres précieuses. L'adolescente le frappa brutalement et un onctueux liquide rouge se répandit sur les tapis.

— Je suis l'Elue de la Déesse et je ferai ce que je veux.

Les mots cinglaient dans sa bouche, avec une violence qui annonçait la cruauté à venir de l'adulte.

— Je ne boirai pas cette potion.

Alanna me parut soudain si jeune et si frêle, face à ce petit monstre !

— Le vin de la Déesse rend la Cérémonie agréable à l'Elue. C'est pourquoi Epona prie sa Servante de le boire, insista-t-elle, visiblement épuisée. C'est à vous, et à vous seule que pense la Déesse.

— Ah ! Epona ne pense qu'à son propre plaisir, et son plaisir, c'est de me dominer et me contrôler.

Rhiannon tapa du pied, d'un air maussade. Je me rappelai avoir pris ce ton, une fois devant mon père. A propos de l'heure légale de couvre-feu que j'avais l'intention de ne pas respecter, je crois. Mon père m'avait aussitôt renvoyée dans ma chambre avec ces mots : « Shannon Christine, tu es privée de sortie jusqu'à ce que tu reviennes à de meilleurs sentiments. »

Malheureusement pour Rhiannon, je n'aperçus aucun père, ni personne capable de mettre un terme à son insolence.

— Maîtresse, vous êtes l'Elue de la Déesse, reprit Alanna, affolée. Vous devez suivre la voie qu'elle vous indique.

— Pas question. Je ferai ce que je veux. Pars, maintenant, et que la cérémonie commence.

D'un geste arrogant, Rhiannon chassa Alanna qui ramassa le gobelet et quitta lentement la tente. Dès qu'elle fut seule, Rhiannon se mit à arpenter l'intérieur de la tente, en évitant les coussins. D'un geste qui me fit tressaillir, elle glissa sa main dans le fouillis de ses boucles rousses. Dieu du ciel ! Je faisais le même geste depuis plus de trente ans ! C'était troublant et carrément surréaliste, de voir vivre sous ses yeux son propre fantôme, tout droit surgi du passé. Rhiannon était vêtue d'un mince tissu doré dont les pans étaient noués à l'avant. A chacun de ses pas, ses jambres nues et fermes apparaissaient.

« Ah, la jeunesse… », marmonnai-je en évaluant d'un regard appréciateur les lignes pures et souples de ce corps juvénile.

Soudain, Rhiannon leva les mains et se boucha les oreilles, comme un enfant refusant d'entendre ses parents.

— Non ! Hors de ma tête ! Personne ne me dira ce que je dois faire ! Je vivrai comme je veux, et non comme tu le veux ! hurla-t-elle.

Epona avait dû s'adresser à elle, et je me tournai vers la silhouette argentée qui se tenait à mes côtés.

— Une forte tête, murmura la Déesse avec tristesse.

— C'est le moins qu'on puisse dire, grommelai-je.

Je m'étais fourrée dans beaucoup de pétrins à cause de ma maudite obstination. Par exemple, mon mari, que mon père ne voulait pas que j'épouse. Mais si j'avais commis des erreurs, j'avais su apprendre, grâce à la discipline et aux principes qu'on m'avait inculqués — ce dont Rhiannon paraissait avoir cruellement manqué.

La tenture de l'entrée se souleva et un étonnant personnage pénétra dans la tente. J'écarquillai les yeux de surprise. Si son corps vigoureux était celui d'un homme, sa tête était celle d'un cheval.

— Qu'est-ce que…, laissai-je échapper.

N'aie crainte. C'est bien un homme. Le masque qu'il porte correspond à la tête du dernier étalon accouplé à la Jument Elue.

— Oh, vous… vous le tuez exprès ? demandai-je, horrifiée.

J'eus une pensée émue pour le futur compagnon d'Epi. La déesse eut un petit rire.

Il est sacrifié sans douleur, une fois parvenu au terme de sa vie de chef vénéré.

Je poussai un long soupir de soulagement et reportai mon attention sur la scène au-dessous de moi. Rhiannon avait cessé de marcher frénétiquement et ôté ses mains de ses oreilles. Elle recula vivement en voyant l'homme approcher. Visiblement troublé par sa réaction, celui-ci s'immobilisa près du feu. La lueur des flammes dansait sur ses muscles durs et lisses. A l'exception du petit triangle de cuir noué sur ses hanches étroites, il était nu, et sa peau avait des reflets de bronze. Sa poitrine puissante se levait et s'abaissait sur un rythme accéléré.

C'était un dieu. Un guerrier. Un héros.

Un frisson de désir et de volupté me traversa.

— D'où vient-il ? demandai-je à voix basse.

L'homme a été choisi dans ma garde privée. Le droit de conduire mon Elue au royaume de la féminité est un privilège et un honneur.

Donc, c'était par un rituel de fertilité que Rhiannon accédait au pouvoir. Je n'étais pas sûre de me sentir tout à fait à l'aise avec cette idée. Je regardai de nouveau Rhiannon. Elle n'avait pas encore seize ans, et son absence de réaction face à la sublime anatomie virile offerte à ses yeux prouvait qu'elle était vierge.

Oui, elle est restée intacte, comme le veut la tradition.

Comme toujours, la Déesse anticipait sur mes questions.

C'est la raison pour laquelle elle aurait dû boire cette potion. Le nectar divin permet de lever les voiles entre les mondes. Il rend agréable l'entrée dans le royaume nouveau de la fécondité. Mais Rhiannon a renié ma volonté et elle doit à présent payer le prix de sa désobéissance.

La voix d'Epona n'était ni amère, ni accusatrice : résignée, plutôt, face à un destin qu'elle n'avait pas voulu pour son Elue.

Le libre-arbitre est difficile à assumer.

L'homme à tête de cheval reprit sa marche vers Rhiannon. Celle-ci recula encore et trébucha sur un coussin. Plus vif que l'éclair, l'homme bondit à ses côtés et la rattrapa dans ses bras. Le hurlement de Rhiannon se transforma en aboiement.

— Ne me touche pas ! cracha-t-elle.

Il répondit en resserrant son étreinte. Puis, d'une main, il écarta la robe dorée et se mit à explorer les recoins les plus intimes du jeune corps. Le masque chevalin effleura le visage de Rhiannon, qui grimaça d'horreur.

— Je t'ordonne de me lâcher !

Sa voix tremblait — non pas de désir, mais de peur. Une peur brute, sauvage, qui lui donnait l'air plus jeune encore. L'homme l'ignora et arracha le triangle de cuir, dévoilant une érection impressionnante.

— Pourquoi ne s'arrête-t-il pas ? demandai-je, oppressée.

Il ne peut pas. Il a bu le vin du dieu et l'esprit de Cernunnos vit en lui, à présent. Il doit s'accoupler à mon Elue pour assurer la fertilité de Partholon. Bien-Aimée, tu as senti l'appel du rituel quand nous sommes entrées dans la clairière. La Cérémonie de l'Ascension doit être emplie de joie et de désir. Non de douleur et d'horreur. Il n'y a aucun moyen de l'arrêter.

Une lassitude profonde traversa la voix d'Epona.

Mon Elue n'a pas le droit de mettre en danger Beltane et la fertilité de Partholon.

M'éloignant de la scène du viol, la Déesse m'entraîna de nouveau vers les cieux et nous franchîmes le dôme à l'instant où éclataient les hurlements de douleur de Rhiannon. Nous flottâmes en silence au-dessus de la forêt. Bouleversée, je me demandais comment j'aurais réagi à son âge. J'étais têtue, certes, mais je n'avais pas été une enfant choyée et gâtée dont les nounous et les esclaves acceptaient la moindre lubie.

Je savais que j'aurais pris la potion.

Vois les conséquences, Elue.

La Déesse agita de nouveau ses doigts et les ténèbres ondulèrent comme la surface d'un lac dans lequel vient de tomber une pierre. Lorsque les vagues s'apaisèrent, des images se formèrent.

— Oh, on dirait un écran de cinéma..., soufflai-je, émerveillée.

Vois, répéta simplement la Déesse.

Les images défilèrent rapidement, montrant Rhiannon à dix-sept, dix-huit, dix-neuf ans… Les scènes de sexe se succédaient à une cadence infernale. Avec des hommes différents, dans des lieux différents, des positions différentes. Et dans ce tourbillon, le visage de Rhiannon restait impassible et glacé. Parfois, elle arrêtait l'acte au beau milieu et chassait cruellement son partenaire. A d'autres moments, elle s'emparait d'un fouet et frappait son compagnon terrifié. A l'infini, je la vis s'accoupler et s'accoupler encore — même si, à l'évidence, elle n'y prenait aucun plaisir.

Elle ne s'autorise pas à jouir, Elue. L'acte d'amour est ténèbres pour elle, et par conséquent, l'amour lui-même devient ténèbres.

Les expériences sexuelles de Rhiannon se firent de plus en plus perverses et son âme s'ouvrit de plus en plus à la corruption.

— Je suis surprise qu'elle ne soit pas tombée enceinte, murmurai-je.

L'Elue d'Epona ne peut concevoir que si elle s'accouple avec le Grand Chamane que je lui destine.

C'était au moins ça. Je n'osais même pas imaginer quelle mère aurait fait Rhiannon.

Les images continuèrent à défiler et je ressentis un petit choc en voyant un jeune Centaure apparaître. ClanFintan s'approcha de Rhiannon et s'inclina devant elle. Ils étaient seuls dans la Salle du Trône. Avec ravissement, je détaillai mon jeune et futur époux. Ses muscles étaient peut-être moins affirmés que maintenant, mais je reconnus le torse large et puissant, les épaules carrées, la mâchoire virile et affirmée. Ses yeux en amande avaient cet éclat intense et velouté qui me faisait fondre, mais ils brillaient d'une lueur naïve et fraîche. Tout, en lui, respirait la jeunesse et le plaisir de la vie à peine découverte.

— Quelle joie de vous voir, ô Dame !

Sa voix avait encore une tonalité enfantine qui dissimulait les nuances soyeuses et profondes qu'elle prendrait plus tard.

— On m'a informée que vous aviez été désigné pour devenir Grand Chamane.

La voix roucoulante de Rhiannon hérissa les poils de ma nuque, mais n'eut manifestement pas le même effet sur le jeune ClanFintan.

— Oui, Dame. Ainsi en a décidé l'Oracle, répliqua-t-il avec un enthousiasme communicatif.

Je me rappelai soudain la méfiance et la tristesse avec lequelles il m'avait accueillie, et je faillis bondir pour jeter mes bras autour de son cou et le protéger des souffrances que Rhiannon allait lui infliger. Mais Epona leva une main argentée, et je maîtrisais mon impulsion.

Observe, Elue.

Rhiannon se leva et descendit nonchalamment les marches du trône. Elle fit lentement le tour du jeune Centaure qui l'observait avec curiosité, parfaitement immobile.

— Je crois que tu me conviendras, dit-elle langoureusement.

Elle se rapprocha et fit glisser sa main le long de la poitrine lisse, jusqu'à la limite où commençait la partie équine de l'anatomie de ClanFintan. Je vis la peau du Centaure frissonner sous la caresse.

— Oh, oui, Dame, je crois que nous nous conviendrons, répliqua-t-il, d'une voix soudain sérieuse. Je me réjouis, moi aussi, que le Destin ait choisi d'unir nos vies.

Un rire moqueur résonna dans la Salle du Trône.

— Imbécile ! Je ne parlais pas d'accouplement, mais d'amusement.

D'un geste vif, elle détacha la broche qui retenait le tissu diaphane de sa robe. D'un haussement d'épaule — que j'avais moi-même accompli devant ce même Centaure —, elle fit tomber l'étoffe à terre. Puis, elle avança vers lui, entièrement nue.

La respiration de ClanFintan s'accéléra.

— Je ne suis pas encore Grand Chamane, déclara-t-il d'une voix rauque. Je ne peux pas encore accomplir le Changement, ô Dame.

De nouveau, le rire moqueur retentit.

— J'ai couché avec beaucoup d'hommes, mais jamais avec un Centaure. Alors, si tu prenais forme humaine, tu ne m'intéresserais plus.

Ondulante et frémissante, elle se glissa entre les bras du Centaure pétrifié et se frotta de manière suggestive contre lui.

— Ça suffit ! Je ne veux pas en voir plus !

La colère, la trahison, la jalousie tourbillonnaient en moi.

Observe, Elue, répéta encore la Déesse. Il te reste une scène à voir.

J'ouvris lentement les yeux. L'écran avait de nouveau

changé. Je ne reconnus pas immédiatement la chambre de Rhiannon. Des centaines de candélabres illuminaient la pièce. Un brancard avait remplacé le gigantesque lit, et sur ce brancard était posé un matelas de jonc tressé. Rhiannon était allongée dessus, entièrement nue.

Je compris aussitôt ce que signifiait le petit arrondi de son ventre.

— Elle est enceinte ?

Je fronçai les sourcils et l'étudiai attentivement. Elle ne devait pas être beaucoup plus âgée que dans la scène précédente. « L'Elue d'Epona ne peut concevoir que si elle s'accouple avec le Grand Chamane que je lui destine. » Je me remémorai soudain les paroles de la Déesse.

Si Rhiannon était enceinte, ce ne pouvait être que de ClanFintan. Pourtant, le jeune Centaure n'était pas encore Grand Chamane, et par conséquent, ne pouvait prendre forme humaine.

Je sentis mes entrailles se révulser devant la conclusion qui s'imposait.

— Bois, Maîtresse.

L'intonation désagréable me fit tressaillir. Essuyant rapidement mes larmes, je me concentrai de nouveau sur la scène.

Bres venait d'entrer dans la pièce. Je fus surprise de voir qu'il n'était pas aussi maigre qu'aujourd'hui. Son corps avait même une certaine élégance sculpturale. A l'évidence, il appartenait à cette catégorie d'hommes qui ne vieillissaient pas bien. Quel dommage !

Il approcha des lèvres de Rhiannon un gobelet rempli d'un épais liquide rouge. Celle-ci but avidement et je remarquai que ses yeux étaient vitreux. Elle avait dû déjà abuser de la boisson.

Fermant les yeux, elle laissa de nouveau sa tête aller en arrière, et Bres se dirigea vers l'autre extrémité du cercueil. Posant le gobelet vide sur une petite table près de lui, il s'empara d'un étrange objet, long et fin. Cela ressemblait à une sorte de crochet au bout acéré et pointu.

Il se tourna face à Rhiannon.

— A présent, tu dois venir à moi, ô Maîtresse.

Rhiannon replia ses genoux et écarta ses cuisses. D'un geste rapide, Bres resserra des liens de cuir, que je n'avais pas remarqués jusque-là, autour des chevilles et des poignets. Les mains de Rhiannon agrippèrent le bord du matelas avec une telle violence que ses articulations blanchirent.

Son sexe était à présent offert aux regards. Un instant, Bres observa le corps exposé, puis il se pencha et, d'une main, écarta les lèvres de la vulve. De l'autre, il inséra l'atroce instrument dans le vagin.

Le corps de Rhiannon s'arc-bouta sauvagement. Au même instant, les flammes des chandelles vacillèrent — comme si le souffle d'une déesse vengeresse venait de traverser la pièce.

— Non ! hurla Rhiannon, la salive coulant de ses lèvres décolorées. Personne ne m'utilisera ! Je veux choisir !

Elle se tut, haletante. Bres enfonça alors vivement la main, la tourna, puis la ramena d'un geste vif. Le crochet émergea et un liquide clair, taché de sang, jaillit du vagin. Rapidement, il s'essuya les mains sur sa robe épaisse et s'approcha du visage de la jeune femme.

— Tu vas l'expulser, maintenant.

Doucement, il sécha la sueur qui perlait sur son front et, tremblante, elle enfouit son visage entre ses bras.

— Le jus de pavot adoucira ta douleur. Ce sera bientôt fini.

L'image ondula, puis s'évanouit dans les ténèbres de la nuit. Les larmes coulaient sur mes joues désincarnées.

— Mais tu disais qu'elle ne pouvait être enceinte que du Grand Chamane. Or, ClanFintan ne l'était pas encore. Il ne pouvait pas prendre forme humaine !

— On ne devient pas, on naît Grand Chamane, Elue. ClanFintan l'était dès son premier souffle.

— Elle a tué son bébé, dis-je, incrédule.

En orchestrant la mort de l'enfant, c'est la compassion et la pitié pour autrui qu'elle a tuées en elle. La cruauté et l'égoïsme l'ont consumée. J'ai dû rompre le lien qui nous unissait. Et la culpabilité a achevé de détruire ce qui restait de bon en elle. Le Mal a pris entièrement possession de son âme.

— Elle… elle n'est plus ton Elue ? demandai-je d'une voix tremblante.

Je me sentais nauséeuse.

Je lui ai retiré ma faveur pour lui permettre de changer de place avec toi, Bien-Aimée.

— Alors, pourquoi m'as-tu laissée revenir en Oklahoma ? Pourquoi ne suis-je pas à Partholon, où se trouve ma place aujourd'hui ?

Rhiannon et les puissances malfaisantes avec lesquelles

elle joue doivent être neutralisées. Je ne peux la laisser libérer Nuada dans ton ancien monde.

Le rideau noir de la nuit ondula de nouveau et s'ouvrit sur le néant tourbillonnant.

— Je t'en prie ! Dis-moi comment empêcher Rhiannon d'accomplir le Mal et me débarrasser de Nuada !

Mon cri de panique résonna sur les parois du tunnel qui aspirait mon âme.

Quand le temps viendra, tu sauras, Elue. Souviens-toi, Rhiannon a vécu dans la haine d'elle-même, et la haine ne peut la vaincre.

— Je ne comprends pas, Epona !

Réfléchis à ce que tu as vu, ce soir. Avec le savoir viennent la sagesse et le pouvoir.

Et la spirale infernale m'engloutit. Je fermai les yeux et appliquai la méthode Coué. Ça finira vite, ça finira vite, ça f...

Le tunnel me rejeta brusquement dans le ciel neigeux, au-dessus de la chaumière de Clint. Un instant, je flottai silencieusement, puis, lentement, mon moi inconscient descendit et traversa le toit, avant de réintégrer mon corps endormi, toujours pelotonné sur le côté. Clint était allongé près de moi, vêtu de son jean et de son T-shirt — sur la couverture, pour ne pas me toucher. Mon cœur manqua un battement quand je le regardai.

Permets-toi de l'aimer, cette nuit, Elue.

— Mais je suis mariée à ClanFintan, rétorquai-je stupidement.

Il est le double de ton compagnon, Bien-Aimée. Lui aussi, il est né pour t'aimer.

— Mais…

Il a besoin de toi, Elue…

La voix de la déesse s'évanouit dans la nuit.

2.

J'ouvris les yeux. Dans l'âtre, les braises rougeoyaient doucement. Les mots de la Déesse passèrent de nouveau dans mon esprit et, aussitôt, je pris ma décision.

Roulant sur le côté, je m'approchai de Clint. Mon mouvement l'éveilla en sursaut.

— Que se passe-t-il ?

— Chhh…

Je caressai son bras.

— Tout va bien.

Il se frotta l'arête du nez, avec ce petit geste machinal qu'il faisait chaque matin.

— Un autre de tes rêves ?

— Oui. Sauf que cette fois, j'ai voyagé dans le passé.

— Que veux-tu dire ?

Pleinement réveillé, cette fois, il se tourna pour me faire face. Je lui souris.

— C'est bizarre, hein ?

Clint effleura le bout de son nez, exactement comme ClanFintan.

— Il suffit de s'y habituer, je suppose. Qu'as-tu vu, cette fois ?

— La Déesse m'a montré le passé de Rhiannon. Pas pour l'excuser, je crois, mais pour que je comprenne mieux son comportement.

— Et… ?

Je hochai la tête.

— Je me sens triste pour elle.

Clint écarquilla les yeux.

— Vraiment ?

J'acquiesçai.

— Ç'aurait pu être moi. Si j'avais grandi dans un autre milieu que le mien, je pense que j'aurais pu devenir comme elle.

J'émis un rire sans joie.

— En fait, c'est un peu effrayant.

Il repoussa une boucle de mon visage.

— Mais tu n'es pas devenue ce qu'elle est.

— Non, mais ne la juge pas trop durement, Clint. Elle me ressemble bien plus que tu ne peux l'imaginer. A une certaine époque, c'était une enfant. Juste une enfant terrorisée qui n'était pas prête à affronter ce qui lui est arrivé.

Mon compagnon poussa un grognement « clanfintanesque » et je laissai glisser mes doigts sur cette peau qu'une barbe naissante rendait rêche.

Mue par une impulsion, je plongeai mes yeux dans les siens.

— Promets-moi d'avoir de la pitié pour elle.

Il me dévisagea longuement.

— Je le promets, dit-il doucement.

Sans réfléchir, je me penchai et déposai un léger baiser sur ses lèvres.

— Merci.

— Je t'en prie, souffla-t-il, d'une voix rauque, le corps subitement immobile.

De nouveau, je m'approchai et, cette fois, je pris le temps. Clint ne bougea pas, mais il écarta doucement les lèvres et me laissa explorer sa bouche.

— J'aime le goût de ta bouche, chuchotai-je.

— Shannon, ma belle…

Repoussant les couvertures, je pressai mon corps contre le sien et son murmure se mua en grognement de plaisir.

Je savourai la sensation de ma peau nue contre le tissu rugueux de son jean. Mes mains se glissèrent sous son T-shirt et je sentis la longue cicatrice qui courait presque sur toute la longueur de son dos. Puisant dans mon centre, je rassemblais de l'énergie et la diffusai au bout de mes doigts pour chasser la souffrance ancienne. Sous le flux de chaleur, mes paumes fourmillèrent, m'arrachant un frisson voluptueux.

Clint me serra contre lui.

— C'est bon ? murmurai-je.

— Divin, répondit-il d'une voix chaude et grave. Si seulement tu savais…

Je lui ôtai son T-shirt, et laissai mes lèvres et ma langue descendre le long de sa poitrine lisse et de son ventre ferme, mes doigts s'arrêtant pour diffuser de la chaleur chaque fois qu'ils percevaient les traces d'une douleur ou d'une blessure.

Mes lèvres heurtèrent les boutons froids de son jean.

— Hmm… Tu es un peu trop vêtu à mon goût.

— Je suis ton humble serviteur, ô Déesse ! Tes désirs sont des ordres, répliqua-t-il avec un sourire, en se débarrassant rapidement de son pantalon.

— Juste un de mes fidèles serviteurs ? m'enquis-je en me frottant contre son corps nu.

— Mon second prénom est « Sacrifice », murmura-t-il en se penchant pour reprendre ma bouche.

Je répondis à son baiser jusqu'à ce qu'un vertige me prenne, puis je le repoussai sur les oreillers. Il me dévisagea, perplexe.

— S'il te plaît, laisse-moi t'aimer, ce soir, dis-je simplement.

— Oh, ma petite fille…

Il prit mon visage entre ses mains.

— Ne sais-tu pas que je ne peux rien te refuser ?

Je sentis une boule se nouer dans ma gorge et me penchai sur sa peau pour dissimuler mon émotion. De nouveau, ma bouche explora son corps. Je le sentis frémir et haleter sous mes caresses et, soudain, il me tira à lui.

Me redressant, je retirai lentement le vieux sweat-shirt, avant de faire glisser ma culotte sur mes cuisses nues. Doucement, il enserra mes seins lourds dans ses paumes.

— Ils sont très, très sensibles en ce moment, murmurai-je.

Il embrassa les tétons durcis.

— Jamais je ne te ferai mal.

L'attirant à moi, je le chevauchai et commençai à me balancer sur un rythme lancinant auquel Clint répondit à la perfection. Notre tempo s'accéléra et soudain, l'aura saphir se mit à étinceler. Je sentis la mienne crépiter doucement tandis qu'elle se fondait dans celle de Clint, intensifiant presque douloureusement la sensation de jouissance qui montait par vagues en moi.

Clint ouvrit les yeux et chercha mon regard. Ses mains se posèrent sur mes hanches et il s'enfonça loin en moi, tout en me maintenant immobile. Et la nuit explosa en nous et autour de nous.

Protégée par le cercle rassurant de ses bras, j'oscillais entre le sommeil et la veille.

— Jamais je n'ai connu ça…

Sa voix était à la fois sauvage et fragile. Je tournai légèrement la tête.

— Le truc que tu as fait avec tes doigts, poursuivit-il. Tu as fait partir la douleur, mais plus que ça, tu…

Il secoua la tête, étonné.

— C'était…

Il dessina le contour de mes lèvres avec ses doigts.

— Non… il n'y a aucun mot dans aucun monde.

— Et nos auras se sont fondues.

J'eus un moment d'hésitation, mais je mourais d'envie de savoir.

— C'était comme ça aussi avec Rhiannon ?

— Non, répliqua-t-il, d'un ton tranchant. Jamais avec Rhiannon. Seulement avec toi. Ce qu'elle m'a fait…

Il se tut.

— Elle me tenait dans les filets de son pouvoir perverti. C'était noir et faux. Je me haïssais de la désirer.

— Chut..., murmurai-je, en pressant mes doigts contre ses lèvres. C'est fini, maintenant. Cette partie de ta vie est oubliée.

Je vis des larmes briller dans ses yeux tandis qu'il se penchait sur moi pour m'embrasser avec passion. Son sexe frémit et battit contre ma hanche. Glissant ma main, je le caressai, savourant la douceur de cette chair fine sur le membre dur.

Et soudain, je la sentis. Une longue entaille courant le long de sa verge. Une sensation de froid m'envahit et l'atroce scène du parc de Chicago repassa devant mes yeux incrédules. Je revis l'éclat du poignard et le rouge sombre gouttant sur la neige vierge.

Je me tournai vers Clint, horrifiée. Les yeux clos, il souriait avec sérénité.

Soigne-le, Elue.

Alors, je le caressai et diffusai en lui santé, guérison et lumière pour chasser le désir noir et corrompu par lequel Rhiannon l'avait souillé. Et en le soignant, je découvris ma propre joie.

De nouveau, je le pris en moi. Cette fois avec une douceur et une compréhension plus grandes. Je m'offris complètement à lui et, tandis que le plaisir nous emportait, je sentis la présence d'Epona au-dessus de nous — comme si la déesse bénissait notre union. Des ondes bleues et argentées emplirent la chaumière de leur éclat magique et bienveillant.

— Je t'aime, murmura Clint, alors que nous reposions, serrés l'un contre l'autre.

— Moi aussi, Clint.

Et je savais que c'était vrai. Je les aimais tous les deux — ClanFintan et Clint. Ils étaient les deux éléments d'un même ensemble. Je sentais mon cœur se briser à l'idée de quitter Clint, tout comme j'avais désiré ClanFintan à en perdre l'âme, lorsque j'avais cru être à jamais séparée de lui.

— Oh, aide-nous, Epona…

J'adressai ma prière silencieuse à la nuit paisible.

Dors, Elue.

Mes yeux clignotèrent et une vague de fatigue délicieuse me submergea. A travers les brumes du sommeil, je sentis la main de Clint accomplir le trajet que celle de ClanFintan avait suivi tant et tant de fois — de l'arrière de mes genoux jusqu'au haut de mes cuisses et dans le creux de mes reins. Et je m'endormis, heureuse de ne plus m'étonner de leurs similitudes.

3.

Je m'éveillai, un sourire aux lèvres, étirai mes bras paresseusement... et heurtai un corps chaud. Confuse, je clignai des yeux en regardant l'homme endormi à mes côtés.

— Oooohhh, Clint...

Je crois bien que mes joues piquèrent un fard, mais honte ou pas, la Nature se rappelait impérieusement à moi, et je ne pouvais pas attendre plus longtemps. Je me glissai silencieusement hors de ses bras, dénichai le sweat-shirt sous le lit et traversai le sol glacé sur la pointe des pieds, en direction de la salle de bains.

Je m'étudiai dans le miroir. J'étais échevelée, chiffonnée et, il fallait bien l'admettre, complètement sens dessus dessous. Bravo, Shannon ! Que diable s'était-il passé, cette nuit ? Je veux dire... mis à part ce qui était évident.

J'avais touché quelque chose de profond en Clint — quelque chose qui s'était douloureusement élancé vers moi, en quête de guérison.

Et la fusion de nos auras avait été... bouleversante.

Pourquoi est-ce arrivé à vous ? me susurra une petite voix. *Et pas ClanFintan et toi, ou Clint et Rhiannon ?*

Epona m'avait incitée à aimer Clint. Pour le guérir. La Déesse s'était servie de moi comme d'un baume bienfaisant. Etrange idée…

Soudain, je secouai vigoureusement la tête et lançai un regard sévère à mon reflet. J'avais juste fait l'amour plusieurs fois avec un homme super sexy dont j'étais tombée folle amoureuse, essentiellement parce qu'il était un clone de mon mari — qui lui-même, en ce moment, était coincé dans une autre dimension. Et je n'avais rien d'une guérisseuse divine… J'étais moi, et simplement moi, non ? Tout le reste n'était que du délire de grandeur à la Rhiannon. Je fronçai les sourcils. Est-ce que je ne devrais pas me sentir coupable ? Sortir en trombe de la salle de bains pour annoncer à Clint que la nuit dernière avait été une erreur ? Après tout, je suis une femme mariée, moi.

Ah non, alors ! Je détestais les femmes qui s'offraient ce genre de crise au petit matin après en avoir bien profité pendant la nuit. J'estime qu'à partir du moment où on s'est embarquée dans une histoire et qu'on a pris une décision, il faut assumer.

C'est exactement pour cette raison que je n'ai jamais pu supporter cette chipie de Guenièvre — l'épouse du roi Arthur. Elle s'envoie en l'air avec le meilleur chevalier de son mari, jette la zizanie dans le royaume et puis, au moment de se décider à en rendre au moins un heureux, voilà qu'elle s'enfuit chez les bonnes sœurs pour fuir ses problèmes et laisse tout le monde sur le carreau. Franchement, quel manque de courage !

— Oui, eh bien, moi, je ne manque pas de courage, grommelai-je à mon image ébourriffée. Et Clint a besoin de moi. Ce que Rhiannon a détruit, Epona veut que je le reconstruise. Je ne m'en excuserai pas, et je ne me torturerai pas l'esprit à cause de ça non plus.

Après avoir achevé ma toilette, je réintégrai le lit en quatrième vitesse — il faisait un froid de canard — et m'offris le luxe d'admirer sans retenue l'homme sublime qui dormait paisiblement au milieu d'une vraie tornade de draps et de couvertures.

Je n'avais peut-être pas l'expérience de Rhiannon — ni ses idées tordues —, mais au moins, je savais comment réveiller un homme en douceur. Et puisque j'avais décidé de l'aimer tant que j'étais dans ce monde-ci, autant y aller franchement.

— J'ai faim. Très, très faim, grommelai-je, tandis que nous gisions paresseusement dans le lit et qu'il mordillait doucement ma nuque.

— Tu as gagné le droit à un méga petit déjeuner, ce matin, Shannon.

Il déposa un baiser sur mon front et sortit du lit en ramassant son jean et sa chemise.

— Et si tu prenais une bonne douche chaude, pendant ce temps ?

Et sans me laisser le loisir de répondre, il fila vers la cuisine.

— Oh…

Il s'arrêta et se retourna.

— J'ai posé le numéro de la chambre de ton père près du téléphone, au cas où tu voudrais l'appeler à l'hôpital.

Puis il disparut derrière le mur.

La voix de mon père, solide et tranquille, me rassura. Mama Parker allait arriver d'une minute à l'autre. D'après mon père, le docteur estimait qu'il pourrait sortir le lendemain, « ce qui est sacrément bien, ma Zazou, parce que la bouffe et les pieux de cette boîte, j'en ai assez ».

Lorsque je traversais de nouveau la cuisine, une délicieuse odeur de friture flottait dans l'air.

— Shannon ?

— Hmm ?

— Tu as eu ton père ?

— En pleine forme. Il rentre au bercail demain avec Mama Parker.

Je courus prendre une douche brûlante. Après m'être récurée et séchée, je remis mes vêtements de la veille — que Clint avait déposés pendant que je marinais dans la vapeur. Puis je m'installai confortablement pour appliquer le maquillage ultra-flatteur de Rhiannon. Mon petit doigt me disait que j'aurais tout intérêt à être identique dans les jours qui allaient suivre — laps de temps sur lequel je n'avais pas envie de m'appesantir pour le moment.

Mes boucles rousses avaient viré aux frisettes incontrôlables quand je débarquai dans la cuisine, accompagnée d'un nuage de vapeur.

— Bonjour.

— Bonjour, répondis-je. Diable ! Tu me confonds avec un bûcheron, peut-être ?

Je contemplai, sidérée, les œufs brouillés — poivrons verts, champignons, oignons, bacon et fromage —, les pommes de terre frites, les rondelles de saucisses, frites également, et les biscuits, dégoulinant de beurre et de miel.

— Non, mais une future mère doit se nourrir.

Son merveilleux sourire me fit chavirer le cœur.

— Si je mange régulièrement comme ça, ce que je risque, comme futur, c'est de faire deux fois mon poids, grommelai-je.

Ce qui ne m'empêcha pas de plonger ma fourchette avec délice dans cette abondance de calories. Quand je m'arrêtai pour reprendre mon souffle, je découvris le regard sombre de Clint fixé sur moi.

— Oui ? m'enquis-je en avalant une gorgée de thé.

— Je me demande si tu réalises combien tu m'as rendu heureux, hier soir…

Une adorable moue enfantine se dessina sur ses lèvres.

— … et ce matin.

— Je… je…, balbutiai-je en me disant que le moment était venu de procéder à un petit rappel de la réalité.

Mais je ne trouvais pas les mots. J'ignorais ce qu'il adviendrait de Clint après mon départ. Je ne voulais même pas y penser. Je savais seulement que durant le temps où nous serions ensemble, j'aurais irrésistiblement envie de le rendre heureux.

— Je suis contente, murmurai-je.

Il s'empara de ma main, la retourna et l'embrassa à l'endroit où le pouls battait doucement, sous la peau fine. La tendresse résignée de son geste me bouleversa, et je l'attirai à moi pour l'embrasser sauvagement.

Il sait.

Alors, Déesse, faites qu'il ne m'aime pas ! Aidez-le !

Non, protesta immédiatement mon âme. C'est faux ! Tu ne veux pas qu'il change ! Tu veux son amour !

Après tout, j'étais peut-être aussi égoïste que Rhiannon.

— A toi, gazouillai-je en poussant Clint vers la salle de bains. Et ne t'inquiète pas, je ne rangerai rien. Je ferai juste la vaisselle.

Il éclata de rire et disparut derrière la porte. En temps normal, je n'aime pas faire la vaisselle. Et pour être honnête, disposer vingt-quatre heures sur vingt-quatre d'une armée de servantes constitue l'un des charmes indéniables du statut d'Elue divine à Partholon. Mais ce matin, j'appréciai ce petit rituel domestique — frotter les assiettes, les plonger dans l'eau savonneuse. Au passage, Clint aussi devait appartenir à la confrérie des anti-lave-vaisselle. Contrairement à ce que j'avais annoncé, j'empilai soigneusement les plats et les casseroles. Puis je dénichai la poubelle sous l'évier.

— Pouah ! Ça pue, là-dedans !

Me bouchant le nez, je fermai le sac et filai vers la porte d'entrée où j'enfilai les bottes de Clint.

— Je te dépose dehors et je laisserai Clint s'occuper

de la suite de ton voyage, déclarai-je en sortant sur le perron.

Aussitôt, je me figeai. L'atmosphère, ce matin, était étrange. Il neigeait toujours, mais ce n'était pas ce qui me troublait. Il y avait dans l'air une sorte de… d'intensité inquiétante, et le manteau blanc qui recouvrait la forêt ressemblait à un linceul de mort.

Je laissai choir le sac et courus vers les arbres. Pressant ma main contre le premier tronc venu, je fermai les yeux.

— Que s'est-il passé ? demandai-je, haletante.

Le Mal vient, ô Elue de la Déesse.

Le murmure qui me parvenait était tendu et lointain.

— Est-il déjà là ?

Je regardai fébrilement autour de moi, sentant ma nuque se hérisser.

Il est entré dans la forêt. Elle est en train de l'appeler.

— Elle ? hurlai-je. Tu veux dire… celle qui pervertit la volonté d'Epona ?

Le murmure se fit soudain plus ferme.

Oui, Bien-Aimée de la Déesse.

— Où est-elle en ce moment ?

Dans la clairière sacrée.

— Merci !

Je tapotai l'écorce et tentai d'ignorer le spasme nerveux qui contractait mon estomac.

Sois vigilante, Elue.

— Oui, je vais essayer, marmonnai-je en retournant vers la chaumière, tremblant comme une feuille.

Clint se tenait sur le porche, rose encore de la douche chaude qu'il venait de prendre.

— C'est le moment ? questionna-t-il, impassible.

— Oui.

Je passai devant lui pour entrer dans la maison et entrepris d'échanger ses bottes contre les miennes.

— J'ai su que quelque chose ne tournait pas rond dès que j'ai mis le nez dehors. L'arbre a confirmé mes craintes. Rhiannon est dans la clairière.

— Et Nuada est sur le point de la rejoindre, acheva-t-il.

J'acquiesçai, d'un air sombre.

— Ecoute, dit-il brusquement en me saisissant par les épaules. Tu n'es pas obligée de la rencontrer. J'irai. Je lui dirai ce qu'elle veut entendre — que je ne veux pas de toi, et que la seule femme qui compte pour moi, c'est elle. Je lui dirai que tu étais tellement furieuse, en découvrant que je la préférais, que tu es rentrée à Partholon. Prends le Hummer et va chez ton père. Les arbres te diront quand tu pourras revenir et prendre le chemin du monde qui est désormais le tien.

Un sourire triste se dessina sur ses lèvres.

— Tu n'auras pas besoin de moi pour rentrer, je crois. La force qui est en toi est infiniment plus grande que la mienne.

— Et Nuada ? demandai-je calmement.

— Quand je la rejoindrai, elle n'aura plus besoin de lui. Je la convaincrai de le renvoyer à son enfer.

Je secouai lentement la tête.

— Ça ne marchera pas, Clint, et tu le sais. Il est impossible de raisonner Rhiannon. Peut-être me fichera-t-elle la paix si tu reviens vers elle, mais ton pouvoir ne lui suffira pas.

A mesure que les mots sortaient de ma bouche, mon esprit réfléchissait à toute allure.

— Ce n'est pas d'hier que Rhiannon tente de faire revenir Nuada.

Je plissai les yeux.

— Avant que tu ne m'appelles ici, j'étais hantée par de sombres pressentiments. Je m'imaginais même voir des ombres ramper dans l'obscurité.

J'émis un grognement sarcastique.

— Quand j'ai appris que j'étais enceinte, j'ai mis tout ça sur le compte de mes hormones. Je n'y crois plus. Ce n'est pas seulement Nuada que Rhiannon cherche à atteindre, mais Pryderi, le dieu au triple visage. C'est lui qui a provoqué la guerre avec les Fomores, et c'est grâce à lui qu'elle a ressuscité Nuada. Lorsqu'elle a commencé ses invocations maléfiques, les puissances noires qu'elle a réveillées se sont tournées vers moi, parce que Partholon était plus proche pour elles que ce monde-ci.

Je hochai la tête.

— Je comprends ce que tu proposes, mais ce que je crois, moi, c'est que Rhiannon a encore les moyens de renvoyer Nuada au royaume de la mort. Peut-être, poursuivis-je en haussant les épaules, ne le fera-t-elle pas… Mais vois-tu, au cours de mon voyage dans le passé, j'ai appris une chose. Rhiannon est obsédée par l'idée du contrôle. Et Nuada serait un instrument de plus dans la maîtrise qu'elle exerce sur sa vie. Peu lui importe que ce pouvoir lui vienne du Mal.

Je plongeai mes yeux dans ceux de Clint.

— Non. Nous irons ensemble, et ensemble, nous repousserons Nuada. Le problème « Rhiannon » est secondaire, maintenant.

« Et je rentrerai enfin à la maison, poursuivis-je silencieusement. Chez moi. »

L'expression qui passa fugitivement sur les traits de Clint m'indiqua qu'il avait compris. Aussitôt, je me glissai entre ses bras et pris ses lèvres avec passion — pour lui dire avec mon corps ce que ma raison ne m'autoriserait jamais à dire. Que j'étais profondément désolée. Que j'aurais aimé que tout soit différent. Et que pour rien au monde, je ne changerais une minute de ce que nous avions vécu la nuit dernière.

4.

— Technique de l'oignon, déclara Clint avec un sourire, en me tendant son sweat-shirt favori.

Une lueur possessive passa dans ses yeux lorsque je l'enfilai.

— Tu as une autre paire de chaussettes ? demandai-je.

Il fouilla dans la commode.

— Tiens.

Nous achevâmes de nous habiller en silence. Je contemplai mon compagnon à la dérobée. Il devait sans doute avoir cet air concentré et calme lorsqu'il mettait sa combinaison de vol, juste avant d'entrer dans le cockpit. Avait-il participé à l'opération Tempête du Désert ?

Son impassibilité, la précision de ses gestes me firent songer qu'il avait probablement l'habitude du combat. Il y avait tant de choses de lui que j'ignorais et que j'aurais voulu connaître…

— Mets cette doudoune. Elle est chaude et pas trop encombrante.

Et me tournant le dos, il ouvrit à l'armoire, près

de la porte, et en retira une chose noire et lourde. J'entendis un petit claquement sec. Sentant mes yeux fixés sur lui, il me fit face, un pistolet à la main.

— Promets-moi que tu ne t'en serviras pas, dis-je d'un ton froid.

Son regard m'évita.

— Je ne supporterais pas que tu la tues, repris-je.

Rien que d'y penser, mon cœur bondissait littéralement hors de ma poitrine.

Ses yeux enfin se posèrent sur les miens, sombres et graves.

— Je te jure que je ne verserai pas une goutte de son sang, proféra-t-il avec une intensité qui me fit frissonner.

Un souffle passa autour de nous, aussi impalpable que le battement d'ailes d'un papillon.

— Merci, dis-je simplement.

— Ferme ton blouson et allons-y, répliqua-t-il, glissant le pistolet dans un holster de cuir.

Il l'ajusta avec une dextérité qui me fit penser que ce n'était pas la première fois qu'il l'utilisait.

J'enfonçai mon bonnet jusqu'aux oreilles.

— Prête, annonçai-je, d'une voix un peu trop forte.

Il se rapprocha de moi.

— N'oublie pas, murmura-t-il. Je t'aimerai toujours, Shannon, ma belle… Où que tu sois.

Saisissant mon menton, il le leva vers lui et sa bouche s'empara de la mienne avec fougue. Un peu chancelante, je sortis dans la blancheur immaculée du jour naissant.

Les flocons de neige s'étaient transformés en boules compactes mêlées de glace, qui piquaient le visage et tombaient drus sur les épaules. La poudreuse crissait sous nos pas tandis que nous avancions avec peine, nous enfonçant presque jusqu'aux genoux. J'éprouvai un vif soulagement en atteignant les premiers arbres. Leurs branches entrelacées formaient un auvent bienvenu au-dessus de nos têtes.

Et les murmures éclatèrent en un concert joyeux et chaleureux qui me remplit de bonheur.

Nous te saluons, ô Bien-Aimée !

Bienvenue à Epona !

Que bénie soit l'Elue !

Le sentier s'élargit et je pus enfin marcher au côté de Clint. Je glissai mon bras sous le sien.

— Tu les entends ? me demanda-t-il avec un sourire.

— Et toi ?

— Non.

Il écarta une branche devant moi et je laissai mes doigts traîner sur le rameau dénudé. Avec un demi-sourire, je savourai la chaleur qui se diffusait au travers de mes gants.

— La forêt, reprit-il, ne s'adresse pas à moi comme à toi.

La curiosité me poussa à l'interroger.

— Clint, tu me disais que tu avais toujours aimé la forêt, le camping, les randos, enfin, ce genre de choses…

Le cauchemar, pour une fille comme moi.

— Mais tu ne m'as pas raconté comment tu avais

découvert que les arbres pouvaient te communiquer leur énergie.

Je sentis mon compagnon se raidir et lui jetai un regard à la dérobée.

— S'il te plaît, repris-je, d'une voix pressante. Raconte-moi. J'ai besoin de comprendre.

Il inspira profondément.

— Shannon, je n'aime pas parler de ça, mais…

Il hésita.

— … sans doute as-tu le droit de savoir.

Je me contentai de hausser les sourcils, n'osant pas parler, de peur qu'il ne se recroqueville sur ses secrets.

— Après mon accident, commença-t-il, d'une voix étrangement lointaine, je suis resté près de six mois à l'hôpital. Ensuite, la rééducation a duré une éternité. Les amis, qui venaient me voir régulièrement au début, ont progressivement cessé leurs visites. Ou bien, lorsqu'ils venaient, ils se montraient nerveux, comme s'ils se sentaient coupables d'avoir envie d'être ailleurs.

Il laissa échapper un rire triste.

— Bah, je ne leur en voulais pas… Qui aurait pu avoir envie de rendre visite à un invalide, cloué sur un lit d'hôpital ? J'ai fini par rester seul.

— Et ta famille ? Ta mère et ton père, tes frères, tes sœurs ?

— Ils vivent en Floride.

— Pas de copine ?

Je fis des efforts louables pour adopter un ton neutre.

— Si, mais il est apparu très vite que Ginger voulait sortir avec un pilote de chasse, pas avec un pauvre type à demi déglingué.

Je faillis éclater de rire. Pour un « type déglingué », il était sacrément sexy ! Mais franchement, que pouvait-on attendre d'une fille prénommée Ginger ? Ginger, je vous demande un peu !

— Pas d'ex-femme qui aurait eu envie de s'occuper de toi ?

Clint haussa les épaules.

— Elle amenait mon fils à l'hôpital, au début. J'ai cru que c'était par gentillesse, mais très vite, j'ai compris que c'était le battage médiatique autour de l'affaire qui l'attirait. Une fois mes quinze minutes de célébrité terminées, elle a disparu.

— Tu l'aimes toujours ?

Je sais, la jalousie, ce n'est pas très beau, mais c'était plus fort que moi.

— Non. Nous nous sommes mariés trop jeunes. Quand on a pris un peu de plomb dans la cervelle, on s'est séparés. Divorce mutuel et à l'amiable.

Une expression de lassitude passa sur son visage.

— J'aurais bien aimé que des liens d'amitié subsistent entre nous. Ça m'aurait aidé, à l'hôpital.

La résignation qui perçait dans sa voix me fendit le cœur quand, soudain, je me souvins d'une chose qu'il avait dite.

— Et ton fils ?

Je me sentais toute drôle à l'idée que Clint avait un enfant. Ça me rendait à la fois heureuse pour lui, et atrocement jalouse.

Il poussa un long soupir.

— Pas grand-chose à dire sur Eddy. On ne s'entend pas. Je n'ai jamais compris pourquoi, mais plus j'essaie de me rapprocher de lui, plus il s'éloigne. J'avais pris l'habitude d'accuser sa mère, mais je sais que ce n'est pas juste. Lui et moi ne parlons pas le même langage, c'est tout.

Je ne savais quoi dire. J'avais du mal à imaginer qu'un garçon puisse ne pas être fou de joie à l'idée d'avoir un pilote de chasse pour père.

— Après le divorce, poursuivit Clint, j'ai exigé qu'il passe du temps avec moi. Il venait d'avoir treize ans quand l'accident s'est produit. Quand je suis sorti de l'hôpital, il me fuyait littéralement. Comme si je lui faisais peur. Alors, j'ai préféré m'éloigner.

Un long silence suivit, que je me gardai d'interrompre. Clint semblait s'être absorbé dans ses pensées. Quand il reprit la parole, cependant, son visage était serein. C'était le visage d'un homme qui avait fait la paix avec lui-même.

— Eddy a dix-huit ans, maintenant. Un vrai jeune homme. Aux dernières nouvelles, il faisait partie d'un groupe de rock. Sa mère m'a appelé, il n'y a pas longtemps. Elle craignait qu'il ne touche à la drogue. De nouveau, j'ai tenté d'engager le dialogue avec lui. Et de nouveau, il m'a envoyé balader. Disons qu'il sait où me trouver, et qu'il pourra toujours compter sur moi. J'aimerais qu'un jour, on puisse avoir une vraie relation, et je crois malgré tout que lui aussi, il en a envie.

— Une chose que j'ai apprise pendant mes dix

années d'enseignement, c'est que même les parents attentionnés et aimants peuvent avoir des gosses en difficulté, remarquai-je avec calme.

Clint me sourit.

— Donc, il y a deux ans, je me suis retrouvé seul. Je ne pouvais plus voler. Mes amis se sentaient mal à l'aise en ma présence. Je ne savais pas quoi faire de moi-même.

Il se tut pour m'aider à franchir un petit tumulus.

— J'étais venu pêcher dans un lodge, pas loin d'ici. Comme les poissons ne mordaient pas, j'ai tiré le bateau sur la rive et j'ai commencé à grimper sur une petite falaise, pour réfléchir un peu.

Ses yeux se perdirent dans le vague et nous marchâmes un moment en silence.

— C'est à ce moment que tu as découvert que tu étais lié aux arbres ? demandai-je doucement.

Il acquiesça lentement.

— Après que j'ai tenté de me suicider.

— Quoi !

Je pilai net. Il s'arrêta un peu plus loin et s'absorba dans la contemplation d'un genévrier. Je le rejoignis et nous reprîmes notre course.

— Le petit exercice de réflexion auquel je me suis livré, reprit-il brusquement, a abouti à la conclusion que je n'avais plus aucune raison de vivre. J'ai donc sorti mon fusil et je me suis appuyé contre un gros chêne afin de trouver la meilleure position pour me faire sauter la cervelle.

Sa voix s'enroua légèrement.

— Et l'arbre s'est adressé à moi. Avec une clarté

que je n'ai plus retrouvée depuis. J'ai cru que j'étais devenu fou, mais sa voix était…

Il hésita, cherchant le mot juste.

— … si évidente que je n'ai pu faire autrement que de l'accepter.

Je hochai la tête, comprenant parfaitement ce qu'il essayait d'exprimer.

— Que t'a-t-il dit ?

— Il m'a appelé « chamane » et m'a dit de me réveiller.

Dieu du ciel, qu'il était mignon quand il rougissait !

— Donc, reprit-il précipitamment, comme s'il voulait en finir avec cette histoire, j'ai retiré tout mon argent à la banque, j'ai acheté quelques CD, j'ai acquis la chaumière que tu connais. Et je me suis fait des copains.

Il éclata d'un rire merveilleusement libre et heureux.

— De vieux Indiens. Il y a pas mal de Choctaw qui vivent dans la région. Ils s'efforcent de préserver les traditions et j'essaie de les aider. Essentiellement en les conduisant chez le médecin ou en ville, pour faire des courses. Parfois, aussi, je m'assois simplement près d'eux et je les écoute.

— Toi aussi, tu as charge d'âmes, dis-je, pensive.

— C'est sans doute l'un de nos points communs, Shannon.

Ce n'était pas à moi que je pensais, en réalité, mais à l'autre Grand Chamane qui partageait ma vie.

— Et tu n'entends plus parler les arbres ? demandai-je.

— Disons que je les sens. Parfois, ce sont des idées qui surgissent dans mon esprit. Ou bien ils m'avertissent d'un orage. De temps à autre, je tombe sur un très vieil arbre, comme ceux de la clairière, et alors, j'entends distinctement le mot « chamane ».

Une joie pure irradia de son visage, à l'instant où il prononçait ce mot — un mot qui lui avait sauvé la vie.

— D'autres choses que vous voudriez savoir, ô dame de mon cœur ?

Il écarta de nouveau une branche sur mon passage.

— Oui. A quoi ça ressemble, de piloter un F-16 ?

Ses yeux prirent une expression lointaine.

— Shannon, ma toute belle, la puissance qu'on ressent est… incroyable. Tout est là, au bout de tes doigts. C'est comme si l'appareil devenait une partie de ton être. Le cockpit est une bulle de verre et l'horizon qui s'offre à toi est sans limites. Un peu comme si tu volais sur un balai de sorcière.

— Euh… le coup de la sorcière, c'est pour moi ? Non, parce que tu sais, moi, je suis une Incarnation Divine, et les Incarnations Divines, mon cher pilote, utilisent rarement un balai pour se déplacer.

Ignorant mon intervention énergique, il poursuivit.

— Tu ne fais qu'un avec l'avion et tu deviens pure puissance.

J'ouvris de grands yeux.

— Oh ! Comme lorsque je canalise la force des arbres en moi ?

— Sans doute. Tu es littéralement emporté. Tu planes, au sens propre.

— Le pied, quoi !

Nous éclatâmes de rire, comme deux enfants.

Soudain, le sentier tourna abruptement à droite et se mit à serpenter à flanc de montagne. Je reconnus l'endroit. Nous n'étions plus très loin de la clairière. Je laissai Clint passer devant moi et, au moment où il se retournait pour me tendre la main, son pied dérapa sur une pierre couverte de glace.

— Bon sang ! grommela-t-il en écartant les bras pour rétablir son équilibre.

Une expression de douleur passa sur son visage, et je me dépêchai de le rejoindre.

— Hé ! lançai-je, essoufflée. Je croyais avoir guéri ton dos, hier soir ?

Il m'attira dans ses bras.

— Shannon, ce n'est pas mon dos que tu as guéri.

Déposant un rapide baiser sur mon front, il se détourna et reprit l'ascension. Comment ça, je n'avais pas soigné sa blessure au dos ? Pourtant, j'étais sûre d'avoir senti la cicatrice réagir sous l'afflux de chaleur.

Il a besoin de toi, Elue.

Les mots de la Déesse me revinrent subitement à la mémoire. Bon sang ! Que m'arrivait-il ? Qui étais-je en train de devenir ? Aussi effrayée qu'une enfant perdue dans l'obscurité de sa chambre, je serrai convulsivement les bras autour de ma poitrine.

Non seulement une Déesse communiquait avec moi par télépathie, mais en plus, elle m'obligeait à intervenir dans la vie des autres. Et pas uniquement à Partholon, où tout le monde est habitué à ce genre de chose, mais ici, dans les bons vieux Etats-Unis d'Amérique.

Sauf que moi, je n'ai pas la vocation à jouer les Jeanne d'Arc des temps modernes. Je suis une modeste prof égarée entre plusieurs dimensions et amoureuse d'un nombre d'hommes un peu trop élevé...

Un rire perlé cascada dans mon esprit.

Jeanne était impétueuse, elle aussi.

Et flûte.

— Euh... Jeanne n'a pas connu une fin heureuse, si je ne m'abuse, murmurai-je, dans l'air glacé. Arrêtée, condamnée pour hérésie... et brûlée vive.

— Tu disais, Shannon ? lança Clint par-dessus son épaule.

— Rien. Je me plaignais de la neige et du mauvais temps, criai-je dans sa direction.

Le sentier s'élargit de nouveau et je me dépêchai de rejoindre Clint pour cheminer à son côté. Tous les quelques pas, je tendais la main pour effleurer les troncs et les branches les plus proches. Revigorée par les chaleureuses paroles de bienvenue, je m'offris le luxe d'admirer le paysage autour de moi. La forêt était aussi dense et profonde que celle de Partholon.

Absorbée dans ma contemplation, je ne remarquai pas le silence tendu de Clint. J'inspirai et expirai bruyamment.

— Hmm… Même l'air sent différemment, ici. C'est plus propre, plus vivant.

N'obtenant aucune réaction de mon compagnon, je lui donnai un petit coup de coude.

— Allez, tu dois bien le sentir, toi aussi.

J'eus droit un bref grognement.

L'auvent ouaté des branches couvertes de neige, au-dessus de nos têtes, me donnait l'impression d'avoir été transportée dans une sorte de Pays des Merveilles boréal. Ou enfermée dans un globe tout blanc. Bizarre, mais pas désagréable, comme sensation.

— Bon sang, c'est beau, non, cet endroit ? annonçai-je avec ma délicatesse habituelle.

— Chhh…, répliqua Clint.

— Qu…

Sa main se posa vivement sur ma bouche. Je haussai les sourcils. Silencieusement, il me désigna un point, sur la gauche du chemin.

— Traces d'autoneiges, chuchota-t-il, au creux de mon oreille.

Je plissai les yeux, puis confirmai d'un signe de tête. De nouveau, je sentis le souffle de Clint dans mon cou — ce qui ne me déplaisait pas du tout.

— Les traces se dirigent droit sur la clairière.

Nous quittâmes le sentier et je tentai d'évaluer la distance qui nous séparait maintenant du bosquet sacré. Plus très loin, si je ne me trompais pas. Je regardai à la dérobée le profil figé de Clint. Bon, c'était le moment de tirer les choses au clair. Je m'arrêtai et le saisis par la manche jusqu'à ce que son oreille soit près de mes lèvres.

— Je veux être seule face à elle, chuchotai-je énergiquement.

Clint tressaillit et je devinai que j'allais avoir droit à la tirade du pilote de chasse. Je le secouai et il me décocha le regard universellement connu qui disait : « Vas-y, dis ce que tu as à dire, je t'écouterai, ce qui ne m'empêchera pas de n'en faire qu'à ma tête ! »

— Laisse-moi lui parler face à face, repris-je, à voix basse. Peut-être que le fait de me voir lui procurera un tel choc que je trouverai le moyen de la raisonner.

Il eut une moue sceptique.

— Tu sais, poursuivis-je, à quel point elle est égocentrique. D'autre part, nous nous ressemblons physiquement comme deux gouttes d'eau, n'est-ce pas ?

Sauf qu'elle avait l'air incomparablement plus en forme que moi, si j'en jugeais par notre dernière « rencontre ».

— Donc, elle pourrait être extrêmement troublée de me découvrir devant elle. Ça pourrait la déstabiliser.

Clint fronça les sourcils, comme s'il me signifiait : « Je n'aime pas ça, mais fais à ton idée. »

— Toi, tu pourrais te cacher à la lisière de la clairière, dans les fourrés. Si les choses tournent mal, tu seras assez près pour venir me tirer de ce bourbier.

Ma détermination le fit sourire et, m'attirant à lui, il posa ses lèvres chaudes sur les miennes et s'attarda dans un délicieux baiser.

— D'accord, agis comme tu l'entends, déclara-t-il en me relâchant, un peu essoufflée.

— Alors, allons-y.

Je m'avançai avec la prudence d'un chat sioux, très vite rejointe par Clint. Soudain, il s'arrêta et je fis de même. Du doigt, il me désigna les arbres devant nous, et le mot « lisière » se forma sur ses lèvres. Les broussailles étaient si denses, à cet endroit, qu'il était presque impossible de deviner la présence de la clairière.

Clint me donna un coup de coude et me montra des mûriers recouverts de neige qui ressemblaient à des barbe-à-papa.

— Ils entourent la clairière, chuchota-t-il à mon oreille. Je vais les suivre jusqu'à ce que je sois près des deux chênes. Ça m'étonnerait qu'elle remarque ma présence.

L'idée me plaisait moyennement, mais je m'abstins de le montrer.

— Je serai suffisamment proche pour intervenir. Du moins, je l'espère.

Il déposa un baiser sur le bout de mon nez et s'éloigna. Quand il eut disparu derrière les arbres, je redressai les épaules et avançai sans chercher à dissimuler ma présence.

— Je vais avoir besoin de ton aide, Epona, dis-je à voix haute.

Je n'en étais pas certaine, mais je crus entendre les branches bruisser légèrement autour de moi. Enfin, je quittai l'abri des arbres et pénétrai dans l'espace découvert.

5.

La première chose que je remarquai fut le vert étonnant des deux chênes. L'éclat printanier de leurs feuilles, au milieu de toute cette neige blanche, paraissait irréel. Puis, l'aspect familier des lieux me troubla et, un instant, j'eus l'impression d'être à Partholon…

… Jusqu'à ce que mes yeux tombent sur les traces laissées par les autoneiges. Je les remontai et découvris les deux véhicules, abandonnés près du cours d'eau qui serpentait à travers la clairière. Mon regard glissa au-delà, vers les arbres antiques, aux troncs couverts de mousse, et s'arrêta sur les deux silhouettes sombres.

Rhiannon se tenait au bord d'un cercle identique à celui de Chicago et qui englobait les deux chênes. Au centre de ce cercle, Bres était à genoux, face à l'objet de sa vénération qui me tournait le dos. Sa poitrine était nue — ce qui me donna froid pour lui. Avec appréhension, je jetai un coup d'œil sur la partie inférieure de son anatomie et fus soulagée de découvrir qu'il portait un jean. Louée soit Epona… S'il avait levé les yeux, à cet instant, il m'aurait aperçue, mais il se tenait, tête inclinée et mains jointes, comme s'il était en prière.

Mon estomac se révulsa à l'idée de ce qu'il pouvait être en train d'invoquer. Rhiannon était vêtue du manteau de fourrure qu'elle avait porté à Chicago.

— Bon sang, j'espère qu'elle n'est pas nue là-dessous, grommelai-je en reprenant ma marche vers elle.

Légèrement étonnée qu'elle n'ait pas encore senti ma présence, j'en profitai pour l'étudier attentivement. Autour de sa tête également penchée, sa chevelure tombait en une masse libre et désordonnée jusqu'au milieu de son dos. Machinalement, je touchai mes boucles en me demandant si elles donnaient la même impression. Sauf qu'évidemment, le bonnet en forme de haricot, que je portais enfoncé jusqu'aux yeux, ne me permettait pas d'effets flamboyants dans l'immédiat.

Un mouvement furtif à l'autre extrémité de la clairière attira mon attention et j'aperçus, entre les buissons, le visage de Clint. Je lui envoyai un sourire pour lui signifier que je l'avais repéré et que j'approuvai son choix. Puis je redevins grave. Avec ma chance, Rhiannon aurait profité de ce moment pour tourner la tête. Et mon sourire idiot l'aurait immédiatement renseignée sur ce que je tenais à garder secret. Je ne savais pourquoi je tenais à ce qu'elle ignore la présence de Clint, mais il me parut sage de suivre mon instinct — souvent inspiré par une déesse.

Mon attention revint sur Rhiannon. Elle se tenait les bras légèrement écartés du corps, mains tendues et paumes ouvertes vers le sol, en un signe de victoire inversée.

C'était un bon présage. Cela voulait dire que j'allais triompher d'elle.

— Espérons que c'est prophétique, marmonnai-je.

Ma voix traversa le silence de la clairière. Rhiannon fit volte-face. Lorsque nos yeux se croisèrent, nous nous figeâmes toutes les deux. Nous n'étions distantes que de quelques mètres, et la neige tombait sur nous dans un poudroiement scintillant — comme si une déesse, là-haut, était en train de secouer un nuage. Et alors qu'il n'était que midi, le ciel était sombre et lourd, renforçant le sentiment d'isolement qui émanait de la clairière.

Au moment où j'étais en train de noter qu'elle était excessivement peinturlurée, ses lèvres enduites de gloss brun s'ouvrirent. La voix qui s'en échappa était exactement identique à la mienne, sauf qu'elle avait l'accent musical de Partholon.

— Tu n'es pas aussi jolie que moi.

Voilà qui rompait le charme tout de suite.

— Ah oui ? rétorquai-je, sarcastique. J'étais justement en train de me dire que ton maquillage te vieillissait sacrément.

Elle croisa les bras sur la poitrine — geste que j'effectuai simultanément.

— Pourquoi es-tu là, Shannon ?

— Je me disais qu'une petite conversation nous ferait du bien.

Elle souriait.

— Et pourquoi voudrais-je avoir une conversation avec une prof d'anglais ?

Dans sa bouche, ça sonnait comme une insulte. *Ne t'énerve pas, Shannon. Respire. Détends-toi.*

— Pour beaucoup de raisons. Nous avons beaucoup de choses en commun. Je pensais que ce serait intéressant de te connaître mieux.

Ce n'étaient pas les propos que j'avais prévu de tenir, mais mon intuition me disait que plus je la ferais parler, mieux ce serait. Rhiannon plissa les yeux, ce qui eut pour effet de dessiner de fines rides sur son visage, par ailleurs parfaitement lisse.

— Moi, je n'ai pas la moindre envie de te connaître.

Une imperceptible fêlure dans sa voix m'indiqua qu'elle n'était pas tout à fait sincère avec moi — ou avec elle-même.

— Arrête, rétorquai-je en m'esclaffant. Nous sommes pareilles. Si j'enlève mon bonnet, si tu essuies le fard que tu t'es tartiné sur le museau, et si je mets un manteau de fourrure, nous sommes jumelles.

Je décroisai les bras.

— Je suis sûre que tu aimerais me poser des questions. Moi, j'en ai un max qui me brûlent la langue.

— Un… « max » ?

— Là, tu vois, ça, c'est une question. Un « max », en bon argot d'aujourd'hui, ça veut dire beaucoup.

Je me dépêchai de reprendre avant qu'elle n'intervienne.

— A mon tour de poser une question.

J'avançai en direction de Bres, toujours agenouillé au milieu du cercle et parfaitement inconscient de ma présence.

— Qu'est ce que fabrique ton petit copain ?

Les traits de Rhiannon, qui s'étaient légèrement détendus, redevinrent aussitôt méfiants.

— Bres n'est pas mon petit copain. C'est mon serviteur, lié à moi par le sang. Il accomplit mes ordres.

— Oui… Très impressionnant, tout ça, mais pas très clair. Tu veux bien traduire en bon américain pour que je comprenne, mmm… ?

Une seconde, je crus qu'elle allait nous gratifier de l'une de ces magistrales explosions dont Alanna m'avait souvent parlé. Mais visiblement, elle se ressaisit.

— Très bien.

Elle tendit un doigt parfaitement manucuré vers Bres, puis dessina une courbe gracieuse.

— Bres se prépare pour l'Appel.

— Je ne comprends toujours pas.

— Oh, bien sûr, j'avais oublié que tu n'y connaissais rien et que tu n'es mon double que physiquement, répliqua-t-elle, d'un ton condescendant.

Mes mâchoires se crsipèrent.

— Je suis en train d'appeler un protecteur, et Bres sera l'intermédiaire qui l'accueillera.

— Seigneur ! m'exclamai-je, comme si le sens des mots venait seulement de pénétrer mon cerveau. Tu veux dire que tu vas embaucher Nuada comme garde du corps ?

— Nuada ! lança Rhiannon. Comment connais-tu le nom de l'esprit ?

— Parce que j'ai aidé à sa destruction à Partholon. Et ce n'est pas un protecteur. C'est le Mal incarné. Tu veux rappeler à la vie le chef des créatures démoniaques qui ont failli détruire ton monde ?

— Alors, ce Nuada est vraiment très puissant, dit Rhiannon, d'une voix songeuse.

Dieu du ciel ! Elle n'était même pas choquée…

— Rhiannon… Nuada est le Mal. Il ne protégera personne. C'est un destructeur.

Je compris, à son expression satisfaite, que je ne la convaincrais pas. Je pris une profonde inspiration.

— Il a tué ton père.

— Tu mens ! rétorqua-t-elle vivement.

— Je suis désolée de te l'annoncer comme ça, mais ton père est mort il y a six mois. Je l'ai vu mourir. Les Fomores ont envahi le château de MacCallan. Les hommes n'étaient pas prêts, et ils n'avaient aucune chance.

Je me tus pour maîtriser le tremblement de ma voix. Ayant moi-même failli perdre mon père récemment, je sympathisai avec la perte subie par Rhiannon.

— Epona m'a montré la scène, au cours d'un Sommeil Magique. Il a combattu vaillamment et occis des dizaines de Fomores. Il est mort en héros.

Le visage de Rhiannon avait perdu toute couleur.

— Quand tu as appelé Nuada ici, il est entré dans ce monde en même temps que moi. Par conséquent, c'est vers moi qu'il est venu. Il m'a suivie.

Je parlais lentement et distinctement.

— Il a failli tuer mon père.

— Mensonges ! siffla-t-elle. Tu mens parce que tu

ne supportes pas de découvrir que je suis plus puissante que toi.

— Je me contrefiche de ton pouvoir, espèce d'idiote ! Je n'ai même pas envie d'être dans ce monde. Je serais déjà de retour à Partholon, si tu n'avais pas ressuscité ce maudit monstre. L'unique raison pour laquelle je suis encore en Oklahoma, c'est parce que je dois faire le ménage dans le chaos que tu as provoqué. Une fois de plus !

— Je ne te permets pas de me parler sur ce ton.

Sa voix était dangereusement neutre, et l'expression de son visage, à cet instant, ne ressemblait à aucune de celles que j'avais pu observer dans mon miroir. Rhiannon était subitement devenue une étrangère.

— Ecoute, Rhiannon… Tu n'es plus à Partholon, et je ne fais pas partie de ton troupeau d'esclaves. Tu ne me fais pas peur, et je te parlerai comme ça me chante. J'ai simplement essayé d'être courtoise avec toi, parce que je sais que tu as eu un passé difficile. Epona me l'a montré.

Le corps de mon double se raidit, comme si je venais de la gifler.

— Mais on ne peut pas dire que tu me facilites les choses, poursuivis-je. Ton problème numéro un, c'est que personne ne t'a jamais dit non. Du coup, tu sèmes le désordre partout avec ton comportement d'enfant gâtée. Aujourd'hui, tu n'es qu'une garce égoïste et pleine de haine. En temps normal, je t'aurais laissée t'empêtrer dans une série de divorces, jusqu'à ce que tu comprennes que tu avais besoin d'une thérapie. Sauf que tu t'es mise à révérer Face Noire et que tu as libéré un esprit dangereux dans ce monde-ci. Rhiannon, au cas où tu le saurais pas, ajoutai-je ironiquement, il n'y a généralement pas de blizzard, en Oklahoma. Toute cette neige n'a rien de naturel. Comme la magie que tu invoques.

Je me rapprochai d'un pas.

— Donc, je veux que tu renvoies cette chose sinistre à ses pénates, pour que je puisse rentrer chez moi.

— J'enverrai cette créature, rétorqua Rhiannon d'une voix glacée, là où elle doit aller. Regarde et apprends, espèce de petite prof à la noix !

Brusquement, elle se détourna et, poussant un cri, leva les bras au-dessus de sa tête. La prière de Bres devint subitement audible. Les mots étaient impossibles à identifier, mais mon corps y réagissait avec une extrême sensibilité. Mes poils se hérissèrent sur mes bras, comme si je me trouvais au beau milieu d'un orage électrique. Puis la voix musicale de Rhiannon se joignit au chant âpre et rauque de Bres.

Elle se rapprocha de lui, en veillant à ne pas franchir le cercle tracé sur la neige. Sans lever la tête, le serviteur squelettique tendit ses mains jointes. Au creux de ses paumes reposait un objet. Dans le clair-obscur de la lumière, la lame brilla d'un éclat sinistre.

— Bon sang..., marmonnai-je, prête à tout pour ne pas revoir la scène sadique, c'est-à-dire soit courir pour envoyer promener le couteau, soit enfouir mon visage entre mes mains.

Avant que j'aie pu opter pour l'une ou l'autre solution, Bres releva la tête. Avec horreur, je vis ses traits fondre comme de la glaise.

Son nez et sa bouche parurent se sceller. Ses yeux rougeoyèrent, puis se creusèrent jusqu'à n'être plus que des cavités noires. Des crocs sortirent de la bouche. Soudain, le visage se modifia de nouveau, et je vis apparaître le plus bel homme que la terre ait jamais porté.

Paralysée de stupeur, je déglutis péniblement. De nouveau, j'avais devant moi l'infâme Bres. Parfaitement impassible, Rhiannon prit le couteau entre ses mains et, tel un Zorro dément, traça un X sanglant sur la poitrine de son serviteur. Le sang gicla et se mit à couler sur la peau nue.

Aussitôt, l'incantation s'accéléra. Du coin de l'œil, je vis une ombre noire frémir. Me tournant rapidement dans cette direction, je sentis mon estomac se nouer.

Et les ténèbres d'encre noire surgirent. Rhiannon avait dû sentir leur présence parce qu'elle fit également volte-face. Sa litanie se modifia, rythmée par le nom du démon.

Nuada eirich mo dhu ! Nuada eirich mo dhu ! Nuada eirich mo dhu…

Et le chant se poursuivit, monotone comme un disque rayé. La masse noire se leva et commença à se solidifier. Des griffes acérées se dessinèrent, puis la forme mouvante se scinda et des jambes apparurent. Enfin, la tête ondula et une gueule déformée par un rictus se matérialisa.

— Femme…

Les mots gargouillaient sinistrement dans sa gorge.

— Je suis ici sur ton ordre.

Son attention était concentrée sur Rhiannon. Il ne semblait pas avoir remarqué ma présence.

— J'honore ton obéissance.

La voix de Rhiannon était tout miel.

— Et t'ordonne à présent d'habiter le corps de mon serviteur.

Un borborygme caverneux sortit de la gueule atroce.

— Tu as le pouvoir de me réveiller, femme. Mais ta misérable offrande de sang n'est pas suffisante pour t'arroger le droit de me commander.

Il se rapprocha.

— Tu es stupide. Je n'ai aucun désir d'être ton serviteur. En revanche, j'ai grande envie de goûter ta saveur.

Avec une rapidité étonnante, Rhiannon se pencha et saisit mon bras.

— Hé ! hurlai-je en essayant de me libérer.

Nuada se figea.

— Oh, oh, je vois que vous êtes deux..., siffla-t-il avec délectation. Encore mieux, femmes. Encore mieux.

Son rire retentit de nouveau.

Rhiannon m'attira soudain contre elle et leva le poignard au-dessus d'elle. Puis tout se passa très vite, comme si le bouton « avance rapide » s'était détraqué. Une douleur cuisante zébra mon flanc, et une chose dure et froide heurta mes côtes.

Ma pensée s'égara.

Mon corps s'engourdit, mes genoux faiblirent et à

travers le bourdonnement de mes oreilles, je perçus le hurlement désespéré de Clint.

Cruellement, méthodiquement, Rhiannon lacéra mon blouson, puis mon pull, jusqu'à exposer ma chair profondément entaillée. Complètement groggy, je vis sa langue rose lécher avec satisfaction le sang sur la lame.

A la vue du liquide vermeil, Nuada fut agité de spasmes.

— A présent, tu es sous mes ordres !

La voix de Rhiannon résonnait, étrangement amplifiée, à travers la clairière.

— Par ce sang qui est semblable au mien, tu es liée à moi. Je t'ai sacrifié le corps d'une Grande Prêtresse, Elue d'Epona. Désormais, tu dois obéir.

Rhiannon me tenait toujours. Entre ses bras, je me sentais comme un pantin désarticulé.

— Entre dans le corps de mon serviteur ! glapit-elle.

A son cri, Nuada parut se fondre et se liquéfier de nouveau. La flaque visqueuse se répandit sur la neige immaculée, et pénétra dans le cercle à l'instant où Clint bondissait hors des bois et s'élançait à travers la clairière. Nuada rampa vers le corps agenouillé qui frissonna et absorba lentement la masse informe. Le chant monotone cessa soudain, et Bres releva les paupières. Ses yeux étaient deux braises rougeoyantes.

— Shannon !

La voix de Clint paraissait étrangement lointaine. Clignant des yeux, je discernai une silhouette noire à quelques pas de moi et voulus esquisser un sourire.

A cet instant, Rhiannon me repoussa rudement dans les bras de Clint.

— J'aurais dû savoir que tu serais là ! lança-t-elle, avec un ricanement.

Les bras de Clint m'entourèrent et il tomba à genoux dans la neige, recroquevillé sur mon corps comme pour le protéger.

— Qu'as-tu fait, Rhiannon ?

Frénétiquement, il arracha son écharpe, la roula en boule et la pressa contre la plaie béante.

— Et j'aurais dû savoir que tu la choisirais, elle.

Le mépris faisait vibrer la voix de Rhiannon.

— Tu as toujours été un faible. Je prie pour que ma fille ait ma force.

Clint releva brusquement la tête comme s'il venait de recevoir une gifle.

— Ta fille… Non ! Non, ce n'est pas possible.

Rhiannon rit.

— Bien sûr que si. Même si je ne sais pas encore si je la garderai.

Je sentis Clint ouvrir son blouson et glisser une main à l'intérieur.

— J'aurais dû te tuer la nuit où j'ai compris qui tu étais.

Calme et déterminé, il pointa le canon du pistolet sur Rhiannon. Celle-ci se figea, et son regard oscilla entre Clint et l'espèce de créature inerte, accroupie dans le cercle.

— Mais tu ne l'as pas fait, mon chéri, roucoula Rhiannon. Tu as préféré nos petits jeux. Te souviens-tu de la sensation de ton sexe dur pénétrant en moi et poussant, poussant encore… ? Te rappelles-tu toutes ces choses que nous avons faites dans les ténèbres de la nuit ? Et ce sang qui a giclé avec ton sperme quand j'ai entaillé ta verge et que tu as joui dans ma bouche ?

Le bras de Clint se resserra farouchement autour de moi.

— Jusqu'à la nuit dernière, j'aurais répondu oui. Oui, j'étais hanté par ce que nous avons vécu…

Son regard se posa un instant sur la silhouette immobile de Bres.

— Mais c'est fini, ajouta-t-il. Je suis guéri de toi et de ta souillure.

Sa main se crispa sur l'arme.

— Le plus grand service que je puisse rendre à ce monde, c'est de vous mettre hors d'état de nuire, toi et ta fille.

Soulever ma main et la poser sur le bras de Clint me demanda un effort inhumain.

— Rappelle-toi ta promesse, soufflai-je, d'une voix qui me parut irréelle, comme si elle ne provenait pas de mon corps. Tu as fait un serment.

Je vis les mâchoires de Clint se serrer et, un bref instant, je le vis lutter contre lui-même. Puis il abaissa lentement son arme.

— Tu vois, tu es un faible !

Le rire méprisant de Rhiannon déchira l'air.

— Tu n'es que l'ombre lamentable et pathétique de ce que tu aurais pu devenir.

Elle haussa les épaules.

— Tu n'es pas une menace pour moi.

Et, nous tournant le dos, elle s'approcha du cercle.

La créature aux yeux de braise la dévorait littéralement des yeux.

— Nuada..., minauda-t-elle. Tu ne me croyais pas suffisamment forte pour exiger ton obéissance. Qui est l'idiot, à présent ?

— C'est moi, Maîtresse.

La voix, humble et soumise, émit un étrange petit clapotement.

— Et à qui obéiras-tu désormais, Nuada ?

Un ricanement se fit entendre.

— A toi, Maîtresse.

La voix s'était teintée d'une nuance dangereusement condescendante, comme si elle s'adressait à un enfant gâté.

Soudain, Rhiannon tendit la main et gifla le corps agenouillé. Etrangement, lorsque sa main pénétra à l'intérieur du cercle, l'air parut onduler comme s'il était dense et épais.

Le visage exsangue se marbra de rouge.

— Je vais t'apprendre à parler correctement. Tu as besoin d'une bonne leçon.

A ces mots, je sentis Clint se raidir et lui jetai un coup d'œil. Son visage était dur et fermé. Lui aussi avait dû bénéficier des « leçons » de Rhiannon.

— Ça suffit comme ça, déclara-t-il farouchement.

Sans me lâcher, il ôta d'une main son blouson et son pull. Rapidement, il étala le pull sur la neige pour que je puisse y poser ma tête. Puis il m'enveloppa de son blouson encore imprégné de la chaleur de son corps. Ses mouvements avaient attiré le regard de la créature.

Troublée de voir qu'elle n'était plus le centre de l'attention de son serviteur, Rhiannon pivota de nouveau pour faire face à Clint.

— Oh, toi aussi, tu veux une petite leçon ? s'enquit-elle, railleuse.

— Non, merci, rétorqua Clint, en levant le pistolet.

Posément, il la visa.

Je grommelai et m'apprêtai à rouler sur le côté pour l'arrêter, mais au moment de presser la détente, il dévia le canon vers la créature au centre du cercle.

Le coup de feu éclata, assourdissant.

— Non ! hurla Rhiannon, tandis qu'un trou sanglant s'élargissait sur le front de la créature.

Le corps vacilla un instant, puis s'abattit lourdement dans la neige. Comme folle, Rhiannon se tourna vers Clint. De la bave coulait de ses lèvres fardées.

— Tu l'as tué… Tu l'as tué. Le cercle de puissance ne l'a pas protégé.

Clint haussa les épaules et soutint calmement son regard hébété.

— La prochaine fois, essaie de ne pas oublier que tu es en Oklahoma. Pas à Partholon. Ici, les balles se fichent pas mal des cercles, magiques ou pas.

— Surtout lorsqu'elles sont tirées par un Grand Chamane.

Clint et Rhiannon se tournèrent vers moi, sidérés. Et je crois bien que c'était moi la plus surprise. Ma voix était étonnamment ferme. Ce qui pouvait être soit un signe encourageant, soit… le chant du cygne.

Quelque chose palpita derrière Rhiannon. Horrifiée, je vis le cadavre de Bres se tordre et se convulser. Avec un bruit humide répugnant, le corps vomit une mare noire qui se répandit dans la neige.

— Bon sang…, grommelai-je.

Un rire hystérique éclata. Je regardai Rhiannon, désarçonnée. Et subitement, je compris qu'elle était totalement folle.

— Alors, Chamane ? Que peuvent tes balles contre ça ?

Elle se tourna vers le démon.

— Tu es toujours mien. Mon sang te tient.

Elle tendit un doigt tremblant vers Clint.

— Tue-le.

6.

Lentement, la masse liquide se ramassa et se redressa, avant de se solidifier de nouveau.

Péniblement, je luttais pour m'asseoir. Il me fallait un arbre, et vite. Plan A : les chênes antiques. Le problème, c'est qu'ils se trouvaient à l'intérieur du cercle et que cette saleté de monstre se dressait entre eux et moi. Frénétiquement, j'examinai la lisière des bois. Le tronc le plus proche se situait à plus de trois mètres de là. C'était le moment de passer au plan B.

Serrant les dents, j'essayai de me soulever et retombai douloureusement sur mon arrière-train. Apparemment, mes jambes refusaient de coopérer. J'ouvris la bouche pour appeler Clint et la refermai aussitôt.

Les pieds solidement carrés dans le sol, le chamane levait lentement les bras. De ses lèvres s'échappait un chant mélodieux dont je ne comprenais pas les paroles.

Je risquai un coup d'œil vers Rhiannon. La garce était en transes, elle aussi. Tout en marmonnant inlassablement *mo muirninn*, comme si c'étaient des mots doux qu'elle lançait à la créature, elle avançait le long du cercle. Tous les quelques pas, elle pointait le bout de sa botte de cuir et ouvrait une brèche dans la ligne dessinée sur la neige. Quand elle eut accompli le tour, elle s'écarta légèrement et reprit sa danse étrange dans l'autre sens, sans cesser de chantonner.

Une lueur bleue illumina sauvagement la neige et je me retournai. L'aura de Clint vibrait avec une intensité presque aveuglante qui me fit venir des larmes aux yeux. Ses bras étaient à présent à hauteur d'épaules. Ses mains s'ouvrirent, paumes vers le haut, comme s'il appelait le ciel à lui, et il renversa la tête en arrière — exactement comme ClanFintan lorsque celui-ci appelait le Changement.

Subitement, l'invocation me devint compréhensible. Les mots coulaient sur une cadence lente et primitive que je sentais battre jusqu'à l'intérieur de mon corps.

J'appelle le pouvoir qu'aucun mot n'explique

J'appelle les esprits qui soutiennent le temps et la vie

Par la tempête, par la pluie, par la furie des éléments sauvages

J'appelle les fantômes craints par les hommes et vivant parmi eux

Par le chant d'amour et d'innocence, par le pouvoir qui me vient des arbres, par le murmure des feuilles qui bruissent, par les rayons du soleil et par les bourgeons qui deviennent fleurs

Je vous appelle à moi à travers le vent

Clint se tourna vers sa droite.

Je vous appelle à moi à travers la pluie

Il se tourna une nouvelle fois.

Je vous appelle à moi à travers le feu

Il pivota encore, achevant le cercle.

Je vous appelle à moi à travers la Terre

Ses bras retombèrent le long de son corps et il ouvrit les yeux, hagard, comme s'il venait de se réveiller d'un long rêve. Haletante, je l'observai. L'auréole couleur saphir continuait à émettre des ondes puissantes, mais rien ne se produisit.

« Oh, Déesse ! lançai-je dans une prière muette. Aide-moi à aller jusqu'aux arbres. »

Ramenant mes jambes sous moi, je me mis à quatre pattes et tentai de me frayer un chemin à travers la neige. Soudain, j'écarquillai les yeux, éberluée. Le coup de couteau que j'avais reçu avait dû endommager aussi mon nerf optique. Oubliant Clint, Rhiannon et même Nuada, je scrutai plus attentivement les buissons.

Non... Je n'étais pas en pleine hallucination. Cette fois, c'était de la magie cent pour cent Oklahoma.

Mes yeux firent rapidement le tour de la clairière. Seigneur ! Il en arrivait de partout. Du cœur de la forêt, des formes surgissaient, lentes et solennelles. Un à un, les guerriers quittaient l'abri des arbres pour pénétrer dans l'espace vierge.

Au début, je ne vis qu'une foule fantomatique qui avançait en rythme. Puis ils se rapprochèrent et je distinguai leurs traits. C'étaient des hommes aux visages si flétris par le temps qu'ils paraissaient sans âge. Parmi eux se dressaient des spectres presque invisibles dans la lueur grise du jour.

Bientôt, je perçus le chant grave et bas qui accompagnait leur marche et je reconnus la cadence primitive de l'invocation de Clint. Muettes, les âmes des guerriers morts esquissaient des pas de danse, et je voyais leur coiffes de plumes s'élever et s'abaisser en rythme.

Lentement, le cercle se resserrait autour de la clairière, tel un collet.

J'arrachai mes yeux de la vision merveilleuse pour les poser sur Clint. De son corps irradiait un pouvoir pur qui me coupa le souffle. Les yeux clos, il s'était joint au chant des Anciens.

Je glissai mon regard vers Rhiannon. Inconsciente de ce qui se déroulait autour d'elle, elle détruisait méthodiquement son propre cercle. Je m'aperçus qu'elle n'était plus qu'à quelques pas de son point de départ.

Nuada avait presque entièrement repris forme humaine. Il était désormais l'ombre vivante de l'être que ClanFintan avait tué.

Soudain l'air frémit autour de moi, comme une caresse impalpable. Souples et fantomatiques, deux guerriers passèrent si près de moi qu'en tendant la main, j'aurais pu effleurer leur veste de cuir effrangé.

Bienvenue, ô Elue.

Des voix spectrales envahirent mon esprit.

Nous te remercions de t'être souvenue.

J'ouvris des yeux ronds. Les esprits des guerriers de Nagi Road !

A cet instant, la botte de Rhiannon brisa l'ultime section du cercle infernal. Poussant un cri de triomphe, elle recula et heurta l'Indien qui se tenait derrière elle.

Sous le choc, elle vacilla et le vieil homme la maintint solidement par le bras.

— Ecarte-toi, sorcière.

Sa voix passa dans l'air comme le bruissement des feuilles d'automne.

— Nous avons une tâche à accomplir.

Rhiannon se dégagea de son étreinte et regarda sauvagement autour d'elle. L'armée spectrale emplissait à présent toute la clairière.

— Fais ce que le vieux t'ordonne, *sorcière*.

Nuada accentua le dernier mot avec une ironie sifflante.

— C'est à moi d'achever ce que tu as laissé en suspens.

Il avança, mais avant que son pied n'ait franchi le cercle, le chant guerrier reprit. La cadence, cette fois, s'accéléra et s'amplifia.

Nuada ricana, découvrant des crocs effrayants. Puis il aperçut Clint.

— Te voilà, Grand Chamane.

Un sourire sinistre tordit sa bouche répugnante.

— A nous deux.

Et il sortit du cercle. Aussitôt des cris de guerre éclatèrent, se répercutant formidablement sur les arbres alentour. Et l'armée se remit en marche, dense, inexorable.

Nuada dévisagea froidement les spectres.

— Les morts n'ont pas de prise sur moi.

D'un geste impérieux, il désigna le cadavre de Bres.

— Tu te trompes, déclara lentement Clint. Bres

n'était qu'une aberration, venue de l'autre monde. Voilà pourquoi il n'avait pas prise sur toi. Mais ceux qui t'entourent sont les esprits des Indiens qui veillent sur cette forêt et sur ce monde. Et je les ai réveillés...

Je perçus l'ombre d'un sourire dans sa voix.

— ... comme ils m'ont réveillé. Nuada ! Nous te bannissons à jamais, toi et ton dieu de haine. Nous vous renvoyons à vos ténèbres malfaisantes.

Avec un sifflement rauque, Nuada se précipita sur Clint. Un esprit s'interposa, plus rapide qu'un souffle, et frappa le monstre avec le tranchant d'une hachette. La lame s'enfonça avec un bruit net dans la chair noire. Le corps s'effondra dans un cri de rage et d'agonie. Psalmodiant à présent le chant de la victoire, l'armée avança encore et entoura le corps convulsé qui disparut à ma vue.

Puis ce fut le silence.

Et avec le frémissement d'un rêve oublié, les spectres disparurent. A l'endroit où gisait Nuada ne restaient plus que quelques cendres éparpillées.

La neige cessa de tomber.

— Grand Chamane, as-tu encore besoin de nous ? demanda respectueusement l'un des Anciens à Clint.

— Non, mon ami. Merci.

L'aura vibrait encore doucement autour de lui.

— Mon cœur est en joie, reprit le vieil Indien, parce que la blesure du chamane blanc est guérie.

Les mots, dans sa bouche, avaient une résonnance riche et profonde. Il plongea ses yeux dans ceux de Clint — presque dans son âme.

— Réfléchis, mon fils.

La voix éraillée de l'Indien se teinta de tristesse.

— Sois sûr que tel est le chemin que tu veux emprunter. C'est un bien long chemin, mon fils.

Une expression de surprise passa sur le visage de Clint.

— Merci, Grand Maître. Je me souviendrai de tes paroles.

— Je te reverrai, chamane blanc. Jusque-là, adieu, mon fils, reprit le vieil homme, avant de disparaître silencieusement dans les bois.

— Adieu, père, répliqua Clint.

Puis il m'aperçut et me rejoignis rapidement.

— Tu crois que tu peux marcher ? demanda-t-il, paisiblement en me tirant à lui.

Je me blottis dans ses bras, savourant la chaleur qui apaisa momentanément la douleur lancinante de mon corps.

— Non ! hurla Rhiannon en se précipitant sur Clint, le poignard à la main.

Souplement, le chamane se redressa et, avec l'aisance d'un combattant aguerri, attrapa le poignet de la furie et le tordit jusqu'à ce que les doigts s'ouvrent et relâchent le poignard.

Sans lâcher Rhiannon, Clint se baissa et ramassa l'arme.

— Ça suffit, Rhiannon. Je ne tolérerai plus rien de ta part.

— Toi ! cracha-t-elle. Toi ! Comme si tu pouvais donner des ordres à une déesse !

— Tu n'es pas une déesse.

La douceur de la voix de Clint me surprit.

— Mensonges ! vociféra Rhiannon. Je suis l'Elue d'Epona. Et je suis enceinte d'une fille d'Epona.

— Non, répondit-il calmement. Tu as été l'Incarnation de la Déesse, mais tu ne l'es plus.

— Parce que tu crois que c'est elle, peut-être ? Tu rêves, pauvre fou !

— Non, il ne rêve pas, intervins-je en me tournant légèrement pour lui faire face. Je suis la Bien-Aimée d'Epona, et, crois-moi, je n'ai pas demandé à l'être.

Je redressai les épaules, ignorant la vague de douleur que le geste provoqua.

— Aujourd'hui, j'ai accepté cette responsabilité. J'ai choisi Partholon, même si je ne prétends pas tout connaître encore.

Rhiannon ouvrit la bouche et je me hâtai de la devancer.

— Quel nom te donnent les arbres ?

Elle me regarda, interloquée.

— Les arbres ? Ils sont là pour accroître mon pouvoir, c'est tout.

Je secouai la tête avec lassitude.

— Non. Ton pouvoir vient de la terre, c'est vrai, mais pas des arbres. La forêt ne veut pas de toi. Rhiannon, tu as fait allégeance à un dieu sombre. Pryderi. Tu as trahi Epona.

— Epona n'est qu'une sale déesse envieuse et jalouse, qui ne pense qu'à elle. Elle veut que je l'adore elle, et elle seule. Mais pourquoi ? Pourquoi ? Alors qu'il y en a tant d'autres ?

— Quel nom te donnent les arbres ? répétai-je

lentement, comme si je m'adressais à un enfant particulièrement obtus.

— Ils ne me donnent aucun nom, gronda-t-elle.

— Ils saluent Shannon du nom d'Epona, dit Clint, doucement.

— Non ! lança Rhiannon, d'une voix sifflante.

— Shannon a été reconnue dans les deux mondes comme l'Incarnation de la Déesse. Et elle est enceinte d'une fille d'Epona.

Rhiannon secoua obstinément la tête de droite à gauche, comme si elle refusait d'accepter ce qu'elle entendait.

— La déesse ne te parle plus depuis longtemps. Tu sais que ce que dit Shannon est vrai.

Elle s'immobilisa et, dans ses yeux désemparés, je vis passer toutes les peurs, toutes les angoisses qui avaient été les miennes.

— Je suis désolée, Rhiannon, dis-je avec douceur.

Je m'adressai à un être vaincu, brisé, et je n'en ressentais aucune joie — seulement une tristesse indicible. Clint libéra son poignet et elle recula en chancelant, dépassant le cercle rompu et souillé, dépassant le cadavre de Bres. Soudain, elle trébucha sur une grosse racine et tomba sans un cri.

Immobile, elle resta là, le corps agité de sanglots convulsifs. Ses larmes coulèrent en moi comme si c'étaient les miennes.

— Shannon... Prête à rentrer à la maison ?

Accroupi de nouveau à côté de moi, Clint me dévisageait de ses yeux graves et francs. Bouleversée par sa paisible détermination, je me contentai d'acquiescer silencieusement.

— Bien. Laisse-moi voir d'abord cette blessure.

Doucement, il défit l'écharpe et palpa la plaie. Un grognement s'échappa de mes lèvres serrées.

— Désolé, mon amour, murmura-t-il en déposant un baiser sur mon front. Ce n'est pas très joli à voir, mais je crois que tes côtes ont empêché la lame de s'enfoncer trop profondément. Je vais te faire un bandage de fortune pour éviter que ça ne saigne trop.

— Merci, dis-je faiblement.

Clint enroula l'écharpe autour de mon torse et, d'un geste précis, la resserra. Je faillis hurler.

— Tu crois que tu peux marcher ?

— Si tu m'aides, murmurai-je.

— Je t'aiderai toujours, mon amour.

Il se pencha et cueillit un baiser sur mes lèvres.

— Je suis là pour ça.

Il glissa un bras autour de mes épaules, tandis que l'autre se refermait sur ma taille, et il me souleva.

— Bon sang, ça fait mal…

Je transpirais à grosses gouttes.

— Je sais, ma belle, courage, m'exhorta-t-il en m'aidant à faire mes premiers pas, comme un bébé. Là, on est presque arrivés aux arbres.

Nous dépassâmes la silhouette de Rhiannon, recroquevillée en position fœtale près du premier chêne, puis Clint me déposa contre le tronc bienfaisant.

Bienvenue, ô Elue d'Epona.

Dieu du ciel, que ce murmure était merveilleux !

— Salut, chuchotai-je en pressant ma joue contre la

mousse tendre et soyeuse. Ça me fait tellement mal, si tu savais…

Ne t'inquiète pas, Bien-Aimée.

Un jet de chaleur fusa dans mon corps, comme une injection de morphine mélangée à de l'adrénaline. Je me sentis à la fois revigorée et apaisée.

— Grand merci à toi, l'Ancien !

— Tu te sens mieux ? demanda Clint en posant une main sur mon épaule.

J'acquiesçai.

— Suffisamment pour changer de dimension ?

Sa voix ne trembla pas, mais elle était étrangement distante. Je le regardai et, à cet instant, je sus que si je répondais « Non, attendons que la plaie se referme », je ne rentrerais jamais.

Cette décision doit être la tienne, Bien-Aimée. La tienne et celle du chamane.

Je fermai les yeux et pressai mon dos contre le tronc.

— Sauf qu'il n'y a pas vraiment de choix possible, chuchotai-je à ma Déesse.

Dans ce monde, j'étais une prof d'anglais, et la fille de mon père. Et je pouvais devenir la femme d'un homme merveilleux qui m'adorait.

A Partholon, je représentais la sécurité et la paix pour tout un peuple. J'étais la preuve vivante de la bienveillance et de la fidélité de la Déesse.

Un frémissement aussi léger que le battement d'aile d'un oiseau-mouche passa au fond de mes entrailles. Et je sus quelle serait ma décision.

Ouvrant les yeux, je souris tristement à Clint.

— Oui, je me sens assez forte pour changer de dimension.

Il acquiesça aussitôt.

— Bien. Alors, nous savons ce que nous devons faire. Je vais te conduire près du ruisseau et je me placerai en face de toi. Ensuite, tu te concentreras pour appeler ClanFintan.

Le rire las et moqueur de Rhiannon retentit près de nous.

— Tu ne peux pas rentrer.

Les cheveux sauvagement répandus autour de son visage, elle me fixait avec des yeux vitreux. Mon sang se glaça.

— Bien sûr que je peux, rétorquai-je. J'ai déjà failli réussir. C'est Nuada qui a tout fichu en l'air en pointant le bout de son nez.

Le rire de Rhiannon se mêla à ses larmes.

— Tu ne sais rien, *Elue*, lança-t-elle avec sarcasme.

Puis elle parut se ressaisir et se redressa.

— Tu peux appeler ton petit copain centaure, déclara-t-elle en essuyant ses yeux, et tu peux même le toucher brièvement grâce à la magie des arbres.

Elle secoua la tête d'une manière étrangement familière.

— Demande à ta Déesse, si tu ne me crois pas.

Clint s'approcha et s'accroupit près d'elle. De nouveau, la douceur de sa voix me surprit.

— Rhiannon, je n'ai pas eu besoin de procéder à un sacrifice de sang pour amener Shannon ici. Je l'ai appelée et elle est venue.

Elle tourna son visage vers celui de Clint, comme un enfant partageant un secret avec ses parents — ou une amante avec son amant.

— Moi, je l'ai fait.

La forêt parut se figer autour de nous.

— Depuis plusieurs lunes, j'essayais d'appeler Nuada. Je le sentais, mais je n'arrivais pas à l'attirer ici, même avec les sacrifices. Quelque chose le retenait.

— Tu as tué quelqu'un, cette nuit-là ?

Sa voix était infiniment triste.

— Oui.

Le mot resta suspendu dans l'air, entre eux.

— C'est ce qui t'a permis d'achever l'incantation pour appeler Shannon ici.

Elle se tourna vers moi et je fus troublée de découvrir que la haine avait entièrement disparu de ses yeux, remplacée par une immense lassitude.

— Et le jour où Nuada a surgi dans cette clairière ? la pressai-je.

— J'ai fait un autre sacrifice. Cette fois, Nuada est venu très facilement.

— Ce n'est pas possible, dis-je nerveusement. Elle ne dit pas la vérité.

Délicatement, Clint caressa d'une main la joue humide de Rhiannon, et de l'autre, pressa le tronc moussu du chêne. Fermant les yeux, il s'absorba en lui-même. Son aura se mit à étinceler si vivement que je dus m'abriter les yeux. Lorsque la lumière disparut, il me regardait avec des yeux tristes.

— Elle dit la vérité.

— Eh bien, si nous avons besoin de sang, il suffit

de prendre celui qui est en train couler à flots de mes côtes, lançai-je, exaspérée.

Rhiannon secoua lentement la tête.

— Non. Il faut qu'il y ait mort. C'est ce que Pryderi a enseigné à Bres, et Bres me l'a enseigné à son tour.

Je fus frappée par la pâleur extrême de son visage.

— Le Dieu au Triple Visage se révèle dans la mort.

Je me rappelai soudain ce qu'Alanna m'avait raconté des « expériences » désastreuses que Rhiannon avait menées à Partholon. Mon amie m'avait fait comprendre que ces soi-disant « expériences » avaient abouti à des morts affreuses. Et je connaissais l'horreur dont Pryderi était capable.

— Parfait. Trouvons un animal quelconque.

L'idée d'égorger une créature innocente me rendait légèrement nauséeuse, mais je préférais encore cela à l'autre solution.

— Ça ne suffit pas. Pour tout être humain qui franchit la frontière, tu dois sacrifier un être humain.

Je lançai un regard désespéré à Clint, qui acquiesça lentement. Je m'effondrai contre le tronc.

Je ne rentrerai jamais. Je ne rentrerai jamais.

La réalité s'abattit sur moi comme un coup de massue. Je fermai les yeux et sentis le monde tourbillonner autour de moi.

Ma pensée vola avec colère vers ma Déesse.

— Si tuer est la règle, je ne vois pas où intervient mon choix, ni celui de Clint !

La décision de rentrer est la tienne, Bien-Aimée. Celle de te renvoyer là-bas appartient à Clint.

Les paroles mystérieuses me désarçonnèrent. Un mouvement près de moi me fit ouvrir les yeux. Clint se tenait contre mon flanc blessé et tenait par la main une Rhiannon complètement passive.

Subitement, la pensée me frappa que nous devions former un trio étrange — un homme entouré de deux femmes identiques.

Je haussai un sourcil interrogateur et son regard sombre et résolu m'effraya.

— Tel est mon choix, Shannon. Ne l'oublie jamais : ce que je fais, je l'ai voulu.

Avant que je puisse réagir, il se tourna vers mon double.

— Je ne te laisserai pas seule ici. Tu le sais.

Une tendresse infinie émanait de sa voix.

— Telle a été l'erreur. Trop souvent, tu es restée seule et personne ne t'a pris par la main pour te guider.

Les yeux de Rhiannon s'agrandirent. Lentement, elle acquiesça. Clint lui sourit doucement.

— Je ne vous quitterai pas, toi et ta fille. Jamais.

Il se tourna vers moi.

— J'ai enfin compris. Tu te souviens, tu avais imploré ma pitié pour Rhiannon. Mais c'est de compassion dont elle a besoin. De quelqu'un qui veille sur elle, qui la protège et l'emmène dans un lieu où elle ne pourra plus nuire aux autres, ni à elle-même ou à sa fille. Rhiannon, c'est toi aussi — dans la souffrance et dans la peur.

Il effleura ma joue.

— Comment pourrais-je m'empêcher de l'aimer ?

Il plongea la main dans la poche de son blouson et en retira le poignard.

— Clint ? demandai-je, horrifiée.

— Chhh..., répliqua-t-il avec sérénité. N'oublie pas : tel est mon choix.

Il attira Rhiannon contre lui et l'enserra d'une étreinte puissante. Puis, rapidement, il leva la main et plaça la pointe de la lame contre la chair tendre, sous son oreille gauche. Et avant que j'aie le temps d'esquisser un geste, il se trancha la gorge et les deux artères principales.

— Clint ! hurlai-je.

Mon esprit se rebella, refusant d'accepter ce que mes yeux lui montraient. Clint lâcha le poignard et pressa sa main contre le tronc. Inclinant la tête, il posa doucement son front contre la mousse tendre. Le sang giclait à gros bouillons, éclaboussant son corps et celui de Rhiannon, les couvrant d'un manteau couleur de pourpre.

Je tendis la main.

— Non, parvint-il à articuler. Il doit en être ainsi.

Les larmes ruisselaient sur les joues de Rhiannon qui, dans un sursaut désespéré, tenta de se dégager des bras de fer qui la tenaient. Clint ferma les yeux et une explosion de lumière bleue aveugla la clairière.

Aspirant bruyamment, il ouvrit la bouche.

— ClanFintan ! Viens !

Sous mes doigts engourdis, le tronc frémit et

commença à se liquéfier. Il absorba d'abord l'épaule gauche de Clint, puis Rhiannon qui se débattait comme une diablesse. Avec un effort herculéen, le chamane tourna la tête et nos regards se croisèrent. Son visage était exsangue, ses yeux creux. Il me tendit une main tremblante.

— Viens, souffla-t-il d'une voix rauque.

J'attrapai sa main déjà glacée et pénétrai à mon tour dans les entrailles du chêne.

Alors, les bruits cessèrent autour de nous et le temps suspendit son vol — comme si nous nous enfoncions dans les profondeurs muettes d'un océan de ténèbres. Ma respiration s'arrêta, ma raison vacilla. Je sentis la panique m'envahir.

Pense à ClanFintan !

La voix divine traversa le silence opaque comme un fil doré que j'agrippai fébrilement. Je fermai les yeux pour ne plus voir Clint qui nous tirait en haletant, Rhiannon et moi. Je me forçai à ignorer la douleur lancinante sous mes côtes et le poids terrible qui m'oppressait. Je songeai à mon mari. A la saveur de sa peau. A son rire lumineux. A sa force et à sa douceur. Je songeai à l'enfant qui grandissait en moi et dont il était le père.

Une lueur traversa les ténèbres et j'ouvris les yeux. Des ondes bleues vibraient doucement devant moi. Clint avait disparu. Je me retournai vivement et le découvris, allongé sur Rhiannon qu'il enlaçait fermement. On aurait dit deux amants. Lentement, Rhiannon leva ses bras et les posa délicatement sur Clint.

Le sang se fondit dans l'aura du chamane, et le

pourpre se mêla au bleu saphir jusqu'à ce qu'une nouvelle couleur apparaisse. Je la reconnus aussitôt. C'était le violet dense et lumineux qui bordait mon aura.

Clint avait dû sentir mon regard sur lui. Tournant à demi la tête, il fixa sur moi des yeux déjà lointains. Ses lèvres frémirent et formèrent les mots familiers. *Shannon, ma chérie…* Puis ses paupières s'abaissèrent lentement, et il enfouit sa tête dans la sauvage chevelure rousse de Rhiannon.

Les ténèbres autour de nous se densifièrent et je cherchai du regard la lueur bleue que j'avais aperçue tout à l'heure. Soudain, je vis une main surgir devant moi. Sans réfléchir, je la saisis et m'y accrochai de toutes mes forces.

L'arbre m'expulsa dans un bruissement liquide. Je gisai sur le sol, gémissant de douleur et tremblant de tout mon corps. Un spasme me plia en deux et je vomis violemment. Ma vision était brouillée, mes oreilles bourdonnaient désagréablement. J'avais froid et j'avais chaud.

« Je suis en état de choc », pensai-je avec détachement.

Je poussai un hurlement et des bras vigoureux me soulevèrent. J'eus le sentiment d'être projetée dans les airs, puis mon visage se retrouva contre une peau nue. Et je reconnus cette odeur si douce — de foin, d'homme et de cheval.

Je suis de retour, pensai-je avant de glisser dans les abîmes de l'inconscience.

7.

Je flottais dans le noir et à ma grande surprise, je découvris que c'était plutôt agréable.

J'étais peut-être morte.

Non. Je sentais que ce n'était pas ça... En fait, je ne sentais rien du tout.

« Je suis dans le coma », pensai-je, toujours avec détachement.

Il y eut un vague frémissement — comme une nuée d'oiseaux se perchant pour se reposer. Puis plus rien. Le néant noir. J'avais toujours imaginé qu'une personne plongée dans le coma, c'était comme une conscience vivante prise au piège d'un corps inutile, cherchant à hurler mais incapable de communiquer avec l'extérieur.

Certes, je ne pouvais pas communiquer avec l'extérieur, mais ça n'avait pas l'air si effrayant. J'avais plutôt cette sensation de confort, comme quand on prend un bon bain chaud et qu'on a une grippe carabinée.

C'était un endroit où on avait envie de rester, de

rester encore — et compte tenu des critères temporels propres à l'Oklahoma, ça pouvait être très long…

Shannon, ma chérie.

La tendresse qui imprégnait ces mots me troubla. Bon sang, mais qui parlait ? L'intonation m'était familière et elle faisait surgir en moi des sensations à la fois positives et négatives.

Trop dur de se concentrer… Trop d'efforts…

Shannon ! tu dois te réveiller !

Clint… Le nom émergea au milieu de mes pensées décousues, accompagné d'une idée de force et de sécurité. Puis, aussitôt, une profonde tristesse envahit ma solitude.

Clint était mort.

Tout ne meurt pas en nous.

Soudain, l'image d'une lame tachée de sang.

Non ! Je revins au néant noir et confortable.

N'abandonne pas maintenant. Que tout ceci n'ait pas été en vain !

« C'est trop douloureux. Je préfère dériver dans les ténèbres. »

Et tuer ta fille par la même occasion ?

Ah, non ! Maintenant, ça suffisait. Toute cette histoire allait un peu trop loin. Ma colère provoqua l'apparition de taches de lumière qui dansèrent derrière mes paupières closes. Et le brouillard qui enveloppait mes pensées se dissipa.

« Evidemment que je ne veux pas tuer ma fille ! » Pour qui me prenait-il ? Rhiannon ?

Et soudain, j'aspirai profondément. Et la sensation de douleur revint sur mon flanc.

C'est bien, Shannon...

La voix s'éloignait rapidement.

... Vis pour moi, Shannon. Je veux que tu vives...

J'eus l'impression d'émerger d'un puits de ténèbres. Ma bouche était terriblement sèche. Dieu du ciel ! Comme j'avais soif...

Mes paupières frémirent et s'ouvrirent. Je battis plusieurs fois des cils pour tenter d'éclaircir ma vision. Au moins, j'étais sortie de ce tunnel.

J'inspirai de nouveau.

Des taches de lumière dansaient, se croisaient, se multipliaient. Rien ne tenait en place.

Continue à battre des cils, ma fille, et tout se calmera...

Les points lumineux cessèrent leur danse. Oh ! Des chandelles. Des milliers de chandelles. Je clignai encore des yeux et distinguai des douzaines de candélabres impressionnants. Dans les murs de marbre, des niches contenaient autant de bougeoirs. J'entendis un craquement. Un feu brûlait dans une cheminée.

La pièce était délicieusement chaude. En fait, mis à part l'atroce douleur dans mes côtes, ma bouche desséchée et une sorte de poids chaud sur mes jambes, je ne me sentais pas trop mal. Un peu désorientée, peut-être, mais sans plus.

Tu connais cette pièce, me susurra une petite voix qui me parut familière.

Tu es à la maison.

La voix cristalline de ma Déesse chassa les derniers vestiges de l'inconscience dans laquelle je flottais. Et mes yeux se posèrent avec tendresse sur ce lieu que je connaissais si bien. Ma chambre. A Partholon !

Je ne m'étais absentée qu'un peu plus d'une semaine, mais j'avais l'impression que des dizaines d'années s'étaient écoulées.

Ma chambre était telle que je m'en souvenais, hormis, peut-être, la quantité astronomique de bougies et l'absence des bouquets que mes servantes apportaient chaque jour ou presque.

On était presque au seuil de l'hiver. Elles n'avaient pas dû trouver de fleurs. Et pourtant, ce n'était pas faute d'essayer. Elles passaient leur temps à aller et venir — au début, je pensais qu'elles essayaient de se réchauffer à cause de leur tenue ultra-légère.

Il est probable que cette absence criante de fleurs devait les rendre hystériques au dernier degré. Il faudrait que je pense à leur dire que quelques œuvres d'art et des bougies parfumées, ici ou là, feraient parfaitement l'affaire durant les mois d'hiver. Par Epona, je détestais les servantes stressées.

Mais que diable se passait-il avec ma cuisse ? Je levai le nez pour regarder — et mon cœur manqua un battement. ClanFintan était allongé sur le sol, près du marshmallow. Sa tête reposait sur ma cuisse, et sa respiration profonde et régulière m'indiqua qu'il dormait. Je souris doucement. Bizarrement, il était toujours plus grand dans la réalité que dans mes souvenirs. Je me demandais bien pourquoi.

Je tendis une main tremblante vers l'épaisse chevelure noire.

Il sursauta et se tourna vers moi.

— Comment ai-je pu imaginer vivre sans toi ?

— Tu es réveillée ? demanda-t-il, d'une voix rocailleuse.

Mes yeux s'embuèrent et je fus incapable de répondre. J'opinai de la tête. Lentement, il redressa son torse et m'étudia attentivement.

— Qui es-tu ?

Je le regardai, sidérée. Puis je fronçai les sourcils. Qui j'étais ? Je l'observai. Il avait dû prendre un coup sur la tête au cours d'un combat. Ce qui aurait expliqué sa question stupide.

Mais hormis les cernes noirs sous les yeux et ses joues légèrement creusées, je ne vis aucun signe de blessure. Quelques reflets gris jouaient çà et là dans ses cheveux, mais c'était peut-être juste l'éclairage.

C'était bien le même homme-cheval.

— Bon sang ! C'est moi ! Qui veux-tu que ce soit d'autre ? J'ai traversé l'enfer pour te rejoindre et tu ne sais pas qui je suis ?

En m'entendant, un sourire de joie pure éclaira son visage.

— Shannon !

Son cri assourdissant eut pour effet immédiat de provoquer un afflux dans la chambre. Alanna ouvrait le chemin, suivie d'une nuée de nymphettes piaillantes. Mon cœur s'accéléra en la voyant.

Elle est vivante… Elle est vivante…

Elle serrait contre elle une brassée de roses. Ah, voilà les fleurs qui manquaient dans ma chambre ! Je fronçai les sourcils. J'aurais aimé, vraiment, qu'elle cesse de s'occuper de ce genre de détails. Après tout, elle était censée être la maîtresse des lieux, quand je n'étais pas dans le coin.

Les servantes effectuèrent de gracieuses révérences et je remarquai qu'elles souriaient à travers leurs larmes.

— Salut, les filles, dis-je, un peu honteuse de ma voix éraillée.

Du revers de la main, Alanna réprima un sanglot, et dans un même mouvement, pressa les roses contre sa poitrine. Puis son sanglot se transforma en rire.

— Oh, Rhéa ! Nous avons su que tu reviendrais dès que les roses ont de nouveau fleuri !

Je lui lançai un regard méfiant.

— Quand tu as disparu, les fleurs ont cessé de fleurir. Le soleil lui-même se cachait derrière les nuages.

Elle porta ma main à ses lèvres. Un frisson me parcourut lorsque je mesurai ce qu'elle venait de dire.

Alors, je sus au plus profond de moi que j'avais fait le bon choix. Comme Clint.

Partholon a besoin de sa Bien-Aimée.

Alanna donna le bouquet de roses à la nymphette la plus proche, s'essuya les yeux et se précipita vers moi. D'une main tremblante, elle toucha mon front, avant d'effleurer mes boucles rousses. Puis elle se pencha et m'embrassa.

— Bienvenue à la maison, ma Dame !

— Bienvenue, ô Elue d'Epona ! reprirent en écho les nymphettes éplorées.

Mais je n'avais d'yeux que pour mon époux.

Il se pencha et doucement me prit entre ses bras.
— Bienvenue, mon unique amour.
Sa voix de velours me submergea et chaque particule de mon âme se réjouit.

Épilogue

— Si la jument commence à devenir nerveuse, nous rentrons. Immédiatement, proclama ClanFintan pour la centième fois.

— D'accord, répondis-je d'un air innocent.

— Je ne plaisante pas sur ce sujet, Rhéa, reprit-il avec sévérité. Je ne sais même pas comment j'ai pu accepter de revenir à cette…

— Se parler à soi-même est signe de sénilité, dis-je, sur un ton faussement enjoué.

Il me lança un regard agacé. Je tendis la main et glissai mes doigts dans la crinière d'argent liquide de la jument.

— Tu es nerveuse, ma belle ?

Ses oreilles se rabattirent en arrière et elle hennit doucement.

— Tu vois ! Elle dit que ça baigne, aujourd'hui.

ClanFintan n'avait pas l'intention de se laisser acheter aussi facilement.

— Soyez vigilants ! lança-t-il aux deux Centaures qui nous accompagnaient.

Je lançai un regard de martyre à Victoria et Dougal,

mais ils étaient occupés à scruter les moindres recoins pour y dénicher d'éventuels monstres.

— Epona dit qu'il n'y a aucun danger, répétai-je, pour la centième fois aussi.

— Hmm..., rétorqua ClanFintan.

— Nous entrons dans la forêt.

La voix de la Grande Chasseresse était grave et concentrée. Juste avant de s'engager sur le chemin, elle tira une flèche de son carquois et tendit son arc. Dougal et ClanFintan sortirent leur épée.

Poussant un soupir, Epi et moi les suivîmes. Un petit coup contre mes côtes me fit sourire et je massai doucement la petite bosse en forme de pied.

Deux mois s'étaient écoulés depuis mon retour à Partholon et j'avais littéralement quadruplé. J'avais définitivement perdu toute aversion pour la nourriture. C'est-à-dire que je gobais tout aliment qui ne s'enfuyait pas à ma vue.

L'hiver avait été doux et il semblait que Partholon aurait droit à un printemps précoce. Cependant, le fond de l'air restait frais, et je rendis grâce à Alanna de m'avoir forcée à prendre le manteau d'hermine.

ClanFintan vint se mettre à ma hauteur.

— Je ne comprends pas, Rhéa. Les rituels que nous accomplissons chaque pleine lune à la mémoire des guerriers indiens ne te suffisent pas ?

Il avait une façon adorable de prononcer le mot « indien » qui le rendait plus mystérieux. J'avais tenu ma promesse envers les spectres de Nagi Road. Chaque pleine lune, les servantes versaient des libations de vin et de miel, et dansaient joyeusement pour célébrer leur courage. J'espérais que, d'une manière ou d'une autre, ils le savaient.

Mais aujourd'hui, ce n'était pas d'eux qu'il s'agissait.

A mesure que le temps avait passé, et que ma blessure avait cicatrisé, j'avais appris à penser sans douleur à l'acte terrible que Clint avait accompli.

J'avais appris à penser à lui sans souffrir.

J'avais retrouvé son odeur dans les premières neiges de Partholon. J'avais retrouvé son souvenir dans les chants des oiseaux. Et chaque fois qu'un arbre s'adressait à moi, c'était l'écho de sa voix que j'entendais.

Et j'étais incapable de faire l'amour avec mon époux. Une fois seulement, il avait appelé à lui le Changement. Lorsqu'il m'était apparu dans sa forme humaine, c'est Clint que j'avais vu. Le désespoir m'avait submergée. ClanFintan s'était empressé de reprendre sa forme de Centaure et de me rassurer dans ses bras solides.

Depuis ce moment-là, il n'avait plus essayé de faire l'amour avec moi. Et je ne le lui avais pas demandé.

ClanFintan se racla la gorge et je m'aperçus qu'il attendait ma réponse.

— Cette journée est consacrée à Clint. Pas aux guerriers.

— Je pensais que les libations que nous apportions étaient destinées à leur âme.

Il plongea ses yeux dans les miens.

— Non, dis-je, d'une voix hésitante.

C'était si difficile de parler de Clint à mon mari…

— Elles sont destinées à l'âme de Clint. Je veux que son sacrifice soit enfin reconnu.

— Comme il te plaira, Rhéa.

— Je ne suis jamais revenue ici.

Ma voix se brisa.

— Je ne l'ai jamais remercié, ajoutai-je.

Je regardai ClanFintan, l'implorant de comprendre.

— Je le remercie chaque jour, dit-il simplement.

Mes yeux s'embuèrent et je ne répondis pas, de peur de fondre en larmes.

J'avais fourni à mon mari une version abrégée de ce qui s'était produit en Oklahoma. J'avais soigneusement évité ce qui pouvait le faire souffrir — et ce qui pouvait me faire souffrir.

Mais il avait compris que Clint avait donné sa vie pour que je retourne à mon mari et à ce monde auquel j'appartenais. Il avait compris aussi, sans jamais le formuler à voix haute, que Clint m'avait aimée. Et que je l'avais aimé.

Ces derniers temps, j'avais éprouvé le désir croissant de revenir à la clairière. D'accomplir un pèlerinage dont mon âme avait besoin. Deux mois s'étaient écoulés, et j'espérais avoir suffisamment guéri pour affronter mes souvenirs.

Et peut-être, enfin, pour me pardonner.

— Nous y voici, déclara Victoria de sa voix ferme.

Dougal lui emboîta le pas, suivi d'Epi et de moi, accompagnées de ClanFintan. Soudain, je leur criai de s'arrêter. Les deux Centaures se tournèrent vers moi et me regardèrent avec curiosité.

— Je dois y aller la première, dis-je simplement.

Je levai la main pour prévenir leurs commentaires.

— La Déesse affirme que je suis en sécurité.

Et c'était vrai. Epona m'avait encouragée à accomplir ce voyage. ClanFintan ouvrit la bouche pour protester et j'abattis ma carte maîtresse.

— Voyons, réfléchis… Ferais-je quoi que ce soit qui puisse nuire à notre fille ?

— Je t'accompagne.

Le ton était sans réplique. J'acquiesçai et me tournai vers les Centaures.

— Attendez-nous ici.

Je fermai les yeux et nous franchîmes la lisière.

Lentement, je levai la tête et ouvris les yeux. Le feuillage verdoyant des deux chênes emplissait littéralement la clairière. Et j'éprouvais un choc face à cet éclat, après la forêt dénudée que nous avions traversée. Une brise légère frémissait entre les branches.

Nous nous approchâmes. Soudain, du coin de l'œil, je perçus un mouvement. Ma bouche se dessécha — et je me rassérénai aussitôt. Non, aucune ombre malfaisante ne hantait les lieux.

Mes yeux tombèrent sur le sol et je poussai un cri de surprise.

— Qu'y a-t-il, Rhéa ? demanda ClanFintan avec inquiétude.

— Oh, rien ! répondis-je joyeusement. C'est merveilleux… Regarde !

Je lui montrai la prairie. L'herbe était parsemée de petites fleurs bleues dont le parfum doux et entêtant montait jusqu'à nous — des milliers de saphirs illuminant la clairière.

— Je ne m'en souvenais pas, grommela ClanFintan, maussade.

— Elles sont nouvelles !

Je sentis une vague d'émotion monter en moi. La clairière n'avait pas oublié Clint. C'était l'hommage que la forêt lui rendait. Nous nous rapprochâmes des arbres. Puis ClanFintan me souleva légèrement et me posa à terre.

Je défis la sacoche accrochée à la selle et sortis la gourde de vin que j'avais préparée. Puis je me tournai face aux arbres, en tâchant de maîtriser ma crainte. Rien ne pouvait me blesser, ici.

Les chênes étaient plus splendides que jamais. Lentement, je m'approchai de l'arbre que je voulais honorer, et mon pied buta sur une racine. Les bras vigoureux de mon mari me retinrent.

C'était là que Rhiannon avait chuté.

— Ça va, Rhéa ?

Je m'aperçus que ma poitrine était oppressée et j'aspirai une grande goulée d'air.

— Petite visite aux fantômes, aujourd'hui, dis-je en pressant doucement son bras.

L'arbre antique était énorme. Les bras de cinq hommes n'auraient pas suffi à l'encercler. Et son jumeau n'était guère plus frêle. Je débouchai la gourde et versai du vin contre la base du tronc. Puis je fis le tour, lentement, et les mots surgirent naturellement sur mes lèvres.

Je me souviens : tu es le vent dans les branches
Le bruissement des feuilles
Les rayons du soleil
Je me souviens : tu es le pouvoir des arbres qui croissent
Et les bourgeons qui fleurissent
Je reconnais ta présence dans tout ce qui est noble et vrai

J'achevai mon cercle et posai timidement ma paume sur l'écorce. Je sentis mon mari se tendre, à mes côtés.

Bienvenue, Elue.

La voix était âgée et chaleureusement familière.

— Salut, murmurai-je. Je suis venue... je suis venue...

Pour te souvenir, Bien-Aimée du Chamane.

Je tressaillis, surprise. ClanFintan tournait nerveusement autour de moi.

— Oui, je suis venue pour me souvenir.

Et je sens ta douleur.

Ma gorge se noua et je fermai les yeux. Et moi qui croyais avoir guéri...

— Oui, dis-je simplement.

Le Chamane a un message pour vous, ô Elue.

Mon cœur battit la chamade. Clint allait-il me parler ?

Prépare-toi.

Je me concentrai et ce qui vint alors m'emplit de surprise. A travers mes paumes coulait un sentiment de paix. Ni message, ni mots. Un simple sentiment de paix. Le fourmillement que j'éprouvais au bout de mes doigts me rappela une certaine nuit, quelque deux mois auparavant — lorsque l'amour et l'aide d'une Déesse avaient guéri un homme.

Et je compris enfin que le sacrifice de Clint n'avait pas effacé cette guérison. Il l'avait au contraire intensifiée.

— Merci, murmurai-je, la voix pleine de larmes. Merci, Clint.

— Ça va, Shannon ?

Mon mari se servait rarement de mon vrai prénom. Ses yeux graves me posèrent mille questions silencieuses. Je me glissai dans ses bras et il me serra contre lui.

— Oui, ClanFintan. Je vais très bien.

La joie qui rayonna alors de son beau visage me fit comprendre qu'enfin, pour la première fois depuis mon retour, j'étais capable de dire ces mots sans craindre de souffrir ou de culpabiliser.

— Alors, rentrons, Shannon, ma belle.

J'écarquillais les yeux mais, déjà, il se penchait sur mes lèvres pour cueillir un baiser.

Il y a des choses, Elue, qu'il vaut mieux ne pas demander.

En effet… Ma Déesse devait avoir raison. Et je rendis fougueusement son baiser à ClanFintan.

Nos bras s'entrelacèrent et nous revînmes ensemble vers Epi et nos amis Centaures. Le parfum suave des fleurs monta vers nous comme une bénédiction — et la clairière frémit de toute la magie de la vie retrouvée.

DANS LA MÊME COLLECTION

Par ordre alphabétique d'auteur

CATHERINE ASARO	*La magicienne*•
CAITLIN BRENNAN	*La danse de l'équinoxe*
P.C. CAST	*La prophétie maudite*
P.C. CAST	*La chasseresse*
P.C. CAST	*L'élue d'Epona*
P.C. CAST	*La prêtresse de Partholon*
GAIL DAYTON	*La rose des vents*
GAIL DAYTON	*La Rose et la Ronce*
LAURA ANNE GILMAN	*La magie de l'orage*
LAURA ANNE GILMAN	*La malédiction de l'ombre*
LAURA ANNE GILMAN	*La prédiction des ombres*
CHRISTIE GOLDEN	*La légende du dragon*
CHRISTIE GOLDEN	*La légende des glaces*
DEBORAH HALE	*La légende du royaume oublié*
DEBORAH HALE	*L'oracle de Margyle*
MICHELE HAUF	*La malédiction de l'ange noir*
MICHELE HAUF	*Gossamyr*
MICHELE HAUF	*Rhiana*
ANNE KELLEHER	*La dague d'argent*
ANNE KELLEHER	*L'amulette d'argent*
SUSAN KRINARD	*La malédiction du dieu de pierre*
MERCEDES LACKEY	*La magie de la Lune*★
MERCEDES LACKEY	*La chambre ensorcelée*•
RACHEL LEE	*Le secret de la rose blanche*
RACHEL LEE	*La prophétie de la Dame Blanche*
RACHEL LEE	*La clé de Morgania*•
RACHEL LEE	*L'ultime prophétie*
TANITH LEE	*La nuit des Sept Lunes*★
C.E. MURPHY	*Chamane*
C.E. MURPHY	*La lune rouge*★
C.E. MURPHY	*La magie de Siobhàn*
C.E. MURPHY	*A la porte des songes*

★ réunis dans le volume intitulé *Cœurs de lune* (Luna n° 16)

• réunis dans le volume intitulé *La légende des royaumes* (Luna n° 19)

.../...

DANS LA MÊME COLLECTION
Par ordre alphabétique d'auteur

ROBIN D. OWENS	*La prophétie de Lladrana*
ROBIN D. OWENS	*L'appel de la lune*
ROBIN D. OWENS	*La cavalière de cristal*
MICHELLE SAGARA	*Le secret d'Elantra*
MICHELLE SAGARA	*La cité d'Elantra*
JERI SMITH-READY	*La messagère des deux mondes*
MARIA V. SNYDER	*Le poison écarlate*
MARIA V. SNYDER	*L'apprentie magicienne*

2 NOUVEAUTÉS À PARAÎTRE EN MAI 2008

Composé et édité par les
éditions Harlequin
Achevé d'imprimer en février 2008

par

LIBERDÚPLEX

Dépôt légal : mars 2008
N° d'éditeur : 13418

Imprimé en Espagne